타마짱의
심부름 서비스

타마짱의 심부름 서비스

《무지개 곶의 찻집》《쓰가루 백년 식당》
모리사와 아키오 장편소설

이수미 옮김

샘터

차례

제1장 핏줄

하야마 타마미

•

째깍, 째깍, 째깍……. 어스레한 공간에 초침 소리가 울린다.

벽에 걸린 시계를 올려다보니 밤 아홉 시가 넘었다.

오래 걸리네.

아직 멀었나…….

나는 불편한 의자에 걸터앉아 약 냄새 나는 공기를 깊이 들이마셨다가 한숨으로 내뱉었다.

이곳은 '도리데 중앙병원' 입원병동 3층 복도 끝에 있는 대기실이다. 두멧골이라 불러도 될 만큼 한적한 시골 벽촌에 있는 고향 집에서 차로 약 한 시간 거리. 지역 주민들이 글자 그대로 '마지막 보루(도리데에는 보루라는 뜻도 있다 - 옮긴이)'라 부르는 유일한 종합병원이다. 나는 지금 아빠의 수술이 무사히 끝나기를 기다리고 있다. 척추에 생긴 종양을 절제하고 인공뼈를 이식하는 꽤 큰 수술이다.

조금 전 소등한 후로 복도에 으스스한 느낌이 감돌기 시작했다.

이따금 간호사들의 실루엣이 또각또각 발소리를 내며 조용한 복도를 오갔다. 조심스러운 발소리가 오히려 실내의 고요함을 부각했다. 바닥을 기는 듯이 '부웅' 하고 낮게 흐르는 소리는 어둠 속에 오도카니 선 자동판매기의 숨소리 같았다.

공기가 건조한지 목이 좀 따끔따끔했다.

기침이 나왔다. 그 소리가 어스레한 복도 끝까지 메아리치는 바람에 무심코 어깨를 움츠렸다.

밤 시간의 병원에선 독특한 공포가 느껴진다. 눈에 보이지 않는 무수한 실이 엉켜 있는 것 같다. 어두운 병실 침대에 조용히 누운 환자들이 숨죽인 채 저마다 다른 생각을 하고, 그들의 '생각'이 거미줄처럼 어두운 건물을 덮고 있다. 긴장과 공포는 거기서 온다. 왠지 그런 느낌이 들었다. 아직 입원을 경험한 적 없는 내게 이 어둑어둑한 공간은 기묘한 정적으로 가득 채워진 또 다른 세계였다.

지금 내 옆에 다소곳이 앉은 여성은 그런 분위기에는 아랑곳없이 쾌활한 목소리로 이야기한다.

"타마짱, 배고파? 바나나 있어. 달아, 달아, 바나나. 먹을래?"

키 작고, 마르고, 얼굴 작고, 말하려니 미안하지만 가슴도 작다. 스무 살인 내가 '엄마'라고 부르기엔 너무나 동안인 이 사람. 열대지방의 햇볕 아래 살아온 인종이라 피부는 까무잡잡하다.

"됐어요. 배 안 고파."

나는 짧게 대답했다.

"왜? 아직 저녁밥도 안 먹었는데? 타마짱, 예쁜 아가씨. 다이어트, 필요 없어. 그러니, 먹어."

샤린은 순수한 소녀 같은 동글동글한 눈으로 나를 올려다보며 잘 익은 바나나 하나를 내밀었다. 이 필리핀 여성은 내 새엄마다.

외모는 어려 보여도 올해 벌써 서른아홉이다.

"다이어트 안 하거든요."

귀찮아서 일단 바나나를 받았다.

하지만 먹을 마음은 안 생겼다.

"타마짱, 이것 봐봐, 이 바나나, 갈색 점점, 많이 있지? 바나나가 맛있다는 표시."

샤린은 방긋 웃으며 자기 몫의 바나나 껍질을 벗기고 행복한 얼굴로 먹었다.

나는 한숨을 꾹 참고 앞을 보았다. 조금 전에 확인했는데도 자꾸만 시계를 보게 된다. 손에 든 바나나가 유난히 차갑게 느껴졌다. 그 온도가 왠지 나를 슬프게 했다.

"걱정 없어. 파파상, 나을 거야. 타마짱, 힘내는 거, 중요해."

샤린이 바나나를 입에 넣은 채 말했다. 까무잡잡하고 마르고 자그마한 아이 같은 손이 내 등에 살며시 닿았다. 그 손이 천천히 움직여 내 등을 어루만져주었다.

뿌리치고 싶지는 않았다. 오히려 편안했다. 하지만 내 몸에 적지 않은 위화감이 느껴졌다.

위화감…….

그렇다. 이 감각은 혐오감이 아니라 위화감이다.

샤린이 싫지는 않다. 그건 확실하다. 다만 그녀가 내 '가족'이 되고 '새엄마'가 된 후로 삼 년간, 줄곧, 줄곧 떨칠 수 없는 위화감

을 느꼈을 뿐, 나는 그 위화감을 억누르거나 아닌 척할 수 있을 정
도로 어른도 아니고 너그럽지도 않았다. 단순히 그런 거라고만
생각했다. 어쩌면 그렇게 생각하고 싶은 건지도 모르지만.

힐끗 옆을 보았다.

이국에서 태어나 자란 여성이 입가에 작은 미소를 담은 채 걱
정스러운 눈으로 나를 올려다보았다.

"타마쨩, 힘내."

"응. 괜찮아요. 이제 바나나 먹을게요."

샤린의 손이 내 등에서 떨어졌다. 위화감은 한동안 남아 있으
리라. 그래도 신경 쓰지 않기로 했다.

나는 슈가스팟이라는 갈색 점이 생긴 바나나 껍질을 벗기고,
작게 한입 깨물었다. 끈적끈적하고, 달았다. 샤린의 고향인 남국
의 달콤한 바람 냄새가 상상되었다.

"타마쨩, 맛있어?"

빛나는 까만 눈이 나에게 물었다.

"맛있어요, 샤린."

나는 '엄마'라 부르지 않는다. 이름을 부른다.

그래도 샤린은 순수하게 기쁜 듯 미소 지었다.

"바나나, 하나 더 있어. 나, 이제 배불러. 이것도 타마쨩 줄게."

샤린이 싸구려티 나는 토트백에서 바나나를 꺼냈다.

"이제 됐어요. 나도 배불러서."

쓴웃음을 지으며 고개를 저었을 때 어스레한 복도 안쪽에서 간호사의 부산한 발소리가 다가왔다.

그 발소리가 우리 눈앞에서 멈췄다.

서른 살쯤 되어 보이는 훤칠한 간호사였다. 키가 170센티는 될 것 같았다. 160센티인 내가 의자에서 일어나니, 옆에 있던 150센티 샤린도 따라 일어났다.

"하야마 씨, 죄송해요. 많이 기다리셨죠?"

간호사가 미안하다는 듯 눈썹을 찡그렸지만, 말하는 내용과는 달리 목소리가 경쾌하여 벌써부터 안심이 되었다. 분명 수술이 잘된 것이다.

"아뇨. 괜찮습니다."

나는 대답하고 간호사를 올려다보았다.

"음, 수술은요, 예정보다 시간은 걸렸지만 다행히 잘 끝났습니다."

샤린이 내 오른팔을 붙잡더니 "나이스" 하고 말했다.

"그런데……."

간호사가 목소리 톤을 조금 낮췄다.

나는 "예?" 하고 고개를 살짝 기울였다.

"예정보다 시간이 걸려서 환자 분 체력이 많이 떨어지셨어요. 오늘은 마취 상태로 계속 주무실 거예요."

"아……, 그렇겠죠. 네, 알겠습니다."

"뵙고 싶으실 텐데, 죄송합니다."

죄송하다는 간호사의 표정에 나까지 죄송스러워졌다.

"아뇨, 괜찮습니다. 아, 혹시 체력이 떨어지면 수술 후 경과에 문제가 생길 수 있다든지, 그럴 걱정은⋯⋯."

"그럴 걱정은 없으니 안심해도 좋아요."

그제야 안도의 한숨을 내쉬었다. 나 자신도 놀랐을 만큼 깊고 무거운 한숨이었다.

"파파상한테 가도 돼요?"

몸집이 작은 샤린이 거의 천장을 올려다보듯 고개를 들고 간호사에게 물었다.

"네, 가셔도 돼요. 지금 중환자실에 계시니 안내하겠습니다. 자, 이쪽으로."

간호사가 말하면서 어두운 복도 쪽으로 발길을 돌렸다.

나도 그 늘씬한 뒷모습을 따라 걷기 시작했다.

샤린은 잡고 있던 내 팔에서 손을 떼며 "앗, 가방, 깜빡했다" 하고 혼자 밝게 웃더니 바나나가 든 토트백을 의자에서 들고 종종걸음으로 따라왔다.

어두운 복도 중앙까지 나오자 왼쪽에 간호사실이 보였다. 간호사 다섯 명이 작은 소리로 대화를 나누며 척척 일을 처리하고 있었다. 그 모습을 곁눈으로 보면서 간호사실 앞을 지나 왼쪽으로 꺾으니 어둑어둑한 엘리베이터 홀이 나왔다. 키 큰 간호사가 휠체어라도 미는 듯한 자세로 낮은 위치에 달린 상승 버튼을 눌렀다.

"타마짱, 다행이다. 파파상, 건강해진대. 나도 기뻐."

내 뒤에서 샤린의 쾌활한 목소리가 울렸다. 소등 후의 병원에는 어울리지 않는 그 목소리에 간호사의 옆얼굴이 살짝 쓴웃음을 지었다.

조금 창피해진 내가 돌아보고 "쉿" 했다.

"아, 미안. 쉬, 해야지. 쉬."

샤린이 내 흉내를 내며 입술 앞에 집게손가락을 세운 채 되록 되록한 눈을 가늘게 뜨고 장난스럽게 미소 지었다.

* * *

도리데 중앙병원에서 집으로 가는 길은 대부분 바닷가나 산속이다. 가드레일을 따라 가로등이 켜져 있긴 하지만 시야 확보가 어려운 곡선길이나 터널이 많아 운전에 신경을 써야 한다. 게다가 비까지 내린다. 당장이라도 눈으로 바뀔 것만 같은 12월의 차가운 겨울비다.

"타마짱이 차를 갖고 와줘서 다행이다. 전철이 자주 안 다녀서 불편하거든. 고마워."

샤린이 조수석 시트에 가녀린 몸을 묻은 채 이쪽을 보고 말했다. 분명 이 시각이라면 전철이 한 시간에 한 편 있을까 말까다.

"샤린은 왜 전철 타고 왔어요?"

운전면허가 있으니 아빠 차로 오면 될 텐데 싶어 물으니 민망한 듯 고개를 움츠린다.

"파파상 차, 고장났어. 배터리, 없어. 시동이 안 걸려."

"아이고."

아마 라이트를 끄지 않고 주차하는 바람에 배터리가 방전됐을 것이다. 자주 깜빡깜빡하는 샤린은 예전에도 같은 일을 두 번이나 저지른 전과가 있다.

해안에 이르러 차가 급격한 오르막길에 접어들었다.

아빠가 '털털이'라고 무시하는 노란 경자동차 액셀을 밟았다. 세게 밟았는데도 힘이 달려 속도를 거의 내지 못했다. 십 년이 넘은 구식에다 주행거리도 꽤 높고, 살 때 가격이 단돈 '5엔'이었으니 불평할 처지는 아니지만, 이 차를 5엔이라는 파격적인 가격에 넘겨받은 사람이 바로 아빠 본인이다. 이 차를 손에 넣기까지의 과정은 또 얼마나 아빠다운지.

내가 아직 열여덟 살이었던 재작년의 일이다.

아빠가 운영하는 '이자카야 다나보타'에서 카운터를 사이에 두고 술친구 할아버지와 이런 대화를 나눴다고 한다.

"쇼타로, 내 차가 또 고장나버렸네. 자네 후배 중에 카센터 하는 친구 있다며? 혹시 인수해주려나?"

쇼타로는 아빠 이름이다. 아빠는 이마에 트레이드 마크인 파란 수건을 두르고 오렌지색 선글라스를 낀 채 근해에서 잡은 생선을 카운터 안에서 손질하며 대답했다.

"차가 왜 또 말썽이야?"

"모르겠어, 아무튼 시동이 안 걸려."

"그래? 할배, 그 차, 내가 살까?"

"응? 그걸 산다고? 움직이지도 않는 차를?"

"상관없어."

"얼마에 사려고?"

아빠가 칼을 내려놓고 얼굴을 들었다.

"글쎄……, 홀아비한테 섹시한 여친이라도 오길 바라는 마음으로, 5엔에 사줄까?"

"아하하하. 5엔? 훌륭하군."

"어차피 움직이지도 않는 고물이잖아. 폐차하는 데 돈 쓰는 것보다 차라리 5엔이라도 받는 편이 낫지?"

"그렇지, 뭐. 좋아. 내 똥차는 쇼타로한테 5엔에 팔기로 했다. 언제든 갖고 가."

그리하여 움직이지도 않는 경자동차를 5엔에 넘겨받은 아빠는 카센터를 운영하는 고향 후배인 도키타 소이치로에게 당장 전화를 걸어 수리를 맡겼다. 내 동창생인 도키타 소스케의 아버지이기도 하다. 이때 수리는 선후배라는 주종 관계를 이용하여 공짜로 시킨 모양이었다. 그 대신 이자카야 다나보타의 '삼 일간 주류 무제한' 티켓을 제공했다는 소문이다.

단돈 5엔에 움직이는 경자동차를 획득한 아빠는 그 차를 대학 입학 선물이라며 나에게 넘겼다.

"타마짱도 이제 도시로 나가 화려한 여대생 문학도의 생활을 즐겨야지. 차가 있으면 아무래도 편할 거야. 집에도 가볍게 부웅 내려올 수 있고."

이것이 선물에 곁들여진 아빠의 바람이었다. 외동딸인 내가 멀리 떨어져 살면 쓸쓸하니 이 차를 타고 되도록 자주 내려오라는 거다.

그로부터 이 년이 지났지만 감사하게도 노란 고물차는 한 번도 고장이 나지 않았다. 오히려 그동안 오디오와 내비게이션을 설치하고 타이어와 휠도 교환하여 상당한 진화를 이뤘다. 처음에는 초보였지만 운전에 곧 익숙해져서 대학 친구를 태우고 여기저기 여행도 다니고 편도 세 시간 거리의 고향에는 한 달에 한 번 꼴로 내려왔다.

하지만 도시의 정든 아파트에서 이 노란 차를 타고 '화려한 여대생 문학도라는 신분'으로 고향에 내려올 일은 이제 없겠지. 나는 대학생으로 남기를 포기했다. 삼 개월쯤 전, 교무처에 몰래 자퇴서를 냈다.

그 후로 나는 편의점과 레스토랑 아르바이트로 생활을 이어가며 문학과는 전혀 관계없는 공부에 매진했다. '창업' 관련 책이나 인터넷 정보를 두루 섭렵한 후에는 보건소에서 시행하는 '위생법규', '공중위생학', '식품위생학' 강습을 듣고 '식품위생책임자' 자격도 취득했다. 내가 하려는 사업에 반드시 필요한 자격이다.

몰래 창업 준비를 하다가 이제 아빠한테 알려야겠다고 결심하고, 대학을 자퇴했다는 내용의 사후 보고와 함께 고향에 내려와 생활하는 것에 대해 의논하려고 긴장된 마음으로 전화를 걸었는데…… 놀란 건 오히려 내 쪽이었다.

"오오, 타마짱이구나. 마침 나도 전화하려던 참이었어. 굿 타이밍이야."

"어, 그래? 왜?"

"뭐, 대단한 일은 아닌데, 만약에 내가 죽으면 엄마랑 사이좋게 지내라고 일단 말해두려고."

음?

죽다니, 뭐지?

엄마라면, 샤린 말인가?

"뭐야? 아빠. 무슨 뜻인지 도통 모르겠는데."

"내일 잠시 척추 수술을 받아야 하거든."

마치 음치가 콧노래라도 부르는 듯한 소리였다.

"어……, 내일? 수술이라니, 뭐야? 나는 그런 말 들은 적도 없는데."

18

"그렇겠지. 타마짱한텐 처음 말하는 거니까."

"뭐? 그만큼 중요한 이야기를 딸한테 어떻게 미리 안 할 수가 있어?"

대학을 그만뒀다는 중요한 이야기를 아빠에게 숨긴 사실은 슬 그머니 뒤로 감추고 성난 투로 항의했다.

"아하하. 우리 딸은 걱정하지 마."

"어떻게 걱정이 안 돼!"

"대단한 일은 아니라고 했잖아."

"대단한 일이 아닌데 수술을 왜 해? 제대로 설명해줘, 정말."

"소리 좀 지르지 마라. 그러니까 있잖아."

만사태평인 아빠 말로는 척추에 큰 종양이 생겼는데 언젠가부 터 아프기 시작하여 이참에 적출하고 대신 인공뼈를 집어넣기로 했단다.

"종양이라니…… 어, 잠깐만."

거의 패닉 상태에 빠진 나를 두고 아빠가 놀리듯 웃었다.

"어이어이, 뭐냐, 타마짱, 내가 정말로 죽을 것 같아?"

"어……, 큰 종양이 있다며……. 또 아까 내가 죽으면이라고 했 잖아……."

"아, 말한다는 걸 깜빡했네. 안타깝게도 그 종양, 양성이야. 와 하하하하."

"양성?"

"응."

"그럼 안 죽어?"

"바보, 내가 이 나이에 죽을쏘냐."

"절대 안 죽어?"

"응, 절대. 나는 죽을 때까지 살 거야. 아하하하."

"……."

태평스러운 데에도 정도가 있는 법인데 상황에 어울리지 않는 느긋한 말투에 화가 치밀다가도 한편으로는 안심이 되어 맥이 풀리는 바람에, 내가 할 말은 잊고 다음 날 수술 시간이 몇 시인지, 입원 준비는 어떻게 되어가는지, 또 양성 종양에 대해 이것저것 질문을 해댔다. 아빠는 "병원에는 샤린이 있어줄 테니 괜찮아. 타마짱은 문학 공부나 해"라고 했지만, 나는 "어떻게 그래!"라고 일갈하고 다음 날 노란 고물차를 몰고 병원으로 부랴부랴 달려온 것이었다.

액셀을 마구 밟으며 급한 오르막길을 오르고 나니 그다음부턴 완만한 내리막길이었다. 도중에 커브 구간이 있는 이 내리막길은 가속도가 붙어 사고가 자주 발생하는 지점으로 유명한 곳이다. 나는 브레이크를 잘게 밟으며 신중하게 핸들을 꺾었다.

"타마짱, 배고프다."

샤린이 말했다.

"아까 바나나 먹었는데?"

"바나나만으론 부족해. 집에 가서 맛있는 거 먹으면서 건배하자."

"건배?"

"딸이 집으로 돌아오면 가족은 기쁘지. 파파상도 타마짱이 오면 늘 건배하잖아. 또 파파상 수술 성공한 거 축하해야지."

샤린의 입술에서 흘러나온 '딸'이라는 단어가 차가운 돌이 되어 내 마음의 표면에 던져졌다. 돌이 데구루루 굴러가며 가슴에 위화감을 남겼고, 심장은 '돌아왔다'는 단어에 덜컥 반응했다. '잠시 돌아온 것'이 아니라, 몰래 대학을 그만두고 '영영 돌아온 것'이다.

아빠와 샤린에게 언젠가는 보고해야 한다. 아빠는 처음엔 조금 놀랄지도 모르지만 이유를 차근차근 설명하면 선뜻 이해해줄 사람이다. '중졸인 내가 이런 말 하는 것도 우습지만, 인생에 공부가 다는 아니니까. 타마짱은 우리 가게 얼굴마담이라도 하면 되지' 하고 웃어넘길 게 틀림없다. 옛날부터 그런 사람이었다. 샤린도 아빠 옆에서 방긋방긋 웃으며 '그게 나이스야. 가족이 함께 사는 것. 제일 행복해'라고 말할 것 같다.

나도 이제 스무 살 어른이니 수술을 앞둔 아빠한테 내 이야기를 잠시 접어둘 수 있을 만큼은 철이 들었다.

"여자 꼬드길 때처럼, 중요한 이야기를 할 때 '바로 지금'이라는 타이밍이 있거든……"하고 말한 사람이 바로 아빠다. 지금은 입 다물고 있어야 할 때라고 생각했다.

"이제 곧 도착한다. 배 속이 꼬르륵꼬르륵해."

샤린이 홀쭉한 배를 문지르며 말했다.

"편의점에 안 들러도 돼요?"

"괜찮아. 집에 가면 냉장고에 맛있는 것 잔뜩 있어."

고물 경자동차가 마지막 고개를 넘어 자그마한 시가지로 들어섰다.

이십 년 전에 태어나 십팔 년간 살았던 시골 마을.

'아오바쵸(青羽町)'라는 아름다운 이름이 붙은 마을이다.

서쪽으로 깊은 산들이 보이고 비취색의 맑은 물이 흐르는 아오바 강 하류의 부채꼴 지대에 사람들이 옹기종기 모여 살고 있다. 동쪽은 검푸른 바다다.

신록의 계절인 봄엔 산나물을 캐거나 미역을 채취하고, 여름방학이 되면 아이들이 아오바 강이나 바다에 뛰어들어 너도나도 헤엄을 치고, 어른들은 은어, 산천어, 곤들매기 낚시를 즐긴다. 요즘은 강에서 카누를 타는 사람도 많아졌다. 산들이 비단옷으로 갈아입는 가을은 버섯의 계절이다. 그리고 겨울이 되면 "심심하다, 심심해" 하고 투덜거리며 누군가의 집으로 몰려가 밤마다 국물요리를 안주로 토속주를 마셔댄다. 개중에는 추위에 굴하지 않고 바닷가에 나가 겨울에 더 맛있다는 '겨울 숭어'나 '겨울 뱅에돔'을 낚아오는 별난 남자도 있다.

아오바쵸는 자연이 아름답고 풍요로우며 사람들 간의 관계가 농밀한 마을이다. 도시로 나온 후 고향 자랑을 얼마나 늘어놓았는지 모른다. 그러나 이곳 역시 시대의 큰 흐름을 거스르지 못하고 젊은이들이 속속 빠져나가 몇 년 전에 인구 팔천 명을 찍고 말았다. 과소(過疎)화와 고령화는 지금 이 마을에서 가장 심각한 문제다.

샛말간 사이다 같은 물이 흐르는 아오바 강어귀 근처에 작은 항구가 있어, 마을 어부들이 매일 아침 신선한 생선을 뭍에 올린다. 할아버지도 아버지도 예전에는 어부였는데, 어선이 낡기도 했고 할아버지가 돌아가신 후 아빠의 요통이 심해지면서 어부 일은 그만두고 육지에 정착했다. 오래 드나들어 친숙해진 항구 근처에 생선 요리를 메인으로 하는 '이자카야 다나보타'를 개업한 것이다. 꼭 십 년 전 일이다. 열다섯 명 들어가면 꽉 찰 정도의 자그마한 술집이지만, 호쾌하고 개방적인 아빠의 성격과 신선한 해산물 덕분에 손님이 그럭저럭 찾아주었다.

'다나보타(선반에서 떡이 굴러 떨어진다는 뜻의 속어로서, 예상 밖의 행운이라는 의미 – 옮긴이)'라는 멋없는 상호는 '인생은 개그다'라고 주장하는 아빠가 생각해낸 이름이다. '굴러온 호박'이라는 말을 좋아하고 '살아 있는 것만으로 이득이다'라는 말을 좌우명으로 삼은 사람이니 이런 희한한 이름을 붙인 것도 이해가 간다. 초중학교 시절 멍청한 남학생들이 나를 보고 '다나보타 아가씨'라고 놀렸지만, 지금은 이 실없는 이름에 애착을 느낀다.

어느 날 아빠가 술에 취해 이런 말을 했다.

"선반에서 떡이 굴러 떨어진다는 말은, 요컨대 운이 좋다는 뜻이잖아? 운이 좋다는 건 신에게 사랑받고 있다는 뜻이고. 우리가 매일 밤 술 마시며 껄껄 웃고 다 같이 유쾌하게 떠들고 놀다 보면 신들도 즐거운 게 좋을 테니 자연스레 모이겠지. 신이 모이는 곳에 또 운이 찾아오는 법이야."

모두가 즐겁고, 신도 즐길 수 있는, 운이 트이는 장소…….

나도 이런 아빠의 발상이 좋다. 일본 신화에 의하면 태양의 여신이 숨어 있던 동굴에서 나온 이유도 밖에서 즐겁게 노래하고 춤추는 다른 신들의 모습을 봤기 때문이라고 하니 아빠가 해준 이야기도 아주 허무맹랑한 건 아니라는 생각이 들었다. 신도 역시 즐거운 걸 좋아한다.

우리 가족은 이 운 좋은 가게의 2층과 3층에서 생활한다. 창문 밖에 수려한 경치를 자랑하는 아오바 만이 확 펼쳐져 있어 보기만 해도 기분이 좋다. 특히 수평선 위로 아침 해가 떠오르는 장엄한 광경을 바라보며 밥을 먹을 수 있다는 건 어린 마음에도 사치스러운 일처럼 느껴졌다. 밤이 되면 시커먼 수평선에 일렬로 나란히 뜬 집어등을 볼 수 있다는 것도, 먼 파도 소리를 들으며 잠들 수 있다는 것도 내겐 큰 행복이었다.

내가 중학교 1학년이었을 때 교통사고로 죽은 엄마도 이 집을 무척 마음에 들어 했다. 집안일을 하다가 문득 손을 멈추고 드넓은 아오바 만을 바라보며 온화하게 미소 짓곤 했다.

"거의 다 왔다."

샤린의 목소리에 추억 속 엄마의 미소가 흩어졌다.

"그러네요."

"조금, 비, 내리기 시작하네."

"응."

나는 고개를 끄덕이며 아오바 강어귀에 놓인 다리 바로 앞에서 왼쪽으로 핸들을 꺾었다. 마을 사람들이 그냥 '큰 다리'라 부르는 빨간색의 큼직한 다리다.

"내일은 따뜻했으면 좋겠다. 나, 필리핀에서 와서, 추운 거 싫어."

샤린은 언 몸을 녹이려는 듯 양팔로 감쌌다.

"그렇죠?"

나는 큭 하고 웃었다. 강가의 좁은 도로를 바다 쪽으로 천천히 나아가자 강어귀 건너편에 아오바 항의 가로등이 보이기 시작했다. 우리 집은 반대편인 왼쪽에 있다.

가게 앞의 비포장 공터로 들어가 물웅덩이가 없는 부분으로 골라 주차했다. 기어를 파킹에 놓고 사이드브레이크를 당겼다. 시동을 끄자 툭툭두두두둑……하는 쓸쓸한 소리가 차 안을 채웠다.

싸구려 차 지붕을 두드리는 빗소리다.

"타마짱, 운전 고마워."

"네."

각자 윗옷을 걸치고 짐을 들고 차에서 내렸다. 빗속을 종종걸음으로 달려 가게 뒤쪽으로 돌아갔다.

샤린이 열쇠로 뒷문을 열었다.

우리 집 열쇠를 샤린이 갖고 있다는 당연한 사실에 위화감을 느끼는 나 자신에게 한숨을 쉬고 싶어졌다.

"꺄, 젖었다. 비, 차가워. 타마짱, 얼른 들어가."

샤린이 문을 당겨서 연 후에 내 등을 밀어 먼저 집 안으로 들어가게 했다. 이런 친절도 뒤집어 생각하면 샤린은 이 집에 사는 사람이고 나는 외부에서 온 손님이라는 의식을 갖게 한다. 자꾸만 이런 식으로 생각하는 나 자신의 좁은 마음이 또 싫어서, 이번엔 실제로 작은 한숨을 내쉬고 말았다.

2층에 올라가 거실 스토브를 켰다. 고타쓰 스위치도 켰다.

내가 살았던 때와 비교하면 거실이 조금 어수선해졌다. 샤린은 정리정돈이 서툴다. 벗은 옷이 주변에 어질러져 있거나 사용한 그릇이 고타쓰 위에 남아 있는 경우가 많다.

집 안이 이런 상태인데 아빠는 아무렇지도 않은 걸까?

문득 거실 안쪽의 불단으로 눈길이 갔다.

엄마는 깔끔한 성격이어서 이 전망 좋은 멋진 집을 늘 깨끗이 유지했다.

향을 사르려고 불단으로 다가가는데 뒤에서 목소리가 들렸다.

"타마짱, 기다렸지?"

샤린이 1층 가게 냉장고에서 맥주와 안주를 적당히 챙겨 쟁반에 담아와, 고타쓰 위에 있던 그릇을 적당히 옆으로 밀어놓고 맥주와 안주를 나란히 놓았다.

"있잖아요, 샤린."

"응?"

"건배하기 전에 향 올려도 돼요?"

샤린에게 허락받을 필요는 없지만 일단 양해를 구했다.

"물론이지. 그거, 좋은 일이야. 나도 향 올릴게."

불단 앞에 섰다. 집 안 청소는 부실한데 불단은 안쪽도 바깥쪽도 위패도 깨끗이 닦여 있어 조금 안심했다.

100엔짜리 라이터로 양쪽 초에 불을 붙였다.

샤린이 내 뒤에 서는 기척을 느끼며 초에서 향으로 불을 옮겼다.

향로에 조심스레 세우고 종을 울린다.

가느다란 연기가 사르르 피어올랐다.

나는 양손을 모으고 눈을 감았다.

눈꺼풀 안쪽에 엄마의 은혜로운 미소가 떠올랐다.

엄마가 돌아가신 칠 년 전부터 한동안은 불단 오른쪽 옆에 영정사진이 걸려 있었다. 아빠, 엄마, 나, 우리 세 가족이 근처 방파제에서 전갱이 낚시를 하며 찍은 사진이었다. 사진 속의 엄마는 푸른 수면에 난반사된 햇빛을 받아 눈부신 듯 미소 짓고 있다. 내게는 엄마의 미소가 행복한 가족의 상징이었기에 그 사진을 볼 때마다 마음이 애틋해지곤 했다.

그로부터 사 년 후 아빠는 샤린과 재혼했고 불단에서 엄마의 영정사진이 사라졌다. 새 아내가 전처 사진을 두는 걸 싫어했는지 아빠가 새 아내를 배려한 것인지는 알 수 없다. 그때 나는 열일곱이었고 그 일에 대해선 굳이 언급하고 싶지 않았다. 방석과 다리미 따위를 보관하는 벽장 구석에 아무렇게나 처박힌 엄마 사진을 발견했을 때 가슴 깊은 곳에 고인 샘물이 뜨겁게 용솟음치는 바람에 혼자 흐느낀 기억이 있다. 나는 갑갑하고 어두운 벽장에서 엄마 사진을 '구출'하여 가슴에 안고 3층 내 방으로 돌아와 책상 서랍에 몰래 감춰두었다.

그 후로 무슨 일이 있을 때마다 서랍을 열어 행복하게 미소 짓는 엄마와 대면했다. 만화 〈도라에몽〉처럼 나의 책상 서랍은 행복했던 시절로 순간 이동 시켜주는 일종의 타임머신과도 같았다.

엄마.
나 왔어요.

나는 영정사진도 없는 불단 앞에 서서 천천히 눈을 떴다.

모았던 두 손을 내렸다.

내가 옆으로 이동하자 샤린이 가운데로 와서 일본인처럼 익숙한 손짓으로 종을 울리고 향을 두 개 피웠다.

"왜 두 개예요?"

"파파상 거랑 내 거."

샤린은 당연한 걸 왜 묻냐는 표정이었다. 눈을 되록되록 뜨고 합장한 채 평소의 발랄한 목소리로 위패를 향해 말을 걸었다.

"에미 씨, 타마짱이 왔어요. 파파상 수술도 성공적으로 끝났고. 이제 걱정 없어요."

나는 그 모습을 옆에서 바라보며 무심코 숨을 멈췄다. 샤린의 입에서 엄마 이름이 나왔다는 사실에 충격을 받았다.

샤린이 합장했던 손을 내리고 돌아보았다.

"타마짱, OK지?"

"에? 아, 네."

"이제 건배하자. 나, 배고파."

샤린이 양손으로 배를 움켜쥐며 야단맞은 아이처럼 시무룩한 얼굴을 했다. 그 몸짓이 우스워서 풋 하고 웃음을 터뜨리고 말았다. 샤린도 조금 쑥스러운지 "후후후" 하고 웃었다.

둘이 마주앉아 고타쓰에 발을 집어넣었다.

"일본 고타쓰, 너무 좋아."

말하면서 샤린이 캔맥주를 땄다.

"겨울엔 역시 고타쓰죠."

나도 푸슉 하고 캔을 땄다.

"자, 타마짱, 수술 성공을 축하하며, 건배."

"네. 건배."

우리는 컵을 사용하지 않고 캔끼리 맞부딪쳤다.

둘이서 꿀꺽 하고 목을 울렸다.

"맛있다아."

샤린이 눈을 가늘게 뜨고 웃었다.

고타쓰 위에 차려진 안주는 역시 가게 냉장고에 남아 있던 음식들이었다. 사발에 가득 든 꼴뚜기 회, 나물, 계란말이, 단호박찜, 그리고 자그마한 주먹밥 네 개였다.

"웬 주먹밥?"

내가 고개를 갸우뚱하니 샤린이 어깨를 움츠리며 웃었다.

"주먹밥은 내가 낮에 만들어놓고 병원에 갖고 가는 걸 깜빡했어. 그래서 가방에 바나나밖에 없었던 거야."

"아이고~."

"타마짱 두 개, 나 두 개. 도시락이었는데 집에 두고 갔으니 의미가 없네."

샤린이 자기가 한 말에 킥킥 웃었다.

"큭, 덜렁거리는 건 여전하네요."

"맞아. 나, 덜렁이야. 그러니까 지금 배가 고픈 거야."

가식 없는 소녀 같은 샤린이 거무스름한 작은 손으로 뭉쳐준 주먹밥을 나도 한입 가득 넣었다.

안에 매실이 들어 있었다. 제대로 일본 맛이 났다. 당연하지만.

"맛있어요."

순수한 마음으로 칭찬했다.

"땡큐."

샤린도 순수한 미소를 지었다.

이 사람, 만약 친구 사이라면 좋아했을 텐데…….

새엄마가 아니라, 보통 친구라면.

나는 쏟아질 듯한 한숨을 맛있는 밥알과 함께 삼켰다.

그러고 우리는 아빠 이야기를 했다.

몸에 관이 몇 개나 꽂혀 있는데도 잠든 얼굴이 행복해 보였다거나, 내일 이후의 간병에 대해 의논했고, 병이나 건강에 무심한 사람이니 우리가 조심시키지 않으면 안 된다는 데에 의견 일치를 보았다.

이런 대화를 나누다 보니 진짜 가족 같다는 생각이 들려던 순간, 문득 당황스러워진 나는 그 생각을 떨치고자 애썼다.

샤린은 가족 같은 게 아니라, 가족이다.

아빠를 도마에 올려놓고 한바탕 수다를 떤 후에는 배터리가 방전된 차를 카센터 사장 아들이자 내 친구인 도키타 스스케에게 맡기는 것으로 합의를 보고 가게 단골손님들 이야기를 나누며 맥주와 안주로 위장을 채워갔다. 몰랐는데 나도 꽤 배가 고팠는지 일단 젓가락을 움직이기 시작하니 멈출 수 없었다.

맥주를 두 캔씩 비웠을 때 샤린이 가게로 내려가 사케를 꺼내 왔다. 됫병에 든 술을 호리병에 솜씨 좋게 옮기고 전자레인지로 미지근하게 데워주었다.

"자, 마셔, 마셔" 하면서 샤린이 따라주었다.

"고마워요. 샤린도 마셔요."

나도 따라주었다.

샤린은 처음 우리 집에 왔을 때 거의 모든 전자제품을 어떻게 사용하는지 몰라 애먹었다. 전자레인지에 금속 그릇을 넣고, 내가 녹화해둔 텔레비전 프로그램을 실수로 지워버리고, 세탁기에 세제를 너무 많이 넣어 거품이 넘친 적도 있고, 걸레와 행주를 구분할 줄 몰라 식탁을 걸레로 닦은 적도 있다. 어떤 날엔 잘 먹지도 못하는 낫토에 도전했다가 눈을 희번덕거리며 화장실로 달려가 토했다.

그랬던 샤린이 불과 삼 년 동안 일본 생활에 제법 적응하여 여러 가지 일을 할 수 있게 되었다. 전자제품 정도는 자유자재로 사용한다. 지금은 아빠 대신 식칼 들고 생선을 손질하여 회도 뜬다니 충분히 박수 받을 만하다고 생각한다.

샤린은 '엄마'라고 하기엔 솔직히 저항감이 있지만 아빠의 '아내'로서 가게 '여주인'으로서 착실하게 자리 잡아가고 있다. 그 점은 제대로 평가해주고 싶다.

"있잖아요, 샤린."

"응?"

도저히 서른아홉 살로는 보이지 않는 어린 얼굴이 미지근한 술을 홀짝 마시고는 가느다란 머리카락을 쓸어 올렸다. 가슴까지 드리워졌던 검은 머리카락이 등 쪽으로 스르르 넘어갔다.

"아빠 병세가 진정되고 난 후의 일이긴 한데."

"병세?"

"아, 으음……, 병의 상태."

"OK. 병세, 이해했어."

"응. 그때 나, 여기로 이사할까 해요."

"엣?" 자작을 하던 샤린의 손이 멈췄다. "타마짱, 대학은? 집에서 다니려고?"

"사실은요, 대학은 9월에 그만뒀어요."

샤린은 눈을 둥그렇게 뜨고 "어머나" 하고 말했다.

"왜? 왜 그만뒀어? 파파상도 알아?"

"아뇨, 아빠한텐 아직 말 안 했어요."

한 번 더 과장스럽게 "어머나" 하고 놀란 샤린은 가슴에 양손을 올리고 자신을 진정시키려는 듯 심호흡을 하고는 잔 두 개에 술을 따라 하나를 내 앞에 놓았다.

아무 말 없이 눈으로만 '그래서?' 하고 뒷말을 재촉했다.

"수술을 앞두고 있어서 아빠한텐 말 못 했어요."

"OK, 이해해. 지금은 아직 비밀이 좋겠네."

잔을 들어 입에 술을 머금었다. 알코올이 휘발되면서 코를 찌름과 동시에 쌀의 단맛이 혀를 촉촉이 적셨다.

"나, 대학 그만두고 일하려고요."

"일?"

"네."

내가 고개를 끄덕이자마자 샤린이 양손을 입에 대고 함박 미소를 지었다.

"타마짱, 나랑 같이 가게 일 도우려는 거구나!"

"네?"

그게 아니라……라고 설명하려는데 또 말문이 가로막혔다.

"파파상, 수술하고 입원해. 가게에 못 나와. 나, 대신 노력할 거야. 요리도 배웠어. 조금이지만. 재료 가져다주는 아저씨도, 모두 친구야. 그러니 가게는 OK. 타마짱이랑 나, 같이하면 문제없어. 훨씬, 훨씬, 굿이야."

들뜬 여고생처럼 흥분된 표정으로 샤린이 재잘댔다.

"아니, 그게……."

"타마짱이 돌아오면 파파상은 기뻐. 에미 씨도 기뻐."

"어……."

"나도 엄청 기뻐. 가족이 늘 함께 있어. 그게 최고의 행복이야."

샤린이 고개를 왼쪽으로 살짝 돌렸다. 불단 쪽을 본 것이다. 입가에 야무진 미소가 담겼다. '그렇죠? 에미 씨'라고 말하는 듯했다.

"샤린."

나는 일부러 목소리를 차분하게 가라앉혔다.

"응?"

"미안한데, 아니에요. 내가 하려는 건 가게 일이 아니에요."

"……"

샤린이 입가에 약간의 미소만 남긴 채 잠자코 고개만 갸우뚱했다.

"내가 하고 싶은 일은요."

그러고 술을 한 모금 홀짝였다.

샤린은 작은 의식이라도 치르는 것처럼 다소곳이 술을 마셨다.

"으음, 어떻게 설명하면 좋을까."

"……"

"한마디로 표현하면 심부름 배달인데……, 뭔지 알겠어요?"

샤린은 기억을 더듬듯 오른쪽 위를 응시하다가 곧 입을 열었다.

"심부름은 부탁받고 쇼핑하는 거지? 배달은?"

"갖다 주는 서비스."

"OK, OK. 알겠어. 차로 짐을 운반하는 건가?"

"네, 맞아요."

"그런데 왜 타마짱이 그런 일을 해?"

나는 마음속으로 '응, 바로 그 점이 중요해요'라고 중얼거렸다. 되도록 쉬운 단어로 설명하기 위해 고심했다.

"이 마을에는요, 다리가 불편해서 멀리 나가기도 힘들고, 운전도 못하는 노인들이 많잖아요."

"응. 많지."

"생활에 필요한 물건을 사러 가기 어려운 분들께 원하는 상품을 배달해드리고 싶어요. 말하자면 할아버지, 할머니들의 심부름을 해드리는 일이죠."

이해할까? 이렇게 설명하면.

약간 불안한 마음으로 샤린을 보았다.

이토록 진지한 샤린의 눈빛은 처음이었다.

"어때요? 무슨 말인지 알겠어요?"라는 내 질문에 샤린은 평소답지 않게 "음……" 하고 눈살을 찌푸렸다.

"나는 잘 모르겠네."

"어……. 내 설명이 어려웠나?"

"아니, 그게 아니야. 말뜻은 알아들었어. 타마짱의 여기를 모르겠단 뜻이야."

샤린은 '여기'라고 할 때 자기 가슴을 가리켰다. 나 또한 샤린이 무슨 말을 하고 싶은 건지 알 수 없어 고개를 갸우뚱했다. 샤린은 드러내놓고 불만스러운 티를 내며 "하아" 하고 손에 들었던 술잔을 내려놓았다.

"타마짱은 우리 가족의 일원이잖아. 파파상이 입원한 건 가족에게 위기야. 필리핀에선 가족이 가장 소중해. 가족을 돕는 게 당연해."

샤린이 말을 끊고 나를 보았다. 씁쓸한 그 표정이 여느 때의 천진난만하고 발랄한 모습과 딴판이어서 유난히 느낌이 안 좋았다.

정론을 펼치는 직설적인 말투에 마음이 상한 건지, '필리핀에선'이라는 대목에 거부감이 생겼는지……, 아무튼 나는 샤린의 말에 심사가 뒤틀렸다.

"일본도 가족은 소중해요. 그건 나도 알아요. 하지만……."

"노, 노, 안 돼. 타마짱은 몰라."

샤린이 내 말을 막고 부정적인 대사를 늘어놓았다.

나는 숨을 꾹 참은 채 눈앞에 있는 필리핀인을 보았다. 불만이 가득한 그 두 눈에 황당한 기색이 비쳤다.

이 여자, 나를 무시하는 거야?

나는 멈췄던 숨을 천천히 내뱉고는 의식적으로 심호흡을 하여 일단 기분을 가라앉히려 했다.

험악한 공기가 우리 두 사람에게서 말을 앗아갔다.

문득 시즈코 할머니의 웃는 얼굴이 뇌리에 떠올랐다. 내가 참 좋아하는 외할머니. 아오바 강어귀에서 강을 따라 조금 올라가면 혼자 사는 할머니 집이 나온다. 몇 년 전에 논일을 그만둔 후로 눈에 띄게 쇠약해져서 요즘은 장을 보러 가는 것조차 힘들어졌다.

　심부름 서비스는…… 원래 외할머니를 위해 시작하려고 생각한 일인데…….

　나는 작정하고 입을 열었다.

　"저기요, 한 번 더 말하겠는데, 나한테도 가족은 소중하고……."

　그때 분위기에 어울리지 않는 기계음이 고타쓰 위에서 울렸다.

　피로피로링. 피로피로링.

　내 휴대폰 소리다.

　뭐야, 하필 이런 때에.

　휴대폰을 들어 화면을 보니 도키타 소스케라는 이름이 표시되어 있었다. 나는 샤린을 힐끗 보고 난 후 전화를 받았다.

　"여보세요."

　"아, 타마짱?"

　옛날부터 변함없는 태평스러운 친구 목소리에 마음이 조금 편안해졌다.

　"응, 오랜만이다."

　"지금 통화 가능해?"

　내가 "괜찮아"라고 대답하자 샤린이 고타쓰에서 다리를 빼고 일어났다. 이쪽으로 등을 돌리고 계단을 향해 종종걸음 친다.

　"쇼타로 아저씨, 수술하셨지?"

　"아, 응."

"상태는 어떠셔?"

걱정을 달고 사는 소스케답게 조금 불안한 목소리다.

"성공적으로 끝났어. 덕분에."

나는 되도록 가벼운 말투로 대답했다.

소스케가 전파 저편에서 자그맣게 한숨을 쉬었다. 그러고 난 후엔 아주 조금 목소리가 밝아졌다.

"그렇구나. 응. 그렇다면 다행이다. 우리 아버지도 걱정 많이 했어. 메시지 보내도 아저씨한테 답이 없다면서 타마짱한테 전화해서 물어보라는 거야. 그래서 전화했어."

"그랬구나. 고마워."

대답하면서도 내 눈은 고타쓰에서 빠져나간 샤린의 뒷모습을 좇았다. 샤린은 이쪽을 돌아보지 않고 계단을 올랐다. 3층에는 내 방과 부부 침실이 있다.

"네 말 들으니 나도 안심이 된다."

이제 샤린의 모습이 보이지 않는다. 나는 잔에 조금 남아 있던 술을 들이켜고 소스케에게 들리지 않게끔 자그맣게 숨을 내쉬었다. 그러고 다시 상황 설명을 이어갔다.

"수술은 잘 끝났지만 수술 시간이 예정보다 길어져서 체력이 많이 떨어지셨대. 오늘 밤에는 마취 상태로 계속 잠재우기로 했나 봐. 그래서 메시지를 못 봤을 거야."

"아, 그렇구나."

"응. 소이치로 아저씨한테 이제 걱정하지 마시라고 전해줘."

"응, 알겠어."

그때 생각났다.

"아, 참, 나도 소스케한테 연락하려고 했는데."

"왜?"

"우리 아빠 차 수리 좀 부탁하려고."

"수리라니, 사고 났어?"

"아니, 배터리가 방전됐나 봐."

"아무 말 안 했어?"

"아무 말 안 하다니?"

"방전됐다고 샤린이 그래?"

"응."

소스케가 큭 하고 웃었다.

"또야. 샤린, 지난달에도 그랬어."

좀 덤벙대는 사람이라…… 라고 말하려다 입을 다물었다. 3층에서 샤린이 내려왔기 때문이다. 통화 중인 나와 눈이 마주치자 샤린이 태연한 얼굴로 욕실을 손가락으로 가리켰다. 먼저 목욕한다는 뜻인 듯했다. 둥글게 뭉친 분홍색 잠옷을 오른팔에 끼고 있었다. 나는 휴대폰을 귀에 댄 채 말없이 고개를 끄덕였다.

샤린이 욕실 문을 열고 안으로 들어갔다. 조금 전까지 제법 정색을 하고 언쟁했는데 샤린의 표정에서는 이미 험악한 빛이 사라져 있었다. 기분파 샤린에겐 종종 있는 일이다. 간혹 내 감정이 따라가기 벅찰 뿐.

적절한 타이밍에 전화를 걸어준 소스케에게 고맙다는 생각마저 들었다.

"어, 여보세요, 타마짱, 듣고 있어?"

"아, 미안. 방금 샤린이 와서. 지금 목욕하러 들어갔어."

목소리를 조금 낮추고 말했다.

"그래? 호랑이도 제 말 하면…… 뭐, 그런 건가?"

"그러게 말이야."

나는 소리 없이 쓴웃음을 지었다. 소스케도 전화 저편에서 미소 짓는 듯 느껴졌다.

"그럼, 타마짱은 지금 아버지 집에 와 있어?"

"응, 조금 전에 도착했어."

"흐음. 내일은?"

"응?"

"차 고친다며."

"아, 응. 부탁해."

"몇 시쯤 괜찮아?"

"나는 몇 시라도 좋아. 너한테 맞출게."

"어쩔까? 그럼……, 열 시에 그쪽으로 갈게."

"오케이. 고마워. 덕분에 살았어."

"그래, 내일 보자."

"응, 잘 자. 아저씨한테 안부 전해줘."

"응. 너도 잘 자."

전화를 끊고 휴대폰을 고타쓰 위에 놓았다.

탁……, 하는 작은 소리가 조용한 거실에 울렸다.

테이블 위에 아무렇게나 놓인 술과 안주는 두 사람분인데, 여기 있는 건 나 혼자다. 그런 상황이 방 안의 공기를 허무하게 만들었다.

"어이차."

고타쓰에 양손을 짚고 일어났다. 냉큼 뒷정리를 하고 싶었다. 다른 사람도 아니고 샤린이니, 그냥 두면 이대로 치우지도 않고 자버릴 것이다.

먹다 남은 안주 그릇에 랩을 씌우고 부엌 냉장고에 넣었다. 언제 사용했는지조차 알 수 없는 그릇들까지 대충 닦아 스테인리스 식기 건조대에 세워두었다. 행주로 테이블 위를 닦으면 뒷정리는 이제 끝이다. 복도 안쪽에서 샤워 소리가 들렸다. 귀를 기울이니 콧노래도 희미하게 섞여 있었다. 어휴. 오늘은 더 이상 샤린의 얼굴을 보고 싶지 않아서 계단을 올라 3층 내 방으로 들어와버렸다.

불을 켜니 세 평 남짓한 낯익은 공간이 눈앞에 나타났다. 나는 손잡이에 달린 버튼을 눌러 문을 잠갔다. 책상, 의자, 침대, 싸구려 옷장과 작은 책장. 하얀 벽지에 소박한 커튼. 여자 방치고는 살풍경해도 내겐 이 세상에서 가장 편안한 공간이다. 물론 도시에서 혼자 사는 집에도 애착은 느끼지만, 왜 그런지 잠시 머물다 갈 '임시 거처'라는 생각밖에 안 들었다. 나의 '가정'은 역시 고향 집이고, 나의 안식처는 바로 이 방이다.

"추워……."

12월의 냉기에 어깨를 움츠리며 난방을 켰다.

책상 서랍을 조심스럽게 열었을 때 눈부신 듯 미소 짓는 엄마의 눈과 마주쳤다. 색이 바랬는지 사진이 예전보다 조금 흐릿해진 것 같았다.

"나 왔어요, 엄마."

속삭이는 목소리로 말을 건 후에 양손으로 액자를 들어 책상 위에 세웠다.

서랍을 닫으려는 순간, 문득 어떤 물건에 시선이 멈췄다. 영정 사진 옆에 넣어둔 자그마한 주머니. 초등학교 2학년 때 엄마의 엄마, 즉 시즈코 할머니가 직접 손바느질을 하여 만들어준 파우치다. 면 원단을 퀼팅한 것인데, 표면에 귀여운 네잎클로버가 잔뜩 그려져 있다. 보들보들한 촉감도 마음에 들었다.

어릴 적 나는 꽤 말괄량이여서, 이 주머니에 보물이랑 용돈이랑 아무튼 작은 것이라면 뭐든 쑤셔 넣고는 끈을 잡고 휙휙 돌리며 바깥을 뛰어다니곤 했다.

그 당시 천진난만했던 나를 둘러싼 세계에서는 지금보다 훨씬 부드럽고 반짝반짝 빛나는 바람이 불었던 것 같다. 네잎클로버 주머니를 들고 다닌 덕분인지 신기하게도 내 주변에는 좋은 일, 즐거운 일만 많았다. 그 시절의 나는 무척 행복했다. 아마도 엄마가 죽기 전까지는 행복할 조건이 넘치지도 않고 모자라지도 않게 끔 갖춰져 있었던 것 같다.

그렇다…….

십 년 전에 만들어진 주머니를 손에 들어보았다.

천은 아무래도 후줄근해졌지만 오히려 그 부드러움이 추억을 되살리는지도 몰랐다.

불현듯 서글퍼져서 주머니를 코에 대고 냄새를 맡았다. 먼지 같은 그 냄새가 비 온 후의 통학로를 회상케 했다.

너무 좋다, 이 주머니.

그 순간 좋은 생각이 떠올랐다.

그래. 심부름 서비스를 시작하게 되면 이 주머니를 지갑으로 쓰자. 네잎클로버가 있고 내가 좋아하는 외할머니가 직접 만들어준 주머니이니 분명 행운을 끌어들일 것이다.

그리고…….

나는 코에서 주머니를 떼고 왼쪽 아래에 유성매직으로 적힌 여섯 글자를 응시했다.

하야마 타마미

엄마가 써준 내 이름.

엄마엄마, 귀엽게, 동그란 글자로 써줘~.

어린 내가 학용품에 이름을 써달라고 엄마를 조른다. 그러면 엄마는 다정하게 웃으며 잘 쓰는 글자를 일부러 조금 허물어뜨려 동글동글하게 써주었다. 한 글자씩 사랑을 담아 적는 엄마의 오른손과 살짝 고개 숙인 온화한 옆얼굴은 지금도 선명하게 떠올릴 수 있다. 어쩌면 내 글자가 조금 동그스름한 것은 엄마가 써주는 글자를 유심히 봐왔기 때문인지도 모른다.

나는 주머니에 적힌 여섯 글자를 다시금 바라보았다. 감탄이 나올 만큼 지금 내 글자와 쏙 빼닮았다.

핏줄은 이런 데서도 나타나는구나.

엄마 사진을 보며 속으로 중얼거렸다.

엄마는 늘 똑같은 얼굴로 나를 보고 있다.

문득 노크 소리가 들렸다.

"타마짱, 욕실 다 썼어. 나 먼저 잘게."

샤린의 목소리. 문을 열까 말까 한순간 망설였지만 그냥 인사만 하는 쪽을 선택했다.

"아……, 네. 고마워요."

그리고 1초, 2초, 3초…….

문으로 가로막힌 공간에 불쾌한 침묵이 겹겹이 쌓이는 걸 참지 못하고 막 입을 열려던 순간.

"잘 자, 타마짱."

샤린이 먼저 말했다.

잘 자라는 인사에 내 이름을 붙여주었다는 사실에 왠지 안도감이 느껴졌다. 그래서 나도 "안녕히 주무세요" 다음에 "내일 봐요"를 덧붙일 수 있었다.

문 너머로 샤린의 희미한 발소리가 들렸다. 곧 딸깍 하고 옆방문이 닫히는 소리도 들렸다.

가족이 위기에 빠졌을 땐 돕는 게 당연하다.

샤린 말이 맞다.

나 자신이 한심하게 느껴져서 한숨이 나왔다. 창문 쪽으로 눈길을 돌리니 커튼 사이 어둠 속에 자그마한 빛이 보였다. 집중해서 응시하는 동안, 비 내리는 밤하늘 아래 수평선을 따라 일렬로 늘어선 집어등이라는 걸 알았다. 가랑비는 꽤 차갑지만 바람이 거의 불지 않아 바다가 잔잔한 모양이었다.

나는 책상 위에 둔 엄마 사진을 안고 창가로 다가가 커튼을 획 열어젖혔다. 얼음처럼 차가운 유리 너머로 끈적끈적한 콜타르 같은 바다가 펼쳐졌다. 그 바다 끝에 크림색 빛이 가로로 늘어서 있다. 집어등 하나하나가 가랑비에 번져 마치 민들레 솜털처럼 보였다.

먼 옛날 꿈속에서 본 것 같은 풍경이다.

"비 오는 밤의 불빛은 예쁘긴 한데 좀 쓸쓸하네."

나는 가슴에 품은 엄마에게 말을 걸어보았다.

* * *

다음 날 아침에 일어나 아래층으로 내려가니 고소한 생선구이 냄새가 났다. 부엌에 나와 있던 샤린이 나를 보자마자 남국의 태양처럼 활짝 웃어주었다.

"타마짱, 잘 잤어?"

어젯밤의 일은 완전히 잊었다는 듯이 구는 샤린을 대체 어떻게 대하면 좋을지 몰라 당황스러웠다.

"아, 안녕히 주무셨어요."

"샛돔이야. 거의 다 구워졌어. 이 생선, 맛있어."

"네……."

요리하는 소리. 맛있는 냄새. 데님 앞치마를 입고 된장국을 휘젓는 샤린을 보고 나니 '아빠의 아내'라는 사실이 새삼스럽게 다가왔다. 지금 눈을 감으면 샤린 대신 엄마의 모습이 떠오르겠지. 헤어스타일도, 옷도, 표정도, 결혼반지를 낀 부드러운 손까지 생생하게 재현할 수 있으리라.

기분 좋은 얼굴로 나를 위해 아침식사를 차려주는 샤린을 왠지 똑바로 볼 수 없어, 나는 부엌 옆 거실로 향했다. 어젯밤에 샤린과 건배했던 공간이 눈부신 빛으로 가득 차 있었다. 바닥까지 내려오는 동쪽의 커다란 창문으로 레몬색 아침 햇살이 듬뿍 쏟아지고 있었다.

창가에 서서 반짝반짝 빛나는 바다를 바라보았다.

어젯밤에 집어등을 밝혔던 어선들은 항구로 돌아가, 지금쯤이면 물고기를 뭍에 올리는 작업까지 다 끝났을 것이다.

"타마쨩, 신문 거기 있어. 고타쓰 위에. 나는 전혀 못 읽지만."

샤린이 장난스럽게 말했다. 매일 아침 아빠를 위해 1층 신문함에서 꺼내오는 것이 습관이 된 모양이다.

"고마워요. 그 전에 세수 좀 하고 올게요."

샤린이 부엌에서 손가락으로 OK 사인을 만들어 보였다.

어젯밤에 목욕도 하지 않고 자는 바람에 아침부터 세수하고 이 닦고 머리까지 감아버렸다. 세면대에 빨강과 파랑 컵이 사이좋게 놓여 있고, 각각의 컵에 빨강과 파랑 칫솔이 하나씩 꽂혀 있다. 하늘색 내 칫솔은 컵 안이 아니라 세면대 거울 문 안쪽 선반에 수납되어 있었다.

공연히 심사가 뒤틀려, 내 칫솔이 보라색이 아닌 것만으로 다행이라고 생각했다. 빨강과 파랑을 섞으면 보라색이니까. 만약 엄마가 살아 있다면 하얀 칫솔을 썼을 것이다. 아빠가 파랑, 엄마는 하양, 그리고 내 칫솔은 하늘색.

그런 심술궂은 생각을 하며 양치질을 끝내고 드라이어로 머리를 말리는데, 악의라곤 조금도 느껴지지 않는 목소리가 거실에서 들렸다.

"타마짜앙, 식사 준비 다 됐어."

"네에……."

작은 죄책감과 함께 대답을 뱉어냈지만 조금 더 혼자 머리를 말리고 싶었다.

우리는 어젯밤과 같은 고타쓰 자리에 앉아 "잘 먹겠습니다"라고 말했다.

샤린이 차린 아침상은 감탄이 나올 정도였다.

고슬고슬한 흰밥에 무와 미역을 넣은 된장국, 소금을 뿌려 짭짤한 샛돔구이, 어젯밤 술안주로 먹다 남은 꼴뚜기 회는 누룩소금으로 간을 한 산뜻한 맛의 볶음 요리로 변신했다. 샛돔구이는 지느러미에 소금을 듬뿍 묻혀 타지 않게 하려고 애쓴 흔적이 눈에 보였다.

"샤린."

"응?"

"맛있어요. 전부."

조금 쑥스러웠지만 전하고 싶은 말은 전하자고 생각했다.

"와우, 기뻐라. 고마워, 타마쨩."

아빠와 결혼한 지 삼 년. 이 가녀리고 어려 보이는 필리핀인의 노력과 발전에는 솔직히 고개를 숙이지 않을 수 없다. 일본에서 태어나 이십 년을 살아온 나를 능가하는 '일본인의 아내'다.

"내가 좋아하는 생선은 샛돔이랑 전갱이랑 꽁치. 타마짱이 좋아하는 건⋯⋯, 음, 뭐더라, 눈이 크고 이만한."

"메히카리(홍메치목에 속하는 물고기로서, 맛이 좋고 유통량이 적어 고급 생선으로 통한다 - 옮긴이)?"

"아, 맞다. 메히카리. 그건 가게에서 안 팔더라."

샤린은 말하면서 찻주전자에 녹차까지 준비해주었다.

"아, 미안해요. 혼자 하게 해서."

이 정도면 나도 미안해지는 게 당연하다.

"OK야. 문제없어."

"그럼 설거지는 내가 할 테니."

"노, 노, 어젯밤에 먹은 거, 타마짱이 치웠더라. 그러니까 오늘 아침엔 내가 할게. 전혀 문제없어."

대화에 '어젯밤'이라는 단어가 나와도 샤린의 표정은 여전히 밝았다. 필리핀인에겐 지나간 일은 마음에 두지 않는 기질이라도 있는 걸까? 아니면 이 사람, 혹시 어젯밤의 언쟁을 잊은 건가⋯⋯ 라고 생각하니 오히려 불안해진다. 그렇다고 아침부터 어젯밤 이야기를 굳이 꺼낼 필요는 없으리라.

소스케에게 차 수리를 의뢰했다는 보고와 메히카리는 어획량이 적지만 인터넷으로 살 수 있다는 정보, 어젯밤 집어등이 예뻤다는 이야기로 되도록 무난한 대화를 이어가며 자칫 어색해질 뻔했던 아침식사를 끝냈다. 결국 뒷정리도 샤린이 맡아주었다.

샤린이 혼자 하기보다 내가 돕겠다고 나서서 부엌에 나란히 서면 될 일이다. 그건 안다. 하지만 나는 "잘 먹었습니다"라는 인사만 남기고 3층 내 방으로 들어와버렸다.

"아~아."

자그맣게 신음하며 침대 위로 쓰러졌다.

벌렁 드러누우니 뭔가가 내 가슴 표면을 대구루루 구르는 것 같았다.

위화감이라는 이름의 그 돌멩이다.

*　　*　　*

오전 열 시 조금 전.

내 방 창 너머로 남빛 바다를 멍하니 바라보며 스트레칭을 하는데 밖에서 빠빵 하는 경적이 울렸다. 소스케다.

일어나서 바다 반대쪽 작은 창으로 얼굴을 내밀고 가게 주차장을 내려다보았다. 창문 바로 아래에 밴 타입의 하얀 경차가 서 있고, 운전석 문에 기댄 나의 오랜 친구가 눈부신 듯한 표정으로 올려다보며 내게 오른손을 들었다.

"안녕."

나도 손을 흔들며 "내려갈게"라고 말했다.

내 입에서 나온 하얀 입김이 12월 아침의 얼어붙은 공기 속으로 동그랗게 퍼져나갔다.

"타마짱 얼굴 보는 거 오랜만인 것 같네."

내가 가게 밖으로 나가자마자 소스케가 고분고분한 시바견 같은 얼굴을 활짝 펴고 웃는가 싶더니, 다음 순간, 그 시선이 내 발끝에서 머리 꼭대기까지 재빨리 훑는다. 맨얼굴에다 지나치게 편안한 옷차림이라 좀 창피하여 괜히 군인처럼 경례를 했다.

"오늘 잘 부탁드리겠습니닷."

"아하하. 뭐야, 너. 얼른 차 키나 줘."

"넵."

소스케의 손바닥에 아빠 차 키를 올렸다. 십 년 된 하얀색 도요타 마크Ⅱ다. 적당한 성격인 아빠가 소스케의 아버지에게 "옥션에서 100만 엔 안 넘는 중고차 적당한 걸로 하나 구해줘"라고 적당한 주문을 하여 적당히 구입한 차다. 옥션은 자동차 업계 사람들이 중고차를 매입하는 전용 시장이(라고 예전에 아빠에게 들었)다.

소스케는 마크Ⅱ의 시동이 걸리지 않는 걸 확인한 후에 익숙한 몸짓으로 보닛을 열고 여러 가지 점검을 시작했다. 나는 그 모습을 옆에서 구경했다.

뭐가 뭔지 도통 알 수 없는 엔진 룸 안의 기계들을 소스케의 울퉁불퉁한 손가락이 하나하나 만져갔다. 기름때가 묻어 끝이 까매진 손톱이 왠지 든든해 보였다.

초등학교 1학년 때 같이 등교하며 맞잡았던 소스케의 그 자그마한 손이 어느새 '노동자의 손'이 되었다. 남다른 감회를 느끼며 바라본 친구의 옆얼굴은 그래도 여전히 순수하고 어려 보인다. '남자로서의 매력'이 전혀 느껴지지 않는, 마치 양지에서 볕을 쬐는 시바견 같은 온화한 얼굴.

"야, 소스케."

"응?"

"있잖아."

"배터리가 완전히 죽어버렸어. 교환해야 될 것 같은데? 마크Ⅱ에 맞는 중고 배터리를 충전해서 갖고 왔으니 일단 그걸로 갈게."

"응, 부탁해."

"그런데 아까 뭐?"

"응?"

"방금 나 불렀잖아."

"아, 맞다. 별건 아닌데."

"……"

"도키타 모터스, 나중에 네가 물려받아?"

"글쎄, 그렇게 될 것 같은데. 왜?"

소스케가 의아한 표정으로 고개를 갸우뚱했다.

"아니, 네가 입고 있는 점퍼 가슴에 도키타 모터스라고 수 놓여 있잖아."

"응……."

"그걸 보니, 아아, 소스케는 가업을 잇는구나 싶어서."

"아하. 그렇겠지 뭐. 그런데 이 점퍼, 디자인이 좀 촌스럽지 않
아? 꽤 오래전에 아버지가 주문한 건데, 나라면 좀 더 괜찮은 디
자인으로 골랐을 텐데 말이야."

작업복 가게에 가면 많이 팔 것 같은, 칼라에 털이 달린 남색
점퍼였다. 작업복 디자인이야 거기서 거기라는 생각도 들고 내가
보기엔 소스케에게 잘 어울렸다.

"나쁘지 않아. 괜찮은데 뭐. 그보다 너의 뒤집어진 머리가 더 촌
스럽다."

"어, 정말? 어디어디?"

소스케가 당황한 시바견 같은 얼굴로 뒤통수를 쓰다듬으며 바
슬바슬한 머리카락을 정돈했다.

"으흐흐. 거짓말이야."

"엥? 안 그래도 머리 손질하고 나왔는데 뒤집어졌다고 해서 이
상하다 싶었지."

"오호, 오랜만에 나 만난다고 헤어스타일까지 신경 썼구나?"

장난쳤더니 코웃음을 친다.

"흥, 뭐래?"

"아, 소스케, 부끄러운가 보다."

"바보. 그러길 원한다면 화장은 하고 나와야지."

"앗, 이 순수한 소녀에게 성희롱 발언을 하다니."

우리는 어느새 옛날처럼 농담 따먹기를 즐기고 있었다. 대화를 나누는 동안에도 소스케의 손은 노련한 움직임으로 작업을 진행했고, 나는 프로의 손놀림을 바라보며 먼 과거를 추억했다.

도키타 소스케의 집은 우리 집과 시즈코 할머니 집 사이의 강변에 있다.

어릴 때부터 시바견을 닮았던 이 친구는 어느 시기에든 '평균적인 사람'으로 존재했다. 공부도 보통. 운동도 보통. 음악도 보통. 성격도 보통. 외모도 보통. 그런데 중학교 야구부에서는 보통 이하였는지 늘 후보 선수였다. 내 기억 속에 존재하는 유니폼 차림의 소스케는 벤치에서 큰 소리로 응원하는 모습뿐이었다.

그런 '평균적인 사람'에게도 딱 한 가지 탁월한 점이 있었다. 손재주가 뛰어나게 좋았다.

초등학교 미술 시간에 만들기 수업을 하면 선생도 놀라 눈이 휘둥그레지도록 빼어난 작품을 내놓곤 했다. 지역 대회에서 해마다 금상을 수상했을 정도다. 중학교 2학년 국어 수업 중에 소스케가 책상 밑에서 몰래 칼로 연필을 깎다가 선생한테 들킨 사건은 '전설'이 되어 두고두고 회자되었다. 선생이 연필을 압수했다가 "와아, 너, 이거, 굉장하네……" 하고 감탄한 사건이다. 선생이 그런 반응을 보인 건 당연했다. 보통 연필이 소스케의 손을 거쳐

정교한 용 조각품으로 탈바꿈했다. 비늘 하나하나까지 세밀하게 새겨진 연필이 교무실 선생들을 경악케 하고 급기야 교장실까지 불려가 꾸중이 아닌 칭찬을 받고 나서야 문제의 사건은 일단락되었다.

그 시절 소스케의 눈에는 이 세상에 존재하는 형태 있는 모든 물체가 창작의 소재로 보였을 것이다. 강가나 해변에 떨어진 유목이나 쓰레기를 주워 다양한 작품으로 표현했는데, 쓰레기로 만든 그 예술이 지역신문에 실린 적도 있다. 도시에 사는 어느 부자가 그 신문기사를 보고 일부러 소스케의 집까지 찾아와 작품을 몽땅 사 갔다는 소문까지 퍼졌다. 나중에 소스케에게 확인했더니 "전부는 무슨……. 세 개밖에 안 샀어"라고 쓴웃음을 지었지만, 중학생인 우리에겐 그 정도라도 충분할 만큼 충격적인 소식이었다.

고등학교 1학년 때 소스케가 우리 집 뒤편 해안에서 유목과 시글래스(파도에 씻겨 모서리가 동글동글해진 유리 파편)를 주워 '시글래스 램프'를 만들었다. 어느 여름밤, 도키타 모터스 차고에서 소스케가 램프를 켜고 불빛을 보여주었다. 저마다 다른 모양의 시글래스를 하나하나 빈틈없이 쌓아서 만든 램프가 환상적인 푸른빛을 발하여 먼지투성이 차고를 초여름의 얕은 바다로 바꿔놓았다. 내 입에서 "너무 예뻐……"라는 말이 마치 한숨처럼 흘러나왔다. 귀를 기울이면 잔잔한 파도 소리가 들릴 것만 같은 아름다움이었다.

"완전 예쁘다. 이런 거 나도 하나 만들어주라."

진지하게 부탁했는데, 소스케가 "똑같은 걸 또 만들기는 힘들어. 네 물건이랑 교환하는 건 어때?"라고 제안했다. 창작은 어디까지나 만드는 과정이 즐거운 것이지 완성되고 나면 더 이상 흥미를 느끼지 못한다고 하여, 운 좋은 나는 그 당시 소스케가 보고 싶어 했던 만화책 전권 세트(나는 이미 오래전에 다 읽은 것)를 주고 그 시글래스 램프를 얻을 수 있었다. 지금 혼자 사는 내 집에서 머리맡의 독서등으로 밤마다 그 램프를 애용하고 있다.

　그랬기에 나는 소스케가 자기만의 특별한 재능을 살려 예술 세계에서 활동하리라고 생각했는데, 결국 소스케가 선택한 길은 아버지 뒤를 잇는 자동차 수리 판매였다. 솔직히 오랜 친구로서는 안타깝기 그지없었다. 그러나 지금 내 눈앞에서 일을 척척 진행하는 소스케의 모습을 보고 있으니 이런 일도 잘 맞는 것 같다는 생각도 들었다. 과거에 작품을 만들 때 보였던 순수한 눈빛이 차를 만지는 소스케의 눈에도 똑같이 담겨 있었다.

　"됐다. OK. 이제 시동 걸어볼게."

　소스케가 키를 꽂고 비틀자, 그때까지 꿈쩍도 않던 차가 쿠르릉 하는 경쾌한 소리를 냈다. 액셀을 살짝 밟으니 마크Ⅱ가 드디어 숨을 내쉬기 시작한다.

　"좋았어. 일단 이대로 잠시 놔둘까?"

　소스케의 말에 나는 다른 제안을 했다.

　"어차피 켜둬야 한다면 드라이브나 하자."

"이 차로?"

소스케가 마크Ⅱ를 가리켰다.

"응. 시간 돼?"

"뭐, 잠시라면."

"그럼 한 바퀴 돌고 오자. 오랜만에 고향 구경도 하고 싶고."

"구경할 게 뭐 있다고. 늘 똑같아."

"똑같다는 걸 확인하고, 아아, 똑같네~ 하고 싶어."

소스케가 "도대체 뭐라는 거야" 하고 웃다가 괜스레 시무룩한 표정을 지으며 "내가 운전할까?"라고 말했다.

"아니. 내가 할게."

"예이."

소스케가 익살을 떨면서 조수석 쪽으로 돌아갔다.

그렇게 우리는 다시 살아난 마크Ⅱ에 올랐다.

5엔에 구매한 경자동차에 익숙한 내겐 아빠 차가 꽤 크게 느껴졌지만, 그래도 운전에는 그럭저럭 자신이 있었다. 면허도 스틱으로 땄다.

"출발한다."

"응."

조심스레 액셀을 밟았다.

하얀색 마크Ⅱ가 12월의 냉랭한 푸른 하늘 아래를 부드럽게 미끄러져 나아갔다.

도키타 소스케

타마짱의 운전은 생각보다 훨씬 부드러웠다.

엔간한 남자가 운전하는 차에 탔을 때보다 더 편안했다.

"운전 잘하네?"

칭찬했더니 타마짱이 사투리 억양으로 "그지?" 하며 엄지손가락을 세웠다.

마크Ⅱ가 시골 거리를 휙휙 달린다. 아오바 항을 지나 아오바 강변의 좁은 길을 산 쪽으로 거슬러 올라간다. 타마짱은 이따금 속도를 확 줄이고 특별할 것 없는 친숙한 고향 풍경을 유심히 바라보았다.

이윽고 우리 모교인 아오바 초중학교 운동장 옆에서 멈췄다.

"우와, 반가워라. 소스케, 잠깐 보고 갈까?"

타마짱이 말하면서 운전석 문을 열고 냉큼 차에서 내렸다. 나도 그 뒤를 따랐다.

우리는 운동장과 도로를 가르는 울타리 너머로 추억이 가득한 학교를 바라보았다.

"저거 포트 볼(농구와 유사하지만 농구의 골대 대신 골맨이 있어서 그 선수에게 공을 던져주면 득점으로 이어지는 구기 - 옮긴이)이지?"

타마짱이 운동장을 가리켰다. 5학년 정도 되어 보이는 아이들이 체육 수업을 받고 있었다.

"그러네. 옛날 생각난다. 그런데 운동장이 이렇게 좁았던가?"

"소스케가 자랐으니 좁게 느껴지는 거지. 도시에 있는 학교는 이것 반밖에 안 돼."

"정말? 이것 반이면 야구도 못 하겠네."

"아무래도."

"그렇구나. 그런 의미에서는 운이 좋은 거네, 시골 아이는."

"그럴지도."

타마짱은 '그러게'가 아니라 '그럴지도'라고 했다.

시골도 좋지만 도시엔 도시만의 장점이 있다는 타마짱의 생각을 넌지시 내비친 것 같아 왠지 내 어깨가 처지는 듯했다.

동쪽에서 찬바람이 휙 불어왔다.

"우와, 추워……."

타마짱이 하얀 점퍼의 털이 복슬복슬 달린 칼라에 턱을 묻었다.

여름이었다면 수박 향과 흡사한 은어 냄새와 바다 냄새가 섞인 바람이 불었을 것이다. 12월의 바람엔 농밀한 낙엽 냄새가 녹아 있다. 어깨까지 내려오는 머리카락을 바람이 헝클어놓자 손가락으로 매만져 가지런히 고르는 타마짱의 모습을 나는 무성영화라도 감상하는 듯한 기분으로 멍하니 바라보았다.

유유히 흐르는 아오바 강의 물소리가 뒤편에서 들렸다. 머리 위로는 잎을 다 떨군 늙은 벚나무가 가지를 뻗고 있다. 강변은 벚꽃길이라 봄이 되면 눈이 부실 정도다. 벚꽃이 활짝 핀 주말이면 마을 사람들이 밤낮없이 모여 술을 마시며 꽃놀이를 즐긴다.

문득 운동장에서 와앗 하는 환호성이 울렸다.

포트 볼 경기 중에 점수가 난 모양이었다.

발랄한 아이들에게 눈길을 준 채 우리는 옛날 일을 들춰가며 이야기꽃을 피웠다. 총 열세 명이었던 동창생의 근황을 서로 아는 만큼 보고하면서.

열셋 중 열하나가 고등학교 졸업과 동시에 고향을 떠났다. 지금은 대학생이 된 녀석과 취직하여 사회인이 된 녀석이 거의 반반이다. 과거에 이 벚꽃길 아래에서 장난치며 놀던 친구들 모두 저마다 자기 힘으로 길을 개척하여 나름대로 살아가고 있다.

그런 친구들의 '현재'를 생각하면 뿌듯함에 가슴이 벅차오르지만 먼 존재로 느껴지는 것도 어쩔 수 없는 사실이었다. 장래를 진지하게 고민하지 않고 얼떨결에 남아버린 나로서는 솔직히 '내버려진 느낌'이랄까. 친구들은 자극적인 바깥세상에서 헤쳐나가며 나날이 쑥쑥 성장할 테니, 시골에 처박혀 지내는 나하고는 결국 대화가 통하지 않을 것이다. 그런 불안감과 공포감으로 뒤섞인 감정이 이따금 내 마음을 침식한다.

"정말……, 다들 열심히 사는구나."

타마짱도 감회가 깊은 듯했다.

"맞아. 동창생 전원의 근황을 거의 알고 있다니, 역시 시골답다."

"그러게."

"말하자면 사생활 제로인 셈이지."

"아하하. 듣고 보니 그러네."

"아~아, 나도 한번쯤 바깥 공기 쐬고 싶은데."

속마음을 터놓기는 조금 쑥스러워서 겨울 하늘을 향해 기지개를 쭉 켜며 태연한 척 내뱉었다. 타마짱은 아무 대답도 하지 않고 그저 나를 보며 조용히 미소 지었다.

운동장에서 호각 소리와 함께 환호성이 울렸다.

우리는 울타리 너머로 시선을 주었다. 시합이 끝났는지 이긴 팀의 아이들이 양손을 번쩍 들고 좋아했다. 진 팀의 아이들은 분한 듯 땅을 차거나 어깨를 떨구고 한숨을 내쉬거나 일부러 무관심한 척하는 등 반응이 다양했다.

나는 타마짱이 눈치채지 않게끔 살짝 한숨지었다.

인생의 승자와 패자는 무엇으로 결정되는 걸까.

돈인가, 명예인가, 멋진 배우자인가, 아니면 보람을 느낄 수 있는 직업인가.

운동장에 있는 십인십색의 아이들.

나는 어느새 분한 듯 땅을 차는 아이에게 마음을 주고 있었다.

하지만…….

패자는 되기 싫은데.

"있잖아, 소스케."

"응?"

나는 아이들에게서 시선을 떼고 타마짱을 보았다.

"맛키는 여전해?"

"으응, 여전한가 봐."

맛키는 동창생인 마쓰야마 마키의 별명이다. 해변도로의 휴게
소 '미야마야'의 둘째 딸인데, 나 외에 고향에 남은 유일한 친구
다. 마키도 고등학교를 졸업하고 도시로 나가 취직했지만 한 달
만에 돌아와 줄곧 집에 틀어박혀 나오지 않는다. 소문으로는 가
족도 힘들어하는 모양이었다.

"동네에 사는데도 얼굴을 볼 수가 없어."

"그렇구나……."

타마짱의 얼굴이 심각해졌다.

마키는 '컴퓨터 마니아'로서 옛날부터 혼자 있는 걸 좋아했다.
조금 병적이다 싶을 정도로 피부가 하얗고 가냘프고 연약하고 운
동도 못하고 목소리가 가늘고……. 공부는 이과 쪽만 잘했던 것
같다.

"지금 미야마야에 가볼까?"

타마짱이 뜬금없는 제안을 했다.

"응? 왜?"

"근처에 있으니까. 만나고 싶기도 하고."

"못 만날걸? 우리가 가더라도 어차피 방에서 안 나올 거야."

"그런가……."

"당연하지. 가족도 힘들어할 정돈데."

"그럼, 마키 가족한테 인사하고 오자."

"엉? 타마쨩이 마키 가족한테 왜?"

의도를 알 수 없는 갑작스러운 제안에 고개를 갸우뚱하는데, 타마쨩이 진지한 얼굴로 "사실은……" 하면서 학교 울타리에 등을 기댔다.

"오늘 소스케하고도 의논하고 싶은 일이 있어."

"의논? 나하고?"

"응. 왜 놀라나."

타마쨩이 웃으며 사투리 억양으로 말했을 때 또 차가운 바람이 불었다. 아까보다는 좀 약한 바람이었다. 타마쨩의 머리카락이 흔들리니 샴푸 냄새가 은은하게 풍겼다.

"뭐냐? 갑자기 정색하고."

"뭐 그리 대단한 건 아닌데."

"잠깐만. 나, 돈 없다."

장난스럽게 말하니 타마쨩이 풋 하고 웃음을 터뜨렸다. 그 기세에 힘입었는지 바로 뜻밖의 말을 꺼냈다.

"나, 창업할까 하고."

"응?"

창업?

"이동판매를 할 건데."

"차에 싣고 다니며 판매하는 이동 슈퍼마켓 같은?"

"응, 그런 거. 그래서 말인데, 작은 트럭 같은 냉장차를 소스케가 좀 구해줬으면 싶어서."

놀랐다. 창업이라면, 사업을 하겠다는 뜻이다.

"어, 그러면 타마짱, 학교 다니면서 사업도 하려고?"

"학교는 이미 중퇴했어."

"……."

어이어이, 그게 그렇게 간단히 말할 일이야?

나는 바보처럼 입을 떡 벌린 채 겨울바람 속의 옛 친구를 바라보았다.

딩동댕동.

학교 종소리가 들렸다.

그 소리가 한순간 나를 과거로 데려갔다.

초등학교 1학년 때 이 벚꽃길을 매일매일 타마짱과 손을 잡고 다녔는데.

그런데 어느새 성인이 되어, 게다가 창업이라니.

"야, 왜 말이 없어?"

타마짱이 의아스러운 듯이 눈썹을 찡그렸다.

왠지 큭 하고 웃음이 나왔다.

"일단 이야기나 들어보자. 미야마야 식당에서 맛없는 커피 한

잔할까?"

타마짱이 "응" 하고 대답하며 좋아하는 과자를 선물 받은 아이처럼 활짝 웃었다.

＊　＊　＊

미야마야까지는 5분도 걸리지 않았다.

타마짱이 마크Ⅱ를 가게 옆 주차장 구석에 후진으로 정확히 주차했다. 우리는 차에서 내리자마자 선득한 바닷바람에 감싸였다.

"으음, 역시 겨울에도 바다가 좋아."

타마짱이 밝은 햇살을 받으며 기분 좋은 듯 기지개를 켰다.

도로 저편의 거무스름한 바위 해변으로 밀려오는 파도 소리가 귀에 편안히 울렸다. 조금 먼 바다를 바라보니 수면에서 하얀 햇빛이 하늘하늘 반사되었다. 공기가 맑아서 그런지 하늘과 바다의 두 가지 파랑이 수평선에서 선명하게 나뉘었다.

미야마야 입구 앞 건조망 위에 작은 사이즈의 말린 전갱이와 주둥치가 빽빽하게 널려 있었다. 건조되면서 쪼그라든 물고기들이 겨울의 마른바람에 얼어붙은 듯 보이기도 했다. 그 건어물들 바로 옆에 색이 조금 바랜 코카콜라 벤치가 놓여 있고, 그곳에 옷을 두껍게 껴입은 할머니 세 분이 다소곳이 앉아 있었다.

"할머니, 여기 자주 나오세요?"

타마짱이 허리를 굽히고 말을 거니, 제일 오른쪽에 앉은 할머니가 "암~" 하고 고개를 끄덕였다. "늙은이는 아침밥 먹고 나면 할 일이 없어. 요렇게 모여 이야기나 하는 게지."

그 말을 듣고 있던 왼쪽 할머니가 조롱하듯 웃는다. 위쪽 앞니가 하나 빠져 있어 웃으니 익살스러운 표정이 되었다.

"나는 밭일을 해야 되는데, 이 두 백수가 자꾸 심심하다고 하니, 할 수 없이 놀아주는 게야."

백수라 불린 두 할머니가 참으로 우습다는 듯 깔깔깔 웃었다.

"그나저나 아가씨는 어디서 많이 본 얼굴인데."

가운데 할머니가 사람 좋아 보이는 자그마한 눈으로 타마짱을 올려다보았다.

"저요? 아오바 강어귀에 있는 이자카야 다나보타 집 딸이에요."

타마짱이 자기를 가리키며 말하니 세 할머니가 서로 얼굴을 마주본다.

"오마나, 그럼 네가 쇼타로 딸내미냐?"

"앗, 할머니, 우리 아버지를 아세요?"

"우리는 당연히 잘 알지. 그렇지?"

"알고말고."

아빠는 젊었을 때 이 마을에서 불량스러운 짓을 하기로 유명하여 현재 오십 대 이상의 주민들 중엔 모르는 사람이 없는 모양이었다.

"그 망나니는 잘 있냐?"

"그런데요, 지금 입원 중이에요."

"저런, 왜 또?"

타마짱과 세 할머니의 대화는 3분 정도 더 이어졌다. 나는 타마짱 뒤에 서서 여자들의 수다를 그저 멍하니 듣고 있었다.

대화가 거의 끝나갈 즈음에 오른쪽 할머니가 윗옷 주머니에서 뭔가를 꺼냈다. "자, 아가씨, 이거 줄 테니 먹어봐."

"어, 뭐예요?"

쭈글쭈글한 손에서 타마짱 손바닥 위로 대구루루 굴러온 것은 딸기사탕 두 개였다.

"아하. 감사합니다."

"저 총각한테도 하나 줘."

"네."

"아, 감사합니다."

나는 이때 처음 입을 열었다. 싹싹하게 웃으면서.

"그럼 할머니들, 다음에 또 뵐게요."

"그려. 다음엔 커피사탕 줄 테니 또 와."

벤치의 세 할머니는 친손녀를 대하듯 타마짱을 보고 손을 흔들었다. 타마짱도 웃는 얼굴로 응했다. 나는 조금 겸연쩍어서 꾸벅 인사만 했다.

"할머니들 대하는 솜씨가 보통이 아닌데?"

걸음을 내디디며 내가 속삭였다.

"후후후. 그렇지?"

타마짱도 작은 소리로 대답하며 미야마야의 유리문을 열고 가게 안으로 들어갔다.

피로리로링, 피로리로링, 하고 가게 안쪽에서 전자음이 울렸다. 손님이 들어오면 소리로 알려주는 시스템인 모양이었다.

"네에, 어서 오세요."

안쪽에서 젊은 여자의 나른한 목소리가 들렸다. 마키의 언니, 리사다.

우리는 바닷가 관광지라면 전국 어디서든 팔 것 같은 조개껍질로 만든 장식품이랑 그림엽서, 열쇠고리 따위가 진열된 선반 옆을 지나, 살아 있는 왕새우와 전복과 소라가 들어 있는 수조 옆을 지나, 간단한 식사와 차가 제공되는 조금 허름한 공간으로 들어갔다.

"어머나, 이게 누구야? 소스케랑 타마짱이잖아? 이건 무슨 조합이지?"

주방에서 리사가 나왔다. 긴 갈색 머리에 가느다란 눈매. 호리호리한 하얀 목. 가슴골이 보이도록 단추를 열어젖힌 하얀 셔츠. 셔츠 위에는 화려한 핑크색 레오파드 파카를 걸쳤다. 아무튼 여전히 아름답고 섹시한 사람이다. 아오바의 섹스 심벌이라고들 하는 이 사람은 우리보다 두 학년 위이니 지금 스물둘. 젊은 나이에 벌써 세 살짜리 딸 미사의 엄마다. 학창 시절엔 불량한 행동으로 학교에서 눈여겨보는 존재이기도 했다. 그런 리사에게 코가 꿰였다는 소문이 돌았던 남편 다카히로는 리사보다 두 살 많다. 이 사람은 고지식하다 싶을 정도로 지나치게 성실한데, 지금은 또 리사에게 쥐여산다는 소문이다.

"안녕하십니까."

"안녕하세요."

우리는 리사에게 인사한 후 테이블 네 개 중 가장 안쪽 창가 자리를 선택하여 앉았다. 바닷가에 위치한 가게인데도 창문을 통해 보이는 건 국도뿐이고 바다는 조금밖에 보이지 않는다.

"너네, 사귀는 건 아니지?"

리사가 풍만한 가슴을 밀어 올리듯 팔짱을 낀 채 눈을 가늘게 뜨고 우리를 내려다보았다.

"아하하. 설마. 아냐아냐아냐아냐."

타마쨩이 즉각 부정했다. 부정하는 건 당연하지만 이 지체 없는 즉답에는 조금 상처받았다. 게다가 '아냐'를 네 번이나 연발하다니.

"그렇지?" 리사가 "후훗" 하고 코웃음을 쳤다. "그런데 웬일이야? 둘이 나란히."

"커피 마시러 왔어요"라고 내가 말했다.

"맛있는 커피 부탁드려요. 오랜만에 마키도 보고 싶은데요."

타마짱이 천장을 가리켰다. 마키 방이 가게 2층에 있기 때문이다.

"너희도 알고 있으리라 생각하는데, 방에만 처박혀서 안 나와."

쓴웃음을 지으며 리사도 천장을 올려다보았다.

그때 천장에서 "까아, 아하하하" 하는 어린아이 목소리가 들렸다. 이어서 힘차게 다다다다 뛰어다니는 소리도 들렸다.

타마짱과 내가 동시에 리사를 보았다.

"후후후. 마키가 미사랑 놀아주고 있나 봐. 우리 집 육아 도우미야."

"그렇구나. 마키는 옛날부터 다정다감했어요."

타마짱이 옛일을 떠올리는 듯 다시금 천장을 올려다보았다.

그러고 보니 마키에겐 보모 같은 기질이 있었다. 반에서는 가장 수수한 아이로 통했지만, 나이 차가 나는 동생들에겐 꽤 인기가 많았다. 6학년 때는 점심시간만 되면 1~2학년 여자아이들이 교실로 놀러 와서 마키를 둘러싸고 실뜨기를 배우곤 했다. 그때 마키가 어떤 표정으로 어떤 이야기를 했는지까지는 기억나지 않지만, 창가의 화사한 역광 속에서 하급생들과 조성했던 온화한 분위기는 지금도 선명히 떠오른다. 졸업식 날 하급생 여자아이들 몇 명이 훌쩍거렸는데, 아마 앞으로 마키와 놀지 못한다는 사실이 슬퍼서였을 것이다.

"미사 아버님은 안 보이시네요."

타마짱이 물었다.

"우리 남편은 아침부터 낚시 갔지." 리사가 가게 앞 바다를 가리켰다. "겨울에는 관광객이 없으니까 기념품 사러 오는 손님도 없을 거 아냐. 그래서 우리 가족이 먹을 식량 정도는 낚아 오라고 아침마다 내가 내쫓아. 본인도 낚시를 좋아하니까, 싫은 내색 없이 나가긴 하지."

리사가 농담투로 말하며 살짝 웃더니 "커피 두 잔이지?" 하고 주방으로 사라졌다.

파이프 의자가 놓인 식당에 어울리지 않는 향기롭고 구수한 커피 향이 곧 우리 주위를 감쌌다. 우리는 커피를 기다리는 동안 마키에 관한 추억 이야기를 나눴는데, 2층에 본인이 있기 때문인지 당사자의 언니가 바로 옆에 있기 때문인지 괜스레 목소리를 낮추게 되었다.

"자, 여기, 커피. 어차피 손님도 안 올 테니 천천히 놀다 가."

리사가 향기로운 커피와 함께 "이건 서비스"라며 우리 앞에 자그마한 생선을 내려놓았다.

"어, 이건……."

타마짱이 리사를 올려다보았다.

"미림보시(작은 생선을 간장과 설탕을 섞은 미림에 담갔다가 말린 음식 – 옮긴이)야. 구웠어. 우리 남편이 낚아 온 쪼그만 전갱이로 만들었는데 꽤 맛있더라."

리사가 "그럼, 이야기 나눠" 하고 획 돌더니 마릴린 먼로처럼 엉덩이를 흔들며 매장 쪽으로 사라졌다.

"커피에 미림보시라……." 내가 중얼거렸다.

"의외로 잘 어울릴 수도?" 타마쨩이 말한다.

우리는 일단 블랙커피를 한 모금 마셨다.

다음 순간, 타마쨩이 놀란 얼굴로 말했다.

"어, 여기 커피, 이렇게 맛있었던가?"

"그러게. 나도 깜짝 놀랐어"라고 말하면서 문득 생각났다. "아, 맞다. 리사 누나 남편이 이 가게에 오고부터 커피가 맛있어졌다는 이야기를 들은 적이 있어. 그 형님, 커피광이래."

"호오, 그렇구나. 원두를 바꿨거나 다른 방식으로 커피를 만드나 보다."

"아마 그렇겠지? 관광객이 찾지 않는 낙후된 마을의 휴게소보다 차라리 전망 좋은 바닷가 찻집으로 전향하면 더 잘될 것 같지 않아?"

"이런이런, 그런 말 하면 안 되지. 우리 마을에 하나밖에 없는 귀중한 기념품 가게인데."

우리는 100엔 숍에서 팔 것 같은 하얀 컵을 들고 웃었다.

미림보시는 단맛도 매운맛도 적당했고 깨의 풍미와 잘 어우러져 전갱이의 고소한 맛이 제대로 살아났다. 리사 말처럼 분명 맛있긴 했지만 커피보다는 일본차와 어울리겠다는 것이 타마쨩과 나의 일치된 의견이었다.

이따금 2층에서 미사의 자지러지는 웃음소리가 들렸다. 그 소리에 이끌렸는지 우리 입에서도 싱긋 웃음이 나왔다. 마키 목소리는 전혀 들리지 않지만 원래 크게 소리 내는 성격이 아니라는 걸 알기에 그냥 그러려니 했다.

"은둔자처럼 지낸다지만 나름 즐거워 보이네."

내가 천장을 가리키며 말했다.

"응" 하고 고개를 끄덕이며 타마쨩도 천장을 쳐다보았다. "전화해도 안 내려올까?"

"아마 힘들걸. 리사 누나도 그렇게 말했고."

"그런가…… 어릴 땐 같이 많이 놀았는데."

타마쨩이 천장에 눈길을 준 채 집게손가락을 자기 볼에 대고 고개를 갸우뚱했다. 뭔가 진지하게 생각할 때 나오는 버릇이다. 어릴 때부터 전혀 변하지 않았다.

"마키는 그렇다 치고 이제 본론으로 들어가자."

"응?"

"창업인가 뭔가 한다며?"

"아, 응, 그렇지."

타마쨩이 마음을 가다듬으려는 듯 나를 보더니 커피를 한 모금 홀짝이고는 "후우" 하고 숨을 내뱉었다. 그리고 자세를 고친 후 평소와 다른 뜨거운 눈빛으로 나를 바라보며 "그런 생각을 하게 된 동기부터 말하자면……" 하고 이야기를 시작했다.

하야마 타마미

.

내가 처음 심부름 서비스를 시작하겠다고 결심하게 된 동기는 시즈코 할머니가 무심결에 내뱉은 한마디였다.

지난 8월.

여름방학을 맞아 고향에 내려온 나는 오봉(매년 양력 8월 15일을 중심으로 지내는 일본 최대의 명절 – 옮긴이) 며칠간을 강변에 있는 시즈코 할머니 집에서 지냈다. 해마다 어김없이 치르는 외할머니와 외손녀 단둘만의 작은 행사였다.

시즈코 할머니는 성격이 엄마와 비슷하여 늘 쾌활하고 소탈하다. 같이 있는 것만으로 마음이 편안하고, 할머니도 내가 있으면 외로움을 잠시나마 잊는 듯 "타마짱이랑 같이 먹으니 밥이 참 맛있구나"라고 하신다.

시즈코 할머니 논에서 수확한 쌀과 할머니가 만든 밑반찬은 언제 먹어도 맛있었다. 눈앞을 흐르는 아오바 강의 물소리는 힐링 음악과도 같고, 대나무 발 틈으로 숨어드는 강바람은 깨끗하고 맑다. 할아버지 불단이 있는 다다미방에 등심초 냄새를 맡으며 누워 있으면 그곳이야말로 천국이었다. 깜빡 낮잠이 들면 할머니가 얇은 타월지 이불을 살며시 덮어준다. 나는 '아아, 이런 게 행복이구나……' 하고 잠결에 생각하곤 했다.

나에게 또 하나의 소중한 시간이라면…….

매일 밤 이불에 들어가 불을 끄고 생전의 엄마 이야기를 듣는 시간이었다. 시즈코 할머니 집에서 지내는 동안의 가장 큰 즐거움이다.

어릴 적 엄마는 의외로 말괄량이였는데 책을 좋아한 것은 내 어릴 적과 비슷했다든지, 엄마도 아오바 강에서 노는 걸 좋아하여 종종 지렁이를 미끼로 징거미새우를 잡아왔다든지, 공부는 비교적 열심히 했지만 체육은 좀 못했고, 그래도 노래는 무척 잘했다든지, 외할머니밖에 모르는 그런 생전의 엄마 이야기를 자장가처럼 듣곤 했다.

어두운 방 안에서 이야기꾼이 된 할머니의 온화한 목소리에 귀를 기울이다 보면, 딸랑…… 하고 처마 끝에서 풍경 소리가 울린다. 여름밤의 산들바람, 방울벌레의 사랑노래, 졸졸 흐르는 물소리는 내가 모르는 엄마 이야기를 장식해주는 아름다운 배경음악이었다. 때때로 방충망 너머 어둠 속에 초록 색깔 빛도 깜빡였다. 반딧불이다.

이런 이야기도 있었다. 엄마가 아빠랑 결혼하여 나를 낳은 직후. 기운이 다 빠진 엄마가 산부인과 침대 위에서 내게 젖을 빨리며 할머니에게 이렇게 말했다고 한다.

"아기를 낳는다는 거, 정말 굉장한 일이네요……. 엄마, 저를 낳아주셔서 감사합니다."

'감사합니다'는 울먹이는 목소리로.

엄마와 관련된 좋은 이야기, 즐거운 이야기, 우스운 이야기를 이불 속에서 나는 가슴을 두근거리며, 안타까워하며, 몰래 눈물지으며 들었다. 평온한 목소리로 들려주던 시즈코 할머니도 이따금 목이 메는 듯했다. 그럴 때 나는 이불 속으로 조용히 손을 뻗어 할머니의 손을 잡았다. 주름투성이 손은 언제나 내 손보다 따스했다.

생전의 엄마에 대해 이야기하고 들으려면 엄마가 더 이상 이 세상에 존재하지 않는다는 사실을 먼저 떠올려야 한다. 마음의 상처에 스스로 소금을 뿌리는 일이다. 하지만 나는 일부러라도 많이 들어두고 싶었다. 책상 서랍 속의 영정사진이 조금씩 낡아가는 것처럼 내 안에 있는 엄마의 기억도 눈에 보이지 않는 속도로 풍화될 것이기에. 풍화되는 만큼 새로운 정보를 얻음으로써 지금 남은 기억에 색을 입혀가고 싶었다. 분명 시즈코 할머니도 내게 이야기하면서 잊었던 소중한 기억을 되살리고 있을 것이다.

명절날 밤에, 돌아가신 엄마에 대한 이야기를 외할머니와 함께 나눈다는 것.

그 애달픈 의식은 할머니에게도 내게도 꼭 필요한 애도의 시간이었다.

나를 볼 때 시즈코 할머니의 눈빛에는 엄마의 눈빛으로 통하는 은혜로움이 있다. 그 온도가 내게 '사랑받는다'는 느낌을 준다. 나에게 시즈코 할머니는 특별한 존재이며 누구보다도 소중한 분이다.

어느 날 할머니와 함께 점심으로 국수를 먹는데 텔레비전에서 〈시골의 미래를 고민한다〉라는 제목의 특집이 방송되었다. '쇼핑 약자를 어떻게 구제할 것인가'라는 주제가 내용의 대부분을 차지했다.

쇼핑 약자. 처음 보는 단어였다. 하지만 나하고는 상관없다며 외면해버릴 수 있는 단어는 아니었다.

쇼핑 약자란 글자 그대로 물건을 직접 사러 갈 수 없는 사람을 일컫는 말이었다. 교통이 불편한 산골 같은 지역에 혼자 사는 노인은 걸어서 갈 수 있는 거리에 가게가 없는 데다 고령이라 운전도 힘들어 필요한 물건이 있어도 사러 갈 방법이 없는 것이다.

텔레비전 화면에 사람 좋아 보이는 할머니가 비쳤다. 산골 농가에 시집와서 아이들은 모두 도시로 나가고 몇 년 전에 남편이 죽은 후로 독거노인이 되었다고 한다.

"일주일에 한 번은 친척 중 하나가 차를 타고 와서 시장을 같이 봐주니 그나마 낫지. 그때 말고는 늘 혼자야. 다리랑 허리가 약해서 아무것도 사러 못 가."

텔레비전 속의 할머니가 서글픈 목소리로 말을 맺었을 때, 시즈코 할머니가 국수를 먹던 젓가락을 가만히 내려놓았다. 그러면서 평소답지 않게 한숨을 푹 내쉬었다.

"다른 곳도 마찬가지네……. 잘 먹었다."

할머니는 천천히 일어나 내 빈 그릇까지 겹쳐 쥐고 부엌으로 가서 설거지를 시작했다. 나는 해마다 작아져가는 뒷모습을 불안한 눈으로 바라보며 생각했다.

시즈코 할머니는 여태까지 어떻게 장을 봤을까?

솔직히 그런 생각은 해본 적도 없었다. 무심한 나 자신에게 놀랐다.

"있잖아요, 할머니."

"응?"

나는 부엌에 나란히 서서 할머니가 씻은 그릇을 행주로 닦았다.

"할머니는 살 게 있으면 여태까지 어떻게 하셨어요?"

"그때그때 다르지."

"그때그때?"

"치요코 씨가 가끔 차를 갖고 놀러 와서 장 보러도 데리고 가주거든. 이웃한테 부탁하기도 하고……, 네 아빠나 샤린도 가끔 신경 써주고."

"그랬구나……."

전혀 몰랐다.

모르는 건 죄다.

그런 생각이 드니 행주를 움직이던 손이 저절로 멈췄다.

"타마짱이 신경 쓸 일은 아니야."

"아, 네."

"괜찮아. 할미도 잘 살고 있으니까. 타마짱은 멀리 있잖아."

"......."

"자, 얼른 닦아야지."

할머니의 재촉에 나는 다시 그릇을 닦기 시작했다.

사실은 할머니도 집에서 같이 살면 좋겠다고 생각한 적이 있다. 하지만 시즈코 할머니는 아빠하고도 샤린하고도 혈연관계가 아니며, 유일한 핏줄인 나는 도시에 나가 있다. 그런 상황인데 만약 같이 산다면 서로 피곤하겠지. 어쩌면 할머니 혼자 피곤할지도 모르지만.

몇 년 전에 아빠가 "들어오신다면 우리는 언제든 OK예요"라고 말했다는데, 그때 할머니는 "참 고맙네. 그래도 영감이랑 살던 이 강변 집이 나는 좋아. 혼자 할 수 있는 데까지 해보겠네"라고 대답했다고 한다.

"치요코 할머니는 자주 오세요?"

내가 물었다.

"이틀에 한 번은 와."

시즈코 할머니가 방긋 웃었다. 치요코 할머니의 얼굴을 떠올린 것이리라.

치요코 할머니는 강 건너편에 혼자 사는 시즈코 할머니의 친구다. 연세는 시즈코 할머니보다 다섯 살 아래인 75세. 몸집은 아이처럼 작지만 등이 꼿꼿하고 기력도 정정하며 말이 빠르고 내뱉는 말들은 죄다 독설이다. 그래도 시즈코 할머니와 신기하게 궁합이 맞는 모양이었다. "치요코 할머니는 어른용 세발자전거 타고 다니시던데?"

"그것도 타지만 자그마한 하얀 차도 있어. 달팽이처럼 천천히 달리긴 해도."

할머니가 말하면서 키득 웃었다.

"얼마나 천천히?"

"애들이 자전거 타고 추월할 정도이니, 많이 느리지?"

그건 좀 많이 느리다. 할머니를 따라 나도 웃었다. 웃으면서 생각했다.

치요코 할머니도 그리 멀지 않은 미래에 운전이 힘들어질 것이다. 그러면 시즈코 할머니와 치요코 할머니도 쇼핑 약자가 된다.

큰일이다.

어쩌면 좋을까.

도키타 소스케

·

"그래서 타마쨩이 어떻게 도우면 좋을지를 생각한 거구나?"

나는 완전히 식어버린 나머지 커피를 들이켜고 타마쨩에게 물었다.

"응. 그때 불현듯 생각나는 얼굴이 있었어."

"누구 얼굴?"

그렇군, 이제 내가 등장할 차례인가…… 하고 조금 들떴는데, 타마쨩이 그때 떠올린 얼굴은 예상도 못 했던 사나운 아저씨 얼굴이었다.

"후루타치 씨 얼굴."

"엥?"

"후루타치 쇼조 씨. 몰라?"

"알긴 알지……."

후루타치 쇼조는 등에 문신이 빽빽한 무서운 아저씨다. 십오 년쯤 전에 어딘가에서(소문으로는 교도소에서) 홀쩍 흘러와 아오바 역 뒤편에 정착했다. 말이 없는 편에 나이는 65세 정도일까? 미간에 세로로 주름이 진 그 얼굴을 '이자카야 다나보타'에서 종종 본 적이 있다. 과거에 불량했던 사람끼리 통하는 게 있는 건가? 쇼타로 아저씨는 누구든 차별하지 않고 "어이, 거기 앉은 아재" 하면서 말을 거는 쾌활한 사람이어서 진짜 폭력배한테도 호감을 사긴 하지만.

"후루타치 씨가 하는 일, 소스케도 알지?"

"아아, 맞아. 그렇군." 이제야 납득했다. 그 아저씨는 우리 차고에서 개조한 스즈키 경트럭 '캐리'를 타고 여기저기 돌아다니며 이동판매를 하고 있다. 타마쨩이 꿈꾸는 '심부름 서비스'를 먼저 시작한 선배인 셈이다. "그렇구나. 심부름 서비스라는 아이디어가 거기서 나왔구나."

"응, 맞아."

타마짱도 식은 커피를 마저 마셨다.

"그건 그렇고, 타마짱."

"응?"

"서론, 너무 길어."

"서론?"

"시즈코 할머니랑 어쩌고저쩌고 했던 부분, 너무 길었어."

놀리려고 말한 순간, 또 천장에서 미사의 웃음소리가 터졌다. 타마짱과 나는 그 소리에 이끌려 동시에 천장을 올려다보았다.

"나, 후루타치 씨 제자로 들어갈까 하고."

타마짱이 천장에 시선을 준 채 엉뚱한 말을 내뱉었다.

"엉? 뭐야, 너, 장난이지?"

"이동판매에 관해서 하나부터 열까지 배워볼까 해. 그러면 사업도 비교적 쉽게 시작할 수 있고, 창업 후의 리스크도 줄일 수 있지 않을까?"

"뭐, 그렇긴 하지만……. 괜찮겠어?"

그 무서운 후루타치 씨에 대한 불안감과 장사가 잘될까 하는 걱정이 동시에 들었다. 이 마을에서 수십 년 전부터 장사를 해왔고 단골손님도 많이 보유한 도키타 모터스도 늘 줄타기하는 심정인데……. 타마짱은 그런 불안감은 외면하고 열정만 앞세운다.

"내가 심부름 서비스를 시작하면 시즈코 할머니나 치요코 할머

니뿐만 아니라 아오바 마을에 사는 할아버지 할머니들 모두 편해
지실 거야. 고객이 원하는 서비스를 제공하면 장사가 좀 되지 않
겠어?"

타마짱의 시선이 내 시선을 단단히 붙들었다.

"뭐, 그건 그렇지만……."

"그래서 말인데, 소스케한테 부탁이 있어."

"응? 응……."

"냉장차를 싸게 구해야 해. 구해서 후루타치 씨처럼 쓰기 좋게
개조했으면 좋겠거든."

타마짱이 양손으로 테이블을 짚고 상반신을 앞으로 내밀었다.

"그건……, 물론 해주겠지만."

"지금부터 하는 이야기가 더 중요해. 일단 솔직히 말할게."

"무슨?"

"없어. 거의."

"뭐가?"

"돈이."

"……."

이 친구, 대체 나더러 어쩌라는 거야.

"그러니까 최대한 싸게 구해줬으면 좋겠어. 이 마을 어르신들
을 위해서라도. 소스케, 잘 좀 부탁할게."

이렇게 말하더니 테이블에 이마가 닿도록 머리를 숙였다.

"엉? 아, 자, 잠깐, 고개 들어."

내가 당황하여 허둥지둥하는 그 최악의 순간에 리사가 기념품 매장 쪽에서 불쑥 들어왔다.

"응? 너네, 분위기가 왜 이렇게 비장해?"

위협적인 목소리에 타마쨩도 얼굴을 들었다.

리사가 여느 때처럼 풍만한 가슴을 밀어 올리듯 팔짱을 끼고 쓴웃음을 지었다.

"지금 소스케한테 중요한 부탁을 하는 중이에요. 리사 언니도 도와주세요."

"엉? 그게 어떻게 그렇게 돼?"라고 말한 건 나였다. 그런 내 머리 위로 다시 위협적인 목소리가 쏟아졌다.

"소스케. 너, 여자가 이렇게 고개를 숙이고 있어. 답은 이미 나와 있잖아."

"아, 알아요. 당연히 들어줘야죠."

뭐지? 내 입장과는 상관없이 이야기가 흘러가다니……라고 생각하면서도, 처음부터 할 수 있는 일이라면 뭐든지 해줄 작정이었으니 '됐다'라는 마음도 있었다. 돈이 거의 없다는데, 얼마나 없는지가 문제다. 아무리 그래도 거의 공짜로 해줄 만큼 나한테 여유가 있는 건 아니니까. 하지만 지금은 그런 말을 할 분위기가 아니었다.

"휴우, 다행이다. 소스케, 고마워. 그리고 리사 언니."

타마짱이 고개를 옆으로 휙 돌려 이번엔 리사를 올려다보았다.

"응, 왜?"

"마키 좀 빌려주세요."

"우리 집 은둔자는 또 왜?"

타마짱은 조금 전 내게 이야기한 내용과 거의 똑같이 기나긴 서론을 거쳐 왜 심부름 서비스를 시작하려 하는지에 대해서까지 설명한 다음에야 본론을 꺼냈다.

"그래서 말인데요, 마키가 컴퓨터를 잘하잖아요? 전단지를 만든다든가, 여러 가지 홍보를 좀 도와줬으면 좋겠어요."

타마짱이 따발총처럼 혼자 말을 이어가다가 "하아" 하고 한숨을 내쉬었다. 그리고 팔짱을 낀 채 서 있는 리사를 올려다보았다.

"으음" 하고 신음하던 리사가 다정한 눈웃음을 지으며 부드럽게 타이르듯 이렇게 말했다. "네 마음도 의도도 잘 알겠어. 하지만 미안한데, 아마 안 할 것 같아."

"아……."

"그리 쉽게 밖으로 나올 은둔자가 아니야."

"그래도 시즈코 할머니를 도울 수 있는 일이라고 하면 해줄지도 몰라요."

타마짱이 끈덕지게 매달렸다.

"맞아, 어릴 때 강변에 있는 시즈코 할머니 집에 종종 놀러 갔었지? 나도 몇 번 갔었던가? 할머니가 참 잘해주셨는데."

"맞아요, 저랑 같이 갔었어요."

"응……."

"밑져야 본전이니, 마키한테 이야기는 한번 해볼게요."

"저 아이가 밖으로 나와 준다면 우리도 고맙지."

"네."

"그럼 일단 협상이나 해볼까? 아마 안 되겠지만."

리사가 천장을 가리키며 말했다.

"네, 꼭이요. 감사합니다."

리사가 만면에 웃음을 머금은 타마짱을 내려다보며 한마디 한다.

"그런데 타마짱, 너 말야."

"네?"

"서론이 너무 길어."

＊　　＊　　＊

가게 안쪽 마루에서 신발을 벗고 리사 뒤를 따라 어스레한 계단을 올랐다.

"옛날 생각난다. 이 계단, 대체 몇 년 만에 오르는 거지?"

타마짱이 목소리를 낮게 깔고 말했다. 우리가 방 앞까지 와 있다는 걸 마키가 모르도록 하는 편이 좋겠다는 것이 리사의 의견이었다.

2층에 이르자 복도가 길게 뻗어 있다. 복도 양옆으로 문이 나란히 이어지는 구조가 쇼와시대(1926~1989년) 여관을 연상케 했다.

마키 방은 계단 바로 앞이었다. 세월이 느껴지는 나뭇결무늬 문 너머로 까르르 웃는 미사 목소리가 들렸다. 톤을 잔뜩 낮춘 자그마한 목소리도 섞여 있었다. 틀림없다. 마키 목소리다.

"문을 안에서 잠가놓고 있거든."

리사가 소곤소곤 말한 후 문을 두 번 노크했다.

방 안에서 흘러나오던 소리가 딱 멈췄다.

"네에" 하고 대답한 건 천진난만한 미사였다.

"마키, 친구들이 찾아왔어."

리사의 말에도 마키는 대답이 없다. 대신에 미사가 "엄마다아" 하고 기쁜 듯 소리 질렀다.

그때 "미사, 이리 와" 하는 마키의 목소리가 자그맣게 들렸다. 미사가 안에서 문을 열지 못하도록 붙잡으려는 것이리라.

"타마짱이랑 소스케야. 너한테 할 이야기가 있대."

대답이 없다. 미사의 귀여운 목소리만 새어 나왔다.

"이모 친구래. 미사는 같이 놀아도 돼."

천진난만한 미사는 오히려 같이 놀고 싶은 모양이다.

"야, 마키, 대답은 해야지."

리사 목소리가 노기를 띠기 시작했다.

"없다고 해……."

모기 소리와도 같았다. 여름철의 건강한 모기가 아니라 어쩌다 초겨울에 성충이 되어버린 모기의 가냘프고 덧없는 목소리.

"야, 너……."

리사가 허리에 손을 얹고 문 앞에 우뚝 섰을 때.

"마키, 갑자기 찾아와서 미안. 나, 타마미야, 하야마 타마미. 오랜만이지?"

타마짱이 리사 어깨 너머로 말을 걸었다.

문으로 막혀 있긴 하지만 느닷없이 가까운 거리까지 들이닥치니 은둔자 마키가 한순간 얼어붙은 듯했다. 그 긴장된 공기가 문밖까지 생생하게 전달되었다.

"지금 옆에 소스케도 있어."

타마짱이 말하며 나를 보았다. 시선으로 무슨 말이든 하라고 시킨다.

"어? 나?"

"응, 얼른."

갑작스러운 요구에 당황한 나는 무심코 "으음, 저기, 저, 저는, 도키타 모터스인데요. 자, 잘 지내셨어요?" 하고 엉뚱하기 짝이 없는 인사말을 내뱉고 말았다.

"아하하하하. 야, 소스케, 인사가 그게 뭐야."

리사가 손뼉을 치며 웃음을 터뜨린다.

타마짱은 내게서 얼굴을 돌리고 고개를 숙인 채 오른손으로 입

89

을 막고 있다. 어깨가 들썩거리는 걸 보니 웃고 있는 게 뻔하다.

"뭐! 갑자기 말 시키니까 그렇지."

나 자신이 처량해서 괜히 투덜거리니 문 너머에서 미사의 유쾌한 목소리가 들린다.

"아하하. 이모도 웃는다."

어? 반응이 좋네?

"그걸 듣고 어떻게 안 웃을 수 있겠어."

리사가 아직도 웃고 있다.

"마키. 나 있잖아, 부탁이 있어서 왔어."

타마쨩이 눈가와 입가에 웃음을 남긴 채 말을 꺼냈다.

"시즈코 할머니를 도우려는 마음으로 사업을 시작하려 해. 그래서 말인데, 마키가 좀 도와줬으면 해서."

"마키, 너, 이거, 엄청 좋은 이야기니까 잘 들어봐. 여기 있는 도키타 모터스도 협력할 거야."

거기까지 말한 후에 리사가 푸푸풋 하고 뿜었다.

"어, 좀, 심하다. 누나, 너무 많이 웃는 거 아니에요?"

내가 살짝 뾰로통한 얼굴을 하자, 리사가 "웃기잖아" 하고 또 큭큭 웃더니 "오랜만에 만난 동창한테 그렇게 인사하는 사람이 어디 있어" 하고는 내 어깨를 주먹으로 쿡 찔렀다.

"아하하. 이모, 또 웃어."

미사의 내부 상황 보고가 계속 이어졌다.

어수선한 분위기에도 아랑곳없이 타마짱이 다시 설득에 나섰다.

"그리 어려울 건 없어. 마키가 해줄 일은 컴퓨터만 잠시 두드리면 되는 건데. 아, 참. 그 전에 어떤 사업인지 설명해야지."

거기까지 말한 타마짱이 조금 전 나에게 일련의 흐름을 이야기할 때처럼 얼른 자세를 고치고 평소와 다른 뜨거운 눈빛으로 문을 응시하며 "그런 생각을 하게 된 동기부터 이야기하면……" 하고 말을 꺼냈다.

그로부터 1분 정도 지났을 때.

"잠깐만."

리사가 끼어들었다.

"타마짱, 남의 조언을 왜 귓등으로 들어."

"네?"

"서론이 너무 길다고."

"아……, 하지만."

"하지만이 아니야. 넌 가만히 있어."

리사가 타마짱의 입술을 아래위로 꾹 눌렀다. 타마짱의 얼굴이 오리처럼 되었다. 타마짱 대신 리사가 알아듣기 쉽게 요점만 간추려 심부름 서비스 창업에 대해 설명했다.

그 시간이 불과 30초.

누구나 이해하기 쉽게끔 깔끔하게 정리된 설명이었다. 타마짱도 이견은 없다는 듯 납득한 얼굴이다.

"뭐, 그렇대. 마키, 이해했어?"

"……."

대답은 없었다. 미사의 보고도 들리지 않는다.

"일단 문 좀 열어."

"하지만……."

마키의 실낱같은 목소리가 들렸다.

"그런 걱정은 안 해도 돼. 이 녀석들, 좋은 친구잖아. 너도 시즈코 할머니 돕고 싶지?"

"이상하게 인사하는 도키타 모터스도 협력하기로 했어."

타마짱이 나의 실수를 또 끄집어냈다.

"야, 지금 내 이야기할 때냐?"

내가 주절주절 불평하니 리사가 한마디 한다.

"지금이 소스케의 절정기이니 당연히 해야지."

"지금이 절정기라면……, 소스케의 인생은 너무 슬퍼요."

말하면서 타마짱이 웃음을 터뜨렸다.

"아하하. 이모가 또 웃어요."

미사의 보고다.

"마키, 이 친구들 엄청 유쾌하네. 밖으로 나오라고 안 할 테니 들어가게는 해줘. 일단 만나 봐."

"하지만……."

또 모기 소리.

"괜찮다니까. 미사, 이모 대신 네가 문 열어."

리사가 딸에게 지시를 내렸다.

"어, 이모, 열어도 돼?"

미사가 마키에게 확인한다. 그 질문에 대한 대답은 들리지 않았다.

문 안쪽에서 두 사람의 대화가 웅얼웅얼 이어졌다. 잠시 기다리던 타마짱이 이날 중 가장 부드러운 목소리로 말했다.

"마키……. 미안. 오늘은 꼭 안 만나도 돼."

나는 "어?" 하고 타마짱을 보았다.

타마짱이 다시 천천히 말을 이었다.

"그냥 시즈코 할머니랑 도키타 모터스에 대한 이야기만 전하고 싶어서 왔어. 그러니까 오늘은 이만 돌아가고, 나중에 메일 보낼게. 주소 안 바뀌었지?"

내 이야기는 왜 전하고 싶은 거지? 도무지 영문을 모르겠네. 그렇게 생각하면서 작은 소리로 물었다.

"타마짱, 진짜 그냥 가?"

왠지 조금만 더 노력하면 될 것 같은 느낌이 들었기 때문이다.

"응. 다음에 또 오면 돼" 하고 타마짱이 나에게만 들리게끔 속삭였다.

"모처럼 찾아와줬는데 미안해. 덕분에 많이 웃었어."

리사가 또 히쭉히쭉 웃는다.

"마키, 다음에 봐. 메시지 보낼게. 바이바이."

타마짱이 마지막 대사를 던진 순간.

딸깍.

방의 잠금장치가 풀리는 소리가 들렸다.

우리 모두 화들짝 놀라 문을 응시하는데 손잡이가 조용히 돌아가더니 고풍스러운 나뭇결 문이 안쪽으로 아주아주 조금씩 열렸다.

마침내 우리 눈앞에 그리웠던 동창생 마키가…….

마키가?

마키?

……누, 누구?

눈이 휘둥그레진다는 말은 이럴 때 쓰는 것이리라.

내 입술이 "롤리……" 하고 움직이는 바람에 황급히 다물어야 했다.

타마짱을 보았다.

타마짱도 어안이 벙벙한 표정이다.

다음 순간, 타마짱이 "꺄아" 하고 괴성을 지른다.

"귀엽다~! 마키, 뭐야 뭐야, 어떻게 된 거야? 쇼트케이크처럼 맛있어 보여!"

타마짱이 동화 속 공간 같은 방으로 뛰어들어 가, 공주처럼 하늘하늘한 마키 옷을 신이 나서 만지기 시작했다.

　나는 어리둥절한 표정으로 리사를 보았다.

　리사가 쓴웃음을 지은 채 짧은 한숨을 내쉬었다.

　"저런 모습으로 돌아왔지 뭐야."

　미사는 엄마인 리사 쪽으로 왔다.

　"이모, 친구 만나서 좋겠다."

　롤리타 패션으로 잔뜩 치장한 마키를 보고 미사가 천진난만하
게 웃으며 말했다.

제2장 무조림

하야마 타마미

"와아, 아무리 그래도 정말 깜짝 놀랐네……."

미야마야에서 돌아오는 길에 조수석에 앉은 소스케가 곰곰이 생각하며 말했다. 물론 마키의 변신에 대해 말하는 거다.

"나도. 그런데 꽤 어울리지 않았어?" 나는 핸들을 잡고 말했다.

"예전 수수했던 마키도 마키답지만, 저렇게 쇼트케이크처럼 달콤한 마키도 괜찮은 것 같아."

"으음, 그런가?"

"마키는 쌍꺼풀에 좀 처진 눈이라 전체적으로 귀여운 얼굴이잖아. 롤리타 패션이 딱인 것 같은데?"

"응. 뭐, 이런 시골구석에서는 꽤 튀는 패션이지만 도쿄 하라주쿠라면 문제없겠지. 핑크랑 빨강, 하양 계열로 배색하고 실루엣에 입체감을 준 건 그럭저럭 나쁘지 않았지만, 내가 디자이너라면 수정하고 싶은 부분도 몇 군데는 있었지."

"아하하. 소스케다운 비평이네."

"그런 안목 말고는 딱히 내세울 게 없어서."

소스케가 시무룩한 얼굴로 쓴웃음을 지었다.

나는 키득키득 웃으며 부드럽게 브레이크를 밟았다. 신호가 빨강으로 바뀌었다.

정차한 차 안에서 전방의 경치를 바라본다.

도로 왼편에 펼쳐진 바다가 마치 파란색 셀로판지 같았다. 한 없이 넓은 바다에 나지막한 겨울 햇살이 하늘하늘 난반사되고 있어 눈을 가늘게 떠야 했다. 먼 바다에는 여러 척의 어선이 그림자 처럼 소리도 없이 떠 있다. 오른편으로 시선을 옮기니 도로를 따라 낡은 집들이 듬성듬성 서 있었다. 인가의 뒤편으로 겨울 산이 이어지고 그 산들의 꼭대기가 모두 반원형으로 둥그스름하여 풍경이 전체적으로 온화하다.

나는 느긋한 기분으로 "후우" 하고 숨을 내뱉었다.

바다와 산으로 둘러싸인 내 고향. 이곳에서라면 무엇이든 실현할 수 있을 것 같다.

신호가 초록으로 바뀌어 액셀을 밟았다.

"오늘 드라이브 좋았어."

내가 조수석을 힐끔 보고 말했다.

"응? 뭘 또 새삼스럽게" 하고 소스케가 고개를 갸우뚱했다.

"냉장차를 세워두고 장사할 만한 장소를 몇 군데 발견했고, 소스케랑 마키한테 협력하겠다는 약속도 받아냈고."

충격적인 재회를 이룬 후 마키는 쑥스러워하면서도 일단은 "내가 할 수 있는 일이라면……" 하고 승낙해주었다.

"아, 그런 뜻에서?"

"미야마야 주차장도 빌릴 수 있을 것 같고."

"응. 거기는 이미 할머니들의 아지트였으니."

"응." 나도 모르게 얼굴에 웃음이 스르르 번졌다. 할머니 세 분의 모습이 떠올랐기 때문이다. "아, 참. 사탕!"

한 손으로 운전하며 주머니에서 사탕 두 개를 꺼내어 "자, 이거" 하고 하나를 소스케에게 건넸다.

"오옷, 땡큐. 그 할머니들 눈에는 스무 살인 우리도 사탕 좋아하는 어린애로 보이는 모양이야."

소스케가 딸기사탕을 입 안에 던져 넣는다.

"후후후. 그런가 봐. 우리는 아직 그분들의 4분의 1밖에 안 살았잖아."

나도 사탕을 입에 물었다. 껍질은 주머니에 다시 넣었다.

이 새콤달콤함, 옛날에 좋아하던 맛이다. 불현듯 엄마 얼굴이 떠오르니 가슴속까지 새콤달콤해졌다.

"그런데 타마쨩."

"응?"

"언제부터 할 계획이야?"

"심부름 서비스?"

"응."

"되도록 빨리 시작하고 싶은데. 아직 이사도 안 했고."

"바쁘네. 냉장차도 얼른 물색해봐야겠구나."

"응. 그건 소스케에게 맡길게. 그보다……."

"응? 그보다 뭐?"

조수석에 앉은 소스케가 내 쪽을 보았다.

"사실은……." 나는 조금 크게 숨을 들이마신 후 입을 열었다.

"샤린이 내가 사업하는 것에 반대해."

"어, 왜?"

이유는 단순하다. 샤린은 아빠 대신 가게를 운영하는 동안 내가 도와주기를 바라는 것이다. 그게 가족의 바람직한 모습이라고 굳게 믿고 있다.

"말하자면."

어젯밤에 있었던 일을 소스케에게 대충 설명했다.

"그래? 그랬군."

소스케가 수염이 꺼끌꺼끌한 턱을 벅벅 긁었다.

"넌 어떻게 생각해?"

나는 그저 안이하게 '공감'해주기만을 바랐다. 하지만 내 마음을 속속들이 알 만한 친구가 뜻밖의 대사를 내놓았다.

"이번 기회에 내 생각을 솔직하게 말할게."

"어? 아, 응."

마을에 거의 이르렀을 때 또 신호에 붙들렸다. 브레이크를 밟고 조수석을 보았다. 소스케는 팔짱을 낀 채 똑바로 앞을 보고 있었다.

"타마짱의 계획은 좀 엉뚱한 데다 위험 요소도 많아. 샤린이 하는 말에도 일리가 있다고 나는 생각해."

말투는 평소처럼 온화했다. 나는 아무 말도 못한 채 그저 천천히 호흡하며 브레이크를 밟고 있었다.

"샤린 말이야, 필리핀에 있을 때 교통사고로 가족을 잃었다며?"

"응……."

앞을 보고 작은 소리로 대답하며 고개를 끄덕였다.

샤린은 열일곱 살 때 부모님과 여동생을 한꺼번에 잃고 외톨이가 되었다. 마음에 큰 상처를 입고 가난에 몸마저 상한 샤린은 지인의 소개로 일본에 건너와 전국을 돌아다니며 필리핀 클럽 같은 데서 일하다가 홀아비가 된 아빠를 만난 것이다.

"가족끼리 서로 도우며 의지하고 싶은 샤린의 마음, 난 알 것 같아."

그래도 나는 여전히 입을 다문 채였다.

"혼자는 쓸쓸해. 나도 점점 할아버지가 되어가는 아버지의 뒷모습을 보고 있으니 좀 쓸쓸한 마음이 들어서 그냥 가업을 잇기로 결심해버린 거지 뭐."

소스케가 헤헷 하고 쑥스러운 듯 웃었다.

소스케도 홀아버지 밑에서 자랐다. 어머니는 소스케를 낳다가 돌아가셨다고 한다. 엄마의 사랑이란 걸 모르고 자란 소스케. 가족이 없는 쓸쓸함을 말할 자격은 충분하다. 그래도 나는 아무 대답도 하지 않았다. 아니, 아무 대답도 할 수 없었다. 브레이크를 밟은 채 앞 유리 너머 풍경을 바라보며 방금 소스케가 한 말을 곱

씹고만 있었다.

허리가 굽은 자그마한 몸집의 할아버지가 눈앞의 횡단보도를 천천히 천천히 건넌다. 할아버지가 입은 밤색 점퍼는 색이 바래고 얇아서 몹시 추워 보였다. 나는 무성영화의 슬로모션 장면을 보는 듯한 기분으로 멍하니 그 광경을 바라보았다.

신호가 초록으로 바뀌었다.

할아버지는 아직 횡단보도를 다 건너지 못했다. 어쩌면 이미 빨간불로 바뀐 사실조차 모르는지도 몰랐다.

문득 이런 생각이 들었다.

이 할아버지에게도 분명 가족이 있을 텐데.

지금은 혼자 산다 해도, 이 할아버지 역시 처음에는 '어머니'에게서 태어났다. 그리고 한 지붕 아래에서 생활하는 '가족' 누군가의 도움으로 기저귀를 찬 아기에서 어린이로, 청년으로, 어른으로 자라, 어느덧 인생의 종반에 들어섰다.

이 할아버지는 필요한 물건이 생기면 어떻게 하고 있을까······.

입을 다문 내가 신경 쓰였는지 소스케가 평소보다 다정한 목소리를 냈다.

"아, 물론 타마짱의 마음도 이해해."

할아버지가 횡단보도를 다 건넜다.

나는 조심스레 액셀을 밟았다.

"내, 마음?"

내 입이 가까스로 열렸다.

"느낌일 뿐이지만. 타마짱도 사고로 엄마를 잃었잖아."

"……."

마을로 다가갈수록 바다에서 멀어진다. 나는 잠자코 소스케의 다음 말을 기다렸다.

"타마짱은 돌아가신 엄마의 엄마, 그러니까 시즈코 할머니를 챙기고 싶은 거지. 시즈코 할머니를 위해 뭔가를 하면 천국에 계신 엄마한테도 효도하는 셈이니까."

내 엄마에 대해 다 아는 것처럼 말해서인지, 아니면 말을 빙 돌려서인지, 조금 짜증이 나고 불쾌해졌다.

"효도하기 위해서라면 시즈코 할머니 심부름만 하면 되는 거잖아."

도시 억양으로 가시 돋친 말을 내뱉었지만 소스케는 늘 그렇듯 무심한 표정이었다.

"맞아. 그런데도 마을 어르신들 모두의 편의를 생각한다는 점이 타마짱답다고 할까? 다정했던 에미 아줌마의 딸다워."

나는 침을 꼴깍 삼켰다. 소스케의 마음속에도 아직 엄마가 존재한다는 사실에 왠지 가슴이 두근거렸다.

엄마가 없었던 소스케는 어릴 때부터 우리 엄마에게 귀여움을 많이 받고 자랐다. 친자식처럼이라고 할 수는 없지만, 동네의 다른 아이들과는 확연히 다른 느낌으로 소스케를 돌봤던 것 같다.

소스케도 거의 입버릇처럼 "아~아, 에미 아줌마가 우리 엄마였으면 좋겠다"라고 말하고 다녔다. 엄마가 교통사고로 죽었을 때 열두 살의 소스케는 나만큼 많은 눈물을 흘렸다.

엄마는 이 세상에 없다. 하지만 생전의 엄마가 베푼 은혜가 소스케의 '마음속'에 스며들어 지금도 남아 있다는 사실에 감격한 탓인지 괜스레 뾰로통한 말투가 나왔다.

"그래서 소스케는 샤린 편이야, 내 편이야?"

"나는 두 사람 편이야."

"뭐?"

"둘 다 옳은데 어떻게 선택해."

"그렇게 애매한 태도를 보이다니……." 교활해, 라고 하려다 입을 다물었다. 소스케가 끼어들었기 때문이다.

"샤린을 도와 가게를 운영하면서도 창업 준비는 할 수 있잖아."

"어……."

"예를 들면, 월수금은 심부름 서비스 준비를 하고 화목토에만 가게를 연다든지. 타마쨩이 사업을 시작할 즈음에는 쇼타로 아저씨도 복귀하겠지. 그때부터 심부름 서비스에 집중하면 되잖아."

샤린과 내 의견을 적절히 조합한 절충안이었다. 이 정도면 받아들일 만했다. 내가 고향으로 이사하려면 '가족'인 샤린과의 거리를 좁히는 게 급선무다. 언제까지나 타인으로 있을 수는 없다. 이대로는 서로 숨이 막힐 것이다. 그건 안다. 화목토만이라도 가게에 나란히 서서 함께 일하는 건 나쁘지 않은 방법이다. 샤린도 아빠가 없는 동안 매일 가게를 열긴 힘들 것이다. 일주일에 삼 일 정도면 딱 좋지 않을까?

"소스케."

"응?"

고마워, 라고 말하고 싶었는데, 또 "두 가지 의견을 그냥 절충했을 뿐이잖아" 하고 쏘아붙이고 말았다.

"아하하. 그래도 뭐, 평등하지?"

"그건 그러네."

앞 유리 너머 아오바 강에 걸린 빨간 다리가 보였다. 우리 집으로 가려면 그 다리 앞 신호에서 좌회전, 도키타 모터스는 우회전하면 바로 나온다.

나는 왼쪽으로 핸들을 꺾어 '이자카야 다나보타' 주차장으로 들어갔다.

소스케가 차에서 내리자마자 마크Ⅱ의 보닛을 톡 두드렸다.

"괜찮아 보이네."

"응, 덕분에. 고마워."

"응. 냉장차도 한번 찾아볼게."

"고마워, 부탁해."

"OK. 괜찮은 것 찾으면 바로 연락할게."

"응."

"그럼, 또 봐."

소스케가 바지 주머니에서 키를 꺼내들고 도키타 모터스의 하얀 밴에 올라탔다. 즉각 엔진이 부르릉 하고 숨을 토했다. 소스케가 이쪽을 보고 손을 살짝 들었을 때 잽싸게 다가가 운전석 유리창을 두드렸다. 소스케가 유리창을 내리며 응? 하고 고개를 갸우뚱했다.

"아, 저기……. 네가 말한 절충안, 샤린한테 이야기해볼게."

"응. 잘 생각했어." 소스케가 쑥스러운 듯 뒤통수를 긁적이며 다시 말을 이었다. "그보다 더 걱정되는 게 있는데."

"어, 뭐?"

"후루타치 쇼조 씨. 그 무시무시한 아저씨가 네, 어서 오세요, 하고 설마 제자로 받아주겠어?"

그 말은 맞다. 하지만 왜 그런지 전혀 문제없을 것 같은 느낌도 들었다.

"어떻게든 될 거야, 아마도."

"아하하. 뭐야, 그 자신감. 근거는 있어?"

근거는……, 있다면, 그건…….

"나는 야쿠자도 두렵지 않은 쇼타로의 딸이잖아."

시바견을 닮은 친구가 풋 하고 웃었다. 말해놓고 나도 웃음을 터뜨렸다. 야쿠자가 두렵지 않을 뿐만 아니라 야쿠자가 반한 아빠의 딸이니까.

소스케를 보내고 휴업 중인 가게로 들어갔다. 안쪽 마룻귀틀에서 운동화를 벗고 2층 거실로 이어지는 계단을 성큼성큼 올랐다. 계단 중간쯤에 이르렀을 때 간장 타는 냄새가 고소하게 났다.

"다녀왔습니다."

샤린이 부엌에서 프라이팬을 흔들며 나를 보고 방긋 웃어주었다.

"타마짱, 어서 와. 지금 점심으로 볶음밥 만들고 있었어."

베이컨과 파를 듬뿍 넣고 다진 생강과 묽은 간장으로 간을 한 볶음밥이었다. 프라이팬 가장자리에서 일부러 간장을 조금 태워 풍미를 내는 요리 비결도, 파를 마지막에 섞어 향이 날아가기 전에 불에서 내리는 생활의 지혜도 샤린은 정확히 알고 있었다.

둘이서 고타쓰에 들어가 늘름 먹어치웠다. 더 달라고 해서 먹었는데도 부족할 정도로 미련이 남는 맛이었다.

식사가 끝난 후 우리는 마크Ⅱ를 타고 바다를 따라 북상했다. 운전은 내가 맡았다. 목적지는 '도리데 중앙병원'이다.

차 안에서는 무난한 대화를 나눴다. 오늘도 바나나를 갖고 왔다든가, 아침 드라마 여주인공이 예쁘다든가, 다음 달쯤 피기 시작할 수선화 향을 좋아한다든가, 그런 시시한 이야기. 샤린은 소스케가 마크Ⅱ를 수리해준 것에 대해 순수하게 기뻐했고, 평소와 다름없이 쾌활한 목소리로 이런저런 말을 걸었다. 나도 되도록 같은 분위기를 유지하며 대화를 이어갔다.

신호 대기 중에 몇 차례 시선이 마주쳤다. 그때마다 나는 샤린의 동그란 다갈색 눈동자가 무척 아름답다고 느꼈다. 하지만 먼저 시선을 피하는 쪽은 언제나 나였다. 샤린의 눈동자에 깃든 우수의 빛이 나를 끌어들이려 하기 때문이었다. 가족을 한꺼번에 잃고, 살기 위해 조국을 떠난 한 여성. 그 인생의 무게가 어두운 빛이 되어 샤린의 눈동자에서 스며 나오는지도 몰랐다.

＊　　＊　　＊

어제 수술했는데 아빠는 벌써 일반병동으로 옮겨진 상태였다. 6인실의 오른편 안쪽 침대. 칸막이용 커튼을 쳐도 발밑의 큼직한 유리창에서 자연광이 들어와 쾌적한 느낌이었다.

울툭불툭한 아빠의 손등에 진통제로 보이는 링거 바늘이 꽂혀 있다. 하반신에서 침대 옆쪽으로 연결되어 있는 건 도뇨관이다. 아직 아빠는 움직일 수 없다. 지나칠 정도로 건강했던 아빠가 이렇게 누워만 있는 현실이 당황스러웠다.

"파파상, 등 안 아파?"

샤린이 링거를 맞지 않는 쪽 손을 잡고 애교 섞인 목소리를 냈다.

"전혀 안 아픈 건 아니지만, 지금은 약으로 통증을 조절하고 있대. 그러니 못 참을 정도는 아니야. 삼 일만 누워 있으면 퇴원인데 뭐."

강한 척 싱긋 웃지만 누가 봐도 허약한 모습이었다. 표정도 어딘가 나른한 듯 생기가 없고 목소리도 갈라져 나왔다. 그래도 이렇게 아빠와 대화를 나눌 수 있다는 것만으로 내 마음이 안정감을 서서히 되찾는 듯했다.

나는 입꼬리를 애써 올리며 말했다.

"삼 일만으로 괜찮을 리 없잖아. 의사선생님이 최소한 삼 주는 입원해야 된댔어."

만약 수술 부위가 세균에 감염되거나, 염증이 가라앉지 않아 열이 내리지 않거나, 근육이 약해져서 재활 훈련에 어려움이 생기면 한 달 이상 걸릴 수도 있다고 했다.

"바보냐. 그렇게 누워 있을 필요가 어디 있어. 그 카피바라(남아메리카의 파라과이와 브라질 남부에 주로 사는 몸집이 큰 설치류 동물 – 옮긴이)처럼 생긴 의사한테 일주일로 충분하다고 말해봐."

미덥지 못한 갈라진 목소리로 평소처럼 강한 척 농담을 하는 아빠를 보니 내 입에서 한숨이 나오려 했다. 아빠는 샤린과 내게 걱정을 끼치지 않으려고 필사적으로 강한 척하는 것이다. 샤린도 그걸 알기에 방긋 웃으며 "파파상은 강한 남자. 멋져요. 그래도 여기는 좀 바보네" 하고 아빠의 머리를 가리키며 농담으로 되받았다.

우리 세 사람은 훈훈한 분위기를 유지하며 링거액이 반으로 줄때까지 수다를 떨었다. 아빠가 "아아, 술 마시고 싶다" 하고 투정을 부렸을 때 나는 대화의 흐름을 핵심으로 이끌기로 마음먹었다.

"퇴원하면 술 정도야 팔아도 될 만큼 많아."

"아하하. 맞아. 팔아도 될 만큼 많지."

아빠는 벌써 가게가 그리운지 멀리 시선을 주었다.

"가게 이야기가 나왔으니 말인데……, 있잖아요, 샤린."

"응?"

"아빠가 없는 동안에……."

나는 이때다 싶어 소스케의 절충안을 제안하려 했다. 하지만 먼저 입을 연 쪽은 샤린이었다.

"가게는 역시 파파상이 돌아올 때까지 못 열겠네."

"어?"

"나, 매일 병문안 올 거야. 그러면 장도 못 보고 재료 준비도 못 하니까 아무래도 힘들겠어."

그건 그렇다. 하지만 그렇기 때문에 내가 필요한 것 아니었나. 병문안은 둘 중 한 사람이 가고 나머지 한 명이 장 보고 재료 준비를 하면 되리라 생각했다. 그랬지만 나는 일단 입을 다물기로 했다.

"무슨 말이야. 내가 돌아갈 때까지 샤린은 느긋하게 쉬라니까. 여태까지 힘들게 일했잖아."

"후후후. OK. 고마워요."

샤린이 그 아름다운 눈으로 찡긋 윙크를 했다. 아빠는 그런 샤

111

린을 보고 흡족한 듯 미소 지었다.

행복해 보이네.

그런 생각이 드니 불현듯 가슴 안쪽에 통증이 느껴졌다. 나는
두 사람이 눈치채지 않게끔 몰래 한숨을 내쉬었다.

*　　*　　*

해질녘이 되어서야 병원을 나섰다.

하늘은 연한 파인애플 색으로 빛났고, 석양을 받은 산들은 마
치 빛의 융단을 펼쳐놓은 듯 아름다웠다. 온화한 바다도 하늘과
같은 색으로 물결쳤다.

마크Ⅱ의 조수석에서 샤린이 "풍경 너무 예쁘다" 하고 소녀처
럼 말했다. "꼭 파인애플 주스 속을 달리는 것 같네."

그렇게 대답했을 때, 말끝의 '같다'라는 단어가 내 마음을 쿡 찔
렀다.

가족 같다.

부부 같다.

모녀 같다.

그런 말들이 뇌리를 스칠 때마다 내 마음은 시들어갔다.

"있잖아요, 샤린."

다 시들어버리기 전에 마음에 남아 있던 말을 전하고 싶어 나

112

는 애써 입을 열었다.

"응?"

"가게 말인데요." 조금 망설이며 병실에서 나눴던 대화를 다시 끄집어냈다. "아까는 왜 아빠가 돌아올 때까지 안 열겠다고 했어요?"

샤린은 '아아, 그거?'라는 느낌으로 담담하게 이야기를 풀어가기 시작했다.

"파파상은 아직 모르지. 타마짱이 대학 그만뒀다는 거. 지금 말하면 충격받아. 그래서 오늘은 아직 비밀. 파파상, 수술한 지 얼마 안 됐어. 무척 지친 상태이니."

그런 거였나……. 샤린에겐 아빠 걱정이 제일 컸다. 그에 비해 나는…….

한숨을 참으며 핸들을 꾹 잡았다.

"그런가. 응. 그렇죠."

입에서 나온 대답도 바보스럽고 한심했다.

"나, 매일 파파상 병문안 가고 싶어. 정말로. 그러니까 파파상이 퇴원한 후에 가게 열래. 퇴원해도 파파상, 한동안 일 못하잖아. 그때부터 나, 열심히 해볼게. 타마짱도 도와줄래?"

산길을 달리던 마크II가 터널을 빠져나가자 전방에 바다가 펼쳐졌다. 조금 전까지 금색이었던 바다가 짙은 핑크색으로 변해가고 있었다.

"도울게요."

"와우, 타마짱, 정말?"

나는 조수석을 힐끗 보며 "네" 하고 대답한 후 다시 앞을 보았다.

"돕긴 하겠지만……, 절충안이에요."

"응?"

"예를 들어 화요일, 목요일, 토요일만 한다든가?"

샤린이 잠자코 나를 보았다.

"일주일에 삼 일만 가게를 열면 어떨까 생각해봤어요."

"삼 일만?"

"네……."

나는 소스케가 생각해낸 절충안을 되도록 쉽게 설명했다. 샤린은 고개를 살짝 숙이고 양손의 손가락 끝을 관자놀이에 댄 채 고민에 빠졌다.

대화가 사라진 차 안을 엔진 소리와 타이어의 마찰음이 채워갔다.

"역시 삼 일은 안 되려나?"

침묵이 무겁게 느껴져서 그만 나약한 대사를 내뱉고 말았다.

샤린의 입이 가까스로 열렸다.

"알겠어, 타마짱."

"네……."

"OK야. 파파상이 돌아오면 우리 같이 일주일에 세 번 노력해보자."

널찍한 해변도로에서 신호등에 붙들렸다.

나는 브레이크를 밟고 조수석을 돌아보았다. 샤린의 촉촉한 눈동자가 빛났다.

"타마쨩한테도 하고 싶은 일, 중요한 일 있겠지. 나도 중요한일, 있어."

"네……. 고마워요."

"아까 뭐랬지? 절, 절충?"

"절충안. 아이디어를 반씩 섞는 것."

"오, 절충안. 처음 듣는 단어야. 일본어, 정말 어려워."

"그렇죠?"

"하지만 문제없어."

"네?"

신호가 초록으로 바뀌었다. 나는 핑크색 세상 속으로 다시 차를 달렸다.

"가족은, 여기가 중요해."

샤린의 말에 조수석을 보았다.

샤린도 이쪽을 보면서 엄지손가락으로 자신의 납작한 가슴을 가리켰다.

"말, 안 통해도, OK야."

눈이 마주친 순간, 샤린이 멋진 윙크를 찡긋 날려주었다. 조금전 아빠에게 그랬듯.

나는 다시 앞을 보고 액셀을 깊이 밟았다. 그러면서 "그렇죠"
하고 세 글자로 답했다.

나는 지금 자연스럽게 웃고 있을까?

영정사진 속의 엄마처럼 행복하게 웃고 있을까?

이유도 모르게 치밀어 오르는 묘한 감정을 떨치고 싶어 다시
한 번 대답했다. 이번엔 다섯 글자로.

"정말 그렇죠."

*   *   *

다음 날 아침, 아빠가 5엔에 산 노란 경자동차에 오른 나는 아
파트로 가는 길에 잠시 시즈코 할머니 집에 들르기로 했다.

맑게 갠 겨울 아침. 열 시가 조금 지난 시각.

은빛으로 흐르는 아오바 강변을 달렸다.

도키타 모터스 앞을 지날 때 속도를 조금 줄이고 차고 안을 슬
쩍 봤는데, 타이어를 떼어내고 수리중인 하얀 미니 밴만 보일 뿐
소스케나 소이치로 아저씨의 모습은 없었다.

2분 정도 상류 쪽으로 올라가면 도로 폭이 넓어지면서 강변으
로 내려갈 수 있는 경사면이 나온다. 그 경사길 맞은편의 좁은 길
로 들어가면 시즈코 할머니 집이 있다.

나는 가드레일에 차를 붙여 주차했다.

밖으로 나와 한 차례 심호흡을 했다. 살을 엘 듯이 차가운 바람 속에 부엽토 냄새가 녹아 있었다. 겨울 산 냄새는 부드러워서 좋다. 도로 아래에 굵은 자갈이 깔려 있고, 강 건너편엔 험한 벼랑이 높다랗게 솟아 있다. 그 벼랑 아래는 파란 유리구슬 색 물이 스르르 흐르는 깊은 못이다. 여름에 물안경을 쓰고 이 못 안을 들여다 보면 갈겨나 은어 같은 물고기들의 난무에 넋을 잃는다. 유리 구슬 색 못의 상류와 하류는 흐름이 빠른 여울인데, 여울 소리가 시즈코 할머니 집 안까지 스며든다.

강변도로를 건너 시즈코 할머니 집으로 이어지는 좁은 길로 들어섰다. 15미터 정도만 걸어 들어가면 아담한 목조 단층집 현관이 보인다. 그 현관 앞에 조금 녹슨 하늘색 세발자전거가 세워져 있었다. 치요코 할머니가 놀러온 모양이었다.

"할머니, 저 왔어요."

문을 열고 안으로 들어가면 옛날식 토방이 나온다. 토방에 부엌과 냉장고와 식탁이 있다. 요즘 세상에는 보기 드문 구조다. 할머니는 늘 샌들을 신고 요리하고 식사를 한다.

"타마짱이냐."

미닫이문 너머 다다미방에서 시즈코 할머니 목소리가 흘러나왔다.

나는 토방 안쪽 마룻귀틀에서 운동화를 벗고 올라가 문을 열고 방으로 들어가면서 인사했다.

"안녕하세요."

고타쓰에 다리를 넣고 있던 두 할머니가 이쪽을 올려다보았다.

"오랜만의 손님이네."

쉰 목소리의 주인공은 치요코 할머니다. 여전히 하얀 단발머리에다 동그란 황갈색 안경을 코끝에 걸쳐놓은 모습이다. 이대로 텔레비전에 나와도 될 정도로 개성이 넘친다.

"이리 와 앉아, 따뜻한 차라도 마시렴."

시즈코 할머니가 난로 위에 얹힌 큼지막한 주전자를 들고 보글보글 끓고 있던 물을 부어 엽차를 진하게 우려 주었다.

"센베이도 초콜릿도 있단다."

다양한 과자가 담긴 등나무 바구니를 치요코 할머니가 내 쪽으로 밀었다.

"와, 성게 맛 센베이 좋아해요. 감사합니다."

나도 고타쓰에 몸을 녹이며 수다에 참가했다.

치요코 할머니는 세발자전거를 타고 강변 산책 겸 차 마시러 들렀다고 했다.

"내가 안 오면 이 사람이 외로울 것 같아서 말이야."

치요코 할머니가 웃지도 않고 말했다. 이때 방긋 웃은 건 오히려 시즈코 할머니와 내 쪽이다. 말투는 퉁명스럽지만 사실은 다정하고 수줍음이 많은 사람이라는 걸 잘 알기 때문이다. 방금 치요코 할머니가 한 말을 내 나름대로 번역하면 이렇게 된다.

〈좋아하는 시즈코 씨가 보고 싶기도 하고, 나이가 많이 들었으니 건강도 걱정이라 세발자전거 타고 잠시 보러 왔지〉

그런데 치요코 할머니가 오늘따라 샤린 이야기를 꺼낸다.

"그 아이는 외국인이지만 일본인의 마음을 갖고 있어. 일본 요리도 제법 잘하고, 일본 여자로서 어떻게 살아야 하는지를 잘 알아."

칭찬에 입이 마른다. 만약 샤린이 앞에 있었다면 칭찬은커녕 '자네도 이제는 좀 익숙해져야지' 하고 핀잔을 주셨겠지만.

원래 이야기를 잘 들어주는 시즈코 할머니는 치요코 할머니의 1인극을 재미있다는 듯 웃으며 듣기만 했다. 물론 나도 일단은 고개를 끄덕이며 들었다.

그러나 잠시 후 치요코 할머니 입에서 쉽게 수긍할 수 없는 대사가 튀어나왔다.

"샤린은 그 말썽꾸러기 쇼타로의 훌륭한 아내가 되었어. 가게 안주인으로서도 자리 잡았고. 그렇다면 이제 타마짱 엄마도 된 거지?"

"……."

보이지 않는 손이 내 등을 뚫고 들어와 심장을 꾹 누르는 것 같았다. 너무 답답해서 한순간 숨을 쉴 수가 없었다.

시즈코 할머니 앞에서 어떻게 그런 말을?

나는 숨죽인 채 시즈코 할머니의 표정을 살폈다. 할머니는 아무렇지 않다는 듯 방긋방긋 웃으며 등을 구부린 채 엽차만 홀짝였다.

"타마짱은 샤린을 엄마라고 안 부르지?"

직설적인 질문에 당황한 나는 애매하게 고개를 끄덕였다.

"그 마음도 잘 알지만, 적어도 겉으로는 엄마라고 인정해주면 어떻겠냐?"

어, 잠깐만. 뭐지, 이 대화의 흐름은…….

나는 일단 엽차를 천천히 마시며 마음을 진정시키려 했다. 미지근해진 액체가 식도를 따라 주르르 떨어졌다.

그 순간, 내 정수리 위에서 벼락이 쳤다.

샤린이 치요코 할머니한테 일러바친 건가?

틀림없다. 치요코 할머니가 나를 보자마자 샤린을 칭찬하더니 엄마로 인정하라고 압박한다.

도시로 나가기 전에 시즈코 할머니 집에 들러 위로받고 싶었는데. 샤린과 단둘이 있을 땐 나도 많이 참고 배려하는데. 꽉 닫힌 마음을 풀고 싶어 일부러 들렀는데.

식도를 따라 내려간 미지근한 엽차가 위 안에서 거무스름하고 뜨거운 감정 덩어리로 변하여 역류할 기세였다.

우리 가족에 대해 아무것도 모르면서.

게다가 엄마의 엄마 앞에서.

난생 처음으로 치요코 할머니를 '무신경한 노친네'라고 마음속으로 매도했다. 그래도 기분이 풀리지 않았다. 오히려 얼굴에 드러나지 않도록 참은 만큼 스트레스가 쌓였다.

"샤린이 말이야, 언젠가는 너한테 '마미'라는 말을 듣고 싶다더라."

둔하다. 너무나. 나는 찻잔을 고타쓰에 조용히 내려놓고 얼굴을 들었다. 안경 속 치요코 할머니의 눈을 응시했다. 숨을 깊이 들이마시며 무슨 말로 받아칠까 생각한 순간.

"후후후후."

작은 웃음소리가 들렸다.

놀라서 그쪽을 보았다. 시즈코 할머니가 고타쓰 위에서 찻잔을 양손으로 감싼 채 주름진 미소를 짓고 있었다. 그 미소가 내게로 향했다.

"타마짱아."

"네?"

"샤린은 네 아빠를 뭐라 부르던가?"

내 머릿속에 쾌활하게 웃는 샤린의 얼굴이 떠올랐다. "파파상……이라고."

"응. 파파상이지. 그런데 말이다, 아마 샤린이랑 네 아빠가 처음 만났을 땐……, 응, 아직 결혼하기 전 사귀던 시절에는 파파상이라고 안 했지."

시즈코 할머니가 수수께끼라도 내듯이 말했다.

121

치요코 할머니는 잠자코 엽차를 홀짝였다.

낡은 벽시계가 째깍 째깍 째깍 울고, 주전자 속의 물이 부글부
글 끓는다.

나는 시즈코 할머니가 한 말의 의미를 생각했다.

파파상…….

나의 아빠라는 뜻이다.

나, 의, 아빠.

그렇다면…….

"아……."

무심코 시즈코 할머니를 보았다.

"알겠니?"

"네. 아마……."

그냥 '쇼타로 씨'라 불러도 된다. 그런데 굳이 '파파상'이라 부
른다. '타마짱 아빠'라 부른다. 샤린은 아빠를 부를 때마다 나도
'가족'의 한 사람으로 포함시키는 것이다. '파파상'은 남편으로만
존재하는 사람이 아니다. 딸인 내가 있어야만 성립되는 호칭이다.

"샤린이 일부러 파파상이라 부르는 건가요?"

시즈코 할머니에게 물었다. 대답한 건 치요코 할머니였다.

"일부러 그러는지 아닌지 아무도 모르지."

나는 치요코 할머니에게서 시즈코 할머니에게로 시선을 옮겼다.

"어떨까. 할미는 어느 쪽이든 좋다고 생각해. 일부러 그러든 아

무 생각 없이 그러든."

어느 쪽이든 샤린이 나를 '가족'으로 생각한다는 사실은 변하지 않는다는 뜻이리라.

샤린의 맑은 눈동자가 떠올랐다. 왜 그런지 샤린은 일부러 아빠를 '파파상'이라 부를 것 같았다.

내 성격이 나쁜 건가? 샤린이 집안사람도 아닌 치요코 할머니에게 고자질했다고 생각하니 솔직히 좀 불쾌했다. 아니, 무척 무척 기분이 나빴다. 나도 여러 가지로 신경 쓰고 있는데 나만 악인 취급하다니. 아빠를 아무리 '파파상'이라 부른다 해도 나는 그 필리핀 여자를 절대 '마미'라고 부르지 않을 것이다.

나의 '엄마'는…….

미소 띤 얼굴로 다소곳이 앉아 있는 시즈코 할머니를 바라보았다.

내 '엄마'는 이 다정한 할머니의…….

딸뿐이다, 라고 마음속으로 다짐하는데, 시즈코 할머니가 짝 하고 손뼉을 쳤다. 무슨 좋은 생각이 떠올랐다는 듯.

"아, 참, 타마짱한테 보여줄 게 있단다."

시즈코 할머니가 옆에 있는 핸드백에서 하얀 휴대폰을 꺼냈다. 내가 추천했던 실버 세대를 위한 단말기다. 건강을 기원한다는 의미의 부적이 달린 스트랩도 내가 선물한 것이다.

"샤린 이야기는 그만하고…….." 시즈코 할머니가 휴대폰을 만지작거리며 말했다. "자, 한번 보렴. 타마짱이 가르쳐준 대로 사진 찍어봤단다."

할머니는 아무 일 없었다는 듯 자연스럽게 화제를 바꾸며 휴대
폰을 고타쓰 한가운데로 내밀었다.

치요코 할머니와 내가 나란히 얼굴을 대고 들여다보았다.

"어머나, 잘 찍었네."

치요코 할머니로서는 최고의 찬사다. 해질녘의 아오바 강을 촬
영한 사진이었다.

"진짜다. 정말 예뻐요……."

나도 진심을 담아 말했다. 치요코 할머니와 샤린에겐 아직 마
음이 풀리지 않지만, 일단 지금은 분위기를 바꾸려는 시즈코 할
머니의 노력에 응하기로 했다.

"후후후. 이것 말고도 많이 찍었어."

열 장 정도 보여주었다. 아침 해를 받아 반짝반짝 빛나는 소나
무 가지, 푸른 하늘을 비춘 물웅덩이에 떠 있는 노란 낙엽, 석양이
깃든 헛간 속의 갈퀴, 담 위에서 졸고 있는 고양이…… 등등. 서
툴긴 하지만 사진 속의 모든 피사체에서 시즈코 할머니의 온화한
눈빛이 느껴졌다.

"또 멋진 사진 찍어서 보내주세요."

시즈코 할머니가 내 말을 듣고 조금 난처한 듯 눈썹을 찌푸렸다.

"어떻게 보내는지 몰라……."

"엇? 간단해요."

메시지를 보내는 방법은 아신다. 이번엔 사진을 첨부하는 방법을 가르쳐드렸다.

"그러네, 의외로 간단하구나."

시즈코 할머니가 기뻐하며 당장 치요코 할머니 폰으로 고양이 사진을 보냈다. 사진을 받은 치요코 할머니도 기분이 좋아 보였다.

"저는 이제 슬슬 가볼까 봐요."

고타쓰에서 다리를 빼고 일어났다.

"점심 먹고 가."

시즈코 할머니의 말에 나는 웃으며 고개를 저었다.

"이래 봬도 할 일이 많아서요."

기껏해야 이사 준비겠지만.

"요즘 학생들은 참 바빠."

치요코 할머니에게도 애써 웃으며 "그렇죠 뭐" 하고 대답했다. 시즈코 할머니가 현관까지 나오려는 걸 극구 말리고 혼자 엄마의 엄마 집을 나섰다.

좁은 길에서 벗어나 차를 세워둔 강변길로 나오자마자 맞은편 산에서 불어오는 차가운 바람에 몸을 움츠렸다. 겨울 하늘은 눈이 부시도록 맑았다. 나는 운전석에 앉아 시동을 걸었다. 오른손을 핸들에 올렸을 때 가슴속 깊은 곳에서 "하아……" 하고 한숨이 새어나왔다. 다시 숨을 들이마셨다가 내뱉으려는데 또 한숨이 되어 나올 것 같아 괜히 작은 소리로 중얼거려보았다.

"파파상이라……."

치요코 할머니의 동그란 안경을 떠올리며 사이드브레이크를 풀고 조심스레 액셀을 밟았다.

그러고 한참을 답답한 마음으로 운전했다. 번화가로 나와 편의점에 들른 순간 도착한 시즈코 할머니의 메시지가 내게 작은 위로를 전할 때까지.

〈치요코 씨도 마음은 따뜻한 사람이라 타마짱 가족의 행복을 늘 바라고 있단다. 아까 타마짱이 어떤 기분이었을지 할미도 잘 안단다. 고맙다. 또 놀러 오너라〉

구름 사진이 첨부되어 있었다. 마치 용이 탁 트인 푸른 하늘을 날아오르는 것처럼 보였다. 아까는 없었던 사진이다. 그렇다면, 지금?

나는 편의점 주차장에 서서 하늘을 올려다보았다.

보얗게 흐린 번화가의 하늘에는 용이 날고 있지 않았다.

그래도…….

하늘은 연결된다.

나는 한 차례 심호흡을 한 다음, 나를 걱정해주는 시즈코 할머니에게 답장을 보냈다. 전 괜찮아요, 라고.

*　　*　　*

126

그 후로 며칠간 혼자 사는 아파트에서 빈둥빈둥 이사 준비를 하거나 책을 읽거나 심부름 서비스에 관한 아이디어를 생각하면서 보냈다.

아빠 병문안은 이틀에 한 번씩 갔지만 일부러 피한 것도 아닌데 매일 온다는 샤린과는 한 번도 만나지 못했다. 솔직히 말하면 샤린과 마주칠까 봐 조마조마하긴 했다. 만나면 어쩐지 마음이 무거워질 것 같아서다. 그런데 계속 못 만나면 내가 피한다고 오해할 것 같아서 그러면 그러는 대로 또 마음이 무거워진다.

병원에서 돌아오는 길에 운전대를 잡은 채 어휴 하고 한숨을 내쉬었다. 만나도 못 만나도 마음이 무거워지는 사람과 앞으로 같이 살 수 있을까……

*   *   *

이삿짐 정리가 끝난 화요일. 아침부터 오랜만에 차가운 비가 내렸다. 그 비는 오후 늦게 진눈깨비로 바뀌었다.

저녁 일곱 시 조금 전. 나는 코트를 걸치고 비닐우산을 쓰고 역 앞의 가성비 높은 서양식 이자카야로 향했다. 대학교 어학반에서 친해진 친구들이 조촐한 송별회를 열어주기로 했기 때문이다.

가게에 도착해 남프랑스 분위기가 물씬 풍기는 고풍스러운 문을 열고 들어가니 제일 안쪽 테이블에서 마음 편한 친구들이 이미 웃음꽃을 피우고 있었다. 시간에 딱 맞춰 도착한 내 얼굴을 보자마자 리더 격인 미유키가 "오옷, 주인공 등장" 하고 박수로 맞아주었다. 남자 셋, 여자 셋의 미소, 미소, 미소…… 한동안 만나지 못했던 친구들의 얼굴이 왠지 예전보다 반짝반짝 빛나 보였다. 이유는 알고 있다. 친구들이 변한 게 아니라 내가 대학을 그만뒀기 때문이다. 나는 이제 두 번 다시 이 유쾌한 친구들과 캠퍼스를 거닐지 못하리라.

대학생과, 대학생이 아닌 사람.

그들과 내 사이를 가르는 '보이지 않는 벽'의 존재를 새삼스레 실감하며 주인공 자리에 앉았다. 입꼬리를 최대한 올린 채.

우리는 생맥주가 담긴 잔을 들고 건배한 후 평소처럼 하찮은 농담에 손뼉을 치고 웃으며 저렴한 가격치고는 맛있는 요리로 부지런히 배를 채워갔다.

내가 시골로 이사하고 조금 정리가 되면 다같이 '이자카야 다나보타'에 술 마시러 오겠다고 했다. 내가 "와서 놀다가 하룻밤 자고 가"라고 하자 친구들이 "오오, 좋은 생각이다!" "봄방학 때 가자"라고 신이 나서 떠들어대며 테이블 위에서 힘차게 하이파이브를 했다. 나는 '보이지 않는 벽' 너머에 있는 친구들을 바라보며 혼자 레드와인으로 입술을 적셨다.

오늘은 취하고 싶네…… 하고 내 안의 내가 중얼거렸다.

다음 날 아침 이불 속에서 눈을 떴을 때 가벼운 두통을 느꼈다. 어제 과음한 탓이다.

커튼 너머 아침 해가 비쳐 방이 어렴풋이 밝았다.

느릿느릿 일어나 수돗물로 마른 목을 적셨다. 겨울철 차가운 물이 식도를 따라 위장으로 떨어지는 느낌이 생생하게 전달되었다. 물을 반 컵 정도 마셨을 때 나도 모르게 "후우" 하는 소리가 입 밖으로 흘러나왔다.

방이 으스스 추워 히터를 켰다.

벽 쪽에 쌓인 골판지 상자를 보고 있으니 도시 생활을 동경하여 고향을 떠나 씩씩하게 이 아파트로 입주한 열여덟 살이 되던 해 봄의 간질간질한 공기가 되살아났다. 그 시절의 나는 순수하고 순진하고 천진난만했다. 대학 생활에 막연한 희망을 품고 캠퍼스에 입성했지만, 내가 꿈꿨던 것과는 많이 달랐다. 수업은 별로 재미가 없었고, 하고 싶은 것이나 배우고 싶은 것도 찾기 힘들었다. 마음 맞는 친구들과 놀러 다니거나 같이 아르바이트를 하며 사귀게 된 남학생과의 연애는 즐거웠지만, 그 외에는 그저 느슨한 하루하루를 쌓아갈 뿐 인생을 제대로 살고 있다는 느낌이 들지 않았다.

나는 땅에 발을 붙이고 묵묵히 자기답게 살아가는 부모님의 등을 보며 자랐고, 또 엄마의 가르침의 영향으로 하나뿐인 인생에 주어진 시간을 허비하지 않으려고 노력했다.

생명이란, 곧 시간이란다.

초등학교 6학년 때 엄마가 해준 말이다.

이 세상에 '응애' 하고 태어난 순간부터 우리는 이미 '여명'을 살기 시작했으며, 저세상으로 떠나는 순간까지 '생명'이라는 이름 의 '남은 시간'을 소모한다.

생명 = 자신에게 남은 시간

어린 나도 이해하기 쉬운 설명이었다.

1분, 1초, 지금 이 순간도 나는 귀중한 생명을 소모하며 꾸준 히 '죽음'으로 다가가고 있다. 그런 생각이 드니 내가 원하는 대로 나답게 살지 않는 시간이 아까워 견딜 수 없어졌다. 그 조바심이 내 안에 쌓여 점점 무거워질수록 '불안'으로, 혹은 '공포'와 비슷 한 감각으로 발전하여 마음을 짓눌렀다. 내가 '심부름 서비스'를 생각한 것은 대학 생활을 겉으로만 즐기며 생명을 허비하고 있는 건 아닌지 불안했던 때였고, 그래서 내 결단은 빨랐다.

교무처에 자퇴서를 냈을 때 내 가슴속은 꿈을 향한 설렘으로 가득했다. 그런데 어젯밤, 대학생 신분인 친구들이 반짝반짝 빛나 보이다니…….

쌓여 있는 골판지 상자를 보며 텅 빈 한숨을 내쉬었다.

아침을 먹을 기분이 아니라 다시 이불의 온기 속으로 기어들었다. 멍하니 하얀 천장을 응시하고 있으니 어젯밤 송별회의 기억이 하나하나 떠올랐다.

와인글라스를 들고 즐거움과 쓸쓸함 사이를 오가던 나는 알코올 덕에 점점 수다쟁이가 되어 앞으로 내가 하려고 하는 '심부름 서비스'에 대해 열변을 토했다. 여자들은 입을 모아 "응, 응" "맞아, 맞아" "정말 좋은 생각인 것 같아"라고 맞장구를 쳐줬지만, 남자들은 달랐다. 현실적인 조언을 직설적으로 던졌다. "으음, 네 뜻은 알겠는데, 좀 위험하지 않아?" "장래성은 있어?" "자본금은 어떻게 할 건데?" "시골 벽촌에서 창업을 하다니, 나 같으면 무서워서 못 해"라고 술 취한 사람답게 자기들의 지론을 무자비하게 늘어놓았다. 어쩌면 이런 현실을 솔직히 말해주는 편이 오히려 나를 위하는 건지도 모르지만…….

나는 필사적으로 그들의 부정적인 생각을 깨뜨리려 했다. 하지만 잘 안 된 것 같다. 그저 열정만 앞설 뿐 논리적이고 냉철한 설명이 이루어지지 않았다. 밤이고 낮이고 '심부름 서비스'에 대해 충분히 고민했다고 믿었는데, 내가 생각해도 이상했다.

솔직히 말하면 그들의 현실적인 조언이 두려웠다. 나의 판단이 어리석고 경솔했던 건 아닌지 불안감에 짓눌릴 것 같았다. 그래서 알코올의 힘을 빌려 필사적으로 저항하고 맞받아침으로써 그들에게 '심부름 서비스'의 의의와 비전을 이해시키려 했던 것이다. 어쩌면 그건 표면상의 이유였을 뿐, 사실은 스스로 납득하고 싶어 열변을 토한 건지도 모른다.

히터로 방이 거의 데워진 것 같아 이불에서 나왔다.

커튼을 활짝 열어젖히자 방 안이 신선한 레몬색으로 채워졌다. 어젯밤에 내리던 진눈깨비는 그치고 어느새 투명한 하늘이 펼쳐져 있었다.

세수하고 양치질을 한 후 유리판이 끼워진 작은 테이블 앞에 앉아 어젯밤 편의점에서 사온 야채주스와 샌드위치를 먹었다.

먹고 나서 아무 생각 없이 텔레비전을 켰다가 보고 싶은 프로그램이 없어서 바로 껐다. 마룻바닥에 털썩 주저앉아 등을 벽에 기대고 읽다 만 책을 펼쳤다.

제목은《죽음을 빛나게 하는 삶》.

오늘 아침의 푸른 하늘처럼 시원한 파란색 커버로 감싸인 이 책엔 행복한 인생을 살기 위한 비결이 이것저것 담겨 있다. 원래 소설이나 에세이에만 흥미가 있었지만, 창업 준비를 계기로 다양한 비즈니스서나 자기계발서에도 관심을 갖게 되었다.

책을 펼치고 15분 정도 지났을 때 마음에 걸리는 한 문장을 만났다.

〈지금 내 앞에는 먼저 지나간 사람들이 남긴 바퀴 자국은 있어도 정해진 선로는 없다. 내 마음을 나침반 삼아 나만의 길을 걸으면 된다. 그것만이 후회 없이 죽을 수 있는 유일한 방법이다〉

나는 이 문장을 세 번 네 번 되풀이해 읽었다.

그러다 휴우 하고 한숨을 쉬었다.

왠지 엄마가 천국에서 보낸 메시지 같았기 때문이다.

그때 테이블 위에 둔 휴대폰이 울었다.

시즈코 할머니였다. 메시지에 붙은 제목은 〈오늘 아침의 물방울〉. 본문을 열어보니 〈타마짱, 오늘 많이 춥구나. 독감이 유행이라네. 아무쪼록 몸조심하거라〉라고 적혀 있고, 사진이 하나 첨부되어 있었다. 마당의 마른 매화나무 가지 끝에 맺힌 빗방울이 아침 해를 받아 반짝이는 사진이었다.

천국에 있는 엄마한테 메시지를 받자마자, 시즈코 할머니한테 또 이렇게 아름다운 사진을 선물 받았다.

뭐지, 이 타이밍.

왠지 가만히 있을 수 없어 시즈코 할머니에게 전화를 걸었다.

"여보세요" 하고 시즈코 할머니가 바로 받았다. 여보세요, 라는 한마디만 들어도 할머니가 웃고 있다는 걸 알 수 있었다.

"타마미예요. 안녕히 주무셨어요?"

"잘 잤니? 거기도 춥지?"

"네, 아마도. 지금 집 안이라서 잘 모르겠지만."

"여긴 어제 진눈깨비가 내렸어."

"아, 여기도 왔어요. 지금은 맑지만요."

"여기도 오늘은 날씨가 참 좋네."

할머니는 지금쯤 푸른 하늘을 올려다보고 있을 것 같다.

"사진 고맙습니다. 정말 멋지던데요."

"그러냐? 다행이다."

시즈코 할머니가 후후후 웃었다.

그리고 우리는 매화나무 가지에 꽃이 피는 것도 금방이라든가, 그 열매로 만든 매실장아찌가 새콤하고 참 맛있었다든가, 지난번에 본 용 모양 구름에 대해 별 내용 없는 대화를 나눴다. 둘 사이에 문득 침묵이 내려앉았을 때, 시즈코 할머니가 "그나저나……" 하고 부드러운 목소리로 말을 꺼냈다.

"네?"

"타마짱, 오늘은 어쩐 일이냐?"

어린 손주의 머리를 쓰다듬는 할머니의 모습을 떠올리게끔 하는 다정한 목소리였다.

"네?"

갑작스러운 질문에 할 말이 없었다.

"타마짱이 용건 없이 전화하는 일은 잘 없잖니. 무슨 일 있나 싶어서."

무슨 일이라면…….

친구들 앞에서 열변을 토하는 어젯밤의 내 목소리가 뇌리를 스쳤다. 내 마음을 드러내기라도 하듯 외롭고 불안하고 필사적이었던 그 목소리가 온화하고 따스한 시즈코 할머니의 목소리와 대비

134

되니 불현듯 가슴이 답답해졌다.

혹시 할머니는 모든 걸 꿰뚫어본 걸까?

돌아가신 엄마도 내겐 무엇이든 꿰뚫어보는 존재였다.

"그런가?" 나는 적어도 지금 이 순간만큼은 밝은 목소리를 내자고 마음먹으며 입을 열었다. "사실은 어제 친구들한테 내 장래에 관한 이야기를 했는데요, 기대했던 대답을 듣지 못했어요. 그게 좀 아쉬웠는데…… 무슨 일이 있었다고 한다면, 뭐, 그 정도?"

할머니는 "그랬구나……"라고 한 뒤로 잠시 아무 말도 하지 않았다. 나도 입을 다물고 있었다. 부드러운 침묵 속에서 나는 할머니에게 대체 뭘 기대하는지 스스로에게 묻고 있었다.

"타마쨩."

그 침묵을 할머니가 조심스레 깨뜨렸다.

"네?"

"돌아가신 할아버지가 네 엄마한테 자주 했던 말이 있단다."

할아버지가 엄마한테?

"타인에게 기대하기 전에 우선 나한테 기대하고, 그 기대에 부응하도록 최선을 다해 노력할 것. 타인에게 할 것은 기대가 아니라 감사라고."

"……"

그 말에 수긍하며 벽 앞에 쌓인 골판지 상자를 보았다. 그곳에 아침 햇살이 닿으니 묘하게 신비로운 광경으로 비쳤다.

우선 나한테 기대할 것.

"할머니."

"응?"

"할아버지, 독농가셨죠?"

독농가란 스스로 연구하며 성실하게 농사를 짓는 농부를 일컫는 단어라고 시즈코 할머니에게 들은 적이 있다.

"그렇단다. 아무튼 흙 만지는 걸 좋아하는 사람이었어. 타마짱, 할아버지 얼굴 기억나니?"

"네, 조금요. 햇볕에 타서 까무잡잡하셨어요. 밀짚모자를 자주 쓰셨는데."

"아, 그랬지."

시즈코 할머니가 지난날을 떠올리듯 말했다.

할아버지는 내가 철이 들 무렵 세상을 떠났기에 기억이 흐릿하지만 엄마도 나도 무척 사랑해주셨다고 한다.

"방금 책 읽고 있었는데, 한 문장이 마음에 와 닿았어요."

나는 말하면서 옆에 있는 《죽음을 빛나게 하는 삶》을 손에 들었다. 천국에 있는 엄마에게 선물 받았다고 생각했던 그 문장을 천천히 정성을 담아 읽었다.

"지금 내 앞에는 먼저 지나간 사람들이 남긴 바퀴 자국은 있어도 정해진 선로는 없다. 내 마음을 나침반 삼아 나만의 길을 걸으면 된다. 그것만이 후회 없이 죽을 수 있는 유일한 방법이다…….

어때요? 멋진 문장이죠?"

"응. 좋은 말이네."

"그렇죠?"

"할아버지가 네 엄마한테 했던 말과 비슷하구나."

"네. 결국 같은 말이에요."

나는 나 자신에게 기대를 걸고 내 마음이 원하는 대로 나만의 길을 걸을 것이다. 타인에겐 감사만 하면 된다. 그러면 죽을 때 후회하지 않을 수 있다.

그러면 되리라. 분명.

"역시 전화하길 잘했다."

그렇게 말하고 살짝 한숨을 내쉬었다.

"응?"

"할머니, 땡큐."

시즈코 할머니는 "고맙기는" 하며 웃다가 "할미도 아침부터 타마쨩 목소리를 들으니 힘이 나는구나" 하고 말했다.

나는 그 온화한 목소리를 되새기며 창밖의 푸르른 하늘을 올려다보았다.

＊　　＊　　＊

늦은 오후, 삼 일 만에 아빠 병문안을 갔다.

"엇, 방금 샤린 못 만났어?"

아빠가 상반신을 비스듬하게 세운 전동 침대 위에서 나를 보자마자 쾌활하게 웃으며 물었다.

"어, 못 만났는데."

"엇갈렸구나. 뭐, 어쩔 수 없지. 냉장고에 샤린이 가져온 푸딩 넣어놨으니 타마쨩도 먹어."

침대 옆에 있는 작은 냉장고를 가리키며 "진짜, 엄청 맛있더라" 하고 웃었다.

아빠는 하루가 다르게 회복되어갔다. 아직은 혼자 자유롭게 걸을 수 없어서 화장실은 간호사의 도움을 받아야 했다. 하루의 대부분을 침대 위에서 지내지만 DVD로 좋아하는 영화를 보거나 텔레비전도 보고 책도 읽으며 입원 생활을 꽤 즐기는 듯 보였다. 예상대로 의사나 간호사들과도 금세 친해져서 병동에선 제법 유명인인 모양이었다. 그 소문을 전화로 일러준 건 소스케였다. 얼마 전 도키타 모터스 부자가 나란히 병문안을 갔을 때 간호사가 그렇게 말했다고 한다.

나는 침대 옆의 동그란 의자에 앉아 달걀 가게에서 만든 푸딩을 먹었다. 역시 맛있군…… 하고 고개를 끄덕이면서 이제 아빠에게도 창업 이야기를 꺼내도 될지 고민했다. 오늘 저녁엔 오랜만에 샤린한테 전화하여 아빠에게 보고했다는 사실을 알리고 구체적인 이사 일정에 대해 의논해야겠다고 생각했다.

"푸딩 정말 맛있다."

머릿속으로는 여러 가지 중요한 생각을 하면서 입으로는 의미 없는 대사를 내뱉었다. 아빠는 그런 대사 하나하나에도 웃으며 기뻐해주었다.

"그렇지? 진하고 부드러워. 이 달걀 가게 푸딩은 일본 최고야."

나는 "맞아" 하고 고개를 끄덕이며 마지막 한입을 먹었다.

"잘 먹었습니다. 정말 맛있었다."

달걀 모양 컵과 플라스틱 스푼을 쓰레기통에 버리고 다시 아빠를 보는데…….

"어…… 왜?"

아빠가 무슨 말을 하고 싶은 듯한 표정으로 히죽히죽 웃는 것이다.

나는 푸딩이라도 흘렸나 싶어 옷을 살폈다.

"야, 타마짱아."

"응?" 하고 얼굴을 들었다.

"아빠한테 할 말 있지 않아?"

내 심장이 한 박자 빨리 뛰었다.

"할 말……이라니?"

아빠가 장난스러운 얼굴로 히죽히죽 웃으며 내 눈을 똑바로 들여다본다. 나는 당황하여 "어? 왜? 뭐야, 그 표정" 하고 얼버무렸다.

"굉장히 중요한 일, 아빠한테 숨기고 있지?"

"굉장히 중요한 일?"

어, 설마, 혹시…….

혼자 갈팡질팡하는데 성급한 아빠가 더 이상 못 참겠다는 듯 말했다.

"학교, 그만뒀다며?"

"……."

나는 눈을 부릅뜨고 숨 쉬는 것도 잊은 채 굳어 있었다.

아빠가 어떻게 그걸 알지?

"한 가지 더 있는 것 같은데……?"

아빠는 창업할 계획이라는 것도 알고 있다.

틀림없다.

내 입에서 무의식적으로 "말도 안 돼……"라는 말이 나왔다.

아빠는 여전히 웃으며 고개를 갸우뚱했다.

"응? 왜 말도 안 돼?"

"말이 안 되잖아. 어떻게 아빠가 그걸……."

"으흐흐. 그거야 뭐, 아빠는 타마쨩에 관해서라면 뭐든지 꿰뚫 어보거든. 그리고……."

"누구한테 들었어?"

아빠의 말을 막으며 물었다.

"아하하. 누군 것 같아?"

아빠는 여전히 유쾌하게 웃고 있다.

그 사람의 얼굴이 뇌리를 스쳤다.

"……샤린?"

만약 아니라면 굉장히 미안하다고 생각은 했지만 아닐 리 없다
는 확신도 있었다. 소스케나 마키를 통해 비밀이 누설될 리는 없
었다.

"딩동댕, 정답."

아빠가 태연스럽게 대답했다.

말도 안 돼…….

심한 충격에 현기증이 느껴질 지경이었다.

뭐지? 그 사람은 왜 나한테 한마디 의논도 없이 멋대로 이런 짓
을 저지른 걸까. 정말 믿을 수 없다.

기가 차고 화도 나고 그 외 여러 가지 부정적 감정이 가슴속에
서 한꺼번에 팽창하여 더 이상 참을 수 없게 된 나는 그 모든 것
을 무거운 한숨에 실어 "하아……" 하고 토해냈다.

"언제? 샤린한테 언제 들었어?"

"으음, 삼 일쯤 전이었나?"

그렇게 오래전에? 그런데 왜 나한테 말도 안 한 거야?

나는 다시 한 번 숨을 크게 들이마시고는 "하아" 하고 과장스럽
게 탄식했다. 그렇게라도 하지 않으면 목소리가 주체할 수 없이
험악해질 것 같았기 때문이다.

"샤린이 아빠한테 뭐라고 했어?"

"아하하. 뭐야, 타마짱, 그렇게 무서운 얼굴 하지 마. 예쁜 얼굴 다 망가지잖아."

아빠가 그렇게 말하고 웃으면서 나의 물음에 태연한 말투로 대답했다. 샤린이 아빠에게 전한 내용은 이러했다. 내가 훨씬 전에 학교를 그만뒀다는 것. '심부름 서비스'라는 사업을 시작하기 위해서라는 것. 아빠한텐 수술 후 몸 상태가 회복되면 밝힐 계획이라는 것. 그리고 조만간 집으로 이사한다는 것⋯⋯. 이렇듯 아빠는 이미 모든 걸 알고 있었다. 내 입으로 아빠한테 털어놓을 내용이 하나도 남지 않았을 만큼.

생각해보니 아직 한마디는 남아 있었다.

"죄송해요⋯⋯."

사실은 내 입으로 모든 것을 알린 후에 제대로 사죄하고 싶었다. 그럴 예정이었다. 그런데⋯⋯.

의자에서 일어나 머리를 숙였다. 숙인 채 나이키 운동화의 발끝을 응시했다. 심장 부근에서 불쾌한 열이 느껴지는가 싶더니 문득 투명한 물방울 두 개가 리놀륨 바닥에 뚝, 뚝, 떨어졌다.

"엇? 뭐, 뭐야. 그만해. 어이, 얼굴 들어."

이번엔 아빠가 당황했다. 나는 천천히 얼굴을 들었다.

"어⋯⋯, 가, 갑자기 왜 울고 그래."

"그런데⋯⋯."

샤린이……, 라는 말이 나올 것 같아 입술을 꼭 깨물었다.

"타마쨩은 우리 마을 할매할배들을 위해 좋은 일을 하려는 거 잖아? 그런데 아빠 건강이 걱정돼서 말도 못 하고."

"그렇……지만."

나는 냉장고 위에 있는 티슈 박스에서 휴지를 두 장 뽑아 눈물을 닦았다.

"그럼 아무 문제없는 거야. 세상을 위해 좋은 일을 하려는 마음가짐도, 다정한 심성도, 과연 나의 자랑스러운 딸답다. 그러니까 울지 마."

나는 몇 번이나 심호흡을 하며 치밀어 오르는 감정을 떨쳐버리려 애썼다. 자꾸만 흐르는 눈물을 그렇게 겨우 억누르는 데 성공했다.

"대학은 유쾌한 추억을 만들기 위한 곳이라고 아빠는 생각하거든. 딱히 무리해서 졸업할 필요는 없어. 아빠는 고등학교 중퇴라도 이렇게 재미나고 즐겁게 살고 있잖아."

아빠가 평소처럼 장난스럽게 말했다.

"아빠는……, 틀림없이 응원해주리라 생각했어."

생각했지만, 내 입으로 설명해야 했고, 그러고 싶었다.

"아하하하. 뭐야, 너도 전부 꿰뚫어본 거야?"

나를 속속들이 꿰뚫어보는 사람은 아빠랑 시즈코 할머니다. 그렇게 생각했지만 말로 표현하지는 않았다.

아빠가 웃음소리를 조금 줄이더니 목소리 톤을 낮추고 말했다.

"그건 그렇고, 이건 어떻게 할 셈인가?"

"응?"

아빠가 집게손가락과 엄지손가락으로 원을 만들어 보였다.

"심부름 서비슨가 뭔가 하려면 밑천이 필요하잖아."

나는 천천히 의자에 앉으며 "은행에서 빌리려고. 소액이지만"
하고 대답했다.

"호오. 대출 받으려고?"

"응."

"그건 안 돼."

"어......"

"빚을 내야 한다면 창업은 관둬. 아빠는 인정 못한다."

"왜...... 상환 계획도 다 세워놨어."

"안 돼. 아빠는 말이야, 거짓말쟁이랑 달콤한 매실장아찌랑 빚
이 제일 싫거든."

"그럼 어쩌라고."

아빠의 눈이 싱긋 웃는다.

"므흐흐. 사실은, 돈이 있거든."

"무슨......?"

"에미의 생명 대신으로 받은 돈인데."

"엄마 생명 대신?" 말하면서 퍼뜩 생각났다. "혹시, 생명보험?"

"오옷, 역시. 정답이다." 아빠가 싱긋 웃으며 말을 이었다. "수령인을 타마짱과 나 반반으로 해뒀거든. 500만 엔 정도 타마짱 명의의 계좌에 들어 있어. 네가 알아서 쓰면 돼."

"앗, 하, 하지만……."

"괜찮으니 원하는 대로 쓰도록 해. 훗날 타마짱 결혼할 때 쓰려고 생각했던 돈이니까."

"아빠……."

"그 대신, 한 가지만 약속하자."

"응……."

아빠의 반쯤 웃는 눈에 오늘 본 것 중 가장 다정한 빛이 깃들었다.

"에미의 생명으로 시작하는 사업이라 생각하고 최대한 즐길 것."

"……."

나는 또 휴지를 두 장 뽑았다.

아빠를 보고 고개를 끄덕인 후 눈물을 닦았다.

"인생이란 건 말이야, 단 하나뿐인 생명을 걸고 하는 놀이란다. 뭐든 좋아하는 걸 하는 사람이 이기는 거야."

"고마워. 아빠……."

고개를 숙인 채 울먹였더니 아빠의 큼직하고 두툼한 손이 침대 위에서 뻗어 나와 내 머리를 톡톡 다정하게 두드려주었다.

＊　　＊　　＊

이사 업체에 의뢰하여 짐을 옮긴 것은 그로부터 오 일 후였다.

예상대로라고 하면 섭섭하긴 해도 오랜만에 고향 집에서 생활
하니 역시 안정이 되지 않았다. 샤린의 얼굴을 보면 여러 가지 하
고 싶은 말이 떠오르고, 골판지 상자 속의 짐 정리도 해야 하고,
이사 후 처리해야 할 각종 신고도 귀찮았다. 아빠 병문안을 가거
나 창업 준비를 하거나 집안일을 돕거나……. 아무튼 쉴 새 없이
돌아다녔다. 일 년의 마지막 달을 원없이 바쁘게 보냈다.

시즈코 할머니에게 '심부름 서비스' 이야기를 했더니 처음에는
"아이고, 그런 큰일을……" 하고 걱정했지만 나중에는 "할미도 응
원할게" 하고 다정하게 웃어주었다. 그 순간부터 나의 미래가 활짝
열렸다. 이제 거리낄 것 없이 창업에 전력을 쏟을 수 있게 되었다.

소스케는 중고차 시장에서 '심부름 서비스'에 쓸 냉장차를 찾
고 있었다. 아직 딱 맞는 물건을 발견하지 못한 듯했다. 연식과 가
격과 상태를 모두 따졌을 때 '바로 이것!' 하고 도장을 찍을 만한
차가 좀처럼 나오지 않는 모양이었다.

나는 은둔자 마키를 다시 만나러 갔다. 물론 '도키타 모터스'를
데리고. 쇼트케이크 같은 롤리타 패션으로 치장하고 미사와 방
안에서 '공주놀이'를 하는 건 여전했지만 나와 한 약속은 잊지 않
고 기억해주었다. 마키는 원래 성실하고 의리 있고 착한 친구이

니 약속하면 반드시 지켜주리라 믿었다.

이런저런 일로 12월이 화살처럼 지나고 호젓한 아오바 마을에
도 어느새 새해가 찾아왔다.

난생 처음으로 경험하는 '아빠가 없는 설날' 아침.

노란 차를 타고 가서 시즈코 할머니를 집으로 모시고 왔다. 매
년 설날은 함께 보내기로 했기 때문이다.

샤린은 매일같이 아빠 병문안으로 바쁠 텐데도 설음식까지는
아니지만 자신의 능력을 최대한 발휘하여 다양한 일본 요리를 고
타쓰 위에 차려주었다. 대부분이 '이자카야 다나보타' 메뉴에 있
는 요리이긴 했지만 그래도 고타쓰 위는 화려했다. 시즈코 할머니
가 진심으로 기쁜 듯 웃으며 "샤린, 정말 대단하네" 하고 칭찬했다.

"후후후. 노력했어요. 이것도 이것도 엄청 맛있어요. 시즈코 할
머니, 많이 드세요."

일본 요리는 잘 만들어도 일본인처럼 겸손할 줄은 모르는지 드
러내놓고 우쭐한 표정을 지었지만 내게는 비판할 권리가 없었다.
거의 대부분 샤린이 요리했기 때문이다.

연말에 내가 공헌한 일이라면 기껏해야 대청소 정도였다. 그것
도 가게 홀과 주방, 2층과 3층 화장실, 유리창 청소를 담당했을 뿐
그 외에는 거의 샤린이 했다. 나는 그저 샤린의 지시대로 움직이
며 청소했다. 스스로 알아서 한 건 하나도 없었다. 이제 이 집의

실권은 샤린에게 있었다. 나는 나중에 들어온 후배나 손님 같은 느낌이어서 왠지 눈치가 보였다.

시즈코 할머니와 샤린과 나.

세 여자가 고타쓰에 둘러앉았다.

나 외의 두 사람만 싱글벙글 웃었다.

서로의 잔에 병맥주를 따라주었다.

샤린이 하나 더 있던 여분의 잔에 맥주를 따른다.

"누구 건데요?"

내가 소박한 의문을 입에 담았다.

"에미 씨 것."

샤린이 그렇게 말하고 일어나더니 반짝반짝 광이 나는 불단에 맥주가 든 잔을 올렸다.

시즈코 할머니와 내가 무심코 마주보았다.

"샤린, 고마워."

할머니가 애틋한 목소리로 그렇게 말하더니 천천히 일어났다. 나도 따라 일어났다. 셋이서 차례로 불단에 향을 피우고 종을 울리고 나란히 손을 모았다.

샤린, 교활해.

나는 활발하기만 하고 섬세하지 못한 자그마한 몸집의 여자를 슬쩍 흘겨보았다.

거무스름한 뺨과 투명한 눈동자.

역시 나의 '엄마'는 될 수 없는 사람.

그런데 이렇게 착한 짓만 하면 나만 나쁜 것 같잖아.

그러니 교활하다는 거다.

우리는 다시 고타쓰에 앉아 거품이 사라진 맥주로 건배했다.

"새해 복 많이 받으세요."

삼대에 걸친 세 여자의 목소리가 고타쓰 위에서 교차했다.

"타마짱, 올해도 잘 부탁해."

샤린이 내민 잔에 내 잔을 쨍 하고 맞췄다.

"저야말로 잘 부탁할게요."

그런 우리를 시즈코 할머니가 웃으며 바라보았다.

나는 시원한 맥주를 목으로 흘려보냈다.

평소보다 조금 썼지만 그래도 맛있었다.

그대로 꿀꺽꿀꺽 마셔 잔을 비우고 "카아" 하고 아저씨 같은 소리를 냈다. 그러자 샤린도 따라 "카아" 하면서 장난스럽게 웃는다.

나도 깜빡 웃고 말았다.

시즈코 할머니도 후후 소리 내어 웃었다.

역시 교활해, 이 사람.

속으로 그렇게 생각하면서 설날용으로 제작된 젓가락을 손에 들었다.

"잘 먹겠습니다."

샤린에게 인사한 후 내가 좋아하는 무조림에 다진 닭고기를 얹고 갈분 소스를 끼얹은 요리를 제일 먼저 입에 넣었다.

한 번 두 번 씹는데……, 불현듯 코 안쪽이 뜨거워졌다.

"타마짱, 맛있어?"

샤린이 고개를 기울이고 나를 보았다.

"응. 그, 그런데, 뜨, 뜨거……."

그리 뜨겁지도 않은데 일부러 후후 불었다. 설날 아침부터 이
상한 사람이 되고 싶진 않았다. 기껏해야 무조림에서 엄마 맛이
난다는 것 정도로 울다니, 내가 어떻게 됐나 보다.

불단 쪽에서 향냄새가 희미하게 흘러오는 듯했다.

"후후후. 타마짱은 고양이……, 뭐더라, 입 안에 있는 건데, 음."

샤린이 겸연쩍은 듯 웃으니 시즈코 할머니가 "고양이 혀라고
한단다" 하고 가르쳐주었다.

"맞다, 고양이 혀!"

시즈코 할머니가 빈 잔에 맥주를 따라줘서 고양이 혀를 식히는
척하며 한 모금 마셨다. 그러고 또 무조림을 먹었다.

시즈코 할머니가 엄마에게 전수하고, 엄마가 아빠에게 가르쳐
주고, 샤린이 아빠한테 배워서 시즈코 할머니와 나를 위해 만들
어준 맛.

얄밉다, 샤린.

"얄미울 정도로 맛있어요."

샤린에게 말했다.

샤린이 "나이스" 하고 과장스럽게 윙크를 한 후에 젓가락을 들었다. 시즈코 할머니도 "어디어디?" 하면서 무조림에 젓가락을 댔다.

맛의 윤회.

그런 생각이 드니 조금은 미소 지을 수 있었다.

*　　*　　*

미야마야 2층 마키의 방은 해가 바뀌어도 여전히 하늘하늘, 나풀나풀했다. 침대 위의 특대형 테디베어가 당장 입을 열고 말한다 해도 이상하지 않을 것 같은 환상적인 공간이다. 셋이 나란히 발을 넣은 고타쓰 이불에도 하얀 레이스가 달려 있다.

"타마짱, 아버님 상태는 좀 어떠셔?"

리사가 내려준 향기 좋은 커피를 한손에 들고 소스케가 내게 물었다. 연분홍색 옷을 입은 마키도 내 쪽을 돌아보았다.

"아직 깁스 같은 걸 하고 있어서 움직이기 힘들어하지만 그럭저럭 일상생활은 가능해졌어."

"그렇구나. 우리 아버지는 빨리 다나보타에 술 마시러 가고 싶다고 투덜거려."

"가게를 열기까진 아직 좀 더 있어야 할 것 같은데."

말하면서 다시마조림을 먹었다. 아까 리사가 '커피 안주'라며 일부러 2층까지 가져다주었다. 커피에 웬 다시마? 알쏭달쏭했지만 지난번엔 전쟁이었으니 다시마 정도로는 놀랍지도 않았다. 마키 가족은 사소한 것에 신경 쓰지 않는 성향인지도 모른다.

"그래도 무사히 퇴원하셨으니 다행이야."

소스케가 말한 대로 아빠는 일주일쯤 전에 퇴원했다. 설 연휴 때문에 검사가 지연되어 예정보다 조금 늦어졌지만 대체로 순조롭게 회복했다. 퇴원하는 날 양손에 짐을 들고 병실을 나서려는데 담당의사가 나를 불러 세우고 "재발 걱정은 없지만 재활 훈련은 열심히 해야 돼요. 안 그러면 사회에 복귀하는 데 시간이 걸리니까" 하고 말했다. 나는 "예, 감사합니다. 그동안 신세 많이 졌습니다" 하고 대답한 후 안도의 한숨을 깊이 내쉬었다. 샤린도 안심한 얼굴로 "잘됐다, 타마짱" 하고 웃으며 내 등을 가볍게 어루만져주었다. 유감스럽게도 잘된 것은 딱 거기까지였다. 아빠가 퇴원한 후에도 샤린과 나 사이엔 크고 작은 마찰이 끊이지 않았다.

"샤린이랑 둘이서 일주일에 삼 일은 가게 연다고 했지? 언제부터 열 거야?"

소스케는 우리 집안 사정을 모르니 참 쉽게도 말한다.

"그리 쉬운 이야기가 아니야."

"어, 왜?"

"왜라니……." 나는 커피잔 안에서 흔들리는 검은 액체에 시선을 떨군 채 복잡한 마음을 표현해줄 말을 찾았다. 그 순간 치요코 할머니의 얼굴이 떠올랐다.

"뭔가, 며느리와 시어머니 사이 같달까."

"타마짱이랑 샤린이?"

소스케가 드러내놓고 걱정스러운 얼굴을 했다. 얌전한 마키도 눈을 둥그렇게 떴다.

"아, 그렇다고 격하게 싸우는 건 아니고. 생활 습관이 다른 두 여자가 한 지붕 아래에 살다 보면, 좀, 사소한 것까지 신경 쓰게 되고……, 그래서 정신적으로 피곤한데 무신경한 말이나 행동을 하면……, 나도 짜증이 나거든."

"무신경하다면, 구체적으로 어떤 건데?"

"뭐……, 대단한 건 아니지만."

하나하나는 정말이지 사소하다. 예를 들면, 마요네즈를 냉장고에 넣는 걸 보고 내가 "거꾸로 세워두면 다음번에 이용할 때 편해요" 하고 가르쳐주는데 "타마짱이 봤으면 그냥 거꾸로 세워주면 되잖아"라고 하고, 세탁 후에 널어둔 내 옷을 샤린이 마음대로 입고 집안일을 하기에 불평했더니 "이거 예뻐서 나도 입고 싶어. 타마짱도 내 옷 입어" 하고 당연한 듯 말했다. 옷을 같이 입자는 것 같은데, 샤린의 옷은 작아서 못 입는다. 내가 없을 때 내 방을 청소해주는 것도 달갑지 않은 친절이다. 방 안의 물건을 마음대로 옮기는 바람에 나중에 찾을 수 없어 곤란했던 적이 한두 번이 아니다. 게다가 감시당하는 것 같아 솔직히 좋은 기분이 들지 않는다.

"그런 사소한 일들이 쌓이니 문제가 생기는 거야."

말하면서도 나는 왜 이렇게 속이 좁은가 싶다. 하지만 이렇게 떠올리는 것만으로 짜증이 나는 것도 사실이었다.

"싸울수록 정든다는 말도 있잖아?"

"아니야." 나는 단칼에 부정했다. 그런 말, 절대 믿을 수 없다. "샤린은 원래 그런 성격이라 싸워도 다음 날 아침이 되면 태연한 얼굴로, 타마짱, 잘 잤어? 오늘도 날씨가 좋네, 그러면서 아침밥을 차려. 그런 샤린을 보고 있으면 내가 쪼잔한 인간처럼 느껴져서 반성하게 되는데, 또 5분 후에 짜증나는 일이 생기는 거야."

"흐음……."

"샤린한테 휘둘리는 느낌이랄까."

"흐으음. 그래도 집안일은 샤린이 해주지?"

순박한 소스케가 악의 없는 얼굴로 아픈 곳을 찌른다.

"뭐, 그건 그렇지만……."

분명 샤린은 집안일을 잘 해준다. 즐겁게 콧노래를 부르면서. 매일 아침 늦어도 다섯 시 반에는 일어나는 것 같았다. 날이 밝기도 전에 일어나서 열심히 집안일을 하든지, 인터넷으로 일본어 공부를 하든지. 정확히 들은 적은 없지만 아무튼 아침잠이 많은 나는 절대 불가능한 일과를 샤린은 당연히 해야 할 일을 한다는 듯 소화해내고 있다.

그저께부터는 재활 훈련이 필요한 아빠를 위해 걷기 운동을 시작했다. 게다가 매일 밤 아빠랑 같이 목욕을 한다. 깁스를 풀 때까지 도움이 필요하다는 건 알고 있다. 하지만 딸 입장에서는, 아무래도, 좀 꺼려진다…….

"집안일은 잘해주긴 하지만, 하나하나, 타마쨩, 이거 했어, 하고 생색을 내. 그러면 반대로 고맙다는 말이 순순히 안 나와."

"그러게. 타인을 위해 한 일이라도 굳이 드러내지 않는 게 일본인의 미덕인데 말이야. 음덕을 쌓는다는 말도 있잖아?"

"그래, 맞아! 어제 내가 그 말까지 했어."

어제 샤린은 유독 말이 많았고 쓸데없는 참견도 여러 번 했다. 타마쨩, 나, 계단 청소했어, 깨끗하지? 타마쨩, 목욕물에 입욕제 넣어뒀어, 좋지? 타마쨩, 칫솔이 오래돼서 내가 사뒀어. 지금 타마쨩이 앉아 있는 방석, 치요코 할머니한테 배워서 내가 만든 거야. 마음에 들면 사용해도 돼. 타마쨩, 세면대 배수구에 머리카락이 잔뜩 들어 있더라. 내가 청소했어.

하나하나 생색을 내는 샤린의 '친절'에 신물이 나서 나도 모르게 험악한 말투로 몰아세우고 말았다.

"저기요, 일본인은요, 상대가 모르게 좋은 일을 해요. 그래야 더 기쁘거든요."

샤린이 노골적으로 불만스러운 표정을 지었다.

"노, 노. 그러면 상대는 몰라."

"아니라니까요. 그래도 알아차리는 것이 일본인이에요. 일본에는 옛날부터 '음덕을 쌓는다'는 말이 있어요."

그러고도 날카로운 말을 골라가며 샤린의 가슴에 구멍을 내려 했다. 그 구멍에 억지로 '일본인의 미덕'을 집어넣으려 했다.

"그런데 있잖아, 그때 샤린의 슬픈 눈을 보고 있으니 내가 잘못한 것 같은 거야……."

한숨 섞인 말투로 거기까지 이야기했을 때 소스케가 내 말끝을 잡아챘다.

"그래서 또 짜증이 나는 거지?"

"맞아……. 그리고……."

나는 샤린에 대한 불만을 소스케와 마키에게 계속 토해냈다. 그런데 불평하면 할수록 집안일을 할 때 샤린의 악의 없는 웃음과 콧노래가 떠올라 점점 나 자신이 싫어지는 것이었다.

"아아, 정말, 왠지, 미안해."

나 스스로 내 말을 잘라버렸다.

"왜 그래, 타마짱."

불평은 듣는 쪽이 지치는 법이다. 그래도 묵묵히 들어주던 소스케가 고개를 갸우뚱했다.

"내가 좀 더 마음을 넓게 가지면 되는 거지. 그걸 알고는 있지만……. 그러니까 이제 됐어. 미안. 정초부터 불평만 잔뜩 늘어놓고."

소스케가 걱정스럽다는 듯 한숨을 쉬었다. 마키는 시무룩한 얼굴로 고개를 저었다. 타마짱이 미안해할 필요 없다는 듯. 그리고 우리는 묵묵히 커피를 마시고 다시마조림을 이쑤시개로 찔러 입에 넣었다.

"푸념이야 언제든 들어줄 수 있지." 소스케가 검정색 퓨마 배낭 안에서 A4 사이즈 종이를 세 장 꺼내어 고타쓰 위에 펼쳤다. "슬슬 오늘 주제로 넘어갈까?"

그 종이를 본 내 입에서 무심코 "앗" 하는 감탄사가 흘렀다.

내가 심부름 서비스에 이용할 냉장차 디자인이 그려져 있었기 때문이다.

"와, 멋지다······."

마키가 오랜만에 목소리를 냈다. 애니메이션 캐릭터 같은 새된 목소리다. 언니 리사는 목소리가 걸걸하고 낮은데, 자매라도 성대 구조가 이렇게 다를 수도 있는 모양이었다.

"이거 어때? 아무래도 영업차니까 일단 겉모습이 예쁜 게 좋잖아."

"응. 좋다······. 그럼, 적당한 냉장차를 찾은 거야?"

"아니, 아직. 어차피 옥션에 나오는 차 형태는 거의 정해져 있으니 디자인만이라도 먼저 생각해두면 좋을 것 같아서."

나는 "그렇겠네" 하고 고개를 끄덕이며 소스케가 그려준 세 개의 디자인을 다시 한 번 찬찬히 살펴보았다. 차종은 스즈키의 캐리. 작은 트럭형 냉장차다. 하얀색 캐리 사진을 인쇄한 종이에 색연필로 무늬를 그려 넣었다.

셋 다 차체 측면에

타마짱의
심부름 서비스 ♪

로고가 그려졌는데 그 로고 외의 디자인은 각각 달랐다.

첫 번째 차는 전체가 새빨갛게 칠해진 디자인으로 1950년대 미국 차 같은 느낌이었다. 세련된 배색에서 낡은 캐딜락 분위기가 물씬 풍겼고 달릴 때도 눈에 잘 띌 것 같았다. 두 번째는 복고풍 폭스바겐 왜건 느낌의 에메랄드그린과 화이트의 투톤 컬러. 경쾌함과 귀여움이 조화롭게 어우러진 디자인이어서 탈수록 애착이 생길 듯했다. 세 번째는 연핑크와 크림색을 바탕으로 한 소녀풍 디자인. 냉장고 부분인 트럭의 짐칸에 빙글빙글 돌아가는 소용돌이무늬가 그려져 있다.

"이거……, 롤리타 달팽이야?"

나는 세 번째를 가리키며 확신에 찬 눈으로 마키를 보았다.

마키가 부끄러운 듯 고개를 움츠리며 "에헤헤" 웃었다. 역시 이건 마키의 아이디어를 소스케가 그린 게 분명하다.

"일단 내가 권하고 싶은 건 이거야."

소스케가 복고풍 폭스바겐 느낌의 두 번째 디자인을 가리켰다. 마키에겐 미안하지만 나도 같은 생각이었다. 그러자 마키가 "나

158

도 그게 좋은 것 같아……"라고 했다.

소스케가 "어, 마키, 괜찮아?"라고 묻는다.

"응……."

"소스케랑 마키가 좋다면 결정됐다. 나도 그 디자인이 제일 좋아."

"좋았어, 그럼 결정! 나는 이런 복고풍 디자인이 정말 좋더라고. 아아, 빨리 하고 싶다."

소스케가 크리스마스 선물로 장난감을 갖고 싶어 하는 아이처럼 눈을 반짝반짝 빛냈다. 그런 소스케를 곁눈으로 몰래 보는 마키의 눈이 더 빛난다는 것을 나는 알아차렸다.

"소스케, 잘 부탁해. 마키도 고마워."

마키는 수줍어하며 조심스럽게 고개를 저었다.

"아, 참, 마키. 전단지는 아직 안 됐지?"

"대충 해보긴 했는데."

마키가 천천히 일어나 책상 위에 있던 하얀 노트북을 들고 고타쓰로 돌아왔다. 전단지 디자인이 표시된 화면을 열기까지 혹시 이쪽도 소녀풍이면 어쩌나 걱정했는데 다행히 아니었다.

"와앗, 느낌 좋다."

화면을 보자마자 말했다.

소스케가 디자인해준 〈타마짱의 심부름 서비스♪〉 로고와 웹상의 무료 사진을 적절히 배합하여 예쁘게 꾸민 전단지였다. 배경은 아오바 강여울이 담긴 풍경 사진으로, 어르신들이 읽기 편하도록 광고 문구가 큼지막하게 들어간 점도 마음에 들었다.

〈아오바 마을에 이동판매 개시! 타마짱이 여러분의 집 앞으로 직접 판매하러 갑니다♪〉

이 문구 옆에 내 얼굴 사진이 들어갔다. 조금 민망했지만 젊은 여성이 판매한다면 어르신들도 더 안심할 것 같아 일부러 사진을 넣기로 했다. 전단지의 아래쪽 반에는 현시점까지 판매 허가를 받은 장소 네 곳이 안내되어 있다. 심플하고 알기 쉬운 지도 디자인은 거의 프로급이었다. '아오바 온천 주차장'이라든지 '스티로폼 공장 부지 내'라든지 '아오바 항 어협조합 사무소 옆'처럼 마을 주민이라면 누구나 알 수 있게끔 설명된 점도 좋았다. 나머지 한 곳은 '휴게소 미야마야 주차장'이다. 또 지도 아래에 〈※이 외에도 여러분이 원하시는 곳이 있다면 방문하고 싶습니다. 판매할 수 있는 장소를 제공해주시면 감사하겠습니다!〉라고 적어놓았다.

"대단하다, 정말. 마키, 최고야."

모니터를 집어삼킬 듯 응시하는 동안, 이 전단지를 보고 기뻐해줄 어르신들의 웃는 얼굴이 떠올랐다. 이제 곧 '심부름 서비스'를 시작한다. 가슴이 뜨거워졌다.

"마키는 롤리타 말고 다른 디자인에도 제법 센스가 있어."

소스케가 시바견 같은 얼굴로 칭찬하자 마키의 하얀 볼이 금세 핑크 빛으로 물들었다. 그러니 얼굴까지 롤리타스러워졌다.

"마키, 고마워." 내가 말하면서 내민 오른손을 마키가 "데헷" 하고 웃으며 잡아주었다. 하얗고 몰랑몰랑한 마키의 손이 꼭 마시멜로 같았다.

"타마짱, 이제 그거네."

소스케가 말하는 '그것'이 뭔지는 안다.

"응."

"전화해봤어?"

"아직. 이제 해야지."

"지금 해."

"어, 지금?"

"응, 지금. 쇠뿔은 단김에 빼야지."

흥분 상태인 지금이야말로 두려워서 선뜻 나서지 못하는 일에 도전하기에 좋을 때라는 생각이 들기도 했다.

나는 천천히 고개를 끄덕인 후 옆에 둔 점퍼 주머니에서 휴대폰을 꺼냈다. 소스케와 마키 얼굴을 차례로 보았다. 둘 다 긍정적인 눈으로 나를 지켜봐주었다.

얼마 전 아빠에게 받은 전화번호를 불러냈다. 휴대폰 화면에 후루타치 쇼조라는 이름이 표시되었다.

"엄청 떨린다……."

한 번 더 두 사람을 보았다.

친구들이 천천히 고개를 끄덕인다.

나는 숨을 깊이 들이마셨다가 "후우……" 하고 내뱉었다.

집게손가락으로 통화 버튼을 눌렀다.

후루타치 쇼조

"당장 어떻게 답을 해? 지금 일하는 중이야. 미안하지만."

그렇게 말하고 일방적으로 전화를 끊어버렸다.

이건 또 무슨 장난 짓인지.

마음속으로 중얼거리며 오른손에 쥔 휴대폰을 내려다보았다.

나한테 전화를 거는 인간이라면 요즘 부쩍 늙어 보이는 아내와 업무 관계자 몇 명뿐이다. 그런데 느닷없이 젊은 여자가 전화를 해서 제자로 받아달라니……. 내가 하는 일은 단순한 이동판매다. 제자를 둘 만한 직업이 전혀 아니다. 기술자나 예술가도 아니고……. 농담도 정도껏 해야지.

"여보게, 기사 양반." 뒤에서 노인의 조금 쉰 목소리가 들렸다.

"왜 한숨을 쉬고 그러시나?"

얼굴을 들고 돌아보았다. 까만 휠체어를 탄 백발의 노파가 기분 좋은 얼굴로 나를 보고 있었다.

"아니, 아무 일 아뇨."

대답하면서 노파의 상태를 관찰했다. 지난 두 달간 한 뼘이나 두 뼘이나 작아진 것 같았다. 치매도 꽤 진행되었다고 들었다.

"그렇다면 다행이네만."

휠체어 위에 순수한 웃음이 방긋 피었다.

이 노파는 웃으면 눈꼬리가 처져 신기할 정도로 상냥한 얼굴이
된다.

나는 그 얼굴에 친밀감을 느끼며 휴대폰을 주머니에 넣었다.
그리고 노인들에게 물건을 팔기 시작했다.

여기는 옆 마을 양로원 '보요엔(望洋苑)'의 1층 로비다. 일주일
에 세 번, 월, 수, 금요일에 방문하는데, 널찍한 로비에 테이블이
놓여 있어 그 위에 상품이 담긴 파란 상자를 늘어놓고 장사를 한
다. 이름처럼 전망이 좋은 양로원이다. 마른 잔디 정원 쪽의 큰 유
리창 너머 감청색 바다가 오늘도 평화롭게 누워 있다.

"오늘은 날씨가 좋네. 바깥은 춥나?"

휠체어 노파가 바다를 보며 말했다. 나도 창밖을 보았다. 푸른
바다에 작은 어선이 여러 척 떠 있었다.

"아, 춥지. 요 며칠 사이 부쩍 추워졌어."

나는 늘 그랬듯 노파의 말상대를 하며 노인들에게 상품을 팔았다.

몇 군데 판매처 중 이곳은 비교적 나쁘지 않다. 매번 스무 명
정도의 노인이 나와서 과자라든지 과일이라든지 빵 같은 먹을거
리를 많이 사주니 매출이 제법 괜찮은 편이다. 노인들은 자기가
먹을 것보다 면회 오는 자녀나 손주들에게 주려고 구입하는 경
우가 많았다. 자신의 식욕이나 물욕을 채우기보다 자녀나 손주가

기뻐하는 모습을 보는 쪽이 훨씬 행복한 것이리라. 나이를 먹는다는 건 그런 건지도 모른다.

15분쯤 지나자 쇼핑을 마친 노인들이 흡족한 얼굴로 각자의 방이나 휴게실로 흩어졌다. 로비에 남은 건 휠체어 노파와 그 휠체어를 밀고 온 젊은 남자 스태프와 나, 셋뿐이다.

"할머니, 뭐 필요한 거 있어?"

휠체어 노파에게 말을 걸었다.

"계란말이."

"응?"

"우리 아들이 계란말이 좋아해."

"……."

"설탕을 듬뿍 넣어서 달콤하게 만들어야지 안 그러면 싫다고 해."

"그렇군. 미안한데, 오늘은 안 가져왔네……."

"어머나, 그래? 다음에 올 때 꼭 가져오게나."

"알겠어요. 설탕을 듬뿍 넣어 달콤하게 만든 걸로 말이지?"

노파가 만족스러운 듯 응응 하며 고개를 끄덕였다.

문득 노파의 주름투성이 눈가에 눈물이 번졌다. 나는 재빨리 시선을 돌리며 화제를 바꿨다.

"그거 말고는 필요한 거 없어? 자, 이 양갱, 맛있어."

"양갱 맛있지. 기사 양반은 내가 좋아하는 걸 어떻게 알았을

164

까?"

아는지 모르는지 이 노파는 옛날부터 항상 양갱만 샀으니까.

"찍었지."

"후후후. 그럼, 하나만 살까?"

"감사합니다. 150엔. 할머니, 지갑 줘봐."

여느 때처럼 나는 말하면서 노파의 허벅지 위에 놓인 짙은 녹색 지갑을 들었다. 휠체어를 밀고 온 젊은 스태프는 아무 말 없이 입가에 선량한 웃음을 머금은 채 우리 둘을 바라보았다.

"양갱이 하나에 150엔이니까……" 나는 노파의 지갑에서 동전을 꺼내는 시늉을 하며 천 엔짜리 지폐 세 장을 얼른 밀어 넣었다.

"돈 꺼냈어. 거스름돈도 정확히 넣어놨고. 자, 할머니가 좋아하는 양갱, 스태프 총각한테 맡길게."

지갑을 닫아서 노파의 허벅지 위에 돌려놓았다. 양갱은 하얀 비닐봉투에 넣어 스태프에게 건넸다. 봉투에 양갱이 세 개 들어 있다.

"늘 고마우이."

"내가 고맙지."

노파의 밝게 웃는 얼굴을 보고 나서야 나는 정리를 시작했다. 테이블 위에 늘어놓은 파란 플라스틱 상자에 뚜껑을 덮어 밖에 세워둔 냉장차에 실어야 한다. 상자 수는 여덟 개. 두 개 겹쳐서 옮기면 네 차례 왕복으로 끝난다. 그동안에도 휠체어 노파가 나

165

를 방긋방긋 웃으며 지켜보았다.

"할머니, 다음에 또 올게요."

나는 짐을 다 싣고 나서 휠체어 앞에 쭈그리고 앉았다.

"기사 양반, 다음이 언젠고?"

"모레. 달콤한 계란말이 갖고 올게요."

노파의 미소가 깊어졌다. 눈꼬리가 더 처지니 눈물 나도록 따스한 얼굴이 되었다.

"그럼, 갑니다."

일어나서 스태프에게 목례하고 발길을 돌렸다. 등에 노파의 시선을 느끼며 자동문을 빠져나갔다.

현관 밖으로 나가자마자 얼얼한 한겨울 바람이 내 목을 휘감았다. 나는 무심코 어깨를 움츠렸다. 희미한 바다 냄새가 바람 속에 섞여 있었다. 겨울 하늘이 형광 블루처럼 맑았다. 눈이 부셔서 얼른 냉장차 운전석에 올라탔다.

시동을 걸고 흘끗 백미러를 보았다.

유리문 너머 휠체어 노파가 아직도 이쪽을 보고 있었다.

나는 액셀을 밟고 천천히 주차장을 빠져나갔다.

노파는 차가 좌회전하여 시야에서 사라질 때까지 그 자리에 그대로 있었다.

"달콤한 계란말이라……"

나직이 중얼거렸더니 눈이 처진 노파의 웃는 얼굴이 아른거렸다.

나는 깊은 한숨을 내쉬며 액셀을 꾹 밟았다.

＊　　＊　　＊

일곱 군데를 돌고 나서야 아오바 마을의 자택에 도착했다.

시각은 오후 네 시 반이 넘었고 겨울 태양은 이미 서쪽 산 너머로 숨어버렸다.

자택 마당에 조립식 간이 사무소가 있다. 나는 상자를 차에서 내려 사무소 작업대 위에 나란히 올리고 뚜껑을 벗겼다. 남은 상품은 거의 없었다. 매입이 적당했다. 이런 날은 기분이 나쁘지 않다.

사무용 책상 앞에 앉아 장부 정리를 시작했다. 팔림새도 이만하면 괜찮다. 요 며칠 추워져서 어묵탕과 찌개 재료를 넉넉히 준비했는데 나름대로 성과가 있었다.

"자, 이제……."

장부 작성을 끝내고 천천히 일어났다. 남은 상품 중 보냉이 필요한 걸 골라 업무용 냉장고와 냉동고에 나눠서 넣었다. 재고가 적으면 이 작업이 금방 끝나서 좋다. 마지막으로 내일 매입할 상품을 노트에 기입하고 단골 거래처 몇 군데에 전화로 주문하면 된다. 이것으로 하루 업무는 끝이다.

불을 끄고 문단속을 하고 아내가 기다리는 안채로 가려다가……

문득 발을 멈췄다.

일단 껐던 불을 다시 켰다. 그러고 의자에 털썩 앉았다.

검정색 다운재킷 주머니에서 휴대폰을 꺼내어 연락처에서 지인의 이름을 찾았다.

이 마을에서……, 아니, 내 인생에 몇 없는 '친구' 중 하나다.

통화 버튼을 누르니 벨 소리 세 번 후에 상대가 받았다.

"와아, 오랜만이네. 후루타치 씨, 새해 건강하게 잘 맞았는가?"

여전히 호감 가는 쾌활한 목소리.

"응, 나는 건강한데, 그쪽 등 상태는 좀 어때?"

"아하하. 별거 아니야. 등뼈 대신 쪼그만 인공뼈를 찔러 넣었을 뿐이거든."

"걸을 수는 있나?"

"재활 훈련하느라 아침마다 열심히 걷지. 그런데 깁스 같은 걸 차고 다녀야 하니 귀찮아 죽겠어."

"너무 무리하지 마."

"괜찮다니까. 그런데 그거지? 자네가 전화한 건 우리 딸내미 때문이렷다?"

뭐야, 역시 쇼타로도 알고 있었나? 조금 안심했다.

"응. 낮에 느닷없이 전화해서는 심부름 서비스가 어쩌고저쩌고 하더니 제자로 받아달라는 거야."

"아하하. 깜짝 놀랐겠군. 사실은 내가 진화해주겠다고 했는데 딸이 꼭 자기 입으로 부탁하겠다고 고집을 부려서 일단 전화번호만 가르쳐줬어."

"……그랬군."

"그래서 말인데, 번거롭게 해서 미안하지만, 우리 딸 좀 봐줄 수 없겠나?"

"……."

여기서 응, 하고 대답하는 건 간단하다. 그러고 싶기도 했다. 어쨌거나 쇼타로는 내가 나쁜 짓에서 손을 떼고 거의 도망치듯 이 마을로 흘러왔을 때 차별의 눈으로 보지 않고 받아들여준 유일한 사람이다. 나는 '이자카야 다나보타'가 있었기에 이 마을에 정착할 수 있었다고 생각하는 사람이다. 깊이 감사하고 있다.

그렇기 때문에 오히려 쉽게 승낙할 수 없는 건지도 모른다.

"이보게, 쇼타로."

"응."

"이런 촌구석에서 이동판매 사업이 잘 되리라 생각하나?"

"글쎄, 어떨까."

"어떨까라니……. 솔직히 말하면, 힘들 거야."

"왜 그렇지? 후루타치 씨는 하고 있잖아."

"나는 인구가 그럭저럭 많은 옆 마을까지 도니까 빠듯하게나마 운영이 되는 거야. 아오바 마을 할배할매만 상대하면 아무리 노력해도 기껏해야 본전일걸."

원래 말이 없는 내가 쇼타로를 위해서라 생각하고 필사적으로
설명했지만 이 남자에겐 먹혀들지 않았다.

　　"호오, 열심히 노력하면 본전은 건지는 건가?"

　　"아냐, 그건 아니지. 본전도 보증 못 해. 자선사업을 하려는 것
도 아니고 말이야."

　　"아하하. 그건 그래." 쇼타로가 재미있다는 듯 웃다가 태평스러
운 목소리로 말을 이어갔다. "우리 딸이 노력한 끝에 실패하면 바
보라고 크게 한번 웃어주면 돼."

　　"응?"

　　이 사람, 무슨 말 하는 거야.

　　"노력을 안 하면 내가 엉덩이를 때려줄 테니까."

　　나는 순간적으로 할 말을 잃었다. 딸이 실패하면 그 책임을 쇼
타로가 진다는 뜻인가?

　　"쇼타로, 자네, 딸이 만약 실패하면……."

　　"아니야, 후루타치 씨. 인생엔 원래 '실패'라는 게 없어."

　　"응?"

　　"죽은 내 아내가 말하기를, 인생에는 '성공'과 '배움'만 있대. 하
고 싶은 걸 포기하고 사는 인생, 재미없잖아?"

　　"……."

　　"재미없이 사는 건 우리 집에선 금지야. 옛날부터 그랬어."

　　쇼타로는 농담인 듯 진담인 듯 이렇게 말하고는 껄껄 유쾌하게

웃었다.

　인생에 '실패'란 없다. '성공'과 '배움'만 있을 뿐.

　그렇군. 나는 쇼타로가 한 말을 곱씹으며 실패투성이로 여겼던 나의 과거를 돌아보았다. 내가 겪은 수많은 실패에서 뭔가를 배워 미래에 활용한다면……, 내 인생도 그리 나쁘지 않을 것 같았다.

　"이보게, 쇼타로."

　"응?"

　"자네 딸, 타마짱이랬나?"

　"응. 타마짱."

　"본명은?"

　"타마미라고 하는데, 왜?"

　타마미라…….

　그렇군. 타마미라서 타마짱인가.

　"좋은 이름이군."

　"에헤헤. 그렇지? 내가 지었어."

　"타마짱, 지금 몇 살인가?"

　"눈 깜짝할 사이에 스무 살이 됐어. 엊그제 응애 하고 태어난 것 같은데, 순식간에 어른이 됐네."

　타마미, 스무 살이라…….

　설마 이런 게 운명이란 걸까?

　나는 쇼타로가 눈치채지 않도록 휴대폰을 입에서 조금 떼고 한숨을 쉬었다.

"타마짱은 행복한 아가씨네. 자네 같은 바보 아빠가 있어서."

"데헷. 나도 그렇게 생각해."

장난스럽게 웃는 쇼타로의 얼굴이 떠올랐다.

"말해두는데……." 나는 이때 일부러 엄한 목소리를 냈다. "제자로 배우는 동안에는 보수 없어."

쇼타로가 전화에 대고 푸푸풋 하고 웃었다.

"당연하지. 오히려 수업료를 지불해야 할 판인데."

"등신 같으니. 돈은 필요 없어."

"알아. 그 대신 잔뜩 부려먹어."

"흉악한 자네한테 항의를 안 들을 정도로만 부려먹을 생각이야."

"으하하핫. 흉악하다니, 진짜 야쿠자였던 할배한테 들을 말은 아닌데."

쇼타로가 진심으로 즐거운 듯 웃었다.

내 제자가 된 스무 살 타마짱을 그 노파한테 보여주면 어떤 얼굴을 할까?

상상했더니 내 얼굴에도 웃음이 번졌다.

"야쿠자 출신인 내가 제자를 두다니."

"그러게, 말도 안 되는 이야기야."

우리는 바보처럼 한목소리로 껄껄껄 웃었다.

도키타 소스케

2월 첫 화요일.

차체와 똑같은 에메랄드그린 색 확성기를 운전석 위 지붕에 설치했다. '작품' 하나가 완성된 순간이다. 나는 조용한 도키타 모터스 차고 안에서 "휴우, 완벽하군" 하고 혼잣말을 중얼거렸다. 왼쪽 손목에 찬 G쇼크 시계를 내려다보니 오전 11시 11분을 가리키고 있었다. '1'이 나란히 이어지니 기분도 좋았다.

어쨌거나 완성했다. 마침내.

타마쨩의 심부름 서비스에 이용할 냉장차를.

공구선반 구석에 올려둔 휴대폰을 들고 앞뒤, 좌우, 그리고 비스듬히 옆에 서서 갓 완성한 따끈따끈한 '작품'을 신나게 찍어댔다. 내 입으로 말하긴 그렇지만 어느 각도에서 봐도 큐트하고 빈티지하고 시크했다. 외장뿐만 아니라 내장까지 완벽하게 개조하고 싶었지만, 타마쨩의 예산을 감안하자니 거기까진 손을 댈 수 없었다.

그래도 운이 좋은 편이었다. 중고차 옥션에서 괜찮은 물건을 꽤 저렴하게 샀다.

연식이 고작 사 년밖에 안 됐고 주행거리도 3만 2천 킬로라 아직 충분히 쓸 만한데, 냉장차로서는 파격적인 가격인 78만 엔에 낙찰받았다. 여성도 쉽게 운전이 가능한 3단 오토매틱인 데다 차량검사 기간까지 일 년 이 개월이나 남았다.

왜 그렇게 쌌을까? 이유는 단순하다. 앞 범퍼 왼쪽 모퉁이가 움푹 들어갔기 때문이다. 그 문제 말고는 기계도 내장도 비교적 깨끗한 우량차였다. 판금 정도는 누워서 떡 먹기이니 일부러 범퍼가 우그러든 이 차를 선택한 것이다.

장난기가 발동한 나는 좋은 차를 싸게 낙찰받고서도 개조가 완벽하게 끝날 때까지 비밀에 부치기로 했다. 완성됐을 때 깜짝 놀라게 해주는 거다.

그렇게 정하고 나니 바빴다. 업무가 끝난 후 저녁 시간과 휴일을 이용하여 조금씩 작업을 진행했다. 의외였던 건 이 차에 손을 댈수록 내 안에 잠들어 있던 창작 의욕이 계속해서 끓어올랐다는 점이다. 작업에 몰두한 나머지 밥 먹는 걸 잊은 적도 한두 번이 아니었다. 자는 시간조차 아깝게 느껴졌다. 바다에서 떠내려 온 쓰레기를 소재로 자유분방하게 작품을 만들곤 했던 어린 시절처럼 '뭔가에 열중하는 쾌감'을 만끽하며 중고차를 '작품'으로 승화시켰다.

내 혼을 심었다고 표현해도 될 정도다. 그 때문인지 완성된 캐리가 당장이라도 말을 걸어올 것 같은 느낌마저 들었다.

"우와, 너, 진짜 잘생겼다."

휴대폰으로 사진을 찍은 후 넘쳐흐르는 흥분을 애써 누르고 타마짱에게 전화를 걸었다. 세 번의 호출음 뒤에 전화를 받은 타마짱은 지금 막 샤린과 장을 보고 돌아온 참이라고 했다. 나는 일부러 태연한 목소리로 "지금 그쪽으로 갈게. 조금만 기다려"라는 말을 남기고 전화를 끊었다.

무ㅎㅎㅎ

놀라는 타마짱의 얼굴을 상상하기만 해도 유쾌하여 조용한 차고 안에서 혼자 히쭉히쭉 웃고 말았다.

갓 완성된 따끈따끈한 캐리를 몰고 차고에서 나가니 가랑비가 부슬부슬 내리고 있었다. 첫선을 보이는 날 비가 내려 조금 아쉽긴 했지만, 완성된 차를 타마짱에게 1초라도 빨리 보여주고 싶은 마음이 더 컸다. 나는 와이퍼를 켜고 아오바 강을 따라 하구 쪽으로 달리기 시작했다. 잠시 후 '이자카야 다나보타' 주차장이 보였을 때, 갓 설치한 확성기 전원을 켜고 카스테레오에 CD를 밀어 넣었다.

코니 프란시스의 명곡 〈베케이션〉이 확성기에서 흘러나왔다. 타마짱이 '심부름 서비스' 테마송으로 선택한 곡이다. 1960년대 초반의 신나는 팝송이 차가운 가랑비가 내리는 시골 마을에 울려 퍼졌다.

나는 천천히 주차장으로 들어가 캐리를 세웠다.

시동도 음악도 그대로 켜둔 채 앞 유리 너머 '이자카야 다나보타' 위층을 올려다보았다.

그때 3층 창문이 드르륵 열렸다.

타마짱이 눈을 둥그렇게 뜨고 이쪽을 내려다보았다.

나는 운전석 쪽 창을 내리고 얼굴을 밖으로 내민 채 "도키타 모터스입니다. 의뢰하신 차가 준비되었습니다!" 하고 3층을 향해 손을 올렸다.

말도 안 돼…….

목소리는 들리지 않았지만 양손으로 입을 막은 채 어리둥절한 표정을 짓고 있는 타마짱은 분명 그렇게 중얼거렸을 것이다.

서프라이즈, 성공.

"야, 얼른 내려와."

고개를 끄덕이며 사라진 타마짱이 계단을 달려 내려왔는지 15초 후에 뒷문으로 튀어나왔다. 나도 운전석에서 내렸다.

코니 프란시스의 경쾌한 노랫소리를 배경으로 타마짱이 마치 춤을 추는 듯한 발걸음으로 다가와 두 손을 번쩍 들었다. 나도 손을 들었다.

짝!

가랑비 속의 하이파이브가 무척 좋은 소리를 만들어냈다.

"이거, 내 거지?"

눈이 안 보이도록 기쁜 표정의 타마짱이 당연한 걸 물었다.

"응. 어때? 괜찮지?"

"굉장해. 정말 굉장해."

내 혼이 깃든 '작품'을 직설적으로 칭찬해주니 괜히 쑥스러워져서 "에헤헤" 하고 웃으며 목덜미를 긁적였다.

"언제 낙찰받은 거야?"

"지난달 하순쯤?"

"야, 왜 나한테 말 안 했어?"

타박하면서도 타마짱의 얼굴엔 웃음꽃이 피었다.

"깜짝 놀래주려고."

"정말 깜짝 놀랐어. 코니 프란시스가 들리기에 설마 했는데."

타마짱은 차가운 빗방울에도 아랑곳하지 않고 캐리 주변을 천천히 한 바퀴 돌았다.

"타마짱, 옷 다 젖겠다. 차에 타자."

"응."

타마짱은 운전석에, 나는 조수석에 올랐다.

"어쩌지. 좀……, 감동했어. 나, 이거 타고, 이제 사업 시작하는 거야?"

타마짱이 또 당연한 말을 했다. 그런 타마짱의 감격스러운 반응에 이끌려 나까지 흥분된 목소리로 차에 대해 설명하기 시작했다.

"이게 지붕 위에 설치된 확성기 스위치야. 자, 한번 내려봐."

타마짱이 스위치를 내리자 확성기 소리가 꺼지고 차 안에 코니 프란시스가 흘렀다.

"이건 스페어 키. 차량등록증은 여기 넣어……."

"소스케."

타마짱이 들뜬 목소리로 내 말을 막았다.

"응? 왜?"

"달리고 싶어, 이 차로. 우리 돌면서 이야기하자."

"응, 좋아."

타마짱은 내 대답을 듣자마자 사이드브레이크를 풀고 기어를 드라이브에 놓았다. 막 출발하려는데 타마짱 집에서 남자용 우산을 쓴 자그마한 여성이 나와 종종걸음으로 다가온다.

"아, 샤린이다."

타마짱이 브레이크를 밟은 채 유리창을 내렸다.

"미안해요, 샤린. 이 차 타고 잠시 돌고 올게요."

"와우, 타마짱. 차, 완성됐어? 진짜 멋지다!"

"점심은 나중에 먹을게요."

"코니 프란시스, 나도 좋아해!"

대화가 좀 엉뚱했지만 일단 두 사람의 목소리가 밝아서 나는 조금 안심이 되었다.

"소스케, 안녕."

샤린이 문득 차 안을 들여다보며 인사했다.

나도 "안녕하세요" 하고 살짝 고개 숙여 인사하니 샤린의 얼굴에 코니 프란시스를 닮은 웃음꽃이 활짝 피었다.

"그럼, 갔다 올게요."

"잘 다녀와. 타마짱, 운전 조심해."

냉전 중인 며느리와 시어머니로는 전혀 보이지 않는 두 사람이 웃는 얼굴로 서로에게 손을 흔들었다.

캐리가 주인을 태우고 차가운 가랑비 속을 달리기 시작했다.

하야마 타마미

.

이 차는 이제부터 나와 한 팀이다.

그렇게 생각하니 액셀을 밟으며 핸들을 쓰다듬고 싶은 기분마저 들었다. 스피커에서 흐르는 코니 프란시스의 명곡〈베케이션〉도 내 기분을 쑥 밀어 올려주었다. 어쩐지 심장까지 덩실거리는 듯했다.

하늘은 어스레하고 차가운 빗방울이 앞 유리를 적셔도 중고 캐리는 시원스럽게 달려주었다. 나는 지나가는 사람이 거의 없는 시골길을 경쾌하게 달리며 조수석을 향해 입을 열었다.

"이렇게 설레는 거 오랜만이야. 처음 운전했을 때 생각난다."

"아하하. 사실은 나도 차 꾸미면서 이렇게 설렜던 거 오랜만이었어. 역시 창작은 멈출 수가 없네."

소스케가 시바견 같은 얼굴로 천진난만하게 웃었다.

"수리하는 거랑 또 다르지?"

"맞아, 맞아. 머리에 그린 것을 형태로 만들어가는 작업이라 수리랑 달리 엄청 재미있어. 정말 어릴 때처럼 가슴이 뛰더라고."

창작에 몰두할 때 너무나 행복해 보였던 소스케의 얼굴이 떠올랐다.

"소스케의 재능이 오랜만에 발휘됐네."

"헤헤. 재능이라 할 것까진 없지만 덕분에 충분히 즐겼어." 소스케가 쑥스러운지 집게손가락으로 코 옆을 긁적이다가 문득 생각났다는 듯 말을 이었다. "아, 후루타치 씨는 OK했어?"

"응, 가까스로." 핸들을 꺾어 아오바 마을의 중심가로 들어서며 대답했다. 중심가라 했지만 셔터만 눈에 띄는 시골의 작은 역 부근의 퇴락한 상점가다. "사실은 지난주부터 이미 배우고 있어."

"어, 정말?"

"응. 정말."

"그 아저씨, 안 무서워?"

"안 무서워. 무뚝뚝하고 다정한 구석이라곤 전혀 없지만 마음은 따뜻한 분인 것 같아."

"호오. 어째서?"

어째서일까? 나는 핸들을 왼쪽으로 꺾어 이번엔 항구 방면으로 향하며 그 이유에 대해 생각했다. 후루타치 씨가 양로원에서 보여준 의외의 모습이 뇌리에 떠올랐다.

"소스케, 옆 마을에 있는 보요엔이라는 양로원 알아?"

"응. 바닷가 고지대에 있는 거기?"

"응, 맞아. 거기도 판매처 중 한 곳인데, 그곳에서 지내는 휠체어 탄 할머니랑 대화하는 걸 봤거든. 무릎 꿇어 눈높이를 맞추고 천천히 천천히 이야기하더라."

"호오. 그 사나운 사람이?"

"응. 그런 면이 있더라고. 마음이 따뜻한 사람이 아니면 좀처럼 할 수 없는 일이잖아."

"그러네. 그래도 좀 의외다."

"후후후. 그 얼굴이랑 그 분위기를 생각하면."

나는 웃으며 핸들을 꺾어 항구로 들어갔다가 어시장 앞을 지나 이번엔 내륙을 향해 달렸다. 차 안 스피커에서 코니 프란시스가 끝없이 흘러나왔다. 마을 어르신들이 순수한 사랑을 나누던 시절에 불던 상큼한 바람을 떠올리며 힘을 내길 바라는 마음으로 선택한 곡이다.

"그래서 타마짱은 어때? 많이 배웠어?"

"일하는 건 힘들긴 해도 다양한 고객을 만나 이야기 나누는 건 즐거워."

"무뚝뚝한 후루타치 씨가 느닷없이 젊은 여자를 데리고 나타났으니 단골손님들이 누군가 싶어 궁금해했겠다."

소스케 말이 맞았다. 특히 처음 며칠은 대체 누구냐고 자꾸 묻는 바람에 난감할 정도였다.

"그렇지 뭐. 다섯 명에 한 명은 혹시 후루타치 씨의 새색시 아니냐고 추궁하더라."

"아하하. 그래?"

"예순다섯이랑 스무 살 커플이 그리 흔하진 않을 텐데 말이야."

"그래도 요즘 연예계엔 나이 차 많은 사람끼리 결혼하는 게 유행이던데 뭐." 소스케가 웃으며 말을 이었다. "그나저나 구체적인 일정은 어떻게 돼?"

"으음, 우선 아침 일곱 시에 자전거로 후루타치 씨 집까지 가서⋯⋯."

하루의 흐름을 떠올리며 소스케에게 하나하나 설명해주었다.

'안녕하십니까' 하고 되도록 씩씩하게 인사하며 사무소로 들어가, 업무용 냉장고에서 반찬 등 식료품을 꺼내어, 뚜껑이 따로 있는 파란 상자에 담아, 차에 싣는 것이 하루의 첫 작업이다. 그다음엔 휴대용 금고에 거스름돈으로 쓸 동전을 넣고, '매입 장부'와 볼펜 따위를 글로브 박스에 정리해 넣는다. 모든 준비가 갖춰지면 후루타치 씨는 운전석, 나는 조수석에 타고 매입처 몇 군데를 돈다. 매입처는 그날그날 다른데, 지역 도매상, 스시 가게, 반찬 가게, 생선 가게, 레스토랑 등을 돌며 전날에 전화로 주문해둔 상품(주로 식재료)을 파란 상자에 담는다.

나는 매입처의 아저씨, 아줌마들과도 금세 친해졌다. 원래 낯을 가리지 않는 성격인 데다 내가 '이자카야 다나보타' 딸이라고 하면 대부분 "오오, 그 가게!" 하고 싱글벙글 웃어주었다. 도매상과 생선 가게는 '이자카야 다나보타'의 거래처이기도 하여 아빠랑 샤런과도 잘 아는 사이였다. 그래서 처음부터 이야기가 잘 통할 수 있었던 거다. 시골 술집 딸이라는 신분이 뜻밖에도 도움이 되었다.

"매입이 끝나면 판매처로 직행하거든. 근처에 가서 확성기로 나팔소리를 크게 트는 거야."

"어? 나팔? 옛날에 두부장수가 나팔 불면서 팔러 왔는데."

"응, 맞아, 그거랑 같은 소리야. 빰빰빠."

"추억의 소리네."

"그렇지? 판매처에 도착하면 아웃도어용 접이식 의자를 나란히 놓는 것부터 시작해."

"의자를?"

"응. 등받이가 없고, 옆에서 보면 한자의 '又(또 우)' 자처럼 생긴 의자."

"아아, 알겠다. 어떤 건지."

"응. 그 의자 위에 파란 상자를 다섯 개에서 많게는 여덟 개까지 나란히 올리고⋯⋯."

매입한 상품을 진열하는 것이다. 진열이 끝날 즈음에 나팔소리를 들은 사람들이 하나둘 모이기 시작한다. 판매처와 도착 시각은 요일에 따라 다른데, 후루타치 씨는 월, 수, 금요일에 일곱 군데, 화, 목, 토요일에 다른 일곱 군데, 총 열네 군데를 확보해두었다. 반 이상은 지붕이 있는 곳이어서 비가 오는 날에도 장사가 가능하다.

"호오. 그럼 타마짱도 지붕 있는 장소를 빌려야겠다."

"그러게. 일단 항구엔 지붕이 있고, 스티로폼 공장은 차양 아래 공간을 빌릴 수 있을 것 같은데, 미야마야랑 온천 주차장은 달리 방법이 없네."

"그럼 손님한테 뭘 원하는지 묻고 짐칸에서 꺼내야 하나?"

"일단 그래야지. 후루타치 씨도 그렇게 하거든. 비 오는 날엔 매출이 많이 떨어지더라."

후루타치 씨의 제자로 일하는 건 월요일부터 목요일까지 나흘간이고, 금, 토, 일은 쉰다. 나는 쉬는 날을 이용하여 아오바 마을 어르신들에게 마키가 만들어준 전단지를 나눠드리고 있다.

"그래도 무엇보다 즐거워 보이니 다행이야."

"아직 배우는 중이긴 하지만."

"후루타치 씨가 무서운 사람이 아니라는 게 더 다행인가?"

"아하하. 맞아. 그 점에 대해서는 정말 한숨 돌렸어."

"그 아저씨의 웃는 얼굴을 상상할 수 없는걸."

"그래서 나, 그 무표정한 얼굴을 어떻게든 웃겨보려고 차 타고 이동하는 중에 얼마나 노력하는지 몰라."

"아하하. 할 일도 없다."

"그 아저씨, 누구랑 이야기하더라도 절대 웃지 않아. 차 안에 나란히 앉아 있을 때만이라도 즐거운 기분으로 있고 싶잖아."

"그렇지."

"그래서 재미있는 이야기를 이것저것 던져보는데."

"이야기를 재미없게 하는 거 아냐?"

"윽, 아니라니까. 누구한테 해도 먹히는 소재였는데, 그 아저씨는 입술 끝만 움직여 썩소만 훗 날리고 끝이야. 게다가 나랑 눈을 안 마주쳐. 부끄러워서 그러나? 내가 너무 예뻐서."

나는 농담을 던지며 오른쪽으로 핸들을 꺾었다. 캐리가 텅 빈 국도에 올랐다.

"자기 입으로 할 소리냐?"

소스케가 풋 하고 웃음을 터뜨렸다.

"봐, 너는 웃잖아. 이런 말을 해도 후루타치 씨는 절대 안 웃어."

"그러고 보니, 후루타치 씨랑 꼭 닮은 사람이 있었는데? 맨날 썩은 미소만 날리는 배우 있었잖아. 아, 이름이 뭐더라. 그, 옛날 형사 드라마에 자주 나왔던……."

"형사 역할로?"

"아니지. 거의 야쿠자 역할이었지."

"아하하, 왠지 있었을 것 같다."

그러고 잠시 한목소리로 웃었다.

"있었을 것 같은 게 아니라, 후루타치 씨 말이야, 옛날에 진짜 야쿠자였어."

"어, 정말?"

"응. 그 아저씨, 새끼손가락은 제대로 붙어 있어?"

"당연히 붙어 있고, 그렇게 무서운 사람 아니라니까. 지나치게 과묵한 데다 수수께끼투성이이긴 하지만."

그래도 나한텐 하나부터 열까지 알기 쉽게 가르쳐준다……기보다, 직접 하는 걸 보여준다. 장부 쓰는 법, 냉장고 안을 정리하는 비결, 상자 살균법이나 음식물 외 상품 매입처, 가격 매기는 법, 짐칸에 선반 만드는 법 등 필요한 것이라면 뭐든 아낌없이 공개하는 친절한 사람이다.

한 가지 더 말하고 싶은 것이 있다면, 후루타치 씨는 일하는 중에 제자인 나에게 절대 지시를 내리지 않는다는 점이다. 그저 묵묵히 평소대로 자기 일을 할 뿐이다. 나는 어깨너머로 보면서 도울 수 있는 일이 있으면 돕고, 새롭게 알게 된 사항을 노트에 메모한다. '교육'이 아니라 '견학'이라는 표현이 적당할 듯했다.

"호오, 그럼 전혀 엄하지 않다는 거네?"

"응. 그런데 딱 한마디 엄한 말을 들었어."

"어떤?"

"장사는 자선사업이 아니라고."

"호오."

"이익을 내지 못하면 폐업해야 하고, 그러면 결국 고객에게도 폐를 끼치게 되는 셈이다. 그러니 돈을 제대로 벌라고."

"그 아저씨도 꽤 착실한 사람이군."

"내가 그렇다고 했잖아."

"그래도 얼굴에서 풍기는 분위기가 그러니까."

소스케가 웃으며 말했을 때 퍼뜩 생각났다. 아까 소스케가 언급했던 배우 이름이.

"앗, 아까 네가 말한 배우, 누군지 알겠어."

내가 악역으로 유명한 배우 이름을 대니 소스케가 "맞다, 그 사람이야!" 하고 손뼉을 쳤다.

"진짜 닮았어."

"그렇지? 머리만 벗겨지면 완전 쌍둥이야."

소스케의 이 말에 같이 웃음을 터뜨렸다.

나의 캐리가 느긋한 속도로 국도를 달린다.

어느새 빗발이 약해졌다. 도로 오른편에 펼쳐진 바다를 보니 구름 사이로 빛이 쏟아지고 있었다.

이제 곧 비가 그칠 것 같다.

"아, 참, 타마짱."

소스케가 눈꼬리에 웃음을 담고 나를 보았다.

"응?"

"이 차, 마키한테도 보여주자."

"앗, 그러자."

나는 완만한 커브 길에 맞춰 핸들을 돌리며 흔쾌히 찬성했다.

"그리고 미야마야 근처에 다 와가면."

"당연하지." 나는 소스케의 말을 자르며 은색 스위치를 가리켰다. "이거 말이지?"

"응."

소스케가 장난꾸러기처럼 히쭉 웃었다.

'심부름 서비스'의 테마송, 코니 프란시스의 〈베케이션〉을 크게 틀어줄 것이다.

후루타치 쇼조

쇼타로의 딸은 어딘가 신비로운 분위기를 자아내는 아이였다.

빠릿빠릿하게 많은 일을 하는데도 왜 그런지 바빠 보이지 않는다. 식품이 잔뜩 들어 제법 무거운 상자를 세 개 겹쳐들고 옮길 때도 늘 웃고 있다. 서글서글하다고 할까 대범하다고 할까, 과연 쇼타로가 키운 딸답다고 생각하지 않을 수 없었다.

여유를 갖고 웃는 얼굴로 상대를 대하기 때문인지, 아니면 그냥 젊은 아가씨이기 때문인지, 아무튼 노인들에게 인기가 좋다. 요즘 보요엔에선 내가 나설 일이 없어졌다는 느낌마저 든다. 물건을 사러 모이는 노인들은 마치 손녀라도 대하듯 웃으며 "아가씨, 이거랑 이거 사려고 하는데" 하고 타마쨩에게만 말을 건다. 나는 옆에 멍청하게 서 있기만 하면 된다. 편하다고 하면 편하다.

오늘도 타마짱의 역할이 거의 80프로 정도였다. 나는 평소보다 여유를 갖고 휠체어 노파와 대화를 나눌 수 있었다.

타마짱은 휠체어 노파와 이야기할 때 자연스럽게 무릎을 꿇고 눈높이를 맞춘다. "할머니, 오늘은 계란말이 만들어왔어요. 설탕이랑 미림을 듬뿍 넣어서 달달해요" 하는 걸 보니 노파의 취향도 어느 틈에 기억해둔 모양이다.

"어머나, 아가씨, 고마워요. 우리 아들이 단 걸 좋아해."

"저도 좋아해요. 정말 맛있죠?"

대형 유리창 너머 쏟아지는 맑은 겨울날의 눈부신 햇살. 그 투명한 빛 안에서 노파와 타마짱이 마주보고 웃는다.

할머니와 손녀.

만약 이 노파에게도 손녀가 있었다면 분명 이렇게 따스한 느낌으로 이야기를 나누겠지?

나는 그런 상상을 하며 노파의 지갑에 몰래 돈을 넣었다. 그 모습을 시설의 스태프가 상냥하게 웃으며 지켜보았다.

보요엔을 뒤로 하고 다음 판매처로 달리는 동안, 조수석의 타마짱이 늘 그랬듯 시시한 이야기를 늘어놓았다. 이 아가씨의 수다는 가끔 재미있을 때도 있지만 소리 높여 웃을 정도는 아니다. 그렇다고 반응을 전혀 하지 않는 것도 미안하여 미소만 살짝 지어준다. 잘 듣고 있다는 의사 표시이기도 하다.

한바탕 수다를 떨고 나면 노트를 꺼내 열심히 적기 시작한다. 일하면서 배운 사항을 정리한다는데, 노트가 벌써 두 권째다. 쇼타로와 달리 성실하다.

지난번에 타마짱이 "3월이나 4월까지 스승님께 다 전수받고, 나도 얼른 사업 시작하고 싶다아"라고 말했지만, 앞으로 보름만 같이 다니면 더 이상 배울 게 없을 것이다. 2월 중에 끝내도 되리라. 아마 이 아가씨는 인간관계가 서툰 나보다 훨씬 센스 있게 장사를 잘할 것이다.

"후루타치 아저씨."

갑작스레 타마짱이 노트에서 얼굴을 들었다.

나는 목소리를 내지 않고 고개만 조금 기울이는 것으로 답했다.

"다음은 녹지공원이죠?"

"응."

"왜 그곳을 판매처로 골랐나요?"

거짓말을 할 필요는 없으리라. 그래서 솔직히 말했다.

"잘 팔리니까. 거긴 사람이 많아."

"그렇구나……."

타마짱은 진행 방향을 가만히 응시하며 뭔가 생각하는 듯했다.

"안 팔리는 곳에선 장사 안 해."

"보요엔은요?"

"거기는……, 앞으로 손님이 많아질 것으로 예상되는 곳이야."

"······."

타마짱이 운전석에 있는 나를 물끄러미 보는 게 느껴졌다. 나는 앞을 향한 채 침을 꿀꺽 삼키고 핸들을 고쳐 잡았다.

"장사가 좀 되는 곳이라 해도 뻔한 수준이지만."

"그렇죠. 아오바 마을은 더 안 될 것 같아요."

타마짱이 자학적인 멘트를 날리고 키득 웃었다.

"너······."

"아, 죄송한데요, 이제 너라고 부르지 말고 타마짱이라고 불러주세요. 다들 그렇게 부르니까요."

"아, 으응······." 나는 당황하여 머리를 긁적이며 조금 쑥스럽지만 한번 불러보았다. "타, 타마짱, 너, 왜 돈도 안 되는 이런 일을하려는 거지?"

"아하하. 또 너라고 하셨어요."

"어? 아, 으응, 미안······."

"괜찮아요. 너라고 하셔도. 그게 더 아저씨답기도 하고."

"······."

"음, 왜 돈도 안 되는 일을 하느냐는 거죠?"

"응."

타마짱이 문득 시선을 멀리 주었다.

"아오바 강 상류 쪽에 사시는 시즈코 할머니가 쇼핑 약자라는사실을 알게 된 것이 계기였는데요."

"시즈코 할머니?"

"제 외할머니예요."

그러고 타마짱은 '심부름 서비스'에 대한 자신의 마음을 절절히 쏟아내기 시작했다. 일단 입을 여니 청산유수였다. 녹지공원에 도착하여 의자 위에 상자를 올리면서도 입은 계속 움직였고, 장사 중에도 틈만 나면 이야기를 이어갔다.

"알겠어. 이제 됐다."

"어……."

"한마디로 말하면, 할배할매들의 도움이 되고 싶은 거로군."

녹지공원에서 장사를 마치고 상자를 냉장차에 넣으며, 그동안 타마짱이 토한 열변을 내가 한마디로 정리해버렸다. 설마 이야기가 이렇게 길어질 줄 몰랐다.

"결론적으로는 그런 뜻이긴 한데요."

"그만하면 이제 알겠다."

"네에……."

타마짱은 입을 움직이면서 손도 열심히 움직였다. 정리도 순식간에 끝났다.

"아저씨는 연세가 어떻게 되세요?"

타마짱이 조수석에 오르면서 물었다. 나는 몇 살이더라? 하고 잠시 생각한 후에 "65다" 하고 대답했다.

"예순다섯이요? 조금 이상한 질문, 해도 되나요?"

"······."

나는 잠자코 조수석을 보았다. 타마짱은 그걸 OK 사인으로 생각했는지 바로 이상한 질문을 던졌다.

"육십오 년간의 인생, 순식간이었나요?"

그렇군, 이상한 질문이군.

나는 키를 꽂으며 육십오 년을 거슬러 올라갔다.

그 키를 비틀어 시동을 켰다.

내 기억 속 과거의 풍경은 전체적으로 잿빛에다 늘 으스스 추웠고 정신적으로는 메마른 시간이었다. 어머니에게 버림받고 아버지의 폭행을 견뎌야 했으며 학교에서는 난폭하여 선생에겐 골칫덩어리였다. 친구도 생기지 않았다. 한마디로 거지 같은 인생이었다. 하지만 못된 짓에서 손을 뗀 후로는 그리 나쁘지 않은 시간을 산 것 같기도 하다.

어쨌든 나의 육십오 년간은······.

"순식간이었지."

진심으로 그렇게 생각한다.

"역시 그런가······."

조용히 액셀을 밟았다. 차가 달리기 시작한다. 오늘의 마지막 판매처인 JR역 앞 로터리를 향해 핸들을 꺾었다.

"그런 걸 왜 묻나?"

"열두 살 때 엄마가 돌아가셨는데, 생전에 자주 해주셨던 말씀이 있어요."

"……."

"인생은 정말 순식간이니 1분 1초를 아끼며 되도록 좋은 기분으로 살라고요."

"좋은 기분이라……."

"네, 좋은 기분. 행복하게 사는 비결이래요."

나는 머리가 나빠서인지 그런 생각은 해본 적도 없다.

"한 가지 더, 이상한 질문, 해도 되나요?"

나는 고개를 끄덕였다.

"아저씨는 어떤 때 좋은 기분을 느끼나요?"

분명 이것도 이상한 질문이다.

"술 마실 때지."

그 순간 떠오른 생각을 솔직하게 입에 담았다. 단, '네 아버지랑 같이'라는 단서는 생략했다.

"아하하. 술 마시면 좋은 기분. 그 말이 맞네요."

관공서와 소방서 앞 거리를 빠져나가 교차로에서 오른쪽으로 핸들을 꺾었다.

"나는 솔직히 말했을 뿐이야."

"아하하. 죄송해요. 비웃은 건 아니에요. 저도 술은 좋아하니까."

"그럼, 너는." 또 너라고 부르고 말았지만 태연한 척 말을 이었다. "어떤 때 좋은 기분인가?"

"으음, 많은데, 엄마한테 배운 건 타인을 기쁘게 했을 때 제일 좋은 기분을 느낄 수 있다고."

"……."

"그렇게 생각하니 심부름 서비스가 최고의 직업인 것 같아서요."

"그렇군."

타마짱의 친모의 얼굴은 나도 어렴풋이 기억한다. 늘 싱글벙글 기분 좋아 보이는 인상이었다. 사고로 죽었을 때 나도 문상을 갔지만 영결식에는 참석하지 않았다. 그때 상복을 입은 쇼타로 옆에 울지도 않고 그저 멍하니 서 있던 교복 차림의 소녀가 이렇게 명랑한 아가씨로 훌륭히 성장하여 지금 내 옆에서 일을 배우고 있다고 생각하니 감개무량했다.

"너, 좋은 엄마 밑에서 자랐네."

아빠도 좋은 놈이지만…… 이라는 말은 물론 생략이다.

"엄마 밑에서 자란 기간은 짧았지만, 저도 그렇게 생각해요."

부끄럼 없이 당당하게 앞을 보고 그런 말을 할 수 있는 대찬 성격은 쇼타로를 닮은 것 같다.

"아저씨도."

"응?"

"많은 고객들을 기쁘게 하잖아요."

"……."

"특히 그 휠체어 할머니. 역시 누군가가 나로 인해 기뻐하면 좋은 기분을 느낄 수 있는 것 같아요."

누군가가 나로 인해 기뻐해? 그 노파도?

남을 치켜세우는 건 쇼타로와 달리 서툴군.

그래서 나는 훗, 하고 웃기만 했을 뿐 아무 대답도 하지 않았다.

"열심히 일하면 기분도 좋아지잖아요?"

치켜세우는 건 서툴지만, 눈부시도록 바람직스러운 빛을 발하는 이 아가씨가 싫지는 않다. 그래서 대답해주었다.

"뭐, 나쁘지는 않지."

제3장 눈물비에 젖다

하야마 타마미

．

4월 1일.

기념비적인 그날 아침, 나는 알람시계가 울리기 15분 전에 깨어 이불 속에서 기지개를 쭉 폈다. 작은 소리로 "웃샤" 하며 깃털 이불에서 기어 나왔다.

잠옷 차림으로 바다 쪽 창문으로 다가가 커튼을 두 손으로 확열어젖혔다. 하늘이 약간 흐렸지만 그래도 충분히 눈부셨다. 시야에 펼쳐진 바다는 부드러운 아침 햇살을 빨아들여 은색으로 잔잔하게 빛났다.

창문도 열었다.

선득한 바닷바람이 스르르 흘러들었다.

살풍경한 내 방이 봄철의 보드라운 바다 냄새로 가득 차올랐다.

수평선을 바라보며 심호흡을 한 차례.

지난밤의 일기예보가 맞다면 이제부터 조금씩 맑아질 것이다. 첫날 날씨로는 나쁘지 않다.

추워지기 전에 얼른 창문을 닫았다.

잠옷을 벗고 활동하기 편한 청바지와 후드 T셔츠로 갈아입었다. 아래층으로 가서 양치질을 하고 세수를 한 다음 머리카락을 깔끔하게 하나로 묶었다. 집 안에 인기척이 없었다. 아마 매일 아침 일과인 '재활 산책'을 위해 두 사람이 함께 나간 모양이었다.

방으로 돌아와 책상 서랍에서 엄마 사진을 꺼냈다.

눈부신 듯이 미소 짓는 엄마와 시선을 맞췄다.

"드디어 오늘이야."

나도 입꼬리를 살짝 올려 엄마와 똑같은 미소를 지어 보였다.

사진을 책상 위에 조심스레 세우고 손목시계로 시각을 확인했다.

6시 15분. 나갈 시간이다.

옷걸이에 걸어둔 얇은 크림색 점퍼를 걸쳤다.

"엄마, 다녀올게."

나는 중얼거리듯 말하고 방을 나왔다.

1층 현관에서 가장 편한 운동화를 골라 신었다. 가게 문을 열고 밖으로 나와 주차장 쪽으로 시선을 돌린 순간 귀여운 내 짝꿍과 눈이 마주쳤다. 소스케가 폭스바겐 버스처럼 꾸며준 스즈키 캐리다.

오늘부터 잘 부탁해.

마음속으로 인사한 후 짐칸의 냉장고 문을 열었다. 후루타치 씨에게 배운 대로 내부에 철제 선반을 설치했다. 이 선반 위에 보냉용 상자를 싣는 것이다. 조미료 등 작은 상품을 정리하여 수납하는 용도로 100엔 숍에서 구입한 플라스틱 바구니를 타이밴드로 묶어두기도 했다.

나는 후루타치 씨처럼 사무소가 따로 없기 때문에 당분간은 '이자카야 다나보타' 주방에 있는 커다란 업무용 냉장고 일부를 빌려 쓰기로 했다. 판매처에서 사용할 아웃도어용 의자나 업무용 탭, 쟁반, 가격을 붙일 때 쓰는 라벨기 등 개업에 필요한 물품도 빠짐없이 챙겨두었다.

후루타치 씨가 모든 걸 전수했으니 이제 그만 배워도 되겠다고 선언한 건 생각보다 이른 2월 하순이었다. 그 후로도 나는 한 달이라는 기간을 들여 충분히 준비했다. 오래 보존할 수 있는 식료품은 도매상에서 구입하여 냉장고에 넣어두었고, 지금부터 매입할 상품 주문은 어제 이미 끝내두었다. 판매처도 처음 계획했던 것보다 두 배로 늘어 여덟 군데다. 월, 수, 금요일에 네 군데를 돌고, 화, 목 토요일에 나머지 네 군데를 돈다. 마키가 만들어준 새 전단지도 주민들에게 미리 배포해두었다. 이제 시즈코 할머니가 만들어준 네잎클로버무늬 주머니(거스름돈으로 쓸 동전이 가득 들어 있다)를 챙겨들고 출발하는 것만 남았다.

자, 가자.

마음속으로 중얼거리며 캐리에 올라타려는데…….

"타~마짜~앙."

멀리서 여자 목소리가 들렸다.

그쪽을 보니 두 개의 작은 실루엣이 손을 흔들고 있었다. 파인애플 색 아침 햇살을 등 뒤에서 비스듬하게 받으며 샤린과 아빠가 해변도로를 걸어오는 중이었다.

"좋은 아침~."

나도 손을 흔들었다.

아빠는 이제 거의 보통 사람처럼 걷는다. 아직 무거운 물건을 들지는 못하지만 요리하는 데는 지장이 없을 정도로 회복되었다. 오늘 심부름 서비스 개업에 맞춰 '이자카야 다나보타'도 오랜만에 문을 열기로 했다.

잠시 후 두 사람이 주차장으로 들어왔다.

"타마짱, 드디어 시작이네."

아빠가 목에 건 수건으로 이마의 땀을 닦으며 장난꾸러기처럼 싱긋 웃었다.

"응, 드디어."

"오늘은 우리 가족의 새로운 날이야. 기념사진 찍을까?"

샤린이 추리닝 주머니에서 휴대폰을 꺼냈다.

"타마짱, 거기 서봐. 조금 더 오른쪽으로 가는 게 좋겠다."

캐리 앞에 서 있는 내 모습을 샤린이 찍어주었다. 그다음엔 내가 '이자카야 다나보타' 현관 앞에 나란히 선 아빠와 샤린을 찍었다. 마지막으로 셋이 얼굴을 붙인 채 아빠가 팔을 길게 뻗고 셀카를 찍었다.

"샤린, 나한테도 보내줘요."

"OK, 바로 보낼게."

나는 샤린이 보내준 사진을 열어보고 폭소를 터뜨렸다.

"아하하. 샤린, 두 장 다 눈을 반쯤 뜨고 있어."

"어디어디? 나도 보여줘 봐. 아하하, 정말이다."

"오 마이 갓."

샤린은 웃기만 할 뿐 다시 찍자는 말은 하지 않았다. 사소한 일에 신경 쓰지 않는 샤린답다. 오히려 잘못 나온 사진이 더 '가족' 같아 보이니 신기하기도 하고.

가족이라……

여기에 엄마도 같이 찍혀 있다면 얼마나 좋을까…… 하고 얼핏 생각했지만, 샤린 앞에서는 그런 생각을 길게 하고 있을 수 없었다.

"그럼, 다녀올게요."

"응. 마음껏 즐기고, 돈도 잔뜩 벌어."

"응, 알겠어."

"타마짱, 운전 조심해."

"오케이."

캐리 운전석에 올라, 문을 닫고 시동을 켜고 유리창을 내렸다. 한 번 더 "다녀오겠습니다" 하고 인사하고 액셀을 살짝 밟았다.

캐리가 천천히 달리기 시작했다.

이제 정말로 나의 '심부름 서비스'가 시작된다.

주차장을 나와 왼쪽으로 꺾었다.

아빠와 샤린은 내 모습이 보이지 않을 때까지 가게 앞에 서서 손을 흔들어주었다.

따스한 마음으로 작아져가는 두 사람의 모습을 보는데 불현듯 내 기억 얕은 곳에서 뭔가가 걸렸다.

어? 이 광경, 어디선가 본 것 같은…….

다음 순간, 보요엔에서 본 인상적인 한 장면이 뇌리를 스쳤다. 휠체어를 탄 백발의 할머니가 후루타치 씨의 트럭이 시야에서 사라질 때까지 줄곧 바라보던 그 장면이다.

* * *

첫날에 돌아야 할 매입처는 네 군데.

후루타치 씨와 함께 다니며 얼굴을 익혀뒀기에 가는 곳마다 "타마짱, 드디어 시작이네.""파이팅!" 하고 격려해주니 고마웠다.

특히 스시 가게에서는 "이거 개업 선물이야. 갖고 가" 하고 점심 도시락이라며 스시를 포장해주었다.

매입을 마치고 드디어 첫 판매처로 가기 위해 캐리에 올라탔을 때, 글로브 박스 위에 올려둔 휴대폰으로 메시지가 도착했다. 보낸 사람 이름을 확인하자마자 얼굴에 저절로 미소가 떠올랐다. 시즈코 할머니였다.

〈타마짱, 잘 잤니? 오늘부터 시작이구나. 어떤 걸 살 수 있을지 할미도 너무 기대된다. 운전 늘 조심하고〉

메시지에 사진도 첨부되어 있었다. 오늘 사진은 강변도로 옆에 우뚝 선 한 그루의 어린 벚꽃나무였다. 꽃은 아직 활짝 피지 않았지만, 방금 찍었는지 신선한 아침 해를 비스듬하게 받아 도로에 선명한 그림자를 남겨 놓았다. 그 그림자가 풍경을 한층 운치 있게 만들었다.

〈안녕히 주무셨어요. 지금 막 상품 매입을 마친 참이에요. 조금 긴장되고 떨리지만 마음은 즐거워요 ♪〉

할머니의 메시지에 답을 보내고 휴대폰을 글로브 박스 위에 다시 올렸다.

"후우" 하고 숨을 내뱉으며 시동을 걸었다.

지금부터 가게 될 첫 판매처는 아오바 항 어협조합 사무소 옆이다. 이른 아침부터 어시장에서 일하는 어협 직원들과 그 주변에 사는 노인들을 고객층으로 예상하고 있다.

기어를 드라이브에 놓고 핸들을 꽉 잡았다. 판매처까지는 5분도 걸리지 않는다.

많이들 와줄까……?

기도하는 마음으로 액셀을 밟았다.

*　　*　　*

차가 점점 항구로 다가갔다.

하늘엔 수많은 갈매기가 바닷바람을 타고 둥실둥실 날고 있었다.

정말로 '다마쫑의 심부름 서비스'가 시작된다. 마음의 저울이 기대보다 긴장 쪽으로 기울었다. 운전하면서도 고동 소리가 빨라지는 게 느껴질 정도였다.

이윽고 도로가 아스팔트에서 콘크리트로 바뀌었다. 아침 항구는 활기로 넘쳤다. 생선을 사러 나온 사람들, 시장 사람들, 어부와 그 부인들. 다양한 사람들이 뒤섞여 움직였고 차도 많이 세워져 있었다. 나는 핸들을 천천히 돌려 어협 사무소 앞으로 진입했다.

판매처에 도착. 브레이크를 밟고 차를 세웠다.

지금부터 장사판을 벌여야 하는데, 누구 하나 이 차에 관심을 가지는 사람이 없었다.

말도 안 돼……

동요와 불안으로 심장이 짓눌릴 것 같았을 때, 내 입에서 "앗" 하는 소리가 튀어나왔다. 긴장하는 바람에 중요한 과정을 빠뜨렸다.

이런 이런, 다시 처음부터!

액셀을 밟고 항구 바깥쪽으로 나갔다. 주택가를 한 바퀴 빙 돌고 난 후 아까와 같은 길로 들어갔다.

멀리 어협 사무소가 보이기 시작했다.

상공에는 여전히 갈매기들이 바닷바람을 타고 날아다녔다.

좋아, 이번에야말로!

소스케가 달아준 은색 손잡이를 돌려서 켜고 CD를 밀어 넣었다. 캐리 이마에 설치된 라우드 스피커에서 쾌활한 음악이 흘러나오기 시작했다.

노면이 아스팔트에서 콘크리트로 바뀌었다.

두 번째 아오바 항 진입.

코니 프란시스의 〈베케이션〉이 항구에 울려 퍼진다.

뭐지? 뭐지?

사람들의 시선이 이쪽으로 집중된다.

나는 부끄러움과 긴장감, 불안감과 싸우며 되도록 천천히 캐리를 몰았다. 그리고 어협 사무소 옆에 차를 세웠다.

운전석에서 내리자마자 사람들의 어리둥절한 시선에 잠시 움츠러들긴 했어도, 나는 그 시선에 활짝 웃는 얼굴로 답했다. 짐칸의 냉장고 문을 열고 아웃도어용 의자도 나란히 놓았다. 후루타치 씨 제자로 일하면서 익힌 순서를 그대로 답습하기만 하면 되었다. 파란 보냉용 상자를 여덟 개 꺼냈을 때 모든 준비가 끝났다. 그 동안에도 음악은 계속 틀어두었다. 이제 손님이 오기를 기다린다.

나는 상품과 캐리 사이에 서서 입꼬리를 쏙 올려 미소 짓는 데에 온 신경을 쏟았다.

하지만 1분을 기다려도 2분을 기다려도 손님이 오지 않았다.

노인들은 보이지도 않고, 항구에서 일하는 사람들은 모두 자기 일에만 집중했다.

배 속에서 식도를 따라 불길한 기운이 치솟았다.

그래도 나는 미소를 유지했다.

누구라도 와줘. 전단지를 그렇게 뿌렸는데.

나란히 놓인 수많은 상품들을 내려다보았다. 만약 하나도 못 팔면…… 그런 부정적인 생각에 깜빡 빠질 뻔했다.

그때 항구 입구에서 허리가 조금 굽은 할머니가 뒷짐을 지고 걸어오는 모습이 보였다. 펭귄처럼 상체를 좌우로 흔들며 이쪽으로 다가오고 있었다.

혹시, 손님일까?

나는 꼬부랑 할머니의 발이 다른 곳으로 향하기 전에 급히 말을 걸었다.

"할머니, 안녕하세요."

10미터 정도 앞에서 인사하며 손을 흔드니, 할머니의 눈이 주름 속에 묻혔다. 활짝 웃은 것이다.

"오늘부터라고 해서 한번 와봤어."

할머니의 왼손에 반으로 접힌 전단지가 들려 있었다.

"와아, 감사합니다."

할머니가 진열된 상품을 오른쪽에서 왼쪽 끝까지 둘러보았다.

"여러 가지 많네."

"네. 이것도 맛있어요."

유부초밥과 김초밥이 함께 담긴 스케로쿠 스시를 권했다. 하지만 할머니는 "으음" 하고 고개를 갸우뚱했다.

"그거, 맛있는가?"

문득 왼쪽에서 소리가 들려 시선을 돌리니 어느 틈에 또 할머니 한 분이 다가와 상품들을 구경하고 있었다.

"아, 네, 맛있어요."

"그럼, 점심으로 두 개 살까? 또……, 이 야채절임이랑 비스킷도."

"와아, 감사합니다."

나는 하얀 비닐봉투에 상품들을 챙겨 넣었다.

"튜브에 든 와사비는 없지?"

"아, 있어요! 잠시만요."

냉장고 문을 열고 철제 선반 위 100엔 숍 바구니에서 와사비를 꺼냈다.

"이거 맞죠?"

"어머나, 없는 게 없네."

"없는 것도 있어요. 필요한 거 있으시면 저한테 말씀해주세요."

그렇게 말한 후 합계 금액을 알려드렸다.

"감사합니다, 할머니."

상품을 건네고 돈을 받았다.

"나야말로 고맙지. 아가씨, 모레 또 올 거지?"

나야말로 고맙지…….

그 한마디에 나는 대답할 말을 잃고 말았다.

학교를 그만둔 후 오늘까지의 나날이 마치 주마등처럼 스쳐 지나갔다.

"어라, 아가씨, 왜 우나?"

할머니가 걱정스러운 표정으로 내 얼굴을 밑에서 들여다보았다.

"아하하. 괜찮아요……." 나는 웃으며 엄지손가락으로 슬쩍 눈가를 닦았다. "첫 번째 손님이시니 이거 서비스로 드릴게요."

나는 할머니의 주름투성이 손을 잡고 단팥빵 하나를 쥐여드렸다.

"어머나, 오늘 내가 운이 좋구나."

방긋 웃는 할머니의 얼굴이 칠복신(행운을 가져다주는 일곱 신-옮긴이)을 닮았다고 느꼈다.

"모레 또 올 테니, 그때 봬요."

"다음엔 친구도 데리고 오마."

나의 첫 손님이 그렇게 말한 후 느릿한 발걸음으로 돌아갔다.

"나는 이걸 살까."

아까부터 구경하던 꼬부랑 할머니도 물건을 다 고른 모양이다.

"네. 감사합니다."

"나는 두 번째라 단팥빵은 없지?"

"아하하하. 단팥빵은 없지만 두 번째 손님까진 서비스할게요. 그런데 비밀이에요."

이 할머니에겐 봉지에 든 슈크림을 하나 서비스했다.

"어머나, 좋아라. 단팥빵보다 더 맛난 거네."

그리고 잠시 서서 수다를 떨었다. 이런 일은 후루타치 씨와 같이 다닐 때도 자주 있던 일이라 익숙하다.

5분 정도 이야기를 나누는 동안, 시장에서 일하던 사람들이 뿔뿔이 흩어지기 시작했다. 작업이 끝난 것이다. 그중 비교적 젊은 어부 세 사람이 이쪽으로 걸어왔다.

"너, 강 건너 이자카야 딸이지?"

"네."

"아, 역시. 어디선가 본 얼굴이라 했어. 심부름 서비스라는 걸 한다고 들었는데, 오늘부터 영업 시작이야?"

"맞아요. 오늘부터예요."

"그렇군. 우리도 축하하는 의미로 뭐 하나 살까?"

"그럴까?"

"나는 아침밥 사야겠다."

"와, 신난다. 감사합니다."

"총각들, 이 아가씨는 우리 늙은이들을 위해 물건을 팔러 와주는 착한 아가씨라네. 많이들 사줘."

꼬부랑 할머니가 청년들에게 당부했다.

"아하하, 알겠어요."

청년들이 상품을 구경하는 동안 또 어업 관계자 몇 명과 할머니 두 분이 다가왔다.

이 정도면 그럭저럭 장사가 되는 건가…….

나는 안도의 한숨을 삼키며 손님들에게 말했다.

"모레도 올 거예요. 친구 분들한테 많이 소개해주세요."

아오바 항구에서의 마지막 손님은 어협조합장이었다.

"오옷, 타마짱, 열심히 하네."

불룩한 배와 오랜 어부 생활로 초콜릿색이 된 얼굴. 그 얼굴과 같은 색깔의 벗겨진 머리. 그야말로 '조합장'에 딱 어울리는 외모를 한 이 사람이 내게 판매할 공간을 흔쾌히 제공해준 분이다. 내겐 은인이기도 하고, 아빠에겐 술친구이기도 하다.

"아, 조합장님, 안녕하세요."

"어때? 좀 벌었어?"

"덕분에 웬만큼은 팔렸는데요, 그래도 좀 더 잘되면 좋으니 조합원들께 소개 많이많이 해주세요."

"으하하하. 알겠어, 알겠어. 그나저나 타마짱한테 장사 재능이 있는 모양이네. 주먹구구식인 쇼타로하고는 달라."

조합장은 호쾌하게 웃으며 상품을 대강 둘러보더니 스케로쿠 스시 세 팩과 닭튀김 두 팩, 무말랭이랑 주먹밥을 여섯 개나 사주었다.

"다음 판매처는 어딘가?"

"다음은 아오바 온천 주차장이에요."

"아아, 강변에?"

"네."

"거긴 산골짜기라 여기에 비해 사람이 적을 거야. 그런데도 장사가 될까?"

조합장이 눈썹을 찡그리며 걱정해주었다. 하지만 그런 벽촌에도 찾아간다는 것에서 '타마짱의 심부름 서비스'의 가치를 발견할 수 있다. 더욱이 그곳은 시즈코 할머니 집 근처라 내가 가장 가고 싶어 하는 장소이기도 하다.

"그곳 손님이 적은 만큼 여기서 많이 팔아야 해요. 조합장님, 잘 부탁드립니다."

나는 일부러 웃으며 장난스럽게 말했다.

"으하하하. 그렇게 나온단 말이지? OK, OK. 모레는 손님 수를 배로 늘려줄 테니 나한테 맡겨."

그리고 유쾌한 조합장의 모습을 사진에 담았다. 뒷배경에는 판매처 풍경과 캐리를 넣었다. 이런 사진을 매일 블로그에 올릴 것이다. 블로그 제목은 '타마짱의 심부름 서비스 일기.' 아까 샤린이 캐리를 배경으로 찍어준 내 사진을 블로그 대문에 걸어놓았다.

블로그를 시작하기로 한 이유는 몇 가지가 있는데, 인터넷상에 널리 공개하여 홍보할 목적도 있고, 계절이나 날씨에 따라 변화하는 손님들의 모습이나 그날에 잘 팔린 상품을 기록해둠으로써 앞으로 개선 사항에 반영하기 위한 목적도 있다. 그리고 손님들이 기뻐하는 사진을 올려놓고 가끔 바라보면 나 자신이 그 미소로부터 에너지를 얻을 수 있을 것 같아서다. 일이 잘 안 풀리거나 힘들 때 분명 이 블로그가 나를 도와주리라 믿는다.

＊　　＊　　＊

판매를 마무리한 후, 상품을 캐리 냉장고에 정리해 넣고 다시 출발했다.

목적지는 시즈코 할머니가 기다리는 아오바 온천 주차장이다.

갈매기가 나지막한 하늘을 날아다니는 해변 마을을 벗어나 국도에서 우회전하여 아오바 강에 걸린 대교를 건너자마자 강변길로 좌회전하여 들어갔다. 곧 도키타 모터스가 보였다.

차고에서 하얀 작업복을 입은 소스케의 뒷모습을 발견한 나는 브레이크를 밟아 차를 세우고 창문을 내려 빠빵 하고 클랙슨을 울렸다. 소스케가 돌아본다.

"오오, 타마짱."

시바견을 닮은 얼굴로 미소를 지으며 성큼성큼 다가온다.

"안녕."

"아가씨, 아주 멋진 차를 타고 계시군요."

소스케의 농담에 나도 장단을 맞춘다.

"그렇죠? 스타일이 좋으면 옷맵시가 살아나는 것처럼, 운전하는 사람이 멋지니 차도 멋져 보이는 거겠죠."

"으앗, 네 입으로 그런 말을 하다니."

둘이서 한목소리로 깔깔 웃었다.

"항구에서 팔고 오는 길이지?"

"응."

"어땠어?"

"그럭저럭?"

"그래? 그럭저럭이었군. 날씨도 풀렸으니 이제 멋진 첫날이 될 거야."

소스케가 하늘을 올려다보고 말했다. 눈부신 듯 살짝 찡그린 얼굴을 보고 있으니 편안한 한숨이 흘러나왔다. 새삼스럽지만 이녀석 참 좋은 친구라고 생각했다.

"응, 그러면 좋겠다."

"반드시 그렇게 된다니까. 내 작품을 타고 다니는데 장사가 안 될 리 없잖아."

"어, 사장인 나하곤 관계없는 거야?"

손가락으로 나 자신을 가리키며 웃었다.

"으음, 전단지도 참 괜찮았지."

소스케가 히쭉거리며 시치미를 뗀다.

"그러니까, 사장인 나는?"

"아, 무능한 사장이 내 작품을 망치면 큰일인데? 그거라도 줘야 겠다. 잠시만 기다려."

소스케가 웃으며 차고 안으로 사라졌다가 캔커피를 손에 들고 돌아왔다.

"자, 축하 선물. 이거 마시고 힘내."

"땡큐. 힘은 충분히 나는데, 일단 받아둘게."

창문 너머로 캔커피를 받아 차 안의 컵홀더에 끼웠다. 차가운 걸 보니 냉장고에서 꺼내온 모양이었다.

"아무튼 잘해봐."

"응."

짝 하고 하이파이브를 했다.

창문을 내린 채 천천히 캐리를 몰았다. 사이드미러 속의 소스케가 작업복 주머니에 양손을 찔러 넣고 배웅해주었다. 그 모습이 점점 작아진다. 완만한 커브 길에 접어든 직후, 소스케의 모습도 같이 사라졌다.

정말 좋은 녀석이야.

소스케에게 받은 캔커피를 따고 한 모금 마셨다. 씁쓰레한 맛이 가슴에 은은히 스며들었다.

"자, 열심히 해보자."

작은 소리로 중얼거리며 액셀을 밟았다.

도로를 따라 흐르는 아오바 강은 오늘도 탄산수처럼 맑았다. 얕은 여울이 아침 햇살을 반사하여 반짝반짝 빛났다. 깊은 못은 마치 모든 걸 빨아들일 듯한 유리구슬 색이다. 강 저편의 둥그스름한 산들은 눈부신 초록 나무들로 빽빽하게 채워져 있고, 그 능

선 위로 펼쳐진 하늘은 엷은 구름마저 걷혀 산뜻한 형광블루 색이다.

활짝 열어젖힌 창문을 통해 상쾌한 봄날의 아침 바람이 밀려들었다.

나는 맛있는 공기를 가슴 가득 빨아들였다가 다시 천천히 내뱉었다.

강변길이 구불구불하여 앞이 잘 보이지 않았다. 그중에서도 그리 험하지 않은 곡선 길에 맞은편에서 오는 차를 확인하기 위한 거울이 설치되어 있다. 팔 년 전 엄마가 덤프트럭에 치인 곳인데, 이 거울은 그 사고를 계기로 설치되었다. 사고 현장이기도 한 커브 길을 나는 각별히 신중하게 달렸다.

엄마, 오늘부터 나, 사회인이야.

가슴속 깊은 곳에 통증을 느끼며 마음속으로 말을 걸었다.

곡선 길을 벗어나자 갑자기 눈앞이 확 밝아졌다.

거의 활짝 핀 벚꽃나무들이 길을 따라 죽 늘어서 있었다.

아, 예쁘다.

왠지 엄마가 내 등을 부드럽게 밀어주는 듯한 기분을 느꼈다. 도로까지 뻗어 나온 우아한 나뭇가지 아래를 캐리가 유유히 달려 나간다.

벚나무 가로수가 조금씩 늘어나면서 풍경이 점점 화려해졌다. 그에 따라 민가는 점점 뜸해지니 고령자, 즉 쇼핑 약자의 비율이 높아질 수밖에 없다.

왼쪽에 아오바 강 저편으로 이어지는 다리가 보였다.

이 다리를 건너 맞은편 강변도로로 가면 더 멋진 벚나무 가로 수길이 나온다. 그 길 중간에 내가 다닌 초등학교와 중학교가 있다. 그러나 오늘은 맞은편으로 건너지 않고 상류 방면으로 캐리를 몰았다. 굵은 자갈이 깔린 강변의 공영 캠프장을 거쳐 지역 건설회사 소유의 건축자재창고를 지났다.

이쯤이면 괜찮을까……?

이번엔 틀림없이 라우드 스피커 스위치를 켜고 오디오에 CD를 밀어 넣었다. 화창한 봄날의 강변에 코니 프란시스의 발랄한 노랫소리가 울려 퍼진다. 이 시골 마을을 줄곧 지키고 계시는 할아버지, 할머니들의 귀에 닿기를 바라며 천천히 천천히 캐리를 몰았다.

시즈코 할머니 집 앞을 지났다. 이제 10초만 달리면 오늘의 두 번째 판매처인 아오바 온천 간판이 보일 것이다.

아오바 온천은 당일치기로 이용할 수 있는 온천 시설과 향토 요리를 제공하는 레스토랑과 숙박 시설을 겸비한 민관 협력 업체로서, 내가 태어난 해에 오픈했다고 한다. 시골치고는 꽤 훌륭한 시설이라 매년 여름휴가철이 되면 은어 낚시나 카누 등 강놀이를 즐기기 위해 모인 사람들로 북적댄다.

핸들을 오른쪽으로 꺾어 아오바 온천 주차장으로 들어갔다.

그 순간…….

"아…….."

나도 모르게 입에서 감탄사가 흘러나왔다.

주차장에 열다섯 명 정도의 어르신들이 모여 이쪽을 보고 있는 것이다. 그 무리 중심에 방긋방긋 웃는 시즈코 할머니와 치요코 할머니의 모습도 있었다.

어떡해, 울 것 같아…….

나는 치밀어 오르는 감정을 심호흡으로 억누르며 온천 시설 입구 옆 정원수 앞에 주차했다. 시동을 끄고 차에서 내리자 전단지를 든 노인들이 기다렸다는 듯 모여들었다.

"안녕하세요."

나는 고개를 꾸벅 숙이고 웃으며 인사했다.

여기저기서 "어서 와요" 하는 목소리가 돌아왔다.

시즈코 할머니와 치요코 할머니는 일부러 양보하려는 건지 제일 뒤에 서서 눈부신 듯 이쪽을 바라보았다. 나는 오른손으로 V자를 그려 살짝 흔들어 보였다. 시즈코 할머니가 바로 알아보고 웃으며 같이 손을 흔들어주었다.

자, 일할 시간.

"지금 상품을 진열할 테니 잠시만 기다려주세요."

짐칸에서 아웃도어용 의자를 내려 세팅한 후 상품이 든 상자를 척척 올렸다.

상품이 진열되기가 바쁘게 손님들의 손이 뻗어 나왔고, 볶음면, 매실장아찌, 두부채소튀김, 모듬회, 센베이, 사탕, 쌀, 맛된장 등이 날개 돋친 듯 팔려나갔다.

바쁘게 계산을 하고 있는데 처음 보는 할머니가 말을 걸어왔다.

"타마짱, 치약 있나?"

나를 '타마짱'이라고 편하게 불러준 것에 대해 기뻐할 새도 없이, 나는 예상 밖의 주문에 준비 부족을 통감해야 했다. 그렇다. 후루타치 씨가 방문하는 지역과 달리 여기는 생활필수품을 갖춰 둬야 했다.

"할머니 죄송해요. 치약은 없어요. 모레 올 때 챙겨올게요."

"고맙구나. 주문하는 김에 칫솔도 부탁할까? 칫솔모가 부드러운 게 좋겠는데."

"네, 준비해올게요."

조수석에 뒀던 메모용 노트에 치약과 부드러운 칫솔이라고 기록했다. 그 후에도 상품 라인업에 없는 주문이 몇 가지 들어와 첫날부터 노트 반 페이지가 메워졌다.

쇼핑을 마친 노인들은 흡족한 얼굴로 어슬렁어슬렁 걸어 돌아갔다. 그와 교대하듯 또 다른 손님이 다가왔다. 손님 중에는 할머니라기보다 아주머니에 가까운 주부의 모습도 있었고, 그런 손님은 반찬을 몇 종류 한꺼번에 구입해주기도 했다.

20분 만에 손님들 대부분이 쇼핑을 마치고 돌아갔다. 마지막으로 시즈코 할머니와 치요코 할머니만 남았다.

"타마짱, 수고했다."

시즈코 할머니의 웃음에 나도 "네" 하고 미소로 답했다.

"꽤 많이 팔렸네."

치요코 할머니 말대로 상자 여덟 개에 들었던 상품이 벌써 반 이하로 줄었다.

"설마 첫날부터 이렇게 손님이 많이 와주실 줄 몰랐어요. 혹시 할머니가 주변에 소개해주셨어요?"

"아니, 나는 안 했는데."

"어, 그럼."

치요코 할머니를 보았다. 입술을 살짝 내민 얼굴이 뭔가 하고 싶은 말이라도 있는 표정이다. 하지만 곧 무표정한 얼굴로 돌아와 고개를 저으며 조금 쌀쌀맞은 투로 말했다.

"나도 아니야."

"어?"

그렇다면 대체 누가? 하고 갸우뚱하는 사이에 치요코 할머니가 허리를 굽히고 원하는 상품들을 하나하나 손가락으로 가리켰다.

"이 달걀하고……, 이거랑, 이거. 또 축하한다는 의미로 이것도 사줄까?"

치요코 할머니는 달걀 외에 식사빵, 야채주스, 회덮밥도 사주었다.

"와이, 감사합니다."

시즈코 할머니가 만들어준 네잎클로버 주머니에서 거스름돈을 꺼내어 계산을 끝냈다. 영업 중엔 운전석 시트 위에 주머니를 올려놓고 문은 열어둔다. 손님에게 돈을 받으면 일단 뒤돌아서 운전석에 둔 주머니에 대금을 넣는다. 손님 앞에서 판매 대금을 챙겨 넣는 건 그리 좋은 모습이 아니라고 후루타치 씨에게 교육받았기 때문이다.

"그럼, 나도 같은 걸 사서 치요코 씨랑 점심 먹을까?"

시즈코 할머니가 그렇게 말하면서 회덮밥을 고르고 추가로 초콜릿이랑 찻잎도 사주었다.

이것으로 두 번째 영업 종료.

"할머니, 또 원하는 게 있으면 말씀해주세요. 손님들에게 필요할 만한 것들을 조금씩 갖춰가야 하니까."

팔고 남은 상품을 캐리 짐칸에 실으며 시즈코 할머니에게 말했는데 치요코 할머니가 대신 대답해주었다.

"목욕탕 세제라든지, 화장실 휴지라든지, 갑 티슈, 면봉……, 그런 소모품이 있으면 좋겠구나."

"그러네요. 알겠습니다. 소모품이요."

그것도 메모해두었다.

짐을 거의 다 실었을 때 윗옷 주머니에서 휴대폰이 울렸다. 문자메시지다. 보낸 사람은 뜻밖에도 마키였다.

〈타마쌍, 축·개업 ♪ 방금 '링코의 삼라만상 운세'라는 사이트에서 타마짱 운세를 봤어. 이번 주는 인생의 전환기로, 금전적으로 좋은 기회가 생길 것이다. 이직운이 있고 투자도 길하다. 뒤에서 응원해주는 사람들에 대한 감사의 마음을 소중히. 이렇게 적혀 있어서 깜짝 놀랐어! 굉장한 타이밍에 개업했네. 심부름 서비스, 틀림없이 잘될 거야♪〉

"우와, 이 운세, 정말 굉장한데? 너무 잘 맞잖아⋯⋯."

무심코 그렇게 중얼거린 후 시즈코 할머니와 치요코 할머니께도 메시지 내용을 읽어주었다. 잠자코 듣던 치요코 할머니가 두 팔을 엇걸어 팔짱을 끼고는 나를 똑바로 쳐다보고 말했다.

"타마짱, 그 메시지 소중히 간직해둬라."

"예? 아, 네."

무슨 뜻으로 하는 말인지 순간 의아했지만 다시 생각해보니 이렇게 길한 내용이 적힌 메시지는 삭제하지 않고 남겨두는 게 맞다. 지칠 때 다시 읽어보면 힘이 날 것 같기도 하고.

"그 삼라만상이란 건 별자리 운세 같은 건가?"

시즈코 할머니가 고개를 갸우뚱했다.

"으음, 저는 잘 모르는데요, 마키라는 내 친구는 너무 잘 맞는다며 매일 아침 체크해요."

링코라는 점술가가 운영하는 삼라만상 운세 사이트는 생년월일로 카테고리(바다, 하늘, 대지, 식물, 동물, 바람, 달 등 열두 종류)가 분류되어 있는데, 나는 식물에 속한다고 한다.

"이 링코라는 사람, 유명한 만화가라는 소문도 있대요."

"호오. 요즘 세상에는 재미있는 것도 참 많구나."

시즈코 할머니가 감탄했다.

"그 마키라는 친구가 전단지 만들어준 그 아이냐?"

치요코 할머니가 또 묘한 질문을 던졌다.

"네? 네. 맞아요……."

치요코 할머니가 어떻게 그런 것까지 알지? 집 밖으로 안 나오는 마키가 사람들에게 그런 말을 퍼뜨렸을 리도 없고. 그렇다면 소스케나 리사 언니로부터 소문이 유포된 걸까?

"그 아이, 미야마야네 딸이지?"

치요코 할머니가 여전히 팔짱을 낀 채 물었다.

"네, 맞아요. 어떻게 아셨어요?"

"내 귀엔 다 들려."

옆에서 시즈코 할머니가 큭큭 웃다가 눈꼬리에 웃음을 담고 말했다.

"다음은 어디로 가나?"

"방금 대화에 등장했던 마키네 집이에요. 미야마야 주차장."

말하면서 손목시계를 보았다.

"아, 여기서 너무 오래 있었다. 얼른 가야겠어요."

"이런이런. 그렇다고 서두르진 말고. 운전 조심해야 한다."

시즈코 할머니의 걱정스러운 목소리를 들은 순간, 엄마 사고 현장이었던 커브 길 앞에 흐드러지게 핀 벚꽃 생각이 났다.

"네, 걱정 마세요. 조심할게요. 아까 엄마가 사고를 당했던 커브 길을 지나왔는데, 벚꽃이 굉장히 예쁘게 피었더라고요."

"아, 거기 벚나무 훌륭하지. 밑에서 올라갈 때는 커브를 지난 다음에 벚꽃이 보이니 괜찮은데, 위에서 내려올 때는 벚꽃 구경하느라 차선을 벗어나는 차가 많다고 하니 타마짱도 조심해야 한다."

진지하게 당부하는 시즈코 할머니의 목소리에서 나는 왠지 부자연스러운 무게를 느꼈다.

혹시 엄마를 친 트럭도 그 벚꽃에 홀려서…….

한번 그런 생각이 들기 시작하니 그것만이 거부할 수 없는 진실인 양 느껴졌다. 실제로 어땠을까? 궁금했지만 지금 시즈코 할머니에게 물어보자니 선뜻 내키지 않았다. 시즈코 할머니는 그 커브 길과 벚꽃의 관계를 일부러 '일반론'으로 설명했는지도 모른다. 그렇다면 그 일에 대해 지금은 이야기하고 싶지 않은 거다.

그래서 이야기의 방향을 바꿨다.

"저한텐 수호신이 있거든요."

"수호신?"

"네" 하고 고개를 끄덕인 후 조수석의 글로브 박스에서 노란색 장지갑을 꺼냈다. 할머니께 지갑 안에 넣어뒀던 손바닥 크기의 사진을 보여드리기 위해.

"이 사진이요."

시즈코 할머니는 사진을 손에 들고 감탄인지 한숨인지 모를 소리를 내며 사진과 나를 번갈아 보았다.

"점점 닮아가는구나……."

시즈코 할머니가 미소 띤 얼굴로 말했다.

"어, 그래요? 닮았어요?"

"응. 목소리도 닮았어."

나는 쑥스러워 에헤헤 웃었다.

내가 지갑에서 꺼낸 사진은 엄마의 영정사진을 축소한 것이었다. 휴대폰으로 찍어 프린터로 작게 인쇄했다.

"천국에서 에미가 지켜준다면 틀림없이 괜찮겠지."

"그렇죠?"

치요코 할머니가 어이없다는 듯이 나와 할머니의 대화를 듣고 있었다. 하지만 나는 안다. 치요코 할머니는 기쁠 때 이런 표정을 짓는다는 것을.

"그래, 잘 봤다."

"네."

할머니에게 엄마 사진을 받아 지갑 속에 소중히 간직했다.

"얼른 가야겠다."

내가 말하자 시즈코 할머니가 또 내 이름을 불렀다.

"타마쨩."

"네?"

"고마워."

"어……."

"열심히 해보는 거야."

"그래, 열심히 해. 다들 응원하고 있으니까."

치요코 할머니가 조금 귀찮다는 듯 한마디 거들었다.

그때 봄날의 신선한 강바람이 두둥실 불어와 내 앞머리를 흔들었다. 동시에 두 할머니의 모습도 살짝 흔들렸다.

나는 그 바람을 한번 들이마신 후 야무지게 대답했다.

"넵. 열심히 하겠습니다."

두 사람의 얼굴에 핀 미소가 흔들흔들 흔들렸다.

나는 눈물을 쏟기 전에 얼른 뒤돌아 운전석에 올라탔다. 엄지손가락으로 슬쩍 눈가를 닦고 두 할머니를 향해 인사했다.

"모레 또 올게요."

시동을 걸었다.

"조심해라."

시즈코 할머니가 한 번 더 당부했다.

"네. 들어가세요."

살며시 액셀을 밟았다.

주차장을 빠져나갈 때 사이드미러를 보았다. 두 분이 나란히 서서 배웅해주고 있었다. 창문으로 팔을 내밀어 손을 흔들었다.

사이드미러를 보니 시즈코 할머니만 손을 흔들어주었다. 강변도로로 나가 좌회전하고 나서야 두 사람의 모습이 보이지 않게 되었다.

나는 "후우" 하고 편안한 숨을 내쉬었다. 심장을 가득 채운 따스한 열을 느끼며 아래쪽으로 캐리를 몰았다.

활짝 열어젖힌 창문을 통해 맑은 강바람이 들어왔다.

눈앞에서 벚꽃잎이 하늘하늘 춤추며 떨어졌다.

맑은 강, 끝없이 이어지는 산, 푸른 하늘, 흩날리는 벚꽃잎.

봄바람의 그윽한 향기.

이 광경은 평생 잊을 수 없으리라.

나는 평온한 기분으로 소스케에게 선물 받은 커피를 마저 꿀꺽꿀꺽 마셨다.

마쓰야마 마키

미사가 내 침대에서 숨소리를 내며 잠들었다.

읽어주던 그림책을 내려놓고 담요를 살며시 덮어주었다. 미사가 읽어달라고 조른 그림책은 판다를 닮은 토끼 '미밋치'의 신비로운 모험 이야기. 내성적이고 겁 많고 눈물도 많은 '미밋치'가 왠지 나를 닮은 것 같아 읽을 때마다 감정이입하게 된다.

그림책을 침대 옆에 내려놓은 후 무릎을 구부리고 앉았다.

잠시 미사의 자는 얼굴을 내려다보았다.

이제 막 세 살이 된 소녀는 언제나 천사처럼 순수하게 웃어주었다. 아직 이 자그마한 가슴속에 악의도 독기도 움트지 않았을 테니 나를 상처 입힐 일도 없고 배신할 일도 없을 것이다. 애정을 쏟는 만큼 귀여운 웃음으로 화답해주는 작은 천사.

아아, 보고 있으면 마음이 편안해진다……

조카도 이렇게 귀여운데 만약 나한테 아이가 생기면 얼마나 애지중지하게 될까? 천진난만한 미사를 보고 있으면 때때로 그런 생각이 든다.

도시에서 도망치듯 돌아와 집에만 틀어박히게 된 나에게 미사라는 존재는 삶의 위안이자 고독을 덜어주는 구세주였다. 이 아이 덕분에 내 마음이 바닥까지 내려앉지 않고 어떻게든 지탱될 수 있었던 게 아닐까? 나는 평생 동안 이 조카를 아끼지 않을 수 없으리라.

살짝 몸을 굽혀 미사의 오동통한 볼에 뽀뽀했다. 간지러웠는지 자면서 볼을 긁적긁적한다. 이런 몸짓도 너무 귀엽다.

잠시 이대로 재우기로 하고 나는 창가에 놓인 책상 앞에 앉아 습관처럼 컴퓨터를 켰다.

데스크톱의 바탕화면은 타마짱과 소스케와 내가 나란히 V를 그리고 있는 사진이다. 세 사람 뒤에 갓 완성된 따끈따끈한 캐리도 보인다. 이 차가 탄생한 날, 타마짱과 소스케가 나한테 보여주

러 왔을 때 찍은 기념사진이다. 사실은 그날 소스케의 손에 의해
새로 태어난 캐리를 가까이에서 보고 싶어 오랜만에 샌들을 걸쳐
신고 조심조심 집 밖으로 나갔다. 주차장에서 차분히 감상한 후
에 리사 언니를 불러 사진을 찍어달라고 했다. 하늘은 어스레하
고 가랑비도 흩날렸다. 그런데도 나는 땅속에서 기어 나온 두더
지처럼 세상의 넓이와 밝기에 현기증을 느끼고 두려움에 다리를
덜덜 떨었다. 분명 '자유'라는 것이 가져올 해방감과 공포감을 오
랜만에 떠올렸기 때문이리라.

다시 컴퓨터를 바라보았다.

웃으며 V를 그리는 세 친구의 사진. 나만 웃는 얼굴이 어색하다.

소스케나 타마짱처럼, 혹은 미사처럼 나도 순수하게 웃을 수
있으면 좋겠는데…….

그런 생각을 하니 나도 모르게 한숨이 나왔다.

지금부터 약 이 년 전…….

고등학교를 졸업한 후 내성적인 내 성격을 한번 바꿔보고 싶은
마음에 큰 결심을 하고 도시로 나가 취직을 했다. 주로 과자를 만
드는 중견 식품 업체에 입사하여 총무부 사무직 일을 맡게 되었
다. 입사 삼 일째 옆자리에 앉은 세 살 위의 여자 선배의 권유로
사내의 수예 동아리에도 가입했다. 어릴 때부터 만들기나 그림
그리기를 좋아했던 내 취향에 딱 맞았다. 거기서 처음으로 롤리
타 패션의 매력을 알게 되고 순식간에 빠져들었다.

그 후 어느 날 저녁, 부서 선배들은 퇴근하고 혼자 야근을 하는데 옆 부서의 남자 선배가 말을 걸어왔다. "괜찮다면 한잔하러 가지 않을래?" 이십 대 후반인 그 선배는 패션 센스도 좋은 데다 키가 크고 인상도 깔끔한 사람이었다. 잘 노는 듯한 분위기이긴 해도 업무는 척척 성실하게 수행하여 상사의 신뢰가 두텁다는 소문도 있었다. 남자가 시골 아가씨인 나한테 말을 걸어온 적은 처음이라 들뜬 마음에 아무 생각 없이 그를 따라 회사를 나섰다. 세련된 가게 분위기와 그의 교묘한 화술에 이끌려 와인을 연거푸 마시다가…… 그만 기억을 잃고 말았다.

문득 의식이 돌아왔을 때, 나는 침대에 누워 있었다. 희미한 연분홍빛으로 감싸인 침대가 미지근하다고 느꼈다. 과음한 탓에 머리가 지끈지끈하고 속이 메스꺼웠다. 일어날 기력조차 없었지만, 지금 옷이 벗겨지고 있다는 사실을 깨달은 순간 번쩍 정신이 들었다. 그때 나는 내가 놓인 상황을 확실히 이해했다. 그와 동시에 구역질이 일었다. 이러지 마세요…… 하고 소리 내어 말했다. 그러나 심약한 내 목소리와 알코올에 잠긴 육체는 남자의 무시무시한 완력에 저항하기엔 역부족이었다. 나는 인형처럼 흐물흐물해진 상태로 그만 첫 경험을 강탈당하고 말았다. 일을 마친 그가 옆에서 코를 골기 시작했다. 귀에 거슬리는 그 소리를 멍하니 듣다가 조용히 침대에서 일어나 화장실로 달렸다. 변기를 본 순간, 욕지기가 솟았다. 눈물을 줄줄 흘리며 몇 번이나 토했다. 와인을 많이 마신 탓인지 그로테스크한 붉은빛이었다. 모조리 토해내고 눈물도 진정되었을 때 서둘러 옷을 입고 호텔 방을 뛰쳐나왔다.

몸도 마음도 최악의 상태였지만 다음 날 출근했다. 같은 층에서 일하는 그와 나는 당연히 서로의 시야 안에 있었다. 그는 아무일 없었다는 듯 태연하게 행동했고, 나하고는 한순간도 눈을 맞추려 하지 않았다.

점심시간에 입사 동기와 함께 2층 직원 식당에서 점심을 먹었다. 식후에 복도를 걷는데 젊은 남자 직원 두 명이 지나가면서 마치 나를 핥듯이 쳐다보았다. 한순간 뭐지? 하고 의아하게 생각했지만 기분 탓으로 여기고 더 이상 신경 쓰지 않았다.

늦은 오후에 상사가 손님과 사용한 커피잔을 씻어두려고 자판기가 있는 다용도실 앞에 이르렀을 때, 안에서 새어나오는 남자들의 목소리를 듣고 말았다.

"그 신입 롤리타 말이야. 걔, 보기에도 순진해서 시키는 대로 다 할 거 같지 않아? 그래서 와인을 많이 먹였지. 금세 해롱해롱하더니 바로 다리를 벌려주더라. 게다가, 무려, 처녀였어."

"우워어, 진짜? 나도 술 먹이면 하게 해주려나?"

"바보, 너랑 동서지간은 되기 싫거든."

나는 다용도실 입구 근처 복도에 우두커니 선 채 점점 척추까지 얼어붙어가는 걸 느꼈다. 손에 들고 있던 커피잔을 내 책상 위에 놓고 제정신을 잃은 듯이 회사에서 도망쳐 나왔다. 다음 날 입사한 지 보름 만에 무단결근을 했다.

집에 틀어박힌 후로 일주일 동안 회사 상사에게 부재중 전화가 몇 통이나 왔다. 메시지로도 출근을 종용했다. 수예 동아리에 초청해준 선배가 집까지 찾아온 적도 있었다. 나중에는 부모님에게도 연락이 간 듯 엄마한테도 부재중 전화가 두 건 들어왔다. 나는 계속 집에 없는 척 연기했다.

온종일 집에서 울며 지냈는데 신기하게도 배가 고프지 않았다. 밥을 거의 먹지 않아 나날이 여위어갔다. 체중이 주니 체력도 떨어지고, 체력이 떨어지니 살아갈 기력마저 꺾였다.

나는 그저 숨만 쉬는 빈껍데기였다.

마음속에도 몸속에도 도시에서 살아가기 위한 에너지가 한 방울도 남아 있지 않았다.

나는 회사와 도시와 그 남자에게서 도망치듯 고향으로 돌아왔다.

부모님에게는 돌아온 이유를 입이 찢어져도 말할 수 없었다. 부모님은 부모님대로 밥도 먹지 않고 울기만 하는 나의 비정상적인 행동을 걱정해서인지 억지로 캐묻지 않았다. 그 따뜻함이 오히려 슬퍼서 나 홀로 한없이 베갯잇을 적셨다.

그 당시 부모님은 시작한 지 얼마 되지 않은 굴 양식업을 어떻게든 궤도에 올리려고 밤낮없이 일했다. 형부도 부모님을 도우러 자주 나갔다. 그런 상황이었기에 비교적 한가한 기념품점은 육아 중인 리사 언니가 도맡아 관리하게 되었다.

언니는 부모님도 형부도 다 같이 있는 데서 나에게 이렇게 말
했다.

"마키, 마침 잘 돌아왔다. 나 대신 미사 좀 봐줘라. 월급은 못 줘
도 용돈 정도는 줄 수 있으니까."

리사 언니다운 자비로운 제의였다. 내 마음이 불편할까 봐 일
부러 가족들 앞에서 '역할'을 맡긴 것이다.

그날 이후로 돌이 갓 지난 미사를 돌보는 일은 내 담당이었다.
세 달쯤 지났을 때, 가게 일을 끝내고 들어오는 언니를 방으로 불
러 내가 퇴사한 이유에 대해 털어놓았다. 미사를 내 침대에서 재우
며 잠자코 이야기를 듣던 언니가 쓸쓸하게 웃으며 이렇게 말했다.

"그랬구나. 그런 일이라면 부모님한텐 말하기 어렵지. 여자로
살다 보면 한 번쯤은 그런 비열한 개자식을 만날 때가 있어. 그건
네 잘못이 아니야. 좋은 남자 만나서 복수해주자. 마키는 충분히
할 수 있어. 내 멘트가 좀 오글거렸나?"

언니는 자신의 낯간지러운 조언에 키득키득 웃다가 울고 있는
내 목에 팔을 두르고 가녀린 자기 어깨에 내 얼굴을 묻었다.

"현명한 우리 남편이 말했어. 인생은 시계추라고."

"시계추……."

"응. 살면서 뭔가 엄청난 불행을 당했다 해도, 그다음엔 시계추
가 반대 방향으로 흔들리게 마련이잖아. 그러니 이제 마키한테
굉장히 좋은 일이 생길 거야. 기대해."

언니가 그렇게 말하면서 내 등을 톡톡 두드렸다. 그 다정한 감촉이 스위치가 되어 나 자신도 믿을 수 없을 만큼 서럽게 울고 말았다. 막 잠이 든 미사가 깨지 않도록 필사적으로 소리를 죽이고 지칠 때까지 눈물을 흘렸다.

오랜만에 타마짱이 찾아온 날, 혹시 내 인생의 시계추가 행복한 쪽으로 방향을 바꾼 걸까? 옛 친구가 찾아와줬다는 것만으로 눈물 나도록 기뻤는데, 내가 마음속으로 늘 그렸던 사람과 함께여서 얼마나 깜짝 놀랐는지 모른다.

집에 틀어박혀 지내는 동안 중고등학교 졸업앨범을 몇 번이나 펼쳐보았다. 그 무렵 우리 주변을 둘러쌌던 상큼한 공기를 떠올리며 깊은 한숨을 내쉬곤 했다. 물론 그 시절에도 수많은 고민을 가슴에 품고 일희일비했지만 지금 되돌아보면 슬픔, 고뇌, 애달픔을 느꼈던 나날까지 모두 포함하여 참 멋진 육 년간이었다는 생각이 든다. 어쨌거나 학교에 가기만 하면 '친구'라 부를 수 있는 또래 아이들이 많이 있었으니까.

매일 친구들을 만날 수 있다…….

인생에서 가장 특별하고 사치스러운 나날이라는 것도 모르고 매일을 살아갈 수 있었던 시절. 그때가 제일 행복한 시절이었던 것이다.

어스레한 방에서 홀로 졸업앨범을 넘기다가 어느 페이지에 이르러 문득 손을 멈췄다. 손재주가 뛰어난 한 남학생의 모습이 그곳에 있었다. 미술이나 기술 수업 때 그가 만들어낸 작품을 보는 건 나의 큰 기쁨이었고 그때마다 내 가슴은 두근거렸다.

만약 내게 이 친구 같은 재능이 있다면 장래에 어떤 사람이 될 수 있을까……. 이런 유치한 망상에 젖은 적도 있었다.

아아, 또 보고 싶다. 그의 재능이 응축된 반짝반짝 빛나는 작품을.

졸업앨범을 펼친 채 멍하니 생각에 잠겨 있는 동안 시계추가 흔들렸다. 나에게 자그마한 기적이 일어났다. 물론 타마짱의 도움으로.

컴퓨터 파일을 클릭하여 '타마짱의 심부름 서비스' 최신판 전단지를 열고 크기를 약간 축소하여 전단지 전체가 보이게끔 했다. 주제목과 부제목, 광고 카피, 사진, 간단한 일러스트, 그리고 공들여 그린 지도.

나름대로 전력을 다해 디자인한 이 전단지를 소스케에게 처음 보여줬을 때, 나는 그 입을 통해 기대 이상의 말을 들었다.

"우와. 마키한테 디자인 센스가 있구나."

나에게 황홀함을 안겨준 그 목소리를 나는 기억의 가장 얕은 곳에 문신처럼 새겨 넣었다. 언제든 꺼내어 머릿속에서 재생할 수 있도록.

내가 전단지에 가장 크게 실은 건 소스케가 만든 캐리를 찍은 사진이었다. 전단지를 본 사람들의 기억에 이 차가 강한 인상으로 남을 수 있도록 정성을 다해 디자인했다. 그러면 '타마짱의 심부름 서비스'도 분명 잘될 것이다.

페이지를 점점 확대하여 캐리 사진을 크게 띄웠다. 아무리 봐도 싫증 나지 않는 멋진 차라고 생각했을 때, 문득 모니터 구석의 시계에 눈길이 갔다.

어? 올 때가 됐는데…….

의자에서 일어나 창문을 조금 열고 주차장을 내려다보았다. 코카콜라 벤치 주변에 노인들이 모여 있었다. 아직 몇 명 안 되지만 그래도 내가 열심히 만든 전단지를 보고 왔겠다고 생각하니 내 마음이 순수한 기쁨으로 차올랐다.

전단지를 손에 들고 있는 사람도 있었다. 저 벤치에 자주 모여 느긋하게 담소를 즐기는 삼인조 중 한 분이다.

시선을 돌려 멀리 오른편을 바라보았다.

봄날의 푸른 바다가 기분 좋게 흔들렸다.

얼마 전까지만 해도 창밖을 보는 것조차 힘들었는데……. 감회에 젖기 시작했을 때, 코니 프란시스의 밝은 노랫소리가 멀리서 들린 듯했다.

귀를 기울였다.

들린다. 바닷바람을 타고. 조금씩 다가온다.

소스케가 디자인한 캐리가 타마짱과 '타마짱의 심부름 서비스'를 싣고 해변도로를 달려온다.

왠지 조금 긴장되어 꼴깍 침을 삼키고 주차장 입구를 응시했다.

코니 프란시스의 노랫소리가 점점 커진다.

한 대, 두 대, 세 대…… 다른 차가 지나갔다.

네 번째 차가 우리 주차장으로 천천히 들어온다.

타마짱의 캐리가 주차장 오른편 안쪽에 섰다. 타마짱이 노인들의 시선을 한 몸에 받으며 운전석에서 씩씩하게 내렸다. 까만 포니테일이 눈부신 봄 햇살 속에서 발랄하게 흔들렸다.

문득 타마짱이 이쪽을 올려다보았다. 눈이 마주쳤다.

"마키, 안녕!"

웃으며 손을 흔들어주었다.

타마짱을 보고 있던 노인들의 시선이 일제히 내 쪽으로 향했다. 당황했지만 마음을 굳게 먹고 창문을 반쯤 열고 나도 같이 손을 흔들었다.

"안녕."

내 입에서 나온 목소리지만 내가 듣기에도 어정쩡했다. 어쩌면 타마짱이 있는 곳에선 들리지 않았을지도 모른다.

그런데 다음 순간 타마짱이 방긋 미소 짓고, 노인들도 주름진 얼굴을 활짝 펴고 "잘 있었냐?" 하고 인사해주었다.

부드러운 바닷바람이 두둥실 불어와 내 앞머리를 흔들었다.

왜일까? 기분 좋다, 무척…….

그렇게 생각하니 자연스럽게 내 입이 한 번 더 열렸다.

"안녕하세요."

노인들에게 한 인사는 아까보다 조금 더 씩씩했던 것 같다.

그리고 깨달았다. 늘 경직되어 있던 내 두 뺨이 느슨하게 풀려 있다는 것을.

아, 나, 지금 웃고 있어…….

바탕화면의 두 사람처럼 제대로 웃고 있다.

하지만 사진 속 두 사람과는 결정적으로 다른 점이 있었다.

눈물이 내 볼을 타고 흐르고 있다는 점이다.

두 사람은 그저 밝게 웃고 있지만, 나는 울면서 웃고 있다.

사정은 꽤 다르지만…… 그래도 멀리서 보면 같을 것이다. 아마 눈물까진 보이지 않을 테니.

나는 느슨해진 볼의 감촉을 즐기며 한동안 주차장을 내려다보고 있었다.

하야마 타마미

·

4월 12일 일요일.

오늘은 엄마 기일이다.

묽은 먹빛 구름이 낮게 깔려 있어 하늘에서 당장이라도 비가 쏟아질 것 같았다. 아오바 마을은 아침부터 농후한 바다 냄새로 감싸였고, 바다를 건너온 미지근한 남풍이 내 마음을 어수선하게 했다.

오전에 샤린이 운전하는 차로 시즈코 할머니를 모시고 초중학교 근처 언덕에 있는 공원묘지에 다녀왔다. 하야마 일가의 묘는 한가운데쯤 있어서 정면으로 아오바 강의 맑은 흐름이 내려다보인다. 시선을 오른쪽으로 돌리면 엄마 사고 현장인 그 커브 길도 시야에 들어온다.

샤린 앞에서 '엄마'라 부르려니 왠지 좀 미안하여 나는 묘비를 향해 서서 "또 일 년이 지났네"라고만 말했다. 그러고는 두 개의 화병에 나눠 꽂기에도 너무 많은 꽃을 꾹꾹 밀어 넣기 시작했다.

"꽃 예쁘다. 에미 씨도 틀림없이 기뻐할 거야."

어울리지도 않게 성대한 꽃을 보고 샤린이 넉살스럽게 말했다.

"으하하. 이렇게 화려한 무덤은 처음 보네. 축제라도 벌이는 것 같고, 좋구나."

아빠는 엄마 기일에도 역시 아빠였다. 시즈코 할머니는 그런 두 사람을 보고도 방긋방긋 웃는다.

"어휴, 정말. 성묘 분위기가 전혀 안 나네."

나 혼자 부루퉁한 얼굴이다.

애초에 샤린이 나댄 것부터가 잘못이었다.

아침 일찍 묘에 헌화할 꽃을 사러 가려고 하는데 샤린이 "나, 꽃 좋아해. 센스도 좋아. 꽃집 어디 있는지도 알아. 그러니 내가 사 올게. 타마짱, 나한테 맡겨" 하면서 차로 옆 마을까지 나갔다가 성묘용으로는 전혀 어울리지도 않는 거대하고 호화로운 꽃다

발을 한 아름 안고 돌아온 것이다. 그걸 본 아빠가 웃음을 터뜨리며 "야아, 엄청나네, 이거. 우리 집에 가요대상 받은 트로트 가수가 오셨네" 하고 샤린을 놀렸을 정도다. 샤린이 꽃집에 가서 주문할 때 "다들 깜짝 놀랄 만큼 화려하게 만들어주세요"라고 한 모양이었다.

결국 내가 그 거대한 꽃다발을 해체하여 적당한 크기로 다시 만들어야 했다. 성묘용으로 두 다발. 사고 현장 헌화용으로 한 다발. 자택 불단에 올릴 두 다발. 각각을 꽤 크게 만들었는데도 아직 큰 꽃송이가 많이 남아서 '이자카야 다나보타' 카운터에도 꽃병을 놓고 장식했다.

아빠가 그걸 보고 또 껄껄 웃었다.

"에미 기일인데 가게가 환해졌네."

그러자 샤린이 "오, 예스! 역시 파파상이야" 하고 신나게 아빠 팔에 매달렸다.

엄마 기일만이라도 좀 떨어져 있으면 안 돼?

나는 마음속으로 야유를 하며, 동시에 그런 일에 하나하나 신경 쓰는 나 자신이 또 싫어서, 아침부터 계속 짜증스러운 상태였다.

꽃을 바친 후, 시즈코 할머니, 아빠, 샤린 순으로 향을 피우고 묘비를 향해 손을 모았다. 샤린이 손을 모을 때 나는 한숨을 참으며 그 가녀린 뒷모습을 노려보았다.

왜 이 사람이 나보다 먼저야?

부아가 치밀었지만, 그래도 샤린은 아빠의 정식 아내이고……
내가 제일 어리니…… 할 수 없지, 뭐…… 하고 나 자신을 타이를
수밖에 없었다.

"자, 이제 타마짱 차례."

샤린이 모았던 손을 내리고 뒤돌아서 나를 보았다. 성묘 중인
데 샤린은 웃고 있다. 남국의 태양처럼, 환하게. 그 자그맣고 까무
잡잡한 얼굴을 본 순간, 마음속의 심술궂은 내가 중얼거리는 소
리를 들었다.

이 사람은 안 데리고 와야 되는 거 아냐?

나는 이날의 하늘처럼 침울한 기분으로 향을 올렸다.

묘비를 향해 서서 눈을 감고 조용히 양손을 모았다.

암전된 눈꺼풀 안쪽에 다정하게 웃는 사진 속 엄마의 얼굴이
떠올랐다.

있잖아, 엄마…….

마음속으로 엄마를 불렀지만 왜 그런지 다음 말이 떠오르지 않
았다. 엄마에게 하고 싶은 말이나 부탁하고 싶은 게 없는 걸까?
아니, 그럴 리가 없다. 심부름 서비스에 대해, 샤린에 대해, 시즈코
할머니에 대해…… 여러 가지 있다. 응어리진 생각이 분명 가슴
속에 있을 것이다. 그 생각이 말로 떠오르지 않는다. 그런 느낌이
었다. 짜증스러운 마음 때문일까…….

나는 이런저런 생각을 하며 천천히 손을 내리고 눈을 뜨고 묘

비를 응시했다.

그런 내 모습을 보고 있던 아빠가 가벼운 목소리로 말했다.

"자, 성묘는 끝. 이제 저기 가자."

저기란 사고 현장을 말한다.

나는 망연한 표정으로 아빠를 보았다.

"응? 타마짱, 왜?"

"아……, 아니. 아무것도."

"타마짱, 가자."

샤린이 소녀 같은 몸짓으로 내 팔을 잡고 쭉쭉 당겼다. 아직 엄마에게 아무 말도 전하지 못한 나는 한순간 그 손을 뿌리치고 싶은 욕구에 휩싸였다. 하지만 역시 그렇게까지는 하지 못했다. 나는 즐거워 보이는 샤린에게 팔을 잡힌 채 어기적어기적 묘에서 멀어졌다.

우리 네 사람은 다시 차를 타고 강 건너편으로 갔다. 갓길이 조금 넓어지는 곳에 차를 세우고 엄마의 사고 현장까지 100미터 정도 걸었다.

시야가 막힌 좁은 커브 길.

그 커브 끝의 벚꽃나무에 꽃은 지고 어린잎이 나 있었다. 발밑을 보니 아스팔트 위에 무수한 벚꽃잎이 떨어져 있었다. 얼핏 봤을 땐 흰색의 화려한 카펫 같았는데 자세히 보니 바퀴 자국으로 지저분하게 더럽혀졌다. 문득 비참한 기분마저 들었다.

시즈코 할머니가 대표로 가드레일 아래에 헌화했다.

그 꽃을 향해 넷이 나란히 손을 모았다.

나는 제일 뒤에 서서 모두의 뒷모습을 응시했다. 엄마가 죽은 후 일 년, 이 년째까지는 모두 등을 좀 더 웅크렸던 것 같다. 그리고 눈에서는 눈물이 흘렀다.

하지만 이제는 엄마의 기일에 이 현장에 왔지만 아무도 눈물을 흘리지 않는다.

그 사실을 깨달은 나는 반대로 울고 싶어졌다.

문득 아오바 강을 내려다보았다. 맑은 물이 흔들림 없이 흘러간다. 강은 시간과 무척 닮았다. 시간도 과거에서 미래로 매몰차게 흐른다. 그 시간과 함께 미래로 나아가는 우리는 조금씩, 확실히, 엄마가 존재했던 과거의 나날을 멀리 바닷가에 내려놓고 떠난다. 엄마를 잃은 슬픔이 옅어지는 만큼, 엄마를 잊은 쓸쓸함이 커져간다. 적어도 나는 그렇다.

시간은 깨닫지 못하는 사이에 사람의 기억을 바꾼다. 과거를 희미하게 만든다. 기일인데도 별 생각 없이 꽃만 바치고 합장만 하고 명복만 빌고, 끝이다. 1분도 걸리지 않는다. 해가 갈수록 형식만 남는 것 같아 슬프다. 그게 좋다든가 나쁘다든가 그런 게 아니라, 그냥 슬프다.

시즈코 할머니가 모았던 손을 내리고 먼저 얼굴을 들었다.

그 뒤에 있던 아빠도 고개를 들었다.

가장 마지막까지 손을 모았던 사람은 의외로 샤린이었다.

엄마에게서 아빠를 빼앗은, 아니, 아빠를 변심하게 만든 사람으로서 엄마에게 조금은 미안한 마음이 있을까? 만약 그렇다면 마음이 비뚤어진 나로서도 약간은 용서가 될 것이다. 제발 그러길 바란다.

후우.

나는 조용히 한숨을 쉬었다.

입술에서 시커멓고 뜨거운 숨이 나온 것 같았다.

샤린은 30초 정도 충분히 손을 모았다. 그녀가 얼굴을 들었을 때, 샤린 앞에 있던 시즈코 할머니와 아빠가 은혜로운 눈빛으로 샤린을 보고 있었다. 나는 뒤에 있었기에 그때 샤린이 대체 어떤 표정이었는지 알 수 없었다. 하지만 샤린이 이쪽으로 돌았을 때는 또 아까처럼 태연하게 웃는 얼굴이었다.

"자, 이제 그만 돌아가서 다 같이 맛있는 스시라도 먹을까?"

아빠가 샤린의 등을 톡 두드리며 말했다.

"와우, 스시, 너무 좋아."

지나치게 발랄한 부부가 기쁜 듯 웃으며 차를 향해 걸었다. 나는 아빠와 샤린을 먼저 보내고, 시즈코 할머니와 나란히 두 사람 뒤를 걸었다.

그때 슈웅 하고 바람이 한바탕 지나간 후로 아스팔트 위에 까만 꽃이 톡톡 피기 시작했다. 비였다.

"하늘이 우네. 이거 눈물비네."

샤린이 컴컴한 하늘을 올려다보고 말했다.

"대단하네, 샤린. 나보다 일본어를 더 잘하는 것 같은데?"

아빠가 칭찬하자 샤린이 자랑스럽다는 듯 대답했다.

"후후후. 나, 공부 열심히 해. 대단하지."

"응, 대단해."

샤린이 아빠 팔짱을 끼고 걸었다.

깨가 쏟아지는 두 사람의 뒷모습을 보던 내 입에서 무심코 "뭐야" 하는 소리가 나왔다. 옆에 있던 시즈코 할머니가 그런 나를 보고 큭큭 웃으며 팔꿈치로 살짝 찔렀다. 그러고 나에게만 들리게끔 뜻밖의 말을 속삭였다.

"타마짱, 샤린 고맙네."

"예……?"

"엄마를 위해 그렇게 커다란 꽃다발을 사 왔잖아. 또 눈물비라고 했던가? 하늘까지 슬퍼한다고 말해줬어."

입을 다문 나에게 시즈코 할머니가 "그렇지?" 하고 동의를 구했다.

"네……."

고개를 살짝 끄덕이며 앞에서 걷는 두 사람을 보았다.

혹시……, 나는 아빠한테 화가 난 걸까? 아냐, 아빠와 샤린이 달라붙어 있는 모습을 보는 게 싫을 뿐이야. 분명 그래. 적어도 기일에는……, 성묘를 할 때나 사고 현장에 있을 때는……, 조금 떨어져 있었으면 좋겠어. 엄마를 배려해줬으면 좋겠어. 그런 개인적인 바람이 있었다.

"아무리 그래도 지금, 이 현장에서, 저렇게 사이좋을 필요 없잖아요."

나도 할머니에게만 들리는 목소리로 말했다.

"왜?"

"아니……, 저런 모습을 보면 엄마도 기분 나쁠 거예요."

"타마쨩."

응? 하고 멈춰 섰다.

시즈코 할머니가 걸음을 멈췄기 때문이다.

"왜……요?"

몸집이 작은 시즈코 할머니가 내 얼굴을 똑바로 쳐다보며 조용히 미소 짓고 있었다. 그 조용한 느낌이 왠지 조금 무서웠다.

"네 엄마를 무시하면 안 돼."

"어……? 무시하다뇨……."

"에미는, 네 엄마는, 그런 사람이 아니잖아?"

시즈코 할머니는 온화한 목소리로 말한 후 내게서 시선을 거두어, 행복하게 팔짱을 끼고 걷는 아빠와 샤린의 뒷모습을 바라보았다. 마치 어린아이를 보듯 다정하게 웃으며.

"자, 우리도 빨리 가야지. 눈물비에 젖겠다."

할머니가 걷기 시작했다.

나는 두근거리는 심장의 열을 느끼며 할머니 옆에서 나란히 걸었다.

뒤에서 또 강한 바람이 한바탕 불어왔다. 어디서 떨어진 건지 벚꽃잎 한 장이 할머니의 어깨에 앉았다.

"아……."

그 꽃잎을 손가락으로 집었다.

시즈코 할머니가 나를 보고 방긋 웃는다.

"어머나, 좋은 일이라도 생기려나?"

"네."

내 심장은 여전히 두근거렸지만, 시즈코 할머니의 미소에 이끌려 나도 자연스럽게 웃을 수 있었다.

*　　*　　*

다음 날부터 다시 심부름 서비스의 나날이 시작되었다.

개업한 후 이제 일주일 지났을 뿐인데 제법 적응이 된 것 같았다. 역시 후루타치 씨 밑에서 여러 경험을 쌓길 잘했다 싶었다.

일하는 방식은 나날이 개선되어갔다. 노트에 적힌 수치를 뚫어져라 쳐다보며 매입 물품과 수량을 조정하고, 판매처에서 손님들에게 선전용 전단지를 나눠주고, 상품을 어떻게 진열할지 고민하고, 라벨기로 가격표를 붙이는 위치를 바꿔보기도 했다. 팔리지 않고 남은 상품은 세일하여 제공하고, 노인들이 모를 것 같은 신상품에 대해선 '시식 서비스'도 준비했다. 상품 구색이 잘 갖춰진 편의점을 참고하여 자질구레한 일용품까지 준비했더니 마치 '이동식 편의점' 같았다.

'이자카야 다나보타' 계산대 옆에도 전단지를 쌓아뒀는데 요즘 제법 전단지 줄어드는 속도가 빨라졌다. 얼마 전에 확인했다가 몇 장 남아 있지 않아 급히 프린터로 인쇄하여 보충해두기도 했다. 가게에 오는 손님들이 여러 장 가져가서 이웃에 나눠주는지도 모른다. 만약 그렇다면 무척 감사하다. 이웃 간의 관계가 돈독한 시골이기에 가능한 일이었다는 생각도 든다.

* * *

5월에 접어들자 아오바 마을의 분위기가 확 바뀌었다.

마을을 둘러싸듯 이어진 산들이 눈부신 신록으로 빽빽하게 뒤덮이니 풍경이 순식간에 밝아졌다. 바닷바람도 강바람도 더할 나위 없이 상쾌하여 하루에도 몇 번이나 향기로운 바람을 깊이 들이마시게 된다. 나는 늘 캐리의 창문을 활짝 열고 반짝반짝 빛나는 봄바람의 감촉과 향기를 즐기며 시골길을 운전했다.

심부름 서비스는 이제 내 생활의 일부가 되었다. 일하는 방식을 끊임없이 개선해온 덕분에 시간을 효율적으로 이용할 수 있게 되었다. 하지만 일이 편해진 건 결코 아니었다. 시간적 효율이 좋아진 만큼 여태까지 하지 못했던 서비스를 이것저것 도전하게 되니 오히려 더 바빠졌다.

냉장고 일부를 사용 중인 '이자카야 다나보타' 주방에서 분주하게 다음 날 준비를 하고 있을 때 종종 샤린이 보다 못한 얼굴로 말을 걸곤 했다.

"타마짱, 바쁘네. 내가 도와줄게."

그 마음은 순수하게 고맙고 실제로 도움이 된 적도 많다. 그런데 나를 위한답시고 어떤 행동을 한 다음에 "내가 해줬어" 하고 과거형으로 말하는 경우가 있다. 쓸데없이 오지랖을 부린 일에 대한 사후 보고다. 그럴 때는 대체로 성가신 문제가 생긴다.

예를 들면 '이자카야 다나보타'가 어협에서 생선을 사들일 때 겸사겸사 내 것까지 멋대로 사오는 경우가 그렇다. 나도 나름대로 매일매일 정확히 계산하여 매입하고 있고, 계획에 어긋나기라도 하면 금방 적자가 되니 곤란하다. 좋은 말로 거절의 의사를 표하기도 했지만 원래부터 얼굴이 두꺼운 데다 돕는 일이라 믿고 오지랖을 부리는 샤린에겐 전혀 먹혀들지 않았다.

반대로 내가 사둔 식재료를 샤린이 가게 요리에 써버린 적도 있었다. 이때는 나도 폭발하여 새빨개진 얼굴로 항의하려 했지만 껄껄 웃는 아빠의 농담과 장난에 묻혀 주방에서 큰소리가 나지 않고 끝났다.

또 다른 날 내가 쓰고 있는 냉장고 일부를 샤린이 허락도 없이 '정리'한 덕분에 어디에 뭘 넣어뒀는지 헷갈리게 되었다. 나는 자주 쓰는 재료나 매일 쓰는 재료는 오른쪽 앞에 두고 바로 쓰지 않는 건 왼편 안쪽에 넣어두는 등 나름대로 분리하여 사용해왔다. 내가 공들여 분류한 작업을 엉망으로 만들어놓고 "내가 냉장고 정리해줬다" 하고 우쭐대며 말했을 때는 배알이 곤두설 지경이었다.

더 사소한 것까지 말하자면, 내가 사둔 업무용 랩이 이상하게 빨리 없어진다고 생각했더니 당연한 얼굴로 샤린이 쓰고 있었고, 내가 전날 밤에 볶음면 재료를 조금씩 나눠 팩에 넣고 랩으로 감싸 쟁반 위에 올려뒀는데 그 팩 안에 몰래(좋은 일이라 생각하고) 소시지를 하나씩 넣어놓은 적도 있었다.

랩이나 소시지나 정말 사소한 일이긴 하지만 샤린의 이런 자기중심적 관여가 차분하게 일하는 내 마음에 잔물결을 일으킨다. "물어보지도 않고 이러면 내가 곤란하잖아요" 하고 쏘아붙인 날 밤엔 침대 속에서 자기혐오에 빠지는…… 이런 패턴이 무한 반복되었다.

그래서 요즘은 거의 무의식적으로 샤린과의 접촉을 피하고 있다. 그 악의 없는 발랄한 얼굴을 보기만 해도 '도우려고 하는 일인지는 모르지만 전혀 도움이 안 되고 있다'는 묘한 피해망상이 가슴속에서 부풀어 오르고, 그 망상이 짜증까지 돋우니 점점 더 싫어지는 것이었다. 나도 매일매일 되도록 기분 좋게 지내고 싶은데.

물론 노골적으로 피할 순 없었다. 같은 지붕 아래에 사는 가족이고, 식사는 늘 샤린이 차려주니…… 나도 큰소리 칠 수 있는 입장이 아니라는 걸 알기에 '감사해야지, 샤린의 좋은 점을 봐야지' 하고 자책하며 지내는 나날이었다.

집에 있을 때는 그런 자잘한 스트레스가 늘 따라다니지만 아침에 캐리를 타고 나오기만 하면 금세 기분이 확 트였다. 마을의 할아버지, 할머니들의 웃는 얼굴에 마음이 편안해졌고, 여기저기서 들리는 고맙다는 말이 에너지가 되어주었다.

미야마야 주차장에 도착하면 늘 2층 창문으로 마키와 미사가 얼굴을 내밀고 "안녕" 하고 인사해주는 것도 기뻤다. 미소 지으며 이쪽을 보는 마키의 얼굴이 하루가 다르게 편안해졌다. 이젠 웃을 때 더 이상 긴장하지 않는다는 뜻이다. 요즘은 2층에서 마키가 먼저 불러 큰 소리로 대화하기도 하고, 때로는 손님과 마키가 이야기를 나누기도 한다. 마키의 은둔 생활도 조만간 끝나지 않을까? 그런 생각마저 들기 시작했다.

이 판매처에서 한 가지 마음에 걸리는 점이 있다. 단골손님인 하쓰네 할머니의 모습이 요즘 보이지 않는다는 점이다. 늘 코카콜라 벤치에 앉아 대화를 즐기던 세 할머니 중 한 분으로, 예전에 소스케와 나에게 눈깔사탕을 준 그 할머니였다. 다른 두 할머니가 물건을 사러 왔을 때 넌지시 물어봤더니 "그 사람, 요즘 무릎이 아파서 밖에 나오기 힘들대"라고 했다.

5월의 어느 맑은 날 점심시간을 이용하여 하쓰네 할머니를 찾아가보기로 했다. 활처럼 굽은 해변의 하얀 모래사장 근처에 있는 낡고 자그마한 파란 지붕 집이었다. 마당 입구에서 현관까지 화분이 나란히 놓여 있는데 손질한 지 오래된 듯 잡초가 듬성듬성 자라 있었다.

"하쓰네 할머니, 안녕하세요."

미닫이문을 노크하며 인사했다.

대답이 없었다. 인기척은 느껴져서 문을 조금만 열고 다시 불러보았다. 안쪽 방에서 부스럭부스럭 움직이는 소리가 들렸다.

"아, 네, 네."

연세에 비해 귀여운 하쓰네 할머니 목소리다.

"불쑥 찾아와서 죄송합니다. 타마짱의 심부름 서비스예요."

"어머나, 타마짱이냐?"

하쓰네 할머니가 눈을 동그렇게 뜨고 현관까지 나왔다.

"네, 안녕하세요."

들은 대로 다리가 아프신지 지팡이를 짚고 오른발을 질질 끌며 걸었다. 한동안 집 밖으로 나오지 않은 듯 후줄근한 수국무늬 잠옷 차림에 백발이 부수수하다.

"뜻밖의 손님이네. 여기까지 어쩐 일로 왔냐?"

"요즘 안 보이셔서 어떻게 지내시나 궁금해서 와봤어요. 상매하러 온 건 아니니까 안심하세요."

농담을 했더니 하쓰네 할머니가 깔깔 웃어주었다.

"고맙구나. 요즘은 무릎이 아파서 밭에도 못 나가고 장 보러도 못 가. 가까운 미야마에 가는 것도 귀찮으니 큰일이지."

할머니가 시무룩한 표정으로 쓸쓸하게 웃다가 다시 말을 이었다.

"대접할 건 없지만 여기까지 왔으니 잠깐 들어와."

나도 그럴 생각으로 왔기에 "네" 하고 대답하고 순순히 운동화를 벗고 작은 식탁이 있는 부엌으로 들어가 차를 마시며 할머니와 이런저런 이야기를 나눴다.

대화를 나누는 동안에 하쓰네 할머니의 동생인 도시미 할머니가 안쪽 방에서 혼자서는 거동을 못 하는 몸으로 지낸다는 사실을 알았다. 자매 두 분이서 단출하게 생활하고 있었다. 여태까지 하쓰네 할머니가 동생을 돌봤는데 요즘 들어 무릎이 아파서 여러 가지로 곤란한 모양이었다. 일단은 읍내에 사는 죽은 남편의 동생 부부에게 이따금 도움을 받는다고 했다. 아들이 둘 있지만 지금은 다 도시로 나가 손주를 데리고 내려오는 것도 기껏해야 일년에 한 번이라고 한다.

"할머니, 제 휴대폰 번호를 알려드릴 테니 필요한 거 있으면 연락하세요. 심부름 서비스 도중에 잠시 들를게요."

"그래도…… 되냐?"

"네. 가는 길이니 괜찮아요."

하쓰네 할머니는 몇 번이나 몇 번이나 "그래 주면 너무 좋지, 고맙다" 하고 인사하며 복도에 있는 전화대에서 옛날 주소록을 가져와 테이블 위에서 내 쪽으로 밀었다. 나는 타마짱의 '타' 페이지를 펼치고 남색 볼펜을 빌려 큼직한 글자로 번호를 써넣었다. 주소록이 생각했던 것 이상으로 낡아서, 모퉁이가 세피아 빛으로 변색되어 있었다.

이제 가야겠다고 하자 할머니가 오른발을 끌면서 현관까지 나와 주었다. 그리고 "자, 이거 먹어라" 하면서 나에게 오른손을 내밀었다.

"어……."

무심코 내민 내 오른손 위에 홍차 맛 눈깔사탕이 놓였다.

"아하. 감사합니다. 이 사탕 맛있어요."

"몸이 이래서 대접도 못하고 미안하네."

하쓰네 할머니가 한심스럽다는 듯한 얼굴로 말하며 엷은 미소를 지었다.

"아뇨, 괜찮아요. 정말 어려워하지 마시고 꼭 전화하세요."

"그래, 고맙다."

"그럼 갈게요, 할머니. 차 잘 마셨습니다."

살짝 손을 흔들고 어스레한 현관으로 나와 미닫이문을 여니 바깥세상은 온통 눈부신 햇빛과 시원한 파도 소리의 세계였다. 나는 그 간극에 놀라 눈을 찡그렸다. 문을 조용히 닫고 잡초가 자란 화분이 나란히 놓인 마당을 걸었다.

상쾌하고 부드러운 바닷바람.

안타까움이 서서히 퍼져나가 가슴 밑바닥까지 적셔버릴 것 같았다.

햇빛이 찬란하게 쏟아지는 해변 골목에 캐리가 서 있다. 그 뒤편으로 바다와 하늘의 맑은 푸른색이 엇갈린다.

"자, 자, 오후에도 열심히 해야지……"

나는 굳이 소리 내어 말하고 구름 한 점 없는 하늘을 향해 기지개를 켰다. 그리고 방금 받은 홍차 맛 사탕을 입에 넣었다.

달지만 조금 씁쓰레하네.

그런 생각이 들자 더 이상 참기 힘들었다.

"하아……"

결국 무력한 한숨을 내쉬고 말았다.

그날부터 하쓰네 할머니와 도시미 할머니 집에 일주일에 한두 번씩 방문했다. 안쪽 다다미방에 깔아둔 이불에 거의 누워 지내는 도시미 할머니와도 세 번쯤 만난 후부턴 마음을 터놓고 이야기할 수 있게 되었다. 언젠가부터 거의 내 집처럼 편하게 드나들며 주문받은 상품을 냉장고에 넣는 것까지가 내가 할 일이 되었다. 매번 냉장고 안을 체크하고 부족할 듯한 필수품을 하쓰네 할머니께 보고하고 나서 다음번 주문을 그 자리에서 받는 식이었다.

하쓰네 할머니의 무릎은 그 후에도 좋아졌다가 다시 나빠졌다가를 반복했다. 무척 아픈 날과 참을 만한 날이 있었다. 통증이 심한 날에는 내가 들어가도 방에서 나오지 않고 "타마짱, 고마워, 들어와"라고 인사만 했다. 그럴 때 조금이라도 시간이 있으면 할머니의 무릎을 마사지해드리곤 했다. 노인의 다리는 힘이 없고 마른 나뭇가지처럼 가늘어서 살짝 만지는 것도 사실은 두려웠다.

"우리한테도 타마짱 같은 손녀가 있으면 얼마나 좋을꼬."

하쓰네 할머니도 도시미 할머니도 농담처럼 말하지만 그 말의 이면에 감춰진 쓸쓸함과 불안감을 알기에 늘 안타까워 견딜 수 없는 심정이었다.

연금을 얼마나 받는지는 모르지만 이 집은 어디서 어떻게 보더라도 전혀 유복하지 않았고, 하쓰네 할머니가 밭일을 할 수 없게 된 후로는 생활이 한층 더 힘들어 보였다. 마당에 잡초가 점점 늘어가고, 현관문도 끼익끼익 소리를 내기 시작했고, 유리창에는 하얀 물때 같은 얼룩이 끼어 바깥 경치도 보이지 않았다. 집 전체가 쓸쓸한 기운에 잠긴 채 썩어가는 폐가처럼 을씨년스러운 풍정을 자아냈다.

돌아갈 때 하나씩 쥐여주는 사탕도 할머니는 나한테서 샀다. 꼭 심부름 값인 것 같아 사탕 한 알 받는 것도 미안했지만, 어쩌면 할머니 쪽이 나보다 더 미안할지도 모른다는 생각에 일부러 웃는 얼굴로 받았다. 그 사탕을 먹으려 할 때마다 왜 그런지 목이 메어, 언젠가부터 캐리의 글로브 박스 안에 사탕이 하나둘 쌓여갔다.

도키타 소스케

"이야~, 이 바위에 오른 거 몇 년 만이지?"

조금 상기된 목소리로 말하며 주사위처럼 네모난 바위 귀퉁이에 걸터앉았다. 맨발을 아무렇게나 뻗고 무릎을 움직여 다리를 흔드니 발끝에서 물방울이 뚝뚝 떨어졌다.

2미터쯤 아래에 묵직하게 흐르는 아오바 강의 깊은 못이 보였다. 못의 수면이 마치 공들여 닦은 거울처럼 맑았다. 형광블루 빛여름 하늘과 새하얀 구름을 비춘 채 잔잔하게 흔들리고 있었다.

"나는 고1 때가 마지막이었던 것 같아."

옆에 앉은 타마짱도 살짝 들뜬 목소리다.

"나는 아마 초등학교 6학년 때?"

"아하하. 소스케, 맥주병이었잖아. 사춘기 때는 강 근처에 올 생각도 안 했지?"

"시끄러."

"이거, 필수품이었잖아."

타마짱이 내 옆에 있는 튜브를 손가락으로 찔렀다.

"그러니까, 그 말은 이제 하지 말라고."

타마짱이 건너편 강가를 바라보며 유쾌하게 웃는다.

강 맞은편에 시즈코 할머니 집이 있다.

우리는 조금 전 시즈코 할머니 집 앞 갓길에 캐리를 세우고 강을 헤엄쳐 건너 어릴 적 자주 놀았던 이 바위로 기어오른 것이다.

"여기서 이러고 있으니 옛날 생각난다."

"응, 그새 추억이 되었네. 강에 오면 역시 기분 좋아."

"헤엄도 못 치면서?"

"헤엄 못 쳐도 시원하면 기분 좋지!"

나는 여름 하늘을 향해 양손을 쭉 뻗고 크게 기지개를 켰다.

우주가 비쳐 보일 것 같은 새파란 하늘에 무수한 매미들의 절규가 스며들었다.

빨간 비키니 위에 생지 반바지와 흰 T셔츠를 입은 타마짱이 물에 젖은 긴 머리카락을 양손으로 꼭 쥐고 어깨 위에서 묶었다. 흠뻑 젖은 T셔츠가 뽀얀 피부에 달라붙어 나는 눈을 어디에 둬야 할지 난감했다.

"타마짱 휴가는 나처럼 오늘까지?"

"응, 맞아. 8월 연휴가 순식간에 지나갔어."

타마짱이 아쉬운 듯 투덜거린 후 하늘을 올려다보고 조용히 눈을 감았다. 여름 하늘 냄새라도 맡는 것 같은 옆얼굴이다.

몇 시간 전.

휴가 마지막 날에 시간을 내어 캐리를 점검해주기로 약속했었다. 점검하는 동안 차고 안이 너무 더워 땀을 많이 흘렸기에 즉흥적으로 제안한 것이다. "야, 오랜만에 강에 들어갈까?" 하고. 타마짱도 신이 나서 "와앗, 그거 좋은 생각이다" 하고 손뼉을 쳤고, 그

결과 우리가 지금 여기 있는 것이다.

"도시 친구들은 언제 돌아갔어?"

"도시 친구라니, 말이 뭐 그래?" 타마짱이 키득키득 웃다가 "어제 갔어" 하고 대답했다.

연휴를 이용하여 타마짱의 대학 친구들이 놀러 왔었다.

"대학생은 아직 여름방학이지?"

"응. 9월까지야."

"우와아, 학생들은 좋겠다."

"그러게 말이야."

"타마짱, 학생들 보면 지금도 부러워?"

일부러 가벼운 투로 물었다.

"으음……. 예전만큼은 아니겠지? 지금은 그럭저럭 자신 있게 심부름 서비스에 대해 이야기할 수 있게 됐거든."

"그래? 그럼 됐지."

"그런데 말이야……." 위를 보던 타마짱의 얼굴이 천천히 내 쪽으로 향했다. "술 벌컥벌컥 마시고 어깨 때리면서 웃고 장난치는 친구들을 보고 있으니, 아아, 다들 열심히 청춘을 즐기는구나 싶어서 조금 쓸쓸해지더라."

"그렇구나……. 당연히 그렇겠지 뭐."

나도 대학생이 된 친구들의 근황을 들을 때마다 왠지 마음이 어수선해지곤 했다. 타마짱의 기분에 충분히 공감했다.

"그러고 말이야, 넌 돈 벌잖아, 라는 말을 들었을 땐 솔직히 아픈 데를 찔린 것 같았어."

"응?"

무슨 뜻인지 금방 파악이 안 되어 고개를 갸우뚱했다.

"그렇게 많이 못 버는걸."

"……"

"심부름 서비스로 이익이 거의 안 나. 처음부터 알고는 있었지만."

혼잣말을 하듯 중얼거리며 타마짱도 종아리를 앞뒤로 흔들었다.

"후루타치 씨가 돈은 제대로 벌라고 했다며."

"그냥…… 응. 그렇긴 한데……"

"가난한 시골 노인들한테 돈 우려내는 악인은 되고 싶지 않은 거야?"

일부러 농담처럼 말했다.

"아하하. 그런가."

타마짱이 작은 소리로 웃으며 발을 더 크게 굴렸다. 그리고 또 시즈코 할머니 집 쪽을 바라보았다.

강 상류 쪽에서 여름 바람이 스르르 불어왔다.

숲과 물 냄새를 품은 청량한 바람이다.

촉촉하게 젖은 피부를 바람이 기분 좋게 어루만지고 지나갔다.

"사실은 우리 가게도 빠듯해."

위로하려는 건 아니지만 일단 농담 투로 가볍게 말해보았다.

"정말?"

"보면 알잖아. 내가 잘나가는 부잣집 도련님으로 보여?"

"아하하, 그건 좀 미묘한데."

따가운 여름 햇살 속에서 타마짱의 옆얼굴이 웃는다.

"그 질문에는 거짓으로라도 긍정해야지!"

또 웃는다.

"타마짱은, 내 눈으로 보기엔."

"응?"

"뭐랄까, 옆에서 보면, 순조로워 보여."

"어째서?"

"신문에 큼지막하게 실리기도 했고, 타마짱의 심부름 서비스, 이 부근에선 완전 유명하잖아."

"유명한 거랑 순조로운 건 다르잖아. 신문에서 인터뷰 나왔을 땐 아무래도 좋은 말만 해야 했고."

그건 그렇다. 타마짱이 이따금 쏟아놓는 샤린과의 불화에 대해서도, 그다지 이익을 내지 못하는 현실도 기자에게 털어놓을 수는 없으리라.

하지만…… 하고 나는 생각한다.

"유복한 거랑 행복한 거랑은 달라."

"……."

"그렇지?"

신문기사에 타마짱이 그렇게 말한 걸로 되어 있었다. 그 기사를 읽었을 때 나는 왠지 구원받은 듯한 기분이 들었다. 내 꿈을 외면하고 지루한 시골에 남아 그리 잘 되지도 않는 아버지의 자동차 수리 공장을 이어받기로 한 나에게 타마짱의 그 발언은 빛나는 보석 그 자체였다. 그 한마디가 내 안으로 도그르르 굴러 들어와 작은 등불이 되어 빛났다.

그래. 유복하진 않더라도 행복해질 수는 있어.

그렇게 마음먹으면 내가 처한 상황을 순수하게 받아들일 수 있을 것 같았다. 그랬는데…….

"뭐야, 자기가 한 말도 잊었어?"

"아하하, 설마." 타마짱이 고개를 저으며 조금 쓸쓸한 듯 웃다가 다시 말을 이었다. "안 잊었어. 그런데 사실은 그 말, 엄마가 해준 거야."

타마짱이 쓸쓸한 웃음을 눈꼬리에 남긴 채 시즈코 할머니 집 쪽을 응시했다.

"어, 그랬구나."

"응."

"참 좋은 말이야."

"그렇지?"

타마짱이 천천히 이쪽으로 돌아보았다. 그리고 무슨 생각을 했는지 바위 위에 벌떡 일어섰다.

"있잖아, 소스케."

"응?"

"내가 어떻게 학교를 그만둘 용기를 낼 수 있었는지 가르쳐줄까?"

"응……."

나는 흔들던 다리를 멈추고 타마짱을 올려다보았다.

푸른 하늘이 따가울 정도로 눈부셔서 저절로 눈이 게슴츠레해졌다.

"이것도 엄마가 해준 말인데, 듣고 싶어?"

"아, 응, 당연히……."

"그럼 가르쳐줄게. 있잖아……." 타마짱이 저 멀리 산줄기를 바라보며 말을 이었다. "내가 초등학교 5학년 때였나? 엄마랑 같이 텔레비전으로 만화를 보고 있었거든. 거기 나오는 소심한 캐릭터를 보고 이런 말을 해줬어. 인생을 살면서 '작은 모험'에 나서지 못하는 사람은 '용기'가 부족해서가 아니라 '놀이 정신'이 조금 부족한 거라고."

"놀이 정신……."

"응. 인생은 딱 한 번뿐인 '놀이 기회'래. 그러니까 즐기자고 마음먹은 사람만이 '작은 모험'의 첫걸음을 내디딜 수 있대."

"그래, 정말 그러네……."

나는 한숨을 참고 있었다.

지금 들은 말이 내 인생을 돌아보게 했다.

"소스케."

"응?"

"햇볕을 많이 쬤더니 덥다."

타마짱이 나를 내려다보고 말했다.

"아, 응⋯⋯."

"나는 '작은 모험'에 돌입한다!"

애가 지금 무슨 말 하는 거야⋯⋯ 하고 생각한 순간, 타마짱이 바위 위에서 한 걸음 내디뎠다.

어⋯⋯?

다이빙?

타마짱의 몸이 공중에 떴다가 그대로 포물선을 그렸다. 긴 머리카락에서 물방울이 반짝반짝 날리는 모습이 마치 느린 화면을 보는 듯 아름답게 느껴졌다.

첨벙!

2미터 아래 수면에서 물보라가 튀었다.

탄산수처럼 투명한 물속에 하늘하늘 흔들리는 그림자가 보였다.

인어 같다⋯⋯.

그렇게 생각한 순간, 나도 모르게 내 몸이 바위 위에 우뚝 섰다.

다이빙은 무서운데.

하지만 나도 말이야.

숨을 가득 들이마셨다가 멈추고…….

인생, 즐겨주겠어!

바위 위에서 '작은 한걸음'을 내디뎠다.

머리부터 뛰어들어 거울 같은 수면이 눈앞에 닥친 순간, 뇌리에 중요한 단어가 떠올랐다.

아, 튜브. 바위 위에 두고 왔다…….

제**4**장 비밀의 사진을 발견하다

하야마 타마미

．

연휴가 끝나자마자 다시 전력을 다해 일했다.

일주일 만에 만난 할머니들이 입을 모아 "쉬는 동안 타마짱을 못 봐서 허전했단다"라고 말했다는 사실이 무엇보다 내 몸과 마음을 풀가동하기 위한 에너지가 되어주었다. 내가 어느새 '이 마을의 국민 손녀' 같은 존재가 된 모양이었다.

할머니들은 코니 프란시스가 들리면 딱히 살 게 없어도 어슬렁어슬렁 걸어나와 사람들과 수다를 떨다가 돌아갔다. 나온 김에 물건을 사줄 때도 있고 아닐 때도 있었지만 나는 아무래도 좋았다. 내가 하는 일이 어르신들에게 도움을 주고 기쁨을 줄 수 있다는 사실만으로도 뿌듯했다. 내 입으로 말하긴 민망하지만.

손님 중엔 쇼핑이나 수다라는 목적 없이도 밭에서 갓 수확한 채소를 들고 일부러 나오는 분도 계셨다. 사실은 한두 사람이 아니었다. 그럴 때 나는 사양하지 않고 받는다. 먹고 나서 다음에 만날 때는 반드시 "정말 맛있었어요. 감사합니다"라고 인사한다. 그렇게만 해도 할머니들은 얼굴에 주름을 잔뜩 잡고 웃어준다.

심부름 서비스를 시작한 후로 한 가지 깨달은 점이 있다. 사람들은 대체로 타인에게 고맙다는 말을 들을 때 가장 순수한 행복감을 느낀다는 당연한 깨달음. 서로 고맙다는 인사를 주고받는 관계가 성립되어 '감사의 캐치볼'을 계속할 수 있다면 더할 나위 없으리라. 아빠가 '이자카야 다나보타'에 들르는 술버릇 나쁜 손님이나 인간으로서 문제가 있는 손님에게까지 늘 "고맙습니다. 또 오세요"라고 인사하는 이유를 심부름 서비스를 시작하고서야 비로소 알 것 같은 느낌이 들었다.

농밀한 자연으로 둘러싸인 아오바 마을이 아침부터 저녁까지 매미 소리로 가득해진 8월 하순의 풍경은 확 트인 푸른 하늘과 눈부신 비구름과 시원하게 쏟아지는 소나기로 상징되었다.

폭염이 기승을 부리는 날이면 속옷 대신 수영복을 입고 집을 나서서 일하는 도중에 아오바 강으로 뛰어들곤 했다. 샛말간 물 속에서 헤엄치다 보면 몇 분 만에 온몸의 세포가 청량감으로 가득 채워지는 걸 느낄 수 있다. 그러면 수건으로 대충 닦고 수영복 위에 T셔츠를 그대로 껴입고 캐리를 타고 다음 판매처로 직행한다. 판매처에서는 일단 젖은 머리 위에 모자를 쓰지만 내가 강에서 놀다 왔다는 사실을 대부분의 손님들이 눈치챈다. "강에 은어 많던가?"라고 묻기도 한다.

요즘은 개인적인 심부름을 부탁받는 경우가 늘었다.

프라이팬, 갈퀴, 오븐토스터기, 형광등……. 주문은 가지각색이다. 나는 그 상품들을 입수하기 위해 옆 마을까지 찾아다녔다. 구입한 가격에 약간의 심부름 값을 얹어 의뢰자에게 팔았고, 형광등을 사왔을 때는 어르신의 집까지 따라가서 교체해드리기도 했다. 이런 주문만 많아지면 솔직히 말해 거덜 나기 십상이지만, 그래도 어떻게든 최대한 버텨보자고 마음먹었다.

어르신 중에는 하쓰네 할머니처럼 생활에 여유가 없는 분이 많았다. 그래서 '다나보타 세일품'이라는 서비스를 고안했다. '이자카야 다나보타'에서 어중간하게 남은 식재료나 요리를 공짜로 받아와 쟁반에 올리고 랩으로 감싸서 세일품으로 판매하는 것이다. 이 서비스를 시작한 후로 이자카야는 식재료 폐기율이 줄었고, 심부름 서비스 손님들은 저렴한 가격에 구매할 수 있어 기뻐하고, 내 벌이에도 물론 도움이 되었다. 모두에게 득이 되는, 내가 생각해도 참 좋은 아이디어다.

요즘 심부름 서비스의 매출이 만족스럽지 않아 고민하던 참이었는데 그 시기에 맞춰 '이자카야 다나보타'의 음식이 많이 남아 내게는 제법 큰 힘이 되었다.

그러나 '다나보타 세일품'이 너무 많아지면 반대로 이자카야 경영이 걱정스러워진다. 손님들이 뜸한 건 아닌지 샤린이 매입 수량을 제대로 못 맞추는 건 아닌지 우려하게 되는 것이었다.

*　　*　　*

어느 비 오는 밤, 이자카야 문을 닫은 후의 조용한 주방에 샤린과 나 단둘만 남았다. 나는 다음 날 심부름 서비스 준비, 샤린은 가게 뒷정리를 하고 있다.

"타마짱, 이거랑, 이거랑, 이거랑, 이거랑, 이거. 남은 거야. 심부름 서비스에 써도 돼."

샤린이 '다나보타 세일품'용 식재료와 요리를 정리하여 내게 건넸다.

"어, 이렇게 많이?"

"응, 많지? 타마짱한테 전부 줄게. 공짜로 줄게. 공짜는 행복해."

생색내는 건 여전하지만 그래도 도움이 되는 건 틀림없으니 순순히 고맙다는 인사를 하고 받았다.

"고마워요. 내일 잘 팔게요. 그런데……."

"응? 그런데 뭐?"

고개를 갸우뚱하는 샤린을 보고 조금 머뭇거렸다. 하지만 언제까지나 걱정만 하고 있을 수는 없으니 되도록 가시 없는 표현을 골라 물어보기로 했다.

"요즘 들어 좀 많아진 것 같아서."

"많아져? 뭐가?"

"남은 음식……." 매입량에 신경 쓰라는 말은 못하고 일부러 에둘러 물었다. "손님이 좀 줄었나요?"

그래도 샤린은 평소처럼 천진난만하게 웃었다.

"후후후. 괜찮아. 가게는 내가 잘 운영하고 있어. 그러니까 OK. 걱정 없어. 타마짱은 자기 일만 생각해. 그게 중요해."

내 일만 생각할 수 없는 처지이니, 게다가 샤린도 아빠도 늘 주먹구구식이니 걱정돼서 하는 말인데.

나는 살짝 화가 났지만 얼굴에 드러내지 않도록 애쓰며 "그렇다면 다행이고" 하고 미소 지었다. 그러고 나선 등을 돌리고 내 일에 몰두했다.

도키타 소스케

하루 일을 끝내고 미지근한 물로 땀과 기름 냄새를 말끔히 씻어냈다.

"후우, 개운하다."

탈의실에서 혼자 중얼거리며 반바지와 T셔츠를 입고 거실로 돌아왔다.

오래된 선풍기가 덜커덕덜커덕 구슬픈 소리를 내면서 고개를 흔들고 있었다. 늦여름의 밤바람이 방충망을 넘어 흘러들어와 창틀의 풍경을 딸랑딸랑 울렸다. 니스가 벗겨진 동그란 밥상 밑에서 모기향 연기가 피어오르는 게 보였다.

오늘 밤엔 달이 나오지 않았는지 창밖의 어둠이 깊다.

그 어둠 속에서 가을벌레의 노랫소리가 흘러나온다.

나는 짧았던 여름의 끝을 생각했다.

밥상 저편에 아버지가 누워 있다. 반으로 접은 방석을 베개 삼아 쿨쿨 잠이 들었다. 시원스러운 남색 윗옷과 풍경 소리가 아버지의 선잠을 한층 기분 좋아 보이게끔 만들었다.

상 위를 보니 빈 맥주병과 싸구려 유리잔이 하나 놓여 있었다. 안주도 없이 혼자 마신 모양이었다.

"아버지, 이런 데서 자면 감기 걸려요."

"으응……."

아버지가 눈을 감은 채 목 안쪽에서 낮은 신음 소리를 내며 미간에 주름을 잡았다.

요 몇 년간 아버지가 부쩍 늙은 것 같다. 목덜미에 깊은 주름이 생기고 백발이 성성한 데다 군데군데 두피가 드러나 보인다. 양쪽 볼과 관자놀이 부위에는 짙은 갈색의 기미가 생겼고, 투박하고 강해 보였던 손이 지금은 울퉁불퉁 마디진 마른 나뭇가지 같다.

그냥 보고 있을 수만은 없겠는걸.

마음속으로 중얼거리고 자그맣게 한숨을 내쉬었다.

풍경이 또 딸랑 울었다.

"아버지, 방에 가서 주무시라니까요."

쭈그리고 앉아 아버지의 어깨를 살짝 흔들어 깨웠다. 근육이 사라진 얄팍한 어깨의 감촉이 내 말문을 막았다.

"응……, 아아, 깜빡 잠이 들었네……."

아버지가 신음하듯 말하며 천천히 일어났다. 일어나자마자 묻는다.

273

"쓰자키 씨 차 수리는 끝났냐?"

"가까스로 마무리했어요."

"그랬구나. 수고했다."

"네."

"그럼 나 먼저 자마."

아버지가 양손을 위로 쭉 뻗어 기지개를 켠 후 느릿느릿 걸어
갔다.

"안녕히 주무세요."

예전과는 확연히 달라진 작고 굽은 등을 향해 인사했다.

"응, 잘 자라."

아버지는 돌아보지 않고 오른손만 훌쩍 들어 대답한 후 복도로
사라졌다.

늘 혼자 계시니 걱정이야……

또 마음속으로 중얼거리며 문득 찬장 위를 봤다가 이십일 년
전에 세상을 떠난 어머니 사진과 눈이 마주쳤다. 사진 속 어머니
는 내 쪽을 보고 다정하게 미소 짓고 있었다.

나도 냉장고에서 병맥주를 꺼내와 혼자 마셨다. 텔레비전은 껐
다. 조용히 마시고 싶은 기분이었다.

딸랑.

풍경이 울 때마다 시골 밤의 고요함이 한층 깊어졌다.

한여름과 비교하면 밤바람이 제법 시원해졌다. 앞으로 한 달

정도만 지나면 선풍기도 필요 없으리라. 내 생일도 그 무렵이다. 나는 내 생일을 진심으로 기꺼워했던 적이 없다. 그날이 곧 어머니의 기일이기 때문이다.

어머니는 나를 낳으면서 돌아가셨다. 내 생명을 이 세상에 내놓는 대신 당신의 생명을 버렸다. 들은 바로는 어머니가 심각한 임신 고혈압 증후군이었다고 하는데, 설마 그 병 때문에 사망하리라고는 의사도 예상치 못했다고 한다.

나는 어머니라는 존재를 모르고 자랐다. 하지만 거실 찬장 위에 어머니의 사진이 줄곧 놓여 있었고 그 미소를 바라보며 이십일 년간 살아왔기 때문인지 어머니에 대해 뭐라 표현하기 힘든 묘한 친근감을 늘 품어왔다. 만난 적이 있는 것 같은 느낌마저 들 정도다. 혹시 아기 때 한 지붕 아래에서 생활한 게 아닐까, 하고 의심할 만큼.

남자 혼자 힘으로 나를 길러준 아버지는 온화한 성격에 정직하고 선량한 분이다. 마을 사람들에게 부탁을 받으면 절대 거절하지 못하는 성격이라 늘 바쁘게 누군가를 위해 여기저기 뛰어다닌다. 그런 아버지라서 나에게 손을 댄 적도 심하게 야단친 적도 없는 걸까. 그렇다고 오냐오냐 키운 것도 아니었다. 화를 내기보다 조용히 타일러 깨우쳤다. 그게 아버지의 교육 방식이었다.

아버지의 사랑은 남부럽지 않게 받았다. 남자끼리라서 드러내놓고 표현하진 않았지만 사랑받지 못한다는 느낌을 받은 적은 여

태까지 한 번도 없었다. 그 덕분에 어머니가 없어 슬프기는 했어
도 외롭다는 생각은 하지 않고 살았던 것 같다.

풍경이 딸랑 하고 울었다.

나는 맥주잔을 쥔 채 얼굴을 조금 위로 들어 정면의 벽을 올려
다보았다. 일렬로 나란히 붙은 액자 몇 개가 눈에 들어왔다. 오른
쪽 벽에도 왼쪽 벽에도 뒤쪽 벽에도 액자가 빽빽하다. 내가 미술
대회에 나가 받은 상장들을 아버지가 벽에 붙여 장식해준 것이다.

아버지는 내가 학교에서 상장을 받아오면 늘 눈이 안 보이도록
활짝 웃었다. 그리고 울퉁불퉁한 손으로 머리를 싹싹 쓰다듬어주
었다. 어쩌면 나는 아버지의 그런 얼굴을 보고 싶어서 그림을 그
리고 작품을 만들었는지도 모른다. 요즘 들어 그런 생각이 강하
게 든다.

맥주를 들이켜고 잔을 테이블에 내려놓은 후 다시금 찬장 위
사진으로 시선을 보냈다.

인생의 작은 모험에 나서지 못하는 사람은 놀이 정신이 부족한
거래요. 나도 그런가?

마음속으로 물었지만 해답은 나 자신이 가장 잘 알고 있을 것
이다. 마음이 답답했다. 사진 속 어머니는 그렇다고도 아니라고도
하지 않고 편안하게 웃기만 했다.

"저요, 오랜만에 엄청 즐거웠어요……."

타마짱의 캐리를 만들면서 몰아의 경지에 빠진 순간의 기쁨을 떠올리며 작은 소리로 소곤소곤 말했다가 나도 모르게 "하아" 하고 맥 빠진 한숨을 쉬고 말았다.

일단, 마실까.

빈 잔에 맥주를 따랐다. 잔을 입으로 옮기려던 순간, 상 위의 휴대폰이 부르르 진동했다.

메시지다.

휴대폰을 손에 들고 화면을 보았다. 보낸 이는 마키였다.

〈안녕. 다음 달부터 타마짱의 판매처가 한 군데 늘어날 예정이라 전단지에 지도를 추가하게 됐어. 이번 기회에 디자인 이미지를 바꾸고 싶거든. 소스케의 조언이 듣고 싶어서 연락했어. 디자인 시안을 첨부했으니 시간 날 때 봐줘. 아, 물론 바쁘다면 괜찮고〉

재회한 후로 마키가 이런 식의 메시지를 이따금 보낸다. 요즘 마키의 메시지에서 한층 '활기'가 느껴지는 것 같다. 분명 전단지 디자인을 즐기는 거다. 내가 캐리를 만들면서 즐거웠듯이.

나는 당장 첨부 파일을 열어보았다.

축소와 확대를 반복하며 구석구석까지 꼼꼼히 체크했다.

이번 디자인은 예전의 설명하는 방식에서 이미지 콘셉트가 완전히 바뀌었다. 심부름 서비스 고객들의 웃는 얼굴 사진을 전단지 둘레에 배치하여 가정적이고 포근한 분위기로 만들었다. 지금 내가 있는 거실의 상장처럼 전단지 둘레를 스무 장 정도의 얼굴 사진으로 꼭꼭 채워 넣은 것이다. 전단지 한가운데에는 캐리 사진이 실렸다. 거실 중앙에 내가 앉은 것처럼.

응, 나쁘지 않네, 하며 나는 고개를 끄덕였다.

어르신들의 웃음소리와 말소리가 전단지에서 피어오를 것만 같은 생생한 디자인.

"꽤 괜찮은데?"

무의식적으로 중얼거린 순간 문득 아버지가 내 머리를 쓰다듬어줄 때 느꼈던 잔잔한 행복감이 가슴을 적셨다.

나는 휴대폰 화면에 띄워진 디자인 시안을 닫고 마키 전화번호를 불러내어 통화 버튼을 눌렀다. 세 번 울린 후에 받았다.

"어…… 여보세요."

여느 때처럼 조심스럽고도 조금 당황한 듯한 목소리가 단말기에서 흘러나왔다.

"안녕, 나야."

"아, 응……."

"방금 새 디자인 봤어."

"……."

마키가 숨을 죽인 채 아무 말도 하지 않는다. 분명 내 입에서 내려질 평가를 기다리며 긴장한 것이다. 그게 느껴지니 장난을 치고 싶어져서 좀 놀려주기로 했다.

"봤는데, 솔직히 말해서 내가 상상한 거랑 많이 다르네……."

일부러 실망스러운 목소리로 말했다.

전화 저편에서 마키의 소리 없는 한숨이 느껴졌다. 나는 참지 못하고 그만 키득키득 웃고 말았다.

마키가 내 웃음소리를 듣고 "어……"라고 했다.

장난은 이 정도로 종료.

"너, 역시 디자인 센스 있더라."

마키가 또 "어……"라고 했지만 아까보다 목소리 톤이 조금 높았다.

"내가 상상했던 거랑 다르긴 하지. 상상을 뛰어넘는 수준이니까. 판매처의 즐거운 분위기를 잘 살린 것 같아. 한마디로 말해, 굉장히 좋아."

"어……, 어……, 어……."

동화 속 소녀 같은 모습으로 허둥지둥하고 있을 마키의 모습이 눈에 선했다.

"이 시안을 토대로 디자인해봐. 타마짱도 좋아하겠다."

"아……, 예."

"아하하. 예라니. 우리 동갑내기 친구야."

"아, 응. 그렇지."

후후후, 하는 마키의 웃음소리가 내 귀를 간지럽혔다. 마키 목소리가 귀엽다는 걸 이때 처음 알았다.

다음 순간, 문득 대화가 끊겼다.

무겁지도 가볍지도 않은 산뜻한 침묵이었다.

대화가 끊어져도 기분은 여전히 유쾌했다. 서로 웃고 있다는 걸 알기 때문인지도 모른다.

늦여름의 밤바람이 방충망을 스르르 통과하여 방으로 흘러들어왔다.

딸랑.

풍경의 음색이 편안했다.

"소리 좋다."

침묵을 자연스럽게 깬 마키의 목소리가 이 풍경 소리를 닮았다고 생각했다.

"그래?"

"응."

"돌아가신 어머니가 좋아했던 풍경이래."

딸랑.

풍경이 기쁜 듯이 또 울었다.

잠깐의 침묵이 흐른 뒤, 기어들어가는 목소리로 마키가 말했다.

"나, 좋아해……."

"응?"

"투명감이 느껴져서."

"아, 풍경 소리?"

"응……."

그러고 보니 투명한 소리다. 왜 그런지 답답했던 내 마음이 개운해지면서 소리처럼 투명해지는 듯했다. 그때 내 입이 자연스럽게 움직였다.

"야, 마키."

"응?"

"좀 시시한 질문인데."

"시시한…… 질문?"

"응. 시시한 거야."

마키가 "응……" 하고 조금 불안한 목소리를 냈다.

"얼마 전에 타마짱이 이런 말을 했어."

"……."

"인생을 살면서 작은 모험에 나서지 못하는 사람은 놀이 정신이 부족한 거라고."

"놀이 정신……."

"응. 놀이 정신."

"……."

"사실은 나……." 이때 숨을 크게 한번 들이켰다가 뭔가를 잘라내겠다는 마음으로 다시 말을 이었다. "사실은, 예술 쪽 일을 하고 싶었어."

"응……."

"그런데 나, 외동이잖아. 역시 가업을 이어야지 안 그러면 아버지가 혼자 남으니까."

"응······."

"그렇게 생각하면, 난····· 역시 놀이 정신이 부족한가?"

마키는 잠시 아무 말도 하지 않았다.

밤바람이 들어왔는지 풍경이 딸랑 딸랑 잇따라 울었다.

전화 저편에서 왠지 마키가 눈을 감고 가만히 귀 기울여 풍경 소리를 듣고 있을 것만 같았다.

"너는 어떻게 생각해?"

반응을 기다리다 지쳐 대답을 재촉했다.

그러자 마키 특유의 소극적인 목소리가 전혀 소극적이지 않은 대답을 내놓았다.

"병행하면 어떨까?"

"병행?"

"응. 아버지 일을 도우면서 예술 쪽 일도 하는 거야."

"어떻게?"

"타마짱한테 캐리를 만들어줬듯이 그런 주문을 받아보면 어떨까 싶어서."

아아, 그렇지.

그런 방법도 있겠다.

나는 유리잔에 남은 맥주를 꿀꺽 삼켜 목을 적셨다.

"내 생각엔 그게 놀이 정신을 가장 잘 발휘할 수 있는 방법인 것 같은데."

"마키."

"응……."

"너, 좀 변했다."

딸랑.

마키 대신 풍경이 대답했다.

"전보다 좋아졌어."

"어, 고, 고마워……."

마키가 모기 소리처럼 작게 말했다.

"재미있다, 그 아이디어. 여태까지 왜 그 생각을 못했을까?" 큭 하고 웃은 다음부터 내 기분이 점점 들뜨기 시작했다. "마키 말대로만 된다면 일거양득이네. 그러면 아버지도 혼자 있지 않아도 되고."

"응."

나쁘지 않다. 응, 괜찮네. 마음속으로 그렇게 중얼거리는 동안 문득 좋은 생각이 떠올랐다.

"아, 그래, 마키."

"응?"

"나랑 같이 안 할래?"

"어……, 뭘?"

"같이 일해보자. 나는 작품을 만들고 너는 타마쨩한테 해준 것처럼 홈페이지라든지 전단지 같은 홍보 일을 맡는 거야. 네가 만든 홈페이지를 통해 일이 들어오면 대금 일부를 떼어주는 걸로 하고. 그렇게 많이들 하잖아."

마키는 심부름 서비스 전단지 만들기를 즐겼으니 적성에도 잘 맞을 것이다. 나는 그런 생각을 하면서 유리잔에 남은 맥주를 단숨에 들이켰다.

"어때? 재미있을 것 같지?"

"저기……."

조금 대답하기 곤란한 듯한 목소리다.

"어……, 안 돼?"

"아니, 그게 아니라."

"그럼?"

"저기……."

"응?"

"정말…… 괜찮아? 내가 같이 해도."

마키의 지나치게 조심스러운 목소리에 나는 풋 하고 웃음을 터뜨리고 말았다. 그러고 빈말이 전혀 아닌, 솔직한 내 마음을 전했다.

"당연하지. 마키는 디자인 센스가 있다니까."

"……."

"같이 작은 모험에 나서보자. 놀이 정신을 발휘해서."

부드러운 밤바람이 산들산들 불어왔다.

딸랑.

"응."

풍경 소리와 마키의 목소리가 한데 섞여 내 마음을 깨끗하게
정화해주는 듯했다.

＊　　＊　　＊

"자, 고등어초회. 문어는 서비스야."

타마짱이 카운터 너머로 손을 뻗었다.

"오, 땡큐." 나는 차가운 사케를 한 모금 마시고 고등어를 입에
넣었다. "음, 맛있다."

"그렇지? 샤린이 제일 자신 있어 하는 요리거든."

타마짱이 말하면서 주방 쪽을 돌아보았다.

"호오. 샤린, 대단하다. 그나저나 쇼타로 아저씨가 감기에 걸리
다니 어쩐 일이셔."

"정말 어쩐 일인가 싶어. 바보는 감기 안 걸린다고 하니 역시
나는 똑똑한 거였다면서 아까까지는 농담도 하고 팔팔했는데, 열
을 재보니 39도나 되는 거야. 말이 되냐?"

"아하하. 아저씨답다."

내가 웃자마자 "에에엣취이!" 하는 어마어마하게 큰 기침 소리

가 들렸다.

"자기 얘기했다고 금세 반응하네."

타마짱이 눈꼬리를 내리고 어이없다는 듯 웃었다.

9월의 첫 주말.

나 혼자 '이자카야 다나보타'에 술 마시러 온 것도 오랜만이었다.

일요일이 심부름 서비스 정기휴일이라 토요일 저녁엔 타마짱이 가게에 나와 일을 돕는다. 나는 일부러 타마짱이 있는 시간에 맞춰 가게로 들어갔다.

초저녁부터 가랑비가 내린 탓인지 오늘은 손님이 적었다. 안쪽 테이블석에서 조용히 마시는 노부부 외에 얼근히 취한 중년 아저씨가 카운터 한가운데에 혼자 앉아 있었다. 나는 타마짱 일에 방해가 되지 않도록 카운터 구석 자리에 앉았다.

주방에서 "타마짜앙" 하는 샤린의 발랄한 목소리가 들렸다. 타마짱이 "네에" 대답하며 주방으로 들어갔다가 곧 샤린이 만든 요리를 들고 나와 테이블석으로 옮겼다. 이 두 사람, 옆에서 보기엔 호흡이 척척 잘 맞는 콤비 같은데…….

문어를 다 먹고 손목시계를 보니 벌써 열 시가 넘었다. 내가 가게에 들어온 시각이 일곱 시경이었으니 세 시간이나 마신 셈이 된다.

"아, 참, 소스케."

카운터 안으로 돌아온 타마짱이 의미심장한 눈빛으로 나를 보았다.

"응, 뭐?"

"마키랑 파트너가 됐다며?"

"응. 마키한테 들었어?"

"자세한 이야기는 못 들었지만."

"아직은 얘기만 했을 뿐, 시작한 건 아무것도 없는 일이야."

"일이라니, 어떤 일?"

"간단히 말하면……."

나는 타마짱에게 앞으로 할 일의 이상적인 형태에 대해 짧게
설명했다. 타마짱도 카운터 위로 몸을 내민 채 응응 하고 몇 번이
나 고개를 끄덕여주었다.

"엄청 좋은 아이디어네. 소스케는 역시 예술 계통 일에 적성이
맞는 것 같더라. 완성된 캐리 보고 절실히 느꼈어."

왠지 쑥스러워진 나는 술기운에 그만 "데헷" 하고 꺼벙하게 웃
고 말았다. 그때 아버지 얼굴이 떠올라 이렇게 사족을 달았다. "아
버지랑 같이 도키타 모터스 일을 하면서 창작도 즐길 수 있고."

"그러게."

"응."

"소스케……."

"응?"

"효자네."

타마짱이 나를 똑바로 보고 말하니 더 부끄러운 것이었다. 일단 차가운 토주의 맛을 한 모금 음미한 후 대답했다.

"딱히 효자라고 할 건 없는데……. 오랫동안 아버지랑 둘이서만 살았잖아. 어쩔 수 없지 뭐."

"응……."

타마짱이 고개를 살짝 끄덕이며 조금 멀리 시선을 주었다.

생각해보면 타마짱도 얼마 전까지는(샤린이 이 집에 오기 전까지는) 나랑 같은 환경이었다.

나는 조금 당황하여 얼른 이야기의 방향을 바꿨다.

"이 아이디어, 원래 마키가 생각해낸 거야. 나도 마키가 도와주면 좋겠다 싶고."

"정말 좋을 것 같아. 요즘 마키 표정이 좀 부드러워진 것 같지 않아?"

"그런 것 같지? 나한테 보내는 메시지도 보면 밝아졌어. 좋은 쪽으로 바뀌어가는 것 같아."

"응, 맞아. 마키도 조만간 은둔 생활 졸업하지 않을까?"

"그러게."

나는 고개를 깊이 끄덕인 후 술을 홀짝 마셨다.

"고향에 친구가 있으니 역시 좋구나."

마치 추억 속을 헤매는 듯한 눈빛으로 타마짱이 말했다. 나는 아직도 쑥스러움이 가시지 않아 고개만 살짝 끄덕였다.

"심부름 서비스를 시작한 후로 새삼 그런 생각이 들었어."

"그렇구나."

그렇다고 나도 생각한다. 비록 시골구석에 살고 있지만 가까이에 마음 맞는 친구가 있고 그럭저럭 즐겁게 일할 수 있다면 인생을 놀이라고 생각할 수 있으리라. 그 교훈을 마키랑 타마짱에게 얻은 듯한 기분이었다.

"조만간 마키도 소스케랑 같이 술 마시러 여기 올지도 모르지."

"그럴지도."

둘이서 멍하니 즐거운 상상을 하는데 문득 타마짱이 말했다.

"그러고 보니 오늘은 후루타치 아저씨가 안 왔네."

"자주 오셔?"

"한 달에 서너 번 정도 오시나? 대체로 내가 가게에 나오는 토요일에 오시는데."

"호오. 훈훈한 사제 관계네."

"오셔도 줄곧 무서운 표정이고 말도 거의 안 하셔." 타마짱이 후루타치 씨 얼굴을 떠올린 듯 키득키득 웃었다. "아침에 상품 매입하러 반찬 가게에 들를 때도 가끔 보긴 해."

"그때도 아무 말도 안 해?"

"인사 말고는 기껏해야 한두 마디 정도?"

"아하하. 여전하시네."

"그렇지? 그래도 내가 잘하고 있는지 신경이 쓰이시는 모양이야. 반찬 가게 아줌마한테 종종 물어보신대."

그렇게 말하며 조금 기쁜 듯 웃는 타마쨩을 보고 나도 잠시 흐뭇했는데, 바로 다음 순간 카운터 한가운데에서 술에 찌든 목소리가 날아왔다.

"쳇, 잘났군."

소리가 난 쪽을 보니 얼근히 취한 아저씨가 왼쪽 윗입술을 올리고 기분 나쁘게 웃으며 타마쨩을 보고 있었다. 왼쪽 팔꿈치를 카운터에 짚고 오른손으로 술잔을 들고 있다.

"신문에도 실렸던데, 너, 유명인이더라." 혀가 풀렸다. 꽤 취한 모양이다. "쯧, 어떻게 키우면 너처럼 참한 아가씨로 크냐? 세상을 위해, 타인을 위해 산다고? 우리 치아키는 나랑 말도 안 섞어. 못된 도시 남자한테 홀려서는 여긴 얼씬도 안 하지. 쳇."

치아키라면……? 타마쨩이 "두 살 선배 있잖아" 하고 내게 귀띔했다. 생각났다. 리사 누나와 같은 반이었던 오가와 치아키 선배. 이 아저씨, 치아키 선배의 아버지였다.

"오가와 아저씨, 우리 집 술이랑 안주가 너무 맛있어서 과음하신 것 같은데요?"

타마쨩이 농담을 하며 달래니 아저씨의 게슴츠레 풀린 눈에 탁한 빛이 깃들었다. 마치 세상의 끝에 이르기라도 한 듯 "하아……" 하고 한숨을 내쉰 후 말을 이어갔다.

"너 때문에 엄마가 죽었는데도 참 잘 자랐네."

"네?" 하고 큰소리를 낸 건 나였다. 타마짱도 나처럼 어리둥절한 얼굴이다.

"네가 그림물감을 안 갖고 가서 그렇게 됐잖아."

"그림물감?"

이번에는 타마짱이 되물었다.

"그림물감이 아니면 서예 도구였나? 뭐, 아무튼, 네가 깜빡 잊고 간 준비물을 가져다주려고 자전거 타고 학교 가다가 트럭에 치였잖아."

아저씨는 거기까지 말하고 내가 마시던 것과 같은 술을 벌컥 들이켠 후 "이런 세상인데 신이 있다는 걸 어떻게 믿을 수 있어?" 하고 토해내듯 말했다. 그러고 카운터 위에 놓인 빈 접시를 들여다보며 크크크 저질스럽게 웃는다. 누가 봐도 전형적인 주정뱅이다.

쯧, 이 아저씨, 무슨 말 같지도 않은 소리를 하고 있어.

나는 마음속으로 투덜대며 카운터 안으로 눈길을 주었다.

내 시야에 입을 반쯤 벌리고 꼼짝도 않고 서 있는 타마짱의 모습이 들어왔다.

"엇, 타마……."

내가 친구 이름을 부르려던 순간, 주방에서 샤린이 부리나케 뛰쳐나왔다. 하얀 수건으로 양손을 닦으며, 분노와 초조감으로 눈빛이 이글거렸다. 이런 샤린의 얼굴은 처음이었다.

"아저씨, 너무 많이 마셨네요. 이제 술 안 팔아요. 그만 돌아가세요."

샤린이 매서운 목소리로 아저씨를 내쳤다.

"응?"

아저씨가 앉은 채 샤린을 보았다. 그냥 본 게 아니라 술 취해 충혈된 눈으로 노려본 것이었다. 의자에 앉은 덩치 큰 아저씨와 팔짱을 끼고 선 자그마한 샤린의 눈높이가 거의 비슷했다. 그래도 샤린은 겁먹지 않고 아저씨의 팔을 양손으로 잡아당겼다.

"돈은 필요 없어요. 당장 나가세요."

"야, 아프잖아. 뭐야, 이 건방진 필리핀 여자는."

아저씨가 잡힌 팔을 힘껏 흔들어 손을 뿌리치고는 샤린의 가녀린 어깨를 밀었다. 샤린은 뒤로 살짝 비틀거렸을 뿐 엉덩방아를 찧지는 않았다.

"응? 뭐야, 그 눈은."

아저씨가 나지막한 소리로 말했다.

입술을 일자로 다문 샤린의 눈에서 어두운 빛이 흘러나왔다.

가게 안이 일촉즉발의 긴장된 공기로 가득 차올랐다.

테이블석의 노부부도 숨을 죽인 채 상황을 주시했다.

이거 좀 위험한데⋯⋯. 내가 말리려고 일어서려던 순간.

"그만하세요."

조용하지만 또박또박한 목소리가 들렸다.

타마짱이었다.

"됐습니다. 오가와 씨, 오늘은 그만 돌아가 주세요."

가게 안의 모든 시선이 타마쨩에게 모였다가, 다음 순간 아저씨에게로 쏠렸다. 그 시선이 술 취한 사람에게도 아팠던지 아저씨는 혀가 풀린 입으로 "쳇, 이러니까, 착해빠져서는" 하고 횡설수설하며 문 쪽으로 비틀비틀 걸어갔다. 도중에 샤린 옆을 지날 때 "쭛, 비켜, 이 필리핀 여자야" 하고 중얼거렸지만, 샤린은 등을 쭉 펴고 팔짱을 낀 채 당당한 표정으로 아저씨를 노려보았다.

가게 문이 드르륵 열렸다.

가랑비는 어느새 그쳤고 가게 안으로 가을벌레 소리가 흘러들었다. 아저씨는 문을 열어둔 채 갈지자로 걸어 시골의 어둠 속으로 사라졌다

뚜르르르. 뚜르르르……

가을벌레의 노랫소리가 오히려 가게 안의 고요함을 두드러지게 했다.

그런 중에 샤린이 제일 먼저 움직였다. 불쾌한 공기를 내쫓으려는 듯 문을 탁 닫고 성큼성큼 카운터 안으로 들어갔다.

"타마쨩……."

샤린이 걱정스러운 얼굴로 자기보다 큰 타마쨩을 살며시 안고는 오른손으로 등을 쓰다듬었다.

타마쨩은 긴장에서 해방되었는지 "후우" 하고 작게 한숨을 내쉬고 잠시 샤린에게 몸을 맡겼다.

나는 두 사람의 모습을 바라보며 조금 전 아저씨가 한 말을 다시 떠올려보았다.

어머니가 타마짱의 준비물을 가져다주려고 학교에 가다가 사고를 당했다…….

예전에 아버지한테 들은 내용과 달랐다. 타마짱의 어머니가 친구 집에 놀러 가다가 도중에 사고를 당했다고 했다. 타마짱도 쇼타로 아저씨한테 그렇게 들었을 것이다.

"샤린."

타마짱이 샤린의 품 안에서 입을 열었다.

"응?"

"아까 오가와 아저씨가 한 말……."

샤린은 대답하지 않고 타마짱을 안은 채 등만 쓰다듬었다.

"그거, 거짓말이죠?"

타마짱의 얼굴이 슬프게 웃었다.

"응, 거짓말이야. 주정뱅이는 거짓말을 잘해."

내 자리에서 샤린의 옆얼굴이 보였다. 애처로운 표정이었다.

타마짱은 모든 것을 깨달은 듯 얼굴을 위로 들고 2초 정도 눈을 감았다. 샤린의 가는 팔에 안긴 채 어쩐지 무섭게 느껴지도록 온화한 목소리를 냈다.

"샤린도, 알고 있었어요?"

대답은 없었다.

그래도 타마쨩의 등을 어루만지는 오른손은 계속 천천히 움직였다.

"네? 샤린……."

샤린도 살며시 눈을 감았다.

여전히 아무 대답도 하지 않았다.

하야마 타마미

오가와 씨가 나간 후로 테이블석에 있던 노부부도 가게 안의 무거운 공기에 밀려나듯 허둥지둥 돌아갔다.

소스케도 자리에서 일어났다. 샤린이 "소스케, 미안해. 오늘은 그만 문 닫을게"라고 말했기 때문이다. 내가 계산대로 가서 대금을 받았다. 끝자리는 깎아주었다.

"어이, 타마쨩."

소스케가 가게 문을 나서면서 불안한 표정으로 나를 돌아보았다.

"응?"

"괜찮아?"

"아하. 괜찮지."

나는 입꼬리를 쏙 올리고 웃어보였다.

"그래……. 또 연락할게."

"응."

나는 조금 어색한 미소를 지으며 고개를 살짝 끄덕였다.

소스케가 가게에서 나가자 둘만 남은 샤린과 내 시선이 자연스럽게 마주쳤다. 먼저 시선을 돌린 건 나였다.

주방의 냉장고가 부웅 하고 작은 소리로 울었다.

가을벌레들의 노랫소리가 고요한 가게 안으로 스며들었다.

나는 왠지 서 있기가 버거워 "자, 치워볼까?" 하고 소리 내어 말했다. 샤린은 평소답지 않게 조금 난처한 얼굴에다 조심스러운 목소리다.

"타마짱, 오늘은 일찍 끝났네. 우리 술 마실까?"

감정을 숨기는 게 서툰 샤린의 눈동자 속에 연민의 빛이 담겼다.

"으응……, 오늘은 안 마실래요."

나는 빨리 혼자가 되고 싶었다. 지금 샤린과 마시면 어떤 대화를 나누게 될지 쉽게 상상이 갔다.

"타마짱……."

"모처럼 일찍 마쳤는데, 미안해요." 나는 얼굴에서 미소를 지우지 않도록 애쓰며 말했다. "자, 얼른 정리합시다."

카운터에 샤린을 남기고 혼자 주방으로 들어가 냉큼 설거지를 시작했다.

등 뒤로 샤린의 시선이 느껴졌다.

그래도 신경 쓰지 않고 묵묵히 그릇을 씻었다.

이윽고 샤린이 홀을 정리하는 소리가 들렸다. 주방에 혼자 있으니 척추에서 힘이 쑥 빠져나가는 듯했다. 심호흡을 하고 싶어 설거지를 하며 숨을 깊이 들이마셨다. 뱉는 숨이 한숨으로 변하지 않도록 조심하다 보니 입술을 뾰족 내밀게 되었다.

그렇게 휘파람을 불기 시작했다.

코니 프란시스의 〈베케이션〉이었다.

이 쾌활한 곡이라면 내 가슴속에 부풀어 오른 우울한 감정에 색을 입혀 잠시나마 모든 걸 잊게 해줄지도 모른다고 생각했기 때문이다.

스펀지를 잡은 손을 휘파람의 리듬에 맞춰 움직였다.

접시가 한 장, 또 한 장 깨끗해져간다.

하지만 마음은 밝은 멜로디와 똑같은 파장을 타지 못했다. 그래도 굴하지 않고 같은 곡을 두 번째 불기 시작했을 때 뜻밖에도 또 다른 휘파람 소리와 겹쳐졌다.

홀에서 샤린도 불고 있었다.

두 사람의 〈베케이션〉은 리듬도 빠르기도 뒤죽박죽이었지만 그 서툰 화음이 오히려 내 마음을 편안하게 했다.

이제 한숨 돌렸다 싶었는데 내 감정이 기우뚱 중심을 잃었다.

하지만 지금은…….

울지 않아.

나는 그렇게 다짐하고 묵묵히 손을 움직였다.

지금 울면 이토록 유쾌한 휘파람을 불 수 없게 될 테니까.

　　　　　*　　*　　*

뒷정리를 끝내고 마치 도망치듯 3층 내 방으로 들어왔다.

문손잡이에 달린 버튼을 딸깍 하고 눌러 잠갔다.

"하아……."

줄곧 참았던 한숨이 흘러나왔다.

방 안에 후텁지근한 공기가 자옥하니 숨이 턱턱 막혀 바다 쪽 창문을 열었다. 미지근한 바람이 투명하게 덩어리진 채 방충망 사이사이로 들어왔다. 생지 커튼이 팔락팔락 흔들렸다.

방충망을 조금 열고 밖을 보았다.

오늘 밤엔 달도 별도 엷은 구름 뒤에 숨어버렸다.

밤하늘이 어두우면 바다도 검고 밋밋하다. 시커먼 바다에서 낮은 파도 소리만 쏴아쏴아 피어올랐다. 저기압의 영향인지 바다 소리가 거칠어 더 서글퍼졌다.

의자에 걸터앉아 책상 서랍을 열고 엄마의 영정사진을 꺼냈다.

조심스레 책상 위에 세웠다.

눈부신 듯 활짝 웃는 엄마와 눈이 마주쳤다.

나는 책상 위에 양손을 올린 채 "후우" 하고 다시 한숨을 쉬었다.

아무 말 하지 않는 엄마의 얼굴을 바라보는 동안 서늘한 검은 안개와도 같은 감정이 가슴속에서 소용돌이치더니 거친 파도 소리와 함께 순식간에 부풀어 올라 목을 따라 치밀어 올랐다.

298

다음 순간 "미안해……" 하는 갈라진 목소리가 입 밖으로 자그맣게 새어나왔다.

눈을 감자 책상 위에 물방울 두 개가 똑, 똑, 떨어졌다.

미안해.

미안해.

미안해.

가슴에서 세 글자가 끊임없이 밀려나왔다.

액자 속 엄마는 그저 다정하게 미소 지으며 나를 보고 있는데.

노크 소리가 들렸다. 조심스러운 노크였다.

내가 문 쪽으로 고개를 돌리자 톤을 낮춘 샤린의 목소리가 들렸다.

"타마짱."

나는 살짝 헛기침을 하여 목을 가다듬은 후에 대답했다.

"왜요?"

"냉장고에 슈크림 있거든. 정말 맛있는 거야. 지금 차 끓이려고 하는데, 같이 먹을래?"

나는 샤린이 눈치채지 않도록 조용히 한숨을 내쉬었다. 기분을 진정시키기 위한 의식과도 같은 한숨이었다.

"고마워요. 그런데 지금은 안 먹고 싶어요."

잠시 문 저편에서 아무런 소리도 들리지 않았다. 그 침묵이 싫어 내가 먼저 입을 열었다.

"슈크림은 내일 먹을게요. 오늘은 좀 졸려서."

"목욕은?"

"목욕도 됐어요. 내일 할게요."

"타마짱……."

샤린이 또 내 이름을 불렀다. 샤린답지 않게 잔뜩 가라앉은 목소리였다. 나는 거의 반사적으로 대답했다.

"샤린, 나, 괜찮아요."

조금 세찬 바닷바람이 들어왔는지 커튼이 크게 흔들렸다.

부드럽지 않은 파도 소리가 마음을 더욱 허전하게 했다.

"정말로?"

"정말이에요."

내가 거짓말을 하자 샤린이 잠시 기다렸다가 "그래. 그럼, 내일 봐. 잘 자" 하고 속삭이듯 말하고 조용히 계단을 내려갔다.

나는 죄책감을 느끼며 휴대폰을 들고 일어났다. 창가로 걸어가 방충망을 열고 베란다로 나왔다. 난간에 기댄 채 어둠 속의 밋밋한 바다를 멍하니 응시했다.

미지근한 바람이 스르르 불어와 내 머리카락을 흔들었다.

휴대폰에 메시지 창을 띄웠다.

그리고 시즈코 할머니의 번호를 불러냈다.

무슨 글을 쓸까 멍한 머리로 생각했지만 아무 말도 떠오르지 않았다. 일단 '안녕하세요'라고 입력하려는데, 복도 맞은편 아빠와 샤린의 침실에서 괴로운 듯한 기침 소리가 두 번 들렸다. 감기로 누워 있는 아빠의 기침 소리였다.

기침하면 수술한 부위가 아직 아프더라고 했는데.

문득 그런 걱정을 했다.

악의라곤 눈곱만큼도 없는 아빠의 얼굴이 뇌리를 스쳤다.

아빠는 내게 상처 주지 않으려고 비밀로 했다. 그게 나쁘다는 건 아니다. 아니지만……

파도 소리의 압력이 아까보다 높아진 것 같았다.

메시지 창을 닫고 전원까지 껐다.

시커먼 바닷바람이 젖은 볼을 때렸다.

나는 그 바람을 들이마셨다가 작은 휘파람 소리로 바꿔 뱉어냈다. 아까 샤린과 서툴게나마 불었던 심부름 서비스 테마송이다.

내 입술에서 애잔하게 흘러나온 음표들이 어두운 밤의 거친 파도 소리와 검은 바람에 금세 지워졌다.

나는 그래도 상관하지 않고 원래는 밝은 멜로디를 계속 불었다.

집어등조차 보이지 않는 새카만 수평선을 향해.

*   *   *

다음 날 나는 침대에 들러붙은 듯 계속 잠만 잤다.

점심때가 지나서야 일어났다.

멍한 머리로 계단을 내려가 거실로 들어가니 바닥에 엎드려 텔레비전을 보던 아빠가 인기척을 느끼고 돌아보았다.

"오, 타마짱, 오늘은 늦잠 잤네."

이제 열이 내렸는지 평소처럼 싱긋 웃는다.

"안녕히 주무셨어요. 너무 많이 잤나 봐"라고 대답은 했지만 어젯밤 일이 생각나 "이 닦고 올게" 하고 허둥지둥 자리를 떴다.

양치질이 끝나도 거실로 돌아갈 엄두가 나지 않아 내친 김에 샤워까지 했더니 배에서 꼬르륵 소리가 크게 났다.

여전히 거북했지만 샤워로 조금은 기분 전환이 된 것 같아 용기를 내어 거실로 들어갔다. 아빠가 내 상태를 꿰뚫어보았는지 이렇게 첫마디를 날렸다.

"테이블 위에 있는 볶음밥, 타마짱 몫이니까 먹어도 돼."

아빠가 텔레비전을 보며 그렇게 말하고는 잠시 콜록거렸다.

"샤린은?"

"볶음밥 만들어놓고 장보러 갔어."

"흐음."

랩을 벗기고 보니 볶음밥이 아직 따뜻했다. 레인지로 데울 필요는 없어 보였다.

"잘 먹겠습니다."

"응."

아빠가 대답하고는 또 콜록거린다.

302

"좀 더 자는 게 낫지 않을까?"

"열도 거의 떨어졌는데 뭐. 이제 기력만 회복하면 돼."

"열 있을 때도 기력만 회복하면 된다고 해놓고선."

"으하하하. 내가 그랬나?"

아빠가 유쾌하게 웃다가 또 콜록거렸다. 꼭 어린아이 같다.

나는 사기 숟가락을 들고 볶음밥을 먹기 시작했다. 콩소메와 간장과 버섯과 파의 풍미가 절묘하게 어우러져 무척 맛있었다. 고맙게도 채소가 듬뿍 든 국물까지 준비되어 있었다.

"맛있지?"

"응. 정말 맛있다."

텔레비전에서 왕년에 히트했던 가요가 흘러나왔다. 후렴만 들어본 적 있는 노래를 처음 보는 트로트 가수가 열창하고 있다.

활짝 열어젖힌 창문을 통해 상쾌한 가을바람이 두둥실 흘러들었다. 파도 소리도 어젯밤과 달리 온화하다.

오늘은 바다도 하늘도 시원하게 트인 푸른색이다.

나는 왠지 위로받은 듯한 기분이 들어 그저 묵묵히 볶음밥을 먹기만 했다.

아빠는 내게 등을 돌린 채 즐겁게 후렴구를 흥얼거리며 이따금 콜록콜록 기침을 했다.

한가로운 오후엔 왠지 좀 쓸쓸해지네.

그런 생각을 하며 아빠의 뒷모습에 눈길을 준 순간, 등을 돌린 아빠의 입에서 문득 말이 튀어나왔다.

"아, 참, 들켰다던데."

"응?"

너무나 태평스러운 말투여서 한순간 무슨 뜻인지 어리둥절했다.

"신경 쓰지 마."

그제야 이해했다.

"샤린한테 들었어?"

"응. 아침에 산책할 때. 샤린, 엄청 걱정하더라."

나는 손에 들고 있던 숟가락을 테이블에 가만히 내려놓고, 누워서 텔레비전을 보는 아빠의 등을 응시했다.

"아빠."

"응?"

아빠는 돌아보지 않고 대답했다.

"신경을 안 쓸 수 있을까, 나."

"그거야 뭐, 완전히는 무리겠지."

"어, 그럼……."

내 목소리에 아빠 목소리가 겹쳐졌다.

"타마짱은 생각이 깊은 아이라 아무래도 신경을 쓰게 되겠지. 그래도 뭐, 어차피 알아버렸다면 짊어지고 갈 수밖에 없겠지?"

짊어져? 이 현실을?

입을 꾹 다문 채 생각하고 있는데 아빠가 "어이차" 하고 노인처럼 기합 소리를 내며 일어나 책상다리로 앉았다. 리모컨을 들고 텔레비전을 끄더니 내 쪽으로 돌아앉는다.

아빠의 얼굴에 평소와 조금도 다르지 않은 장난기 가득한 웃음이 걸려 있었다.

텔레비전이 꺼지니 방이 고요해졌다.

"타마짱은 지금 자기 때문이라 생각하고 있지?"

"……"

"천만에, 사실은 타마짱 혼자만이 아니야. 그게 어떻게 된 거냐면."

"……"

영문을 알 수 없어 나는 고개만 갸우뚱했다.

"어차피 들켰으니 사실대로 다 말해줄게." 아빠가 싱긋 웃으며 그렇게 말한 후 또 콜록거렸다. 그러고 뭔가 재미있는 이야기를 특별히 나한테만 해준다는 듯이 말을 이었다. "사실은 타마짱 준비물을 가져다주기로 한 건 엄마가 아니라 아빠였어."

뜻밖의 고백에 나는 아무 말도 할 수 없었다.

"그런데 말이야, 시즈코 할머니가 가게로 전화를 거셔서 아빠가 나가다 말고 전화를 받았거든. 통화가 길어지는 바람에 아빠 대신 엄마가 간 거야."

"……"

"그렇다면 타마짱, 누구 탓일까?"

"응?"

"하필 그때 전화를 건 시즈코 할머니 탓일까? 전화 받느라 엄마를 대신 보낸 아빠 탓일까?"

아빠는 당장이라도 웃음을 터뜨릴 것 같은 얼굴이었다. 하지만 나는 웃을 마음이 조금도 생기지 않았다. 그저 두 번 살짝 고개를 가로저었을 뿐.

고요한 거실 안으로 부드러운 파도 소리와 상쾌한 바닷바람이 숨어들어와 하얀 레이스 커튼을 꿈속처럼 아련하게 흔들었다. 방은 조용한데 누가 내 가슴을 두드리기라도 한 듯 심장이 두근두근 뛰기 시작했다.

"짊어진 채 살아가고 있어. 아빠도, 시즈코 할머니도."

아빠가 목소리 톤을 조금 낮추고 말했다. 나는 갑자기 가슴이 답답해져서 한 차례 깊이 심호흡을 했다.

"타마짱도 이제 알게 됐으니 같이 짊어져야겠지?"

잠시 콜록거리던 아빠가 또 장난스럽게 웃어 보였다.

"몰랐어." 내 입술 사이로 말이 툭 떨어졌다. "몰랐어. 나는 아무것도……."

"계속 비밀로 할 수 있다면 좋겠지만, 결국 언젠가는 알게 되겠지."

아빠가 머리를 긁적거렸다.

"나, 짊어질게."

"오, 그래? 그렇게 생각해준다면 고맙지."

"응……."

일어난 일은 어쩔 수 없다. 사실은 사실이나. 나는 이 일로 괴로워하면서 앞으로 평생을…… 하고 각오하려는데, 느닷없이 아빠가 웃음을 터뜨렸다.

"으하하하. 어이, 그렇게 심각한 얼굴 하지 마."

"그래도……."

"타마쨩, 짊어지라는 말의 의미를 착각하고 있는 것 같은데?"

"어……."

책상다리로 앉아 있던 아빠가 수술한 부위를 보호하며 천천히 일어나 테이블 맞은편 의자에 앉았다.

"타마쨩, 오해하지 말고 아빠 말 잘 들어."

아빠의 웃음에서 장난기가 사라졌다. 대신 따스한 온기가 그 빈자리를 채웠다.

"만약에 타마쨩이 자기 탓이라고 생각한다면."

"……."

"엄마가 단 하나뿐인 인생을 살면서 누려야 했을 즐거움이나 행복까지 모조리 짊어지고 살아. 다시 말하면, 엄마 몫까지 굵고 길게 인생을 즐기라는 거야. 짊어지라는 아빠의 말은 그런 뜻이란다."

아빠가 거기까지 말하고 또 콜록거렸다.

"아빠……."

코 안쪽이 뜨거워지면서 목소리도 울먹울먹 떨려 나왔다. 눈앞에 있는 아빠의 다정한 미소가 흐릿하게 보였다.

"나는 벌써부터 젊어지고 있었거든. 그래서 언제나 좋은 쪽으로만 생각하고 내 기분이 즐거워질 만한 행동을 하지. 뭐, 그 때문에 사람들한테 바보라는 소리 듣고 살지만."

"아하하……."

나는 울면서 웃었다.

"아빠 좌우명이 뭔지 알고 싶지?"

"어, 좌우명도 있어?"

"당연히 있지. 얼마나 멋진 건데."

아빠가 우쭐한 표정으로 팔짱을 끼고 가슴을 쫙 폈다. 그러고는 딱히 멋있지도 않은 대사를 입에 올린다.

"인생, 누가 뭐라 해도, 좋은 기분."

"엥?"

"이상."

싱긋 웃는 아빠의 표정에 이끌려 나도 따라 웃음을 터뜨렸다.

"뭐야, 그게. 오기로 버티겠다는 뜻 아냐?"

"바보. 나는 버티는 거 되게 싫어하거든."

"그럼, 무슨 뜻인데?"

"잘 들어봐."

그리고 아빠는 마치 잡담이라도 나누듯 편안하게 이야기하기 시작했다.

인생을 살다 보면 괴로운 일, 슬픈 일, 불쾌한 일도 분명 있겠지만 그 경험 속엔 반드시 '좋은 부분'도 일부 포함되어 있을 테니 그걸 찾아냄으로써 '좋은 기분'을 스스로 만들어가겠다는 뜻이란다.

"엄마가 돌아가셨을 때는? 슬프기만 하지 좋은 점이라곤 하나도 없잖아."

나는 일부러 짓궂은 질문을 했다. 아빠를 반은 진심으로 반은 장난으로 곤란하게 만들고 싶었다. 하지만 아빠는 그런 내 질문에도 아랑곳하지 않고 여전히 웃는 얼굴이다.

"그게 말이야, 좋은 부분도 있었어. 이별이 이토록 슬프고 괴로운 건 내가 엄청 괜찮은 여자를 아내로 맞았기 때문이구나, 나는 정말 행운아였구나, 하고 깨닫게 되었다는 점. 또 엄마보다 내가 먼저 죽지 않아 다행이라고 생각했다는 점. 반려자를 잃은 슬픔을 엄마한테 넘기지 않아 다행이잖아. 그런 슬픔은 내가 감당하는 게 나아."

내 두 눈에서 눈물이 흘렀다. 이제야 나는 깨달았다.

"아빠……."

"응?"

"엄마가 돌아가셨을 때 정말로 그런 생각을 했어?"

거짓말을 못하는 아빠는 조금 쓸쓸하게 웃으며 고개를 저었다.

"아니, 그때는 아무래도 그렇게 생각하긴 힘들었지."

"그럼, 언제부터……."

"장례식 끝난 후 일주일간 슬픔에서 헤어나지 못하고 있는데, 시즈코 할머니가 가게로 오셔서 말씀하셨단다. 앞으로 에미 몫의 행복까지 짊어지고 살아달라고."

"시즈코 할머니가……."

"응. 그 말에 힘을 얻어 생각을 바꾸게 됐어."

그때를 회상하는지 아빠가 조금 멀리 시선을 주었다.

"대단하시다."

"뭐가?"

"시즈코 할머니."

"당연하지."

"응?"

"이 아빠가 선택한 여자의 어머니니 당연히 대단하시지."

진지한 얼굴로 말하니 더 우스웠다.

"타마짱."

"응?"

이때 아빠의 얼굴에 오늘 본 것 중 가장 다정한 웃음이 담겼다.

"엄마 인생까지 짊어졌으니, 이제 두 배로 즐겁게 살아보자."

창문으로 푸른 바닷바람이 두둥실 들어와 레이스 커튼을 흔들었다. 거실이 조금 밝아진 듯한 느낌이 들었다.

"응……."

불현듯 따스하면서도 애달픈 감정이 북받쳐 올라 또 눈물이 주르르 흘렀다.

"어이, 울지 마."

아빠가 옆에 있던 화장지를 상자째 내게 건네며 애잔한 얼굴로 미소 지었다.

"우는 얼굴이 엄마 닮았네."

"흑……."

"아빠가 프러포즈했을 때, 엄마가 얼마나 기뻤는지 엉엉 울더라. 그때 얼굴이랑 꼭 닮았다."

"훗. 그런 일이 있었어?"

웃으며 휴지로 눈물을 닦는 나를 보고 아빠가 장난스러운 표정으로 싱긋 웃는다.

"속았지? 거짓말이지롱."

"어……."

"울기는커녕 장난이지? 하면서 웃더라."

거짓말 못하는 아빠한테 속았다.

"어……, 뭐야, 딸을 속이다니, 쳇."

나는 시큰둥한 표정으로도 웃으며, 눈물을 닦은 휴지를 뭉쳐 아빠에게 던졌다.

따스한 눈물이 아직 멎을 것 같지 않지만, 울다가 웃은 내 마음은 이미 좋은 기분으로 가득했다.

*　　*　　*

눈부신 초록으로 뒤덮였던 산들이 은은한 황록색으로 바뀔 즈음, 아오바 마을에도 맑고 서늘한 바람이 불기 시작했다.

이 계절에 강에서 노는 사람들은 은어나 동남참게잡이에, 산에서 노는 사람들은 버섯 따기에 열심을 낸다. 바다에선 가다랑어와 마래미가 떼를 지어 이동하여 낚시꾼들을 기쁘게 한다. 산속의 자그마한 논은 황금빛 융단처럼 가을바람에 흔들리고, 밭에서는 다양한 열매가 수확의 손길을 기다린다.

그런 어느 맑은 가을날, 나는 기다란 낚싯대를 흔드는 몇 명의 강태공들을 곁눈질하며 캐리를 몰고 하쓰네 할머니 집을 방문했다.

나는 마당에 발을 들여놓자마자 무심코 한숨을 쏟고 말았다. 나란히 놓인 화분에 잡초가 지난번보다 더 무성해지고 현관 차양엔 거미줄까지 보였다.

평소처럼 초인종을 누르고 대답은 기다리지 않고 현관문을 열었다.

"하쓰네 할머니, 심부름 서비스입니다. 실례할게요."

복도 끝에 있는 방을 향해 인사하면서 운동화를 벗고 집 안으로 들어갔다.

"네네."

조금 늦게 하쓰네 할머니의 귀여운 목소리가 들렸다.

냉장고가 있는 부엌에 들어가자 마침 하쓰네 할머니가 오른발을 끌고 안쪽 방에서 나온 참이었다. 나는 테이블 옆에 있는 동그란 의자에 할머니를 앉혔다. 오른쪽 무릎의 통증이 요즘 들어 심해진 모양이었다.

"할머니, 괜찮으셨어요?"

냉장고를 체크하기 전에 물었다. 안 그래도 여윈 할머니가 더 작아 보였기 때문이다.

"아직 열흘밖에 안 지나서."

하쓰네 할머니가 주름에 묻힌 자그마한 눈을 찡그리며 쓸쓸하게 웃었다.

"그러네요. 네……."

열흘이면 괜찮을 리 없지……라고 나는 생각했다.

하쓰네 할머니의 동생인 도시미 할머니가 갑자기 돌아가신 건 오늘로부터 딱 열흘 전이었다. 보름쯤 전부터 병세가 좋지 못하여 옆 마을 병원에 입원했지만 상태가 악화되었고, 마지막 순간에는 하쓰네 할머니가 지켜보는 가운데 마치 잠들 듯 숨을 거두었다고 한다.

도시미 할머니의 장례식은 옆 마을의 장례식장에서 조용히 치러졌다. 나는 첫날 밤에 밤샘 조문을 했는데 참례자도 꽃도 적어

내내 마음이 아팠다.

냉장고 안을 체크하며 일부러 밝은 목소리를 내어 하쓰네 할머니에게 물었다.

"오늘은 쌀이랑 두부랑 즉석 반찬을 갖고 왔어요. 혹시 다른 주문 있으세요?"

"주문할 건 딱히 없는데……, 이제 사탕이 없어서." 나한테 심부름 값 대신 주는 사탕이 다 떨어진 모양이었다. "타마짱, 맛있는 사탕 있으면 갖다 주려나?"

하쓰네 할머니가 동그란 의자에 앉아 온화하게 미소 지었다.

문득 하쓰네 할머니 등 뒤의 싱크대가 시야에 들어왔다. 사용한 접시가 몇 장 쌓여 있었다. 냉장고 옆에 먼지솜도 굴러다닌다. 늘 깨끗이 청소하던 하쓰네 할머니였는데 이젠 집안일이 버거워진 모양이었다.

"사탕……, 할머니는 안 드시잖아요."

"나는 괜찮은데."

"그럼……."

내가 말을 이으려는데, 하쓰네 할머니의 조용한 목소리가 가로막았다.

"도시미가 사탕을 좋아했지……. 그래도 타마짱을 위해 사놓고 싶구먼."

"할머니……."

"이렇게 타마짱이 한 번씩 와주는 게 제일 큰 낙이거든."

주름투성이 얼굴로 미소 짓는 하쓰네 할머니의 눈꼬리에 눈물이 어렴풋이 번지는 걸 본 나도 하마터면 같이 울 뻔했다.

"네, 알겠어요. 감사합니다. 다음번에 맛있는 사탕 갖고 올게요."

"고마워."

고마운 건 저예요, 할머니…….

나는 미소 띤 얼굴로 마음속으로 중얼거린 다음, 갖고 온 쌀을 쌀통에 옮겨놓고 두 홉 정도는 씻어서 전기밥솥에 안치고 저녁 시간에 맞춰 세팅했다. "필요한 거 있으면 언제든 전화하세요" 하고 당부한 후에야 하쓰네 할머니 집에서 나왔다.

현관 밖으로 나와 문을 닫은 다음, 마당 구석에 아무렇게나 놓인 다 썩어가는 대나무 빗자루를 들고 현관 차양의 거미줄을 제거했다.

맑은 가을 하늘을 올려다보고 한 차례 한숨을 내쉬었다.

황폐해진 마당을 가로질러 물가의 좁은 골목에 세워둔 캐리에 올라탔다.

시동을 걸고 사이드브레이크를 풀었다.

액셀을 밟기 전에 한 번 더 하쓰네 할머니 집을 돌아보았다. 주인을 한 사람 잃은 파란 지붕의 자그마한 집이 내 눈엔 왠지 지쳐 보였다.

갑자기 이런 생각이 든다. 도시미 할머니에겐 의지할 수 있는 하쓰네 할머니가 있었고 임종도 하쓰네 할머니가 지켜주었는데, 그런데…… 혼자 남은 하쓰네 할머니에게 언젠가 그날이 오면…….

현실을 직시하니 앞으로 이 집에 오는 게 조금 두려워지려고 했다.

＊　　＊　　＊

그날 밤 '이자카야 다나보타' 주방에서 다음 날 심부름 서비스 준비를 하고 있을 때 청바지 뒷주머니에 넣어둔 휴대폰이 진동했다.

시즈코 할머니 메시지였다. 사진도 있었다. 일단 메시지부터 읽었다.

〈타마짱, 오늘도 수고 많았지? 얼마 전에 현관 옆 풀밭에서 찍은 사진 보낸다. 이 사진을 갖고 있으면 매일 반드시 네 가지 작은 행복이 찾아온단다. 타마짱한테도 분명 같은 효과가 있을 테니 꼭 저장해둬라. 나는 매일 밤 이불 속에 들어가 하루를 돌아보며 그날 느꼈던 네 가지 행복을 하나하나 다시 음미해본단다. 그러면 잠도 잘 와. 타마짱도 꼭 해보도록 해라. 그럼, 잘 자고〉

이렇게 세련된 메시지라니. 시즈코 할머니는 상대를 행복하게 만드는 데 천재야. 무심코 감탄의 한숨이 흘러나왔다.

이런 분이니 아빠한테 엄마 몫의 행복까지 짊어지고 살라는 말을 할 수 있었으리라.

나는 네 개의 행복을 불러들인다는 사진을 열어보았다.

아, 귀여워.

사진을 본 순간, 속으로 환성을 질렀다.

쏟아지는 햇살 속에서 잎을 활짝 펼친 네잎클로버 사진이었다.

땅에서 자라난 클로버 줄기를 시즈코 할머니가 손가락으로 조심스럽게 잡고 있다.

그 사진을 당장 배경화면으로 설정했다. 그러면 하루에도 몇 번이나 보게 된다. 그렇게 생각하는 것만으로 이미 기분이 조금은 행복해졌다.

나도 이 사진을 누군가에게 보여주고 싶어 주위를 둘러보니 마침 손님에게 음식을 내고 돌아오는 샤린이 눈에 띄었다. 샤린도 휴대폰을 보며 웃고 있기에 나는 결국 말을 걸 타이밍을 놓쳐버렸다. 사람들에겐 저마다 다른 행복이 있다. 샤린이 그 행복을 만끽할 때 굳이 내가 끼어들 필요는 없으리라 생각했다. 나는 시즈코 할머니에게 감사하다는 메시지를 보내고 휴대폰을 청바지 뒷주머니에 도로 집어넣었다. 그러고 다음 날 준비에 다시 몰입했다.

심부름서비스에 사용하는 네잎클로버무늬 주머니와 휴대폰 배경화면을 세트로 맞추니 앞으로 좋은 일만 가득할 것 같은 기분이었다.

매일 네 개의 작은 행복이라…….

엄마의 죽음을 짊어지고 두 배의 행복을 누리기로 한 내게 그 야말로 시기적절한 선물이었다.

* * *

수요일엔 아침부터 비단결 같은 안개비가 내렸다.

캐리 차창 너머로 보이는 아오바 마을의 풍경은 어느 쪽을 봐 도 희미한 잿빛이어서 좀처럼 흥이 나지 않았다. 물론 손님도 별 로 없었다. 매출이 날씨에 크게 좌우된다는 점도 경영상의 애로 사항 중 하나였다.

그래도 늦은 오후엔 비가 그쳤다.

이날 예정된 판매처를 다 돌고 난 후 집에 도착하자마자 방에 들어가 옷부터 갈아입었다. 안개비에 휘감겨 온몸이 축축하게 젖 었기 때문이다.

마른 옷으로 갈아입고 한숨 돌리는데 아래층에서 인터폰이 울 렸다. 오늘은 '이자카야 다나보타'의 정기휴일이니 분명 샤린이나 아빠가 나갈 거라 생각했는데 아무런 기척이 없었다. 뒤늦게 서 둘러 계단을 내려가 인터폰 수화기를 들었다. 택배 기사였다. 샤 린에게 온 것이고 착불이라고 했다. 지갑을 가지러 다시 3층으로 가는데 목욕탕에서 샤린 목소리가 들렸다.

"타마짱, 택배 왔어?"

샤워 중인 모양이었다.

"네. 착불이라고 해서, 일난 내가 낼세요."

"내 지갑, 거실 토트백 안에 있어. 거기서 꺼내 가."

됐어요, 내가 낼게요……라고 하려다가 마음을 바꿨다. 지금 내 지갑 사정이 꽤 팍팍하다.

"토트백?"

"응, 부탁해."

"네. 아, 아빠는?"

"방에서 자고 있어. 감기가 또 도졌나 봐."

나는 "그렇구나. 알겠어요" 하고 대답했다.

우선 택배부터 받아야 한다.

샤린의 토트백은 거실 의자 위에 아무렇게나 놓여 있었다. 가방 안을 들여다보니 낡아서 가죽이 벗겨진 노란 장지갑이 있었다. 그 지갑을 들고 계단을 내려갔다. 뒤편 미닫이문 앞에 낯익은 택배 기사가 서 있었다.

"수고 많으시네요"라고 내가 인사했다.

"감사합니다. 물건은 여기 있습니다."

가로세로 50센티쯤 되는 골판지 상자를 받았다.

크기에 비해 가볍다고 생각하며 운송장을 흘끗 보니 '내용물' 란에 '재봉 세트'라고 적혀 있었다.

일본어 공부도 하면서 재봉도 배우려는 건가. '일본인의 아내'
로서 부단한 노력을 기울이는 샤린에게 저절로 고개가 숙여졌다.

노란 지갑에서 돈을 꺼내어 택배비를 지불했다.

"감사합니다."

택배 기사가 씩씩하게 인사하고 돌아갔다.

현관문을 닫고 거스름돈을 지퍼 달린 동전 주머니에 넣었다.
영수증도 일단 넣어두려고 지갑을 벌린 순간.

어……

내 손가락이 딱 멈췄다.

색 바랜 사진 한 장이 들어 있었다.

봐선 안 될 것 같은 생각도 들었지만 샤린이 내게 지갑을 맡겼
으니 큰 문제는 없으리라 믿고 사진을 꺼내보기로 했다.

크기는 명함보다 더 작고 낡아서 네 모서리가 조금씩 닳아 있
었다. 사진에 지문이 묻지 않도록 손바닥에 살며시 올리고 봤다.

사진 속에 네 명의 필리핀인이 있었다. 아마…… 아니, 분명 샤
린의 필리핀 가족일 것이다. 아버지, 어머니, 샤린, 그리고 어린 여
동생.

열일곱 살에 사고로 가족을 모두 잃었다고 했다. 그렇다면 이
사진 속 샤린은 중고등학생 때 모습일 것이다. 지금도 꽤 동안이
지만 당시의 샤린은 더 어리고 예쁜 얼굴이었다.

가무잡잡한 피부에 동글동글 반짝반짝 빛나는 눈을 가진 네 명

의 가족이 아담한 목조 주택 앞에 나란히 서서 활짝 웃고 있다. 귀를 기울이면 네 사람의 발랄한 웃음소리가 들릴 것만 같았다.

이렇게 행복해 보이는데……

하지만 사진을 찍은 후 이 가족의 행복은 그리 오래 지속되지 않았다.

나는 한숨조차 쉬지 못하고 넋을 잃은 듯 사진을 바라보았다.

사고로 가족을 잃고 어린 나이에 보호시설에 맡겨지고, 스물여섯 살엔 해외로 돈을 벌기 위해 나가는 여성의 무리에 섞여 일본으로 건너와 도쿄의 필리핀 바에서 일하다가 지방을 전전하고……, 지금은 우리 집 욕실에서 샤워를 하고 있는 사람. 열심히 일본어를 배우고, 요리를 배우고, 집안일을 하고, 가게 일을 돕고, 피곤한 몸으로도 늘 밝게 웃으며 내 엄마라는 자리를 지키려 하는 자그마한 여성. 이젠 재봉까지 배우려 한다.

그에 비해 나는 늘 내가 원하는 대로 살아왔다. 엄마를 잃은 비극의 여주인공 행세를 하면서.

가족을 잃은 슬픔은 샤린도 나 못지않게 클 텐데.

왜 나는 그 사실을 잊고 있었을까.

사라진 가족의 행복한 웃음.

나는 눈물이 나도록 부끄러워져서 빛바랜 사진을 얼른 지갑에 다시 넣으려 했다.

그러다 문득 생각이 바뀌어 손을 멈췄다.

그래, 이 사진……

지갑과 사진을 손에 든 채 급히 3층의 내 방으로 뛰어 올라갔다. 세 번째 책상 서랍을 열고 디지털카메라를 꺼냈다.

틀림없이 좋아할 거야.

마음속으로 중얼거리며 카메라 전원을 켰다.

제**5**장 아직, 살고 싶다

하야마 타마미

·

순식간에 가을이 깊어졌다.

이른 아침 공기의 서늘한 감촉이 하루하루 다르다고 느꼈는데,
오늘 아침엔 이불 속에서 눈을 뜨자마자 눈살이 찌푸려졌다.

"으으, 추워……."

이불을 목까지 끌어올려 덮었는데도 어금니가 딱딱 부딪힐 정
도로 떨렸다. 몸도 유난히 무거워, 꼭 모세혈관에 흙이라도 꽉 차
있는 것 같았다. 그래도 간신히 침대에서 내려와 어젯밤에 준비
해둔 옷으로 갈아입었다.

솔직히 말하면 잠에서 깬 시점부터 이미 알고 있었다. 이 떨림
은 '추위' 때문이 아니라 '오한'이라는 것을. 심한 두통에다 온몸
이 으슬으슬 추웠다.

이건 감기가 아니야.

절대 절대 아니야.

내 몸 상태를 애써 외면하며 계단을 내려갔다. 감기라고 인정
해버리면 바로 주저앉게 될 것 같아 일부러 열도 재지 않았다.

"잘 잤니? 타마쨩."

부엌에 있던 샤린이 나를 보자마자 웃으며 인사했다.

"안뇽" 하고 경박하게 인사한 사람은 거실에서 뒹굴고 있는 아
빠다.

나는 입가를 필사적으로 올리고 아빠와 샤린에게 각각 "안녕히 주무셨어요?" 하고 답했다.

"타마쨩, 어제 저녁에 밥 많이 남겼더라. 그래서 아침밥을 좀 많이 담아줬다."

샤린다운 엉뚱한 배려라도 평소 같았으면 고맙다고 대답했을 것이다. 하지만 두통이 심한 데다 어제 저녁부터 식욕이 없어서인지 샤린의 '담아줬다'라는 표현이 역겹게 다가왔다.

"아침부터 어떻게 이렇게 많이 먹어?"

나는 공연히 짜증을 내며 세면실로 향했다.

거울 앞에 서서 핼쑥해진 내 얼굴을 보았다. "하아" 하고 깊은 한숨을 쉬었다. 몸이 아프다고 성격까지 비뚤어지는 나 자신이 혐오스러웠다. 느릿느릿 세수를 하고 양치질을 하고 거실로 돌아갔다.

생선구이와 낫토와 된장국이 마치 호텔 조식처럼 테이블 위에 차려져 있었다. 나는 상 앞에 앉기 전에 일단 내 방으로 올라갔다. 네잎클로버 주머니에 오늘 사용할 거스름돈용 동전을 보충하기 위해서다. 도중에 동전이 떨어지면 여러 가지로 성가시다.

"이 정도면 됐겠지."

주머니의 끈을 쭉 잡아당긴 순간.

투두둑…….

끈을 끼우도록 만들어진 부분의 실이 몇 센티 뜯어졌다. 십 년도 더 된 주머니라 실이 약해진 탓이다.

"아아……, 쯧. 이것까지 왜 말썽이야."

무심코 투덜거렸지만 주머니한테 불평해봐야 소용없다. 이만큼 터졌으면 일단 실을 다 풀고 다시 꿰맬 수밖에 없으리라.

할 수 없이 나는 주머니를 만들어준 시즈코 할머니에게 부탁하기로 하고, 오늘은 방에 있는 빈 과자 캔을 대신 쓰기로 했다. 스승인 후루타치 씨도 이런 과자 캔을 이용했다.

거스름돈용 동전을 과자 캔에 옮겨 담은 후 나이키 파카를 걸치고 거실로 내려갔다. 짤깍짤깍 소리 나는 캔을 보고 아빠가 "뭐야, 그게?" 하고 재미있다는 듯 웃었다.

"동전 주머니가 뜯어졌어. 대신 쓰려고."

터진 주머니를 아빠에게 흔들어 보였다.

"오래돼서 그렇지?"

"응. 오늘 시즈코 할머니 집에 들러 다시 꿰매달라고 부탁하려고."

그렇게 말하면서 관자놀이를 문질렀다. 두통이 더 심해졌다.

샤린은 부엌에서 콧노래를 부르며 아빠를 위해 커피를 내리고 있었다. 조금 전 내가 내뱉은 차가운 말 따위 전혀 신경 쓰지 않는 듯했다.

내가 의자에 앉자마자 샤린이 다가와 쉴 틈 없이 말을 건다. "아, 그거 타마쨩이 좋아하는 생선이지? 내가 얻어왔어"라든지

"맛있는 오렌지주스 만들어줬어"라든지 "타마짱이 좋아하는 버섯, 어제 슈퍼에 있더라. 그래서 사 왔어. 된장국에 넣어줬다"라든지, 여느 때처럼 생색을 냈다.

나는 한숨을 내쉬며 아까보다 더 세게 관자놀이를 문질렀다.

머리로는 알고 있다. 샤린에게 악의가 없다는 것을. 오늘 아침엔 컨디션이 안 좋은 데다 아끼는 주머니가 뜯어져서 그런지 내 '마음'의 허용량이 부족했다. 샤린의 입에서 나오는 새된 목소리가 한 음 한 음 내 신경을 건드렸다.

일단 젓가락을 들고 요리가 담긴 접시를 내려다보았다.

또 한숨을 내쉬었다. 식욕이 전혀 없었다.

그래도 따끈한 된장국은 마셔두는 게 좋을 것 같아 그릇을 손에 쥐어보았다. 내가 좋아하는 팽이버섯이 들어 있었다.

억지로라도 한 모금 마셨다.

"타마짱, 맛있어?"

늘 먹던 대로 맛있었지만 일일이 대답하자니 성가시다고 생각하며 "네" 하고 짧게 답하고 텔레비전으로 눈을 돌렸다. 일기예보를 보면서 짜증을 가라앉히려 했다.

기상 캐스터가 비음 섞인 애교 띤 목소리로 각 지역의 날씨를 전하고 있었다. 예보에 의하면 오늘은 오전부터 흐리고 이 주변에도 차가운 비가 내릴 모양이었다.

어젯밤 일기예보에선 맑은 뒤 차차 흐려진다고 했는데…….

327

비가 오면 손님이 많이 모이지 않는다.

더구나 이렇게 쌀쌀하니.

날씨가 나를 더 우울하게 했다.

"타마짱, 밥 많이 먹어. 열심히 만들었으니까."

샤린이 뒤에서 또 말을 건다.

아아, 머리 아파, 라고 마음속으로 중얼거렸다.

"생선도 맛있어. 항구까지 나가서 구해온 황금 전쟁이거든. 타마짱, 먹어, 얼른 먹어."

나는 간신히 된장국만 다 마시고 샤린에게 말했다.

"좀, 식욕이 없어서. 미안해요."

그렇게 말하고 자리에서 일어났다.

거실에서 뒹굴던 아빠가 내 쪽을 돌아본다.

"어, 왜 그래? 어디 아프냐?"

감기 걸린 것 같아……라는 말이 나오려는 걸 꾹 참았다.

"괜찮아. 그냥 별로 배가 안 고플 뿐이야."

있는 힘을 다해 그렇게 대답하자 샤린이 부엌에서 성큼성큼 걸어 나와 내 얼굴을 빤히 쳐다보았다.

"타마짱, 거짓말이네. 좀 이상해. 아픈 얼굴인데?"

샤린이 거무스름한 작은 손을 내 이마에 대려 했다.

"괜찮다니까요."

나는 얼굴을 돌려 손을 피했다.

"타마쨩."

샤린이 눈살을 찌푸렸다. 불만스러운 마음이 표정에 노골적으로 드러났다.

"정말 괜찮아요."

그때 청바지 뒷주머니에 넣어뒀던 휴대폰이 울었다. 메시지 수신음이었다.

이렇게 아침 일찍 누구지?

샤린과 아빠에게 등을 돌리고 휴대폰을 확인했다. 보낸 이는 마키였다. 메시지를 열어보니 나를 더 우울하게 만드는 내용이 찍혀 있었다. 마키가 매일 아침 체크한다는 '링코의 삼라만상 운세'다.

〈오늘 타마쨩은 하는 일마다 안 좋은 쪽으로 흘러가니 무리는 금물이래. 일 년 중 가장 불운한 날이니 주의할 필요가 있다고. 이 운세 잘 맞으니 타마쨩 정말 조심해〉

그렇군. 아침부터 느낌이 안 좋더라니…….

마음속으로 투덜거리며 메시지 창을 닫았다.

그때 내 목덜미에 선득한 무언가가 닿았다.

나는 깜짝 놀라 "꺄아" 하고 비명을 지르고 말았다.

"역시 열이 있네. 타마쨩, 오늘은 나가면 안 돼. 쉬어."

샤린이 뒤에서 내 목을 만진 것이었다.

"뭐야, 열이 있어?"

뒹굴던 아빠도 벌떡 일어나 이쪽을 보았다.

"심하진 않아. 괜찮다니까 그러네."

힘 빠질까 봐 일부러 열도 안 쟀는데…….

샤린의 쓸데없는 참견에 짜증이 솟구쳤다.

"타마짱, 오늘은 제발 쉬어."

"이 정도로 쉬면 어떡해요. 손님들이 기다리는데."

"열이 있잖아. 아프잖아. 무리하면 안 돼."

"괜찮다니까."

"괜찮지 않아. 오늘은 쉬어."

샤린이 양손을 허리에 올리고 완강한 눈빛으로 나를 쳐다보았다.

아아, 머리 아파.

더 이상 못 참겠어.

소리 지르고 싶어.

그렇게 생각했을 때. 왜일까? 불현듯 반짝반짝 닦인 불단이 내 시야에 들어왔다. 샤린은 무시하고 불단 앞으로 가 향을 피웠다. 양손을 모은 채 눈을 감고 엄마를 생각했다. 이래야만 폭발할 듯한 마음이 달래질 것 같았다.

"타마짱, 내가 안 된다고 해도 갈 거야?" 샤린이 집요하게 물고 늘어진다. "꼭 갈 거라면, 위험하니까 내가 운전해줄게."

아, 또 '해줄게'라고 했다.

그때 두통으로 짓눌릴 것 같던 내 머릿속에서 보이지 않는 실이 툭 끊어지는 듯한 감각을 느꼈다. 나는 합장했던 손을 내리고 샤린을 똑바로 보았다. 그러고 나 자신도 믿어지지 않을 만큼 냉정한 목소리를 냈다.

"있잖아요, 샤린. 해줬다든가 해주겠다든가 늘 나를 위해 베풀어준다는 듯이 말하는데, 그런 표현 좋지 않아요. 일본인은 그런 식으로 말 안 해요. 전에 '음덕을 쌓는다'라는 말, 가르쳐줬죠? 일본인은 그늘에서 남몰래 타인을 위한 일을 하죠. 본인한텐 굳이 말 안 해요. 그게 더 아름답고 바람직한 선행이에요."

나는 거기까지 말하고 테이블 위에 올려둔 동전 캔을 손에 들었다. 그러고 샤린과 아빠에게 등을 돌렸다.

"다녀오겠습니다."

돌아보지도 않고 인사만 짧게 한 후 계단으로 향했다. 이대로 나가버리자고 생각했다.

그때 여전히 태평스러운 아빠 목소리가 들렸다.

"어이, 타마짱."

나를 불러 세울 거라 예상은 했었다.

"왜?"

발을 멈추고 목만 비틀어 아빠 쪽을 보았다.

머리가 아프다. 오한도 심해졌다.

"이 말은 하는 게 좋을 것 같아서 말이야, 너는 몰랐겠지만 샤린도 음덕을 쌓고 있어."

무슨 뜻인지 도통 알 수 없었다. 나는 그대로 잠자코 서 있었다.

"타마짱이 심부름 서비스를 시작할 즈음에 타마짱 몰래 마을을 돌아다니며 전단지를 나눠줬거든. 그런 것도 음덕이지?"

깜짝 놀라 샤린을 보았다. 샤린은 들켜서 오히려 기쁜 듯 평소처럼 웃으며 어깨를 으쓱했다.

뭐야? 그랬나? 이제야 납득이 갔다. 첫날부터 예상 외로 손님이 많이 모여준 이유가 있었다. 그렇다면 '이자카야 다나보타' 계산대 옆에 올려둔 전단지가 빨리 줄어들었던 것도 그래서였나? 그랬었나…….

뜻밖의 사실을 알아버렸지만 뭐라고도 대답할 수 없었다.

"놀랐지? 타마짱이 아는 게 세상의 다는 아니야."

아빠의 말투는 강하지 않았다. 오히려 하품이라도 나올 것처럼 나른한 분위기였다. 그래도 나는 충분히 알 수 있었다. 아빠가 나무라고 있다는 것을.

샤린은 의기소침해진 나를 보고 한층 더 뿌듯한 미소를 지었다. 아빠의 개입이 유난히 기뻤던 모양이다.

하지만 아니야, 샤린. 이럴 때 일본인은 쑥스러워해. 부끄러워한다고. 아아, 머리 아파. 지끈지끈 쑤신다. 그렇게 생각하면서 나는 "그랬구나. 몰랐어요, 샤린. 고마워요. 그럼, 다녀오겠습니다" 하고 마음에도 없는 인사를 던지고 계단을 달려 내려갔다.

"앗, 타마짱."

나는 샤린의 목소리를 온몸으로 거부하고 밖으로 뛰쳐나왔다.

나 자신이 혐오스러웠다. 어느새 이토록 성격이 뒤틀려버린 걸까? 샤린이 간직하고 있던 필리핀 가족사진이 불현듯 떠올라 눈시울이 뜨거워졌다. 나는 "후우" 하고 크게 숨을 내뱉음으로써 눈물샘에 자극이 가지 않도록 했다.

뒷문을 통해 밖으로 나와 캐리에 올랐다. 동전이 든 캔과 뜯어진 주머니와 휴대폰을 조수석 시트 위에 조심스레 올렸다. 안전벨트를 매고 시동을 건다. 그리고 평소보다 조금 일찍 출발했다.

주차장에서 나와 강변길을 천천히 달리기 시작했다.

몸이 떨리는 걸 조금이라도 막기 위해 히터를 켰다.

국도로 나가자마자 신호등에 붙잡혔다. 머리가 욱신거린다. 양손으로 관자놀이를 문질렀다. 앞 유리 너머 전방에 마을을 둘러싸듯 우뚝 솟은 산들이 빨간색과 노란색의 비단을 두르고 있었지만, 흐린 하늘과 나의 탁한 마음 탓인지 모든 정경이 침침하게 가라앉은 듯 보였다.

항구 근처의 쓸쓸한 골목으로 핸들을 꺾어 들어갔다. 50미터쯤가면 내가 늘 상품을 매입하는 반찬 가게가 나온다. 그 가게 앞에 낯익은 차가 세워져 있었다. 후루타치 씨의 캐리다. 나도 그 차 뒤에 나란히 주차했다.

운전석에서 내려 두 차례 천천히 심호흡을 하고 얼굴에 애써 웃음을 담은 후에야 반찬 가게 문을 열었다.

"안녕하세요."

걱정과 달리 밝은 목소리를 낸 것 같아 다행이었다.

"어머나, 타마짱 왔네? 마침 스승님도 와 계신단다."

반찬 가게 아줌마가 평소처럼 싱글벙글 웃으며 따스하게 맞아
주었다.

"안녕하세요."

후루타치 씨에게도 인사했다.

"오우."

여전히 무뚝뚝한 스승은 곧 내게서 얼굴을 돌려 매입할 내용을
확인하려다가 다시 이쪽을 흘끗 보았다.

"안색이 안 좋군."

후루타치 씨가 조금 무서운 눈으로 말했다.

"어머, 그러네. 타마짱, 감기 걸렸어?"

나는 두 사람의 시선을 받고 난처한 미소를 지었다.

"감기 기운이 좀 있긴 한데, 그래도 괜찮아요."

그다지 괜찮아 보이진 않을 것 같지만……

"열이 있는 것 같은데? 얼굴이 창백해. 오한도 들지?"

아주머니가 걱정스러운 얼굴로 물었다.

"오늘은 쉬어."

후루타치 씨는 여전히 무뚝뚝한 말투다.

"안 돼요. 할아버지 할머니들이 기다리시는데, 이 정도로 쉴 순 없죠."

애써 몸에 힘을 주고 당당하게 목소리를 냈는데 두 사람 다 '저런······' 하는 얼굴로 나를 보았다. 어이없어하는 듯했지만 그래도 애정이 담긴 표정이었다. 나는 다시 한 번 "정말 괜찮아요" 하고 웃은 후 아주머니에게 매입할 상품을 알렸다.

후루타치 씨와 나는 주문한 대로 상품을 정확히 매입하고 함께 가게를 나섰다. 상자에 상품을 차곡차곡 넣고 캐리 짐칸에 실었다.

"어이."

먼저 정리를 끝낸 후루타치 씨가 불렀다. 나는 상자를 손에 든 채 돌아보았다.

"정말 괜찮은가?"

"괜찮다니까요."

간신히 미소를 지어 보이며 마지막 상자를 실었다.

"그래?"

"네."

2초 정도 의심스럽다는 듯 내 얼굴을 들여다보던 후루타치 씨가 "그럼, 먼저 간다" 하고 짧게 말하고 운전석에 올랐다. 엔진 소리가 들린 후 후루타치 씨의 캐리가 천천히 움직이기 시작했다. 곧 운전석 쪽 창문이 내려가는가 싶더니 안에서 후루타치 씨의 오른손이 불쑥 나왔다. 그 손이 '바이바이'라고 했다. 멀어져가는 스승의 캐리를 눈으로 배웅하며 나도 오른손을 흔들었다.

후루타치 씨의 캐리가 좌회전하여 더 이상 보이지 않게 되자, 무심코 "후우" 하고 숨을 몰아쉬며 양 무릎에 손을 짚고 말았다. 그러고 다시 한 번 깊은 한숨을 내쉬었다. 등이 으슬으슬하고 자칫 방심하면 온몸이 떨렸다.

정말 오늘은 쉬는 게 좋을까?

내 발끝을 보며 서 있는 동안 나약한 생각이 들기 시작했다. 하지만 이대로 귀가하면 아빠와 샤린을 볼 낯이 없다.

"하아……. 안 되겠다. 역시 가야겠어."

나 자신을 타이르듯 중얼거리며 무릎에서 손을 뗐다. 웅크렸던 등을 쭉 폈다. 하늘을 올려다보니 음산한 기운이 감도는 시커먼 구름이 쇠약해진 내 마음을 내리누르는 것만 같았다. 나는 그 무게에서 도망치듯 얼른 캐리에 올라탔다.

* * *

나는 오한과 두통에 시달리면서도 손님들의 웃는 얼굴에서 힘을 얻어 가까스로 아오바 항에서의 첫 번째 판매를 무사히 마쳤다. 매출은 나쁘지 않았다. 마무리할 때가 되자, 나를 늘 챙겨주시는 어협조합장님이 내 몸 상태가 좋지 않다는 걸 알아차리고 피로회복 드링크제를 사주었다.

"자, 선물. 쭉 마셔."

"감사합니다."

"열심히 일하는 건 좋은데, 너무 무리하면 안 돼."

조합장의 선한 웃음에 나는 "네. 하지만 괜찮아요" 하고 되도록 같은 종류의 웃음으로 답했다.

항구에서 출발하여 드링크를 마시며 다음 판매처인 미야마야로 가는 도중에 바다 쪽 골목으로 핸들을 꺾었다. 하쓰네 할머니에게 부탁받은 간장과 휴지를 배달하기 위해서다.

평소처럼 바다가 보이는 도로에 잠시 세우고 파란 지붕의 작은 집을 향해 걸었다. 잡초가 수북한 화분이 나란히 놓인 마당은 전에 왔을 때보다 더 황폐해져 아무도 살지 않는 폐가 같은 느낌마저 풍겼다. 초인종을 누르려다 잠시 주저했다. 그럴 리 없겠지……. 초인종을 누르고 평소처럼 현관문을 열고 "하쓰네 할머니, 심부름 서비스입니다" 하고 큰 소리로 인사했다.

"네네, 수고가 많아요."

안에서 하쓰네 할머니의 귀여운 목소리가 들렸다. 나는 안심이 되어 살짝 한숨까지 내쉬고 말았다. 그리고 관자놀이를 문질렀다.

간장과 휴지를 넣은 비닐봉투를 들고 집 안으로 들어갔다.

늘 식탁이 있는 부엌까지 지팡이를 짚고 나오시던 할머니가 오늘은 예전에 도시미 할머니가 누워 있던 다다미방에서 나를 불렀다.

"타마짱, 이쪽으로 와주려나?"

"아, 네."

복도를 따라 걸어가 안방 미닫이문을 열었다.

하쓰네 할머니는 하얀 바탕에 보라색 꽃무늬가 그려진 잠옷 차림으로 이불 위에서 상체를 일으키고 이쪽을 보고 있었다. 오동나무 장롱 옆에 놓인 작은 텔레비전에서 와이드쇼가 흘러나왔다.

"할머니, 어디 아프세요?"

"아냐아냐, 그런 건 아니고, 그냥 다리가 좀 불편해서 움직이기가 귀찮아."

"그렇구나……, 많이 안 좋으세요?"

"다리 아픈 거야 늘 그러니, 괜찮단다."

하쓰네 할머니가 그렇게 말하면서 물기 어린 작은 눈을 가늘게 뜨고 웃었다. 등이 굽어 있어 몸집이 더 작아 보였다.

"정말요?"

"괜찮다니까 그러네."

조금 전까지 괜찮으냐는 질문을 받던 내가 지금은 다른 사람을 걱정하고 있다.

"네……, 간장은 냉장고 문 쪽에 넣어둘게요. 휴지는…… 화장실에 둘까요?"

"거기 대충 두고 가. 미안한데, 지갑도 좀 가져다주렴."

"아, 네. 가방째로 갖다드릴까요?"

하쓰네 할머니가 고개를 끄덕였다. 나는 일단 부엌으로 가서 찻장 옆에 있는 키 작은 서랍장 위를 보았다. 예상대로 그곳에 색바랜 남색 가방이 있었다. 가방을 들고 다시 안쪽 다다미방으로 들어갔다.

"이 가방이죠?"

"응, 그래. 미안해."

할머니는 이불 위에 앉은 채 내게서 가방을 건네받고 지갑을 꺼내어 간장과 휴지 대금을 지불했다.

"할머니, 늘 감사합니다. 또 뭔가 필요하시면 사양 말고 전화하세요."

왠지 돈을 받는 것에 죄책감을 느끼며 일어나려 하는데, 하쓰네 할머니가 "아, 타마짱, 잠깐만" 하고 나를 불러 세웠다.

"네?"

나는 일어나다 말고 고개를 갸우뚱했다.

"이거."

할머니가 가방에서 꺼낸 건 소다 맛 사탕이 든 봉지였다. 아, 하나 주시려는구나…… 하고 생각했는데, 봉지째 내미는 것이었다.

"어……."

한순간 굳어버린 내 몸 속으로 불길한 예감이 흘러들었다.

"이거, 오늘은 다 갖고 가렴."

"어, 다요?"

불길한 예감이 순식간에 증폭되고 가슴속이 싸늘하게 식어갔다.

"사실은, 너무 갑작스럽지만, 다음 주에 이사를 가게 됐단다."

"어……."

"내 몸이 이러니, 이제 혼자 사는 건 무리라고 큰아들이 걱정을 하네."

"도시로 나간 큰아드님이요?"

"응. 이제 시골에는 미련을 버리고 도시로 나오라고."

"그럼, 큰아드님 댁에서 같이 사시는 거예요?"

하쓰네 할머니는 조금 곤란한 듯하지만 그래도 왠지 기뻐 보이기도 하는 복잡한 얼굴로 "어떻게 될지 걱정이긴 한데"라며 고개를 끄덕였다.

"그렇구나……."

잘됐네요, 하쓰네 할머니.

생각은 그렇게 했지만 내 입이 제대로 움직여주지 않았다.

잠시 묵묵히 앉아 있는데 하쓰네 할머니가 리모컨으로 텔레비전을 껐다. 소리가 사라지고 방 안에 쓸쓸한 정적이 감돌았다.

할머니가 진지한 표정으로 내 쪽으로 돌아앉았더니 소다 맛 사탕 봉지를 방바닥에 가만히 내려놓고 내 쪽으로 천천히 밀었다.

"타마쨩한테 신세를 많이 졌는데……. 보답도 못하고……. 정말 미안해."

나는 잠시 무릎 앞에 놓인 사탕 봉지를 내려다보고 있었다.

그 봉지를 조심스레 손에 들었다.

보름쯤 전에 내가 팔았던 사탕이다. 지난주 이 봉지 속 사탕 하나를 할머니한테 받았었다.

봉지를 무릎 위에 올렸을 때.

톡…….

작은 소리가 들렸다.

사탕 봉지에 물방울 하나가 떨어진 것이었다.

"하쓰네 할머니."

"응?"

나는 그제야 사탕 봉지에서 시선을 들었다.

"잘됐어요. 이제 외롭지 않으시겠다."

그렇게 말하며 미소 지으니 하쓰네 할머니의 얼굴에도 주름진 미소가 피었다.

"그런데, 오히려 쓸쓸하구나……."

"……."

"남편이랑 아들들이랑 살았던 이 집을 버린다고 생각하니, 역시 쓸쓸해지네……."

할머니는 이렇게 말하면서 마른 나뭇가지 같은 손가락으로 눈시울을 닦았다.

"그렇구나."

"친구도 못 만나게 되고, 타마짱도……."

하쓰네 할머니의 애달픈 마음이 내 눈물샘을 터뜨리고 말았다.

하쓰네 할머니의 이사는 미야마야 벤치에서 늘 사이좋게 수다 떨던 친구들과의 '영원한 이별'을 의미하는지도 모른다. 그 할머니들이 하쓰네 할머니를 만나러 도시까지 나가긴 힘들 것 같고, 나도 아마 이제…….

"하쓰네 할머니……."

"늘 보던 바다도 산도 이제 못 본다고 생각하니…….

마지막엔 거의 울먹이는 목소리였다.

"그렇구나. 그렇겠어요."

앞으로 하쓰네 할머니가 잃게 되는 것은 사람과의 관계뿐만이 아니라 고향이라는 이름의 애착으로 점철된 인생의 일부라고 말해도 좋으리라. 바다도, 산도, 마을도, 항구도, 사계절의 풍경도, 집도, 마당도, 사람도……. 여태까지 하쓰네 할머니 곁에 존재했던 모든 것들이 과거형으로 바뀌어 추억이라는 형태로 남을 것이다.

"있잖아요, 할머니."

나는 내 눈물을 무시하고 애써 밝은 목소리를 냈다.

"응…….

"오늘 내 차 조수석에 타고 같이 다니지 않으실래요? 마을을 한 바퀴 돌면서 드라이브하는 거예요."

다리가 아파 한동안 밖에 나가지 못했던 하쓰네 할머니에게 마지막으로 한 번 더 고향의 풍경을 보여드리고 싶었다. 심부름 서비스 현장에 있으면 마을 사람들도 만날 수 있고, 사이좋은 삼총

사 할머니가 다시 한자리에 모이는 기회가 될지도 모른다.

그러나 할머니는 힘없이 고개를 저었다.

"무리야."

"어, 조수석에 앉아 계시기만 하면 되는데요."

"그래도 힘들단다."

"바다도 산도 보실 수 있어요. 날씨는 별로 안 좋지만."

"타마짱, 고맙지만, 안 될 것 같구나."

왜요? 라고 물을 수 없었다. 하쓰네 할머니의 애잔한 눈빛을 보고 말았기 때문이다.

"타마짱 일하는 데 방해가 되면 안 될 테고, 지금 여기저기 돌아보면 오히려 미련이 남아 더 쓸쓸해질 것 같단다."

아무 대답도 하지 못하는 나를 보고 하쓰네 할머니가 한 번 더 "고마워. 타마짱은 참 정이 많은 아이구나" 하고 작은 소리로 말했다.

조용히 미소 짓는 하쓰네 할머니 뒤에서 덜커덕덜커덕 하는 소리가 났다. 바닷바람이 나무틀 창을 두드리는 소리였다.

그쪽을 보니 유리창에 빗방울이 간간히 닿고 있었다.

비 오네.

나는 쏟아질 것 같은 한숨을 견디며 하쓰네 할머니께 건넬 이별의 말을 찾았다.

＊　　＊　　＊

현관문을 나섰다.

우울한 하늘에서 은색 빗방울이 후드득후드득 떨어졌다.

'안녕히 가세요'라고도 '고마웠습니다'라고도 할 수 없었던 복잡한 마음을 품은 채, 나는 떨어지는 비를 맞으며 황폐한 마당을 걸었다.

결국 하쓰네 할머니와 나눈 마지막 대화는 "이사 가서도 건강히 지내세요" "타마짱도 잘 지내" "네. 그럼, 갈게요" "고마워" "저야말로 감사합니다"라는 너무나 평범한 내용이었다. 그러고 나는 손을 들어 살짝 흔들며 조심스레 미닫이문을 닫았다. 그 순간 들렸던 하쓰네 할머니의 쓸쓸한 웃음소리가 뇌리에 새겨졌다.

마당을 빠져나가 캐리에 올라탔다.

갑자기 힘이 빠지는 걸 느끼고 축 늘어진 몸을 시트에 맡겼다. 반쯤 벌어진 입술 사이로 텅 빈 한숨이 새어나왔다.

머리를 살짝 돌려 창 너머로 납빛 바다를 바라보았다.

하쓰네 할머니가 수십 년간 바라보았을 바다가 몸부림치고 있었다. 얕은 바다의 하얀 물마루도 강한 바람에 넘실거렸다.

"역시……."

심부름 서비스만으로는 지킬 수 없는 것이 있구나. 당연하다. 지킬 수 있다고 생각했다는 게 더 이상하다. 주제넘은 짓이었다.

허벅지 위에 놓인 소다 맛 사탕 봉지를 내려다보았다. 하나만 꺼내 입에 넣고 나머지는 글로브 박스에 보관했다. 여태까지 하쓰네 할머니에게 받은 색색깔 사탕과 함께.

역시…….

이번엔 마음속으로 중얼거렸다. 오늘은 역시 불행한 날이었다. 가족에게 상처 입히고, 몸은 아프고, 하쓰네 할머니와 이별했다. 운세도 최악이었고…….

운세라는 단어를 떠올린 순간, 문득 생각이 났다. 심부름 서비스를 시작한 첫날에도 마키가 운세를 보내주었다. 그날 운세는 오늘과 정반대로 행운이 가득한 내용이었다.

어떻게든 기분 전환을 하고 싶어 조수석에 놓인 휴대폰을 들었다. 반년도 더 전에 받은 메시지를 다시 열어본다.

〈타마쨩, 축 · 개업♪ 방금 '링코의 삼라만상 운세'라는 사이트에서 타마쨩 운세를 봤어. 이번 주는 인생의 전환기로, 금전적으로 좋은 기회가 생길 것이다. 이직운이 있고 투자도 길하다. 뒤에서 응원해주는 사람들에 대한 감사의 마음을 소중히. 이렇게 적혀 있어서 깜짝 놀랐어! 굉장한 타이밍에 개업했네. 심부름 서비스, 틀림없이 잘될 거야♪〉

메시지 내용을 다 읽었을 때 내 입술이 무의식중에 "그랬었지……" 하고 중얼거렸다. 이 메시지를 마키에게 받고 시즈코 할머니와 치요코 할머니께 자랑스럽게 보여드렸다. 그때 치요코 할머니가 이런 말씀을 하셨다.

"타마짱, 그 메시지 소중하게 간직해둬라."

치요코 할머니가 분명 그렇게 말했었다. 그 말의 숨은 의미를
이제야 알 것 같았다.

뒤에서 응원해주는 사람.

아마도 샤린이 아닐까?

치요코 할머니는 샤린이 여기저기 전단지를 나눠주고 다닌다
는 걸 알면서도 굳이 내게 알리지 않았다. 샤린이 비밀로 해달라
고 했을까?

비가 앞 유리를 두드리는 소리가 쏴아 하고 들렸다.

비바람이 아까보다 강해진 듯했다.

두통이 파도처럼 밀려와, 나는 눈을 찡그렸다. 오한도 심하다.
척추까지 꽁꽁 언 것 같은 느낌이었다. 나는 메시지 창을 닫고 휴
대폰을 조수석에 내려놓았다.

집에 가고 싶다. 오늘은, 그만…….

마음 한구석의 솔직한 내가 속삭였다.

하지만……. 손님들의 웃는 얼굴이 뇌리를 스쳤다. 하쓰네 할머
니의 슬픈 웃음도. 샤린과 아빠도.

참고 그냥 하자.

고집스러운 내가 솔직한 나를 눌렀다.

"후우. 힘내야지."

일부러 소리 내어 혼잣말을 하고 시동을 켰다.

사이드브레이크를 풀고 액셀을 밟기 전에 다시 한 번 하쓰네 할머니의 집을 돌아보았다.

차가운 비에 젖은 파란 지붕의 자그마한 집이 얼어붙은 채 울고 있는 듯 보였다.

*　　*　　*

오전 중의 두 번째 판매처는 미야마야였다. 빗발이 더 강해지는 바람에 리사 언니에게 부탁하여 가게 처마 밑에 상품을 진열하기로 했다. 날씨 때문에 손님은 거의 모이지 않았지만, 그 대신 2층에서 마키가 잠시 내려와 주었다.

마키가 내 얼굴을 보자마자 "어? 타마짱……" 하고 눈썹을 찌푸리며 내 이마에 손을 댔다.

서늘한 손의 감촉.

그 다정한 느낌에 마음이 풀어진 모양이었다.

나도 모르게 흘러내리려는 눈물을 애써 참으며 "하하, 괜찮아" 하고 억지로 웃어 보였다. 오늘 아침 샤린의 손을 그런 식으로 피하지 않았다면 지금과 같은 기분을 느꼈을 거라 상상하면서.

"전혀 괜찮지 않잖아. 타마짱, 열 있어."

마키가 다급히 집 안으로 뛰어 들어가 끓인 물과 해열제를 들고 나왔다. 마키는 내가 약을 먹는 걸 지켜보다가 "내가 보낸 메시지 봤지? 오늘 운세" 하고 확인했다.

"응. 봤어. 최악이더라."

"오늘은 그만 쉬는 게 좋겠어. 그 운세, 정말 잘 맞거든."

나는 두통이 심해지지 않도록 천천히 고개를 저었다.

"괜찮아. 손님도 기다릴 테고."

입으로는 그렇게 말했지만 이때 내 가슴속엔 의외의 감정이 자리 잡고 있었다.

오늘의 이 고통은 내게 내려진 벌이다. 달게 받아야 한다.

이런 자학적인 심리였다.

"마키, 고마워. 약도 먹었으니 괜찮을 거야."

"타마짱······."

마키가 불안한 표정을 했다. 나는 그제야 한 가지 사실을 깨달았다. 마키의 옷차림이 예전보다 많이 차분해졌다. 어쩌면 조만간 바깥세상으로 나올지도 모르겠다는 생각이 들었다.

"있잖아, 마키."

"응"

마키를 밖으로 이끌어줄 수 있는 사람은, 아마도······.

"요즘 소스케한테 연락 와?"

"으음······. 응. 가끔."

역시 그렇구나.

수줍어하는 마키의 볼이 살짝 붉어지는 게 보였다.

*　　*　　*

점심때가 되자 빗발이 한층 더 강해졌다.

나는 시즈코 할머니 집까지 강변도로를 천천히 달렸다. 아까 전화하여 같이 점심 먹자고 말해두었다. 집 앞에 이르러 캐리를 세우고, 판매용 마쿠노우치(연극 막간을 이용하여 먹는다는 뜻에서 유래되었다-옮긴이) 도시락 두 개와 뜯어진 주머니를 들고 우산은 쓰지 않고 현관까지 냅다 달렸다.

"할머니, 저 왔어요."

말하면서 부엌이 있는 토방을 지나 신발을 벗고 집 안으로 들어갔다. 할머니는 미닫이문 안쪽에 있는 상 앞에 앉아 혼자 차를 마시고 있었다.

"어서 오너라. 오늘 비가 차네."

"예. 장사 망쳤어요."

이땐 비교적 자연스럽게 웃을 수 있었다. 약효가 나타난 것인지 두통과 오한이 어느 정도 가라앉았다.

"차 마시려나?"

"네, 감사합니다. 점심은 이걸로 같이 먹어요."

나도 상 앞에 앉아 도시락을 꺼냈다.

"이건 팔 거 아니냐?"

"그렇긴 한데, 어차피 오늘은 남을 거예요. 남아서 버리게 되면 아깝잖아요?" 나는 도시락 하나를 할머니 앞으로 내밀며 다시 말을 이었다. "아, 그리고 이거, 꿰매주시면 좋겠는데."

네잎클로버 주머니를 상 위에 올렸다.

"응, 어디?"

시즈코 할머니가 차를 따라 내 앞으로 내밀고 대신 주머니를 손에 들었다.

"이거 보니 옛날 생각나네. 아, 여기가 뜯어졌구나."

"네. 급하진 않으니 천천히 해주셔도 돼요."

시즈코 할머니는 고개를 끄덕이며 "응, 이따 해주마" 하고 주머니를 할머니가 앉은 방석 옆에 내려놓았다.

그러고 우리는 도시락을 먹기 시작했다.

식욕은 아직 없었지만 지금 먹어두지 않으면 저녁까지 못 버틸 것 같아 조금 무리하여 젓가락을 움직였다.

"타마짱은 바느질 안 하니?"

"으응, 시간이 좀처럼 안 나서요. 아, 샤린은 바느질 공부 시작했나 보더라고요."

샤린이라는 이름을 입에 올린 순간 가슴이 꽉 조여 밥이 넘어가지 않았다. 한순간 젓가락을 멈췄다.

시즈코 할머니가 그런 나를 보고 고개를 갸우뚱했다.

"타마쨩."

"네?"

"주머니 수선 말이다. 샤린이 아니라 할미가 해도 되겠냐?"

"어, 네……" 왠지 죄책감이 느껴져 변명할 거리를 찾았다. "원래 할머니가 만들어준 거니까."

나는 시선을 도시락에 떨군 채 구운 연어 살을 젓가락으로 바르기 시작했다. 잔가시를 하나하나 제거해갔다. 할머니가 나를 보고 있다는 건 알았지만, 왠지 얼굴을 들기 어려웠다.

"타마쨩."

시즈코 할머니가 진지한 목소리로 나를 불렀다.

"네?"

나는 연어 살을 바르면서 건성으로 대답했다.

할머니는 다음 할 말을 신중히 고른 건지 조금 틈을 둔 후에 천천히 입을 열었다.

"할미는 다 알고 있단다."

"네?"

예상치 못한 대사에 무심코 얼굴을 들었다.

"타마쨩이 샤린을 어떻게 생각하는지."

할머니가 손에 든 젓가락을 가만히 내려놓았다.

그리고 온화한 음성으로 말을 이었다.

"타마쨩, 고맙구나."

"어……."

"엄마를 계속 소중하게 생각해줘서."

"……."

"타마짱은 엄마를 늘 가슴에 품고 살고 싶겠지. 타마짱의 그 마음이 할미는 참 기쁘단다. 하지만……."

할머니가 일단 말을 끊고 더할 나위 없이 다정한 미소를 지었다.

부처님처럼 은혜롭고 아름다운 미소였다.

나는 마치 빨려 들어갈듯 그 미소를 바라보았다.

"타마짱, 할미 말 잘 들어봐."

"……."

나는 목소리를 낼 수 없어 그저 고개만 살짝 끄덕였다.

"샤린은 엄마 대신이 아니란다."

그 말에 내 잠재의식이 떨렸다.

"두 사람을 저울에 올리면 안 된단다. 사람과 사람을 비교하는 건 의미 없는 일이야. 에미는 에미, 샤린은 샤린이지. 각각 장점과 단점이 있고 둘 다 사랑받아야 할 사람이란다. 타마짱이 샤린과 잘 지낸다고 해서 엄마를 잊는 건 아니지 않겠니? 또 에미라는 존재가 사라지는 것도 아니고."

"할머니……."

"샤린도 타마짱이랑 친해지면 지금보다 에미를 더 소중히 여겨줄 거야. 타마짱은 그렇게 생각하지 않니?"

시즈코 할머니의 말에 귀 기울이는 동안, 내 뇌리에 가녀린 뒷모습이 떠올랐다. 엄마 기일에 사고 현장에서 조용히 손을 모은 샤린의 뒷모습.

네······.

대답 대신 고개를 끄덕이려던 순간, 시즈코 할머니의 얼굴에 웃음이 담겼다. 그 웃음에 왠지 장난기가 어려 있었다.

"할미 생각은 그렇다는 거고."

"어······."

"타마짱도 이제 어른이잖아. 타마짱 나름대로 타마짱답게 인간 관계를 만들어가면 되는 거란다."

"······."

"자, 도시락 먹자꾸나."

시즈코 할머니가 내려놓았던 젓가락을 다시 들었다.

나는 잠시 할머니를 바라보다가 되도록 자연스럽게 화제를 바꿨다.

"할머니, 그 새우튀김 맛있어요."

"어디 먹어볼까?"

시즈코 할머니가 새우튀김을 입에 넣고 활짝 웃었다.

"그러네. 참 맛있구나."

"할머니."

"응?"

"다음에 또 주머니가 뜯어지면 그땐 샤린한테 부탁할게요."

"그러렴."

"이번만 할머니가 해주세요."

"알겠다. 그러마."

시즈코 할머니가 오늘 중 가장 행복해 보이는 얼굴로 미소 지었다.

나도 왠지 긴장이 풀려 해해 웃으며 새우튀김을 입에 넣었다.

"겉은 바삭바삭하고 살은 통통하죠?"

그렇게 말하며 벅차오르는 눈물을 참았다.

"그러네."

시즈코 할머니가 미소 지으며 대답했다.

나는 따스한 한숨을 내쉬며 무심히 창문으로 눈길을 주었다. 빗발이 더 강해졌다. 붉게 물든 정원수가 비 때문에 부옇게 흐려 보였다.

"비 올 땐 강물 소리가 안 들리네요."

내가 말하자 시즈코 할머니가 아까처럼 "그러네" 하고 똑같은 말로 대답하며 창 쪽을 돌아보았다. 나는 그 부드러운 옆얼굴을 애처로운 마음으로 조용히 응시했다.

가와카미 시즈코

"할머니, 또 올게요."

"응, 또 와."

나는 손녀를 배웅하려고 현관 차양 아래까지 나왔다.

"비가 많이 오네. 운전 조심해야 한다."

"네. 할머니, 바이바이."

손녀가 미소 띤 얼굴로 손을 흔들더니 쏟아지는 빗속을 우산도 쓰지 않고 달렸다. 하나로 묶은 검은 머리카락이 한 걸음 뗄 때마다 좌우로 흔들렸다. 그 발랄한 뒷모습이 오늘따라 죽은 딸의 젊었을 적 모습과 겹쳐 보였다.

타마쨍이 출발한 후 나도 집 안으로 들어왔다. 부엌에서 찻잔 두 개를 씻으며 타마쨍을 걱정했다. 식후에 안색이 나빠 보여 "어디 아픈 거 아니니?" 하고 물어도 손녀는 "아뇨, 전혀 아무렇지도 않아요" 하고 웃기만 했다. 내가 쓸데없는 이야기를 하는 바람에 마음이 복잡해졌는지도 모른다. 노파심이라는 말도 있지만, '노파'라 불릴 나이가 된 내게도 해도 될 말과 안 될 말의 경계가 보이지 않으니, 인간은 몇 년을 살아도 미숙한 존재인 모양이다.

타마쨍에게 말은 안 했지만 나도 몸 상태가 좋지만은 않았다. 어제부터 그랬다. 특별히 몸의 일부가 아프거나 답답한 건 아니지만, 전신의 세포가 천천히 시들어가는 듯한, 비유하자면 활짝

피었던 꽃잎이 소리 없이 닫히는 듯한 그런 묘한 감각. 이따금 가
슴이 심하게 두근거리기도 한다. 심장박동이 빠르고 강해서 두근
거리는 게 아니라 오히려 그 반대다. 박동에 힘이 없고, 느리고,
왠지 몸을 가누기 어려운 느낌이다. 그런 느낌이 들기 시작하면
내 육체가 잠을 원한다. 깊이깊이 잠들고 싶어진다. 그런데도 눈
앞은 맑다. 정신과 육체가 조화를 이루지 못하는 느낌이어서 어
제 저녁에는 목욕도 건너뛰었다.

몸 상태가 그래서인지 기분도 좀 이상했다. 지나간 나날이 유
난히 그리워지는 것이다. 조금 전에도 달려가는 타마짱의 뒷모습
에서 딸의 뒷모습을 보았다.

찻잔을 씻고 행주로 물기를 닦은 후 선반에 넣었다.

거실로 돌아와 문득 창밖을 보았다.

이 집에 시집온 후로 수십 년간 바라본 아담한 정원이 세찬 빗
발 속에서 부옇게 흐려 보였다.

나는 어둑어둑한 하늘을 바라보며 짧게 탄식했다.

오늘은 세 시에 치요코가 오기로 했는데, 이런 날씨라 아무래
도 무리겠지. 운전을 잘하는 치요코도 비 오는 날은 되도록 움직
이지 않는다. 오늘 오후엔 나 혼자 있게 될 것 같았다.

그렇다면……. 안쪽 방 책장으로 다가가 낡은 앨범을 꺼냈다.
마음이 과거를 그리워한다면 그 감정에 순순히 따르면 된다. 당
시의 사진을 들춰보며 추억을 더듬고 싶어졌다.

앨범에 먼지가 수북했다.

복도 창문을 조금 열고 앨범을 밖으로 내밀어 가볍게 탁탁 털었다.

그 순간 바람이 획 불어왔다.

앗, 하고 놀랐을 땐 이미 앨범 표지에 빗방울이 투두둑 떨어진 후였다.

앨범이 운다.

왠지 그렇게 느끼고 당황한 나는 얼른 소매로 물방울을 닦았다.

거실 상 위에 앨범을 조심스레 놓았다.

파란 풍선을 손에 들고 앉은 아기 그림이 크림색 표지에 인쇄되어 있다. 앨범 제목은 에미짱의 앨범. 에미를 출산했을 때 산부인과에서 기념품으로 받은 것이다.

첫 장을 펼치니 갓 태어났을 때 찍은 에미의 손도장이 나왔다. 단풍 같은 자그마한 주홍색 손이 내 입술을 저절로 벌어지게 했다. 옆 페이지엔 죽은 남편 글씨로 '에미'의 이름과 이름에 담긴 의미가 기록되어 있었다.

〈에미 – 그림처럼 아름다운 인생을 살아가도록〉

붓으로 적힌 글씨가 남자답고 거칠었다. 이 글을 쓰던 남편의 흡족한 옆얼굴을 지금도 선명하게 떠올릴 수 있다. 바로 여기 이 상 위에서 남편이 천천히 정성껏 써내려갔다.

나는 은혜로운 마음으로 다음 페이지를 넘겼다.

이제부터 사진이 나온다.

첫 번째 사진은 갓 태어난 에미가 눈을 감은 채 따뜻한 물에 잠겨 있는 모습이다. 손을 대면 온기가 느껴질 것처럼 생생하다. 같은 페이지에 산부인과 침대에 누워 방긋 웃는 나와 그 옆에서 자고 있는 에미 사진이 붙어 있었다. 에미를 어설프게 안고 어쩔 줄 모르는 남편 사진도 있었다.

그리움에 가슴이 조이는 듯하여 "하아" 하고 한숨을 내쉬었다.

그 후로 나는 한 장 한 장 아껴가며 감상했다.

페이지를 넘길 때마다 앨범 속 에미는 조금씩 성장해갔다. 아기에서 소녀로, 그리고 멋진 숙녀로. 그 대신 남편과 나는 늙어갔다.

이 앨범 속 사진들은 내 인생에서 행복한 순간을 오려내어 보관한 것이라는 생각이 든다. 인생은 수많은 행복한 순간들로 이루어진다는 사실을 새삼 깨달았다. 절대 사진으로 남기고 싶지 않은 괴롭고 슬픈 나날도 있었지만.

그렇지만……

좋은 일과 나쁜 일이 섞인 인생이라야 그림처럼 아름다울 수 있다. 그림이 빛과 그늘로 그려지듯 행복과 불행은 인생을 더욱 아름답고 깊이 있게 채색하기 위한 소중한 소재라고 생각한다. 누구나 나이를 먹으면 자신이 그려온 '인생이라는 이름의 그림'을 몇 걸음 뒤로 물러나 바라볼 수 있게 된다. 자기 인생을 객관적인 눈으로 감상할 준비가 되는 것이다.

내 인생에 가장 절망적인 그늘을 드리운 사건은 남편과 딸의 죽음이었다. 그 그늘이 너무나 짙었기에 손녀의 생명이 더욱 아름답게 느껴진다. 빛이 강하면 그늘은 짙어지고 그늘이 짙으면 빛이 더 눈부신 법이니까.

마침내 앨범의 마지막 페이지를 펼쳤다.

사진 속 에미는 아직 앳된 중학생의 모습이다. 짙은 남색 교복 차림으로 카메라를 보며 양손으로 V를 그리고 있다. 살짝 처진 눈꼬리와 쏙 올라간 입꼬리가 타마짱과 꼭 닮았다.

나의 두 보물이 이렇게나 쏙 빼닮다니.

그 사실이 왠지 모르게 기뻐서 "후훗" 하고 웃었다.

첫 번째 앨범 표지를 천천히 덮었다.

이 뒤로 이어지는 두 번째 앨범이 책장에 꽂혀 있다.

그걸 가져오려고 일어나려던 순간.

불현듯 가슴속을 마른바람이 훑고 지나갔다.

나는 무심코 심장 쪽을 양손으로 눌렀다. 또 그 이상한 두근거림이다. 심박은 느린데…… 묘한 감각이다.

마른바람이 유난히도 쓸쓸하게 느껴졌다. 내 마음을 바슬바슬한 모래처럼 만들어 어딘가로 휩쓸어가려는 듯이.

나, 지금, 외로운 걸까?

마음속으로 중얼거리며 양손을 가슴에서 내려 앨범 위에 겹쳐 올렸다.

쓸쓸하다.

왜 이렇게 쓸쓸한 거지?

내 마음에게 물었더니 바로 대답이 돌아왔다.

이 세상이 너무나 멋진 곳이라는 사실을 깨달았기 때문이있다. 떠나고 싶지 않은데, 영원히 있고 싶은데, 그럴 수 없다. 인생은 제한되어 있다. 시작이 있고, 끝이 있다. 그 끝이 내게 곧 다가오려 한다. 나이를 먹는다는 건 그런 것이다. 지금 내가 이토록 쓸쓸한 건 그런 현실에 맞닥뜨렸기 때문이다.

지극히 평범한 부모에게서 태어나 유복하진 않지만 남부럽지 않게 사랑받고 자랐다. 연애하고 결혼하여 이 집으로 시집을 오고, 아이를 낳아 기르고……, 부모도 남편도 딸도 잃었지만 그래도 계절은 흐르고 논밭에 열매가 맺혔다. 지금은 손녀의 성장을 지켜보며 이따금 친구와 차를 마시며 웃고 맑은 시냇물 소리에 귀 기울이면서 하루하루 평화롭게 살고 있다.

팔십 년이라는 세월을 들여 그려온 '인생이라는 이름의 그림' 은 전체 구성부터 세부에 이르기까지 모두 기적으로 이루어졌다는 걸 이제야 알았다. 특별할 것 없는 평범한 인생이긴 했지만 도중에 단추를 하나라도 잘못 채웠다면 지금의 나는 존재하지 않는 것이다. 어쩌면 에미를 낳지 않았을지도 모르고, 그러면 타마짱도 없었다.

점 하나 획 하나도 헛되지 않은 기적의 그림이다.

이 얼마나 행복으로 가득한 그림인가?

인생이라는 아름다운 그림 속에 줄곧 남고 싶었다.

그래서 지금 쓸쓸한 것이다.

내 인생을 사랑했기에 쓸쓸한 것이다.

어쩐지……

심장박동이 점점 더 약해지는 것 같다. 세상의 움직임이 조금씩 느린 화면으로 바뀌었다. 온몸의 세포 하나하나가 닫혀가는 꽃잎처럼 잠드는 듯한 느낌이 들더니 육체가 마음먹은 대로 움직이지 않게 되었다.

하지만 신기하게도 기분이 나쁘지 않았다.

오히려 따스한 풀솜에 평안히 감싸인 것 같은 기분이었다.

하아.

부드럽게 한숨을 내쉰 순간, 행복감이 샘물처럼 솟아나더니 심장 주변부터 스르르 힘이 빠져나갔다.

지극히 자연스럽게, 나는 깨달았다.

아아, 그런가.

갈 때가 되었구나.

이 기적처럼 아름다운 그림과 이제 곧 이별하게 된다.

외로움이 더 깊어졌다.

하지만 슬프지는 않았다.

오히려 축복받는 느낌이었다.

수명

이 두 글자에 담긴 의미를 생각했다.

생명을 축복한다.

그런가. 마지막을 맞는 건 축복받을 일이었다.

아아, 감사합니다.

부모님과 조상을 향한 감사의 마음이 가득 차올랐다.

엄마 품에 안긴 아기였던 시절처럼 내 몸이 두둥실 가벼워지면서 평안함에 감싸였다.

때가 되었다면 남은 이들이 슬퍼하지 않도록 이불 속으로 들어가 마치 잠자듯 돌아가자고 생각했다. 가는 것이 아니라 돌아가는 것이다. 기적으로 가득한 멋진 여행지에서 이제 곧 돌아갈 것이다. 마치 꿈처럼 아름다웠던 인생이라는 여행을 마무리 짓고 홀가분한 몸으로 이제 돌아갈 때가 되었다.

혹시 모를 일에 대비하여 꼬박꼬박 모아둔 얼마 안 되는 돈도, 아끼는 오동나무 장롱도, 남편과 함께 마당에 심은 매화나무도, 다정한 친구도, 혹사에 견뎌준 이 늙은 육체도, 또 목숨보다 소중한 타마짱도……, 모두 여기 두고 돌아간다.

조용한 가운데 깨달았다. 이 세상에서 얻은 모든 것은 하룻밤 빌린 것에 지나지 않았다. 이 세상에 '내 소유'는 아무것도 없었다. 나는 이제 홀가분한 몸이 된다. 빌린 것을 모두 내려놓고 자유로워진다. 쓸쓸하지만 미련은 없다. 애초에 내 것이 아니었으므로.

불현듯 마음이 스르르 젊어지는 듯한 쾌감에 휩싸였다.

그와 동시에 육체에서 힘이 빠져나가는 것 같아, 상 옆에 천천히 누워보았다.

몇 차례 얕은 호흡을 한 다음, 다시 한 번 몸에 힘을 주고 아기처럼 네 발로 기었다. 손바닥에 닿는 다다미의 차가운 감촉도, 폐로 들어오는 공기마저도, 자비를 베풀어야 할 존재로 느껴졌다. 홀로 지낸 수많은 밤에 고독을 증폭시켰던 벽시계 소리까지 지금은 사랑스럽다. 나도 모르게 눈물이 넘쳐흘렀다.

응애, 응애, 하고 온 힘을 다해 울었던 그 시절로 돌아가는 것만 같았다. 늙은 내가 지금 다시 갓난아이로 돌아간다.

이불 속으로 들어가려고 침실로 향했지만 이제 기는 것조차 힘들었다. 그 대신 마음은 반짝반짝 투명하게 빛났다. 이 세상에 존재했다는 사실이 큰 기쁨으로 다가왔다.

방 앞에 이르렀을 때 공기가 더 이상 폐로 들어오지 않았다. 하지만 괴롭지 않았다. 오히려 가슴 가득 행복감이 부풀어 올랐다.

미닫이문을 열려고 오른손을 뻗었다.

그 순간 타마짱의 웃는 얼굴이 떠올랐다.

타마짱과 했던 약속.

그 주머니는 타마짱이 동글동글한 눈망울의 어린 소녀였을 때 만들어준 것이다. 오늘 꿰매주기로 하지 않았던가?

그래. 이 세상에 있는 동안 해야 할 일이 아직 한 가지 남아 있어.

사랑스러운 손녀를 위해 하는 일이 내 인생이라는 그림의 마지막 획을 이루게 되었다는 사실에 뭐라 표현할 수 없는 행복을 느꼈다.

문을 향해 뻗었던 오른손을 움츠렸다. 반짇고리가 들어 있는 선반 쪽으로 몸의 방향을 바꾼 순간, 양팔에서 힘이 빠지는 바람에 다다미 위에 엎드려 쓰러지고 말았다.

왼쪽 볼에 낡은 다다미의 서늘한 감촉이 느껴졌다. 친숙한 다다미 냄새가 희미하게 풍겼다.

눈앞의 광경이 다이아몬드 더스트(얼음의 미세한 결정이 공중에 무수히 부유하는 현상 – 옮긴이)처럼 반짝반짝 빛났다.

다다미에 볼을 붙인 채 상 위로 시선을 주니 타마짱의 주머니 상단이 살짝 보였다. 행운을 부르는 네잎클로버가 초록으로 빛나고 있었다.

아, 행복해라.

고맙다. 고맙구나…….

바람에 휩쓸리는 모래처럼 순식간에 질감을 잃어가는 육체를 거의 무의식적으로 움직여 상을 향해 기었다.

오른손을 뻗으니 손가락 끝이 주머니에 닿았다.

꼭 잡았다.

주머니를 잡은 오른손이 스르르 바닥으로 떨어졌다.

낡은 천의 감촉이 기분 좋았다. 눈에 넣어도 아프지 않을 손녀가 이토록 낡을 때까지 사용해준 후줄근한 주머니의 감촉.

반짝이는 빛 속에 타마짱의 웃음이 떠올랐다.

얼마나 사랑스러운지.

내가 낳은 사랑하는 에미. 에미가 낳은 사랑하는 타마짱. 상냥하고 귀여운 내 손녀. 나의 보물.

아아, 에미……, 타마짱을 이 세상에 남겨줘서 고마워. 너의 이름엔 '웃음'이라는 의미도 있지. 먼저 돌아간 남편이 열심히 고민하여 지은 멋진 이름.

아아, 여보, 고마워요.

내 눈앞에 네잎클로버가 있다. 초록이 한층 더 따스한 빛으로 차올랐다.

눈이 부시다.

살며시 두 눈을 감았다.

육체의 질감이 더 옅어졌다. 온몸의 세포가 모래처럼 스르르 빠져나간다. 자유로운 공기처럼 가벼워졌다. 그 감각이 무척 기분 좋았다.

엄마의 자궁 속 양수에 둥둥 떠 있는 듯한 평안함.

나는 돌아간다.

어서 와요.

자비로운 목소리가 내 마음의 중심부를 건드렸다.

나는 자연스럽게 이해했다.

지금 이 순간 나를 감싼 무한한 공간이 나를 온전히 받아주었다는 사실을.

나는 이제 하나가 된다.

무한한 공간과 하나가 된다.

마지막으로 한 번만 더.

내가 그린 아름다운 기적의 그림을 바라보았다.

전체상이 주마등처럼 흘렀다.

주마등은 항상 완벽하게 아름답다는 사실을 깨닫고, 나는 깊이 깊이 안심했다.

내 안이 감사의 빛으로 가득 찼다.

내가 스르르 사라짐과 동시에 한없이 넓어진다.

그리고 나는 내가 되었다.

하야마 타마미

오후 네 시가 지났다.

오늘 마지막 판매처는 자그마한 마을의 공장터다. 지난달부터 새로 넣은 판매처인데, 원래 인쇄 공장이었던 모양이다. 공장이 도산하면서 건물 안에 있는 기계만 처분했기 때문에 겉으로 보면 그냥 차고 같다. 지붕도 있고 벽도 있어 오늘처럼 비오는 날에 안성맞춤인 공간이다. 맑은 날에 비하면 손님 수는 반에도 못 미치지만.

"타마짱, 다음에 또 봐."

마을 사람들이 '비둘기 아줌마'라 부르며 친숙하게 대하는 작은 키에 통통한 몸집의 할머니다. 이십여 년 전까지 군용 비둘기를 키워서 파는 일을 했다고 한다. 그래서 지금도 '비둘기 아줌마'라는 별명으로 불린다.

"비둘기 아줌마, 늘 감사합니다. 또 오세요."

나도 웃으며 인사했다.

방금 산 홍차와 오이 겉절이가 든 비닐봉투를 손에 든 비둘기 아줌마가 천천히 등을 돌리고 갈색 우산을 썼다. 빗속을 걸어 집으로 돌아가는 자그마한 뒷모습을 바라보며, 혼자 남은 나는 "후우" 하고 깊은 숨을 내쉬었다. 아픈 몸으로도 가까스로 마지막 손님을 치렀다. 늦은 오후부터 열이 오르는 걸 보니 마키에게 얻어먹은 약의 효과가 이제 다된 모양이었다.

"자, 이제 정리하고 집에 가야지."

스스로 격려하듯 일부러 목소리를 내어 말했다.

주저앉고 싶을 정도로 무거운 몸을 채찍질하며 상자에 든 상품을 캐리 짐칸에 쌓아갔다.

평소의 두 배에 달하는 시간을 들여 짐을 다 실은 후 운전석에 앉아 지친 등을 시트에 맡겼다.

"후우, 끝났다……."

혼잣말이 갈라진 목소리로 나왔다.

일단 집에 도착하기만 하면 어떻게든 될 것이다. 오늘 매출 계산이랑 내일 매입 준비는 지금 상태론 무리다. 하지만 남은 상품을 냉장고에 넣는 작업만큼은 필수다. 상하면 아깝다. 어쩌면 샤린이 도와줄지도 모른다. 그래 준다면 고분고분 샤린의 도움을 고맙게 받아들이자고 생각했다.

그러면 되죠? 시즈코 할머니…….

오늘 낮의 온화한 미소를 떠올려본다.

자, 이제 가야지.

"부탁해, 캐리."

혼잣말을 하며 시동을 걸었다.

바로 그때.

조수석 시트 위에 둔 휴대폰이 울었다. 화면에 아빠 이름이 떴다. 일하는 시간에 아빠가 전화를 걸다니, 이런 경우는 흔치 않다. 혹시 오늘 아침 나의 무례한 태도를 나무라려는 건가…… 하고 한순간 의심했지만 곧 생각이 바뀌었다. 아빠는 그런 사람이 아니다. 아마도 몸 상태가 좋지 않은 나를 아침부터 계속 걱정하다가 참지 못하고 전화를 걸었으리라.

"여보세요?"

나는 살짝 떨리는 마음으로 통화 버튼을 눌렀다.

"응, 아빤데."

"응."

"타마짱, 지금 어디 있어?"

아빠 목소리가 평소와 달랐다. 말하는 속도도 빨랐고, 감정을 죽인 듯 묘한 긴장감을 품고 있었다. 그래서 무심코 "왜?" 하고 되묻고 말았다.

"일은 끝났어?"

"어……, 응. 방금 끝났어."

"근처에 있지?"

"지금은 야키사와 마을 공장터에 있는데."

"그래?"

"응……."

"아, 저기."

"……뭔데?"

"저기, 타마짱."

"왜?"

이 시점부터 불길한 예감이 들기 시작했다. 이런 투로 말하는
아빠를 나는 처음 봤다.

"마음 단단히 먹고 들어."

"뭘?"

"그러니까, 마음을 차분히 가라앉히고, 들어."

"……."

아빠는 거기서 일단 말을 끊고 "후우" 하고 짧게 숨을 내뱉었
다. 호흡을 가다듬은 것이다. 이 부자연스러운 공백 탓에 내 마음
이 불길한 두근거림으로 재빨리 채워졌다.

"지금, 치요코 할머니한테 전화가 왔는데."

아직 중요한 이야기는 무엇 하나 듣지 않았는데, 벌써 내 머리
에서 핏기가 가시는 게 느껴졌다.

"응."

내 입이 짧게 대답했다. 그 목소리가 왜 그런지 다른 사람 목소
리처럼 들렸다.

"시즈코 할머니가, 방금……."

아빠 목소리도 멀어졌다. 현실과 동떨어진 어딘가 인공적인 세계에서 들리는 목소리 같기도 했다. 그 때문인지 "방금⋯⋯"의 다음이 잘 들리지 않았다. 그런데도 내 몸은 정확히 반응했다.

"거짓말⋯⋯."

"거짓말 아니야."

"거짓말⋯⋯."

"이런 거짓말을 할 리가 없잖아."

아빠가 힘없는 목소리로 말했다.

나는 왼손으로 휴대폰을 귀에 댄 채 오른손으로는 심장을 꾹 눌렀다.

"치요코 할머니가 발견했는데⋯⋯."

이때 내 머리는 거의 정지 상태였다. 소리 하나 들리지 않았다. 그래도 뇌의 일부는 아빠가 한 말의 내용을 이해했다.

"갈게."

내 입이 멋대로 그렇게 말했다.

"가다니⋯⋯, 어이, 타마짱, 아빠 말 잘 들으라니까. 지금 말이야, 경찰 검시관이라는 사람이 시즈코 할머니 집에 가 있는데⋯⋯."

"나, 금방 갈게."

"어⋯⋯, 잠깐만."

"미안, 아빠, 일단 끊을게. 금방 갈 테니까."

일방적으로 통화를 끊고 휴대폰을 조수석에 내던졌다. 곧 전화가 다시 걸려왔다. 나는 무시하고 사이드브레이크를 풀고 액셀을 밟았다.

어둑어둑한 공장터를 빠져나가 비에 젖은 마을 속을 달렸다. 시야가 유난히 부옇다고 생각했더니 와이퍼를 켜는 걸 잊은 탓이었다.

산간 마을이라 길이 좁고 구불구불했다. 핸들을 오른쪽 왼쪽으로 꺾으며 거짓말, 거짓말, 거짓말, 하고 마음속으로 몇 번이나 중얼거렸다. 아빠가 그런 거짓말을 할 리가 없다는 걸 잘 알면서도.

휴대폰 소리가 멎었다.

아빠도 포기한 모양이었다.

폭이 좁은 곡선 길에 접어들었을 때, 맞은편에서 빠른 속도로 달려온 차가 사이드미러를 거의 스칠 듯 지나갔다. 한순간 철렁했지만 그래도 발을 액셀에서 뗄 수 없었다.

정리되지 않은 머리로 조금 전 통화 내용을 반추한다.

시즈코 할머니가 상 옆에 엎드린 자세로 쓰러져 있었다고 한다. 내 주머니를 손에 꼭 쥔 채.

경찰들이 할머니 집으로 밀어닥치는 정경을 상상해보았다. 늘 잔잔한 물소리가 들리는 곳인데, 그곳에 타인이 우르르 몰려가 쓰러진 시즈코 할머니를 둘러싸고 있다니.

싫다.

그렇게 생각했을 때 두통이 다시 나를 덮쳤다. 부심고 미간을 찌푸리고 숨을 멈췄다. 통증을 참으며 핸들을 양손으로 꽉 잡았다. 두통에 이어 오한도 밀려왔다. 등에 소름이 돋고 어금니가 딱딱 부딪혔다. 나는 어금니를 꽉 깨물어 부산스러운 소리를 멈췄다. 머리가 아프고 시야가 부들부들 흔들려 도무지 안정이 되지 않았다.

일정한 리듬으로 움직이는 와이퍼.

그 움직임이 마치 최면을 걸듯 내 의식을 혼탁하게 했다.

비가 많이 오네. 운전 조심해야 한다.

시즈코 할머니가 이렇게 말한 게 바로 몇 시간 전이었다. 자비로운 목소리. 이제 들을 수 없는 걸까? 그런 현실적인 판단을 할 수 있을 만한 여유가 내겐 아직 없었다.

당신의 딸을 교통사고로 잃은 시즈코 할머니의 슬픔을 생각했다. 시즈코 할머니보다 먼저 떠난 엄마의 넋이 왜 그런지 지금에서야 내 가슴속으로 스며드는 것 같았다.

책상 서랍 속 엄마 사진을 떠올렸다.

액셀에서 살짝 발을 뗐다.

이윽고 해변 국도로 나가 미야마야 앞을 지났다. 잠시 더 달리니 아오바 대교가 보였다. 신호등이 있는 교차로에서 우회전한 후 강변길을 상류 방면으로 나아가던 중 왼편에 도키타 모터스의 낡은 간판이 보였다. 차고 앞을 지나칠 때 남색 작업복을 입은 소스케의 뒷모습이 언뜻 보인 것 같았다.

여기서부터는 도로가 아오바 강을 따라 이어진다. 도로 폭이 좁은 데다 급한 커브가 많다. 군데군데 움푹 팬 아스팔트 위를 달리는 차가 덜컹덜컹 진동하면서 아픈 머리를 자극했다.

불온한 검은 구름. 억수처럼 내리는 비. 불어난 강물이 녹갈색으로 변하여 사나운 이무기처럼 꿈틀거렸다.

하아…….

우울한 한숨을 내쉬었다.

나는 대체 뭘 하고 있었나……. 열심히 살고 있다고 생각했는데, 나의 가장 소중한 사람을 홀로 돌아가시게 했다.

고독사.

이 세 글자의 무게를 생각하자 상반신이 부르르 떨렸다. 그 떨림이 오한 때문인지 슬픔 때문인지 나 자신에 대한 분노 때문인지 알 길이 없었다.

노면의 작은 웅덩이에 오른쪽 타이어가 빠졌다. 덜컹 하는 진동이 두통을 다시 끌어냈다. 줄곧 어금니를 깨물고 있었던 탓인지 잇몸이 지끈지끈 아팠다. 열 때문에 머리가 멍하다. 강변도로는 이미 어둑어둑했다.

서둘러야 해.

다시 액셀을 깊이 밟았다.

속도가 빨라짐에 따라 눈에 눈물이 그렁그렁 차올랐다. 눈물로 일그러진 세계 속에서 핸들을 오른쪽으로 또 왼쪽으로 꺾었다.

시즈코 할머니의 다정한 웃음이 뇌리를 스쳤다.

영정사진 속 엄마의 미소도 어른거렸다.

두 사람이 나에게 뭔가를 전하려는 듯했다.

아아, 머리가 아프다.

시즈코 할머니를 빨리 만나고 싶다.

속도를 올린 채 왼쪽으로 완만하게 꺾어지는 커브를 지났다.

곧 강가의 자갈밭으로 이어지는 비탈길이 나올 것이다. 오른쪽으로 급하게 꺾어지는 커브 길에 접어들었다. 시즈코 할머니 집까지 이제 1분 거리다.

눈물로 풍경이 일그러졌다.

그 순간.

흐릿한 머리 한쪽 구석에서 섬광이 터졌다.

아, 위험해!

정신이 번쩍 들었을 땐 이미 맞은편 차선의 트럭이 바로 눈앞까지 다가와 있었다.

빠빠앙!

엄청난 경적 소리에 귀가 찢어질 듯했다.

그 후로 눈앞에 느린 화면이 펼쳐졌다.

한순간 내 왼쪽 시야 구석에 가드레일 끝이 보였다. 강변으로 내려가는 경사면 입구다. 나는 반사적으로 핸들을 그 경사면 쪽으로 꺾었다.

끼이이익!

타이어가 크게 미끄러졌다.

강한 원심력 때문에 오른쪽 어깨가 유리창에 세게 부딪혔다. 남색 트럭이 아슬아슬하게 스쳐 지나갔다.

균형을 잃은 캐리가 경사면 쪽으로 돌진했다. 가드레일은 물론 난간조차 없는 지점이었다. 이대로라면 강변으로 추락할 것이다. 나는 오른쪽으로 재빨리 핸들을 꺾어 경사면을 따라 내려가려 했다. 그러나 캐리가 충분히 돌지 못했다. 왼쪽 바퀴가 빠지는 바람에 차 바닥이 콘크리트에 드드득 하고 긁히는 소리가 났다. 다음 순간, 눈앞의 세계가 천천히 회전하기 시작했다. 1.5미터 높이의 경사면 밖으로 캐리가 튀어나갔다.

속이 메스꺼워지도록 기나긴 무중력의 느낌 속에서도 나는 기이하리만치 냉정했다. 이곳은 엄마 사고 현장 직전의 커브 길이 아닌가? 만약 엄마처럼 수십 미터 뒤의 그 커브로 돌진했다면 비켜날 길이 없어 트럭과 정면으로 충돌했을 것이다. 아까 시즈코 할머니와 엄마 사진을 떠올리며 아주 조금이라도 속도를 늦췄기에 큰 사고를 면할 수 있었다. 나는 아직 살아 있다.

거기까지 생각했을 때 눈앞의 세상이 거꾸로 뒤집혔다.

나는 필사적인 심정으로 핸들을 꼭 붙잡았다.

하지만 이대로라면…….

죽음을 의식했을 때 불현듯 샤린의 얼굴이 뇌리를 스쳤다. 몸이 아픈 나를 올려다보며 걱정스러운 듯 얼굴을 찌푸리던 샤린. 생사의 갈림길에 선 순간 가장 먼저 생각난 얼굴이 엄마도 시즈코 할머니도 아닌 샤린이라니……. 나는 샤린에게 '미안해요'도 '고마워요'도 하지 못했다. 그 점이 마음에 걸리는 것일까? 이런 기분으로는 아직 죽을 수 없다.

세상이 반 넘게 회전했다.

비에 젖은 자갈밭이 바로 눈앞에 있었다.

나는

아직

살고 싶다.

마음속으로 부르짖은 그다음 순간.

콰콰콰아아앙!

엄청난 충격이 나를 덮쳤다.

강변으로 추락한 후에도 몇 번 더 구른 모양이었다.

그러는 동안 내 몸 어느 부위가 어느 정도의 충격을 받았는지 알 수 없었고 기억나지도 않았다. 그래도 일단 의식은 잃지 않았다. 심한 충격에 몽롱해지긴 했어도 가까스로 정신은 붙잡고 있었다.

캐리가 회전을 멈춘 후 몇 초 정도 흘렀을까? 간신히 눈을 떴다. 우선 시야에 들어온 것은 엉망으로 깨져버린 앞 유리였다. 나는 핸들을 잡고 있지 않았다. 상반신이 조수석 쪽으로 쓰러진 묘한 자세였다. 안전벨트를 하지 않았다면 밖으로 튀어나갔을지도 몰랐다.

불행 중 다행인 것은 캐리가 구르다가 바로 섰다는 점이었다. 옆으로 넘어지지 않고 거꾸로 서지도 않았다.

"으, 으으……."

죽을힘을 다해 상반신을 일으키려는데 누군가의 신음 소리가 들렸다. 그 소리가 내 입에서 나오고 있다는 사실을 안 것은 잠깐의 시간이 흐른 뒤였다. 쇼크 상태에 빠졌는지 나는 아픔을 느끼지 못했고 그저 온몸이 뜨겁기만 했다.

간신히 상체를 일으켰다.

넋이 나간 상태로 멍하니 차 안을 보았다.

양옆의 유리창도 산산이 부서졌고 조수석의 글로브 박스는 힘없이 열려 있었다. 하쓰네 할머니에게 받은 시탕이 여기저기 흩어지고, 동전을 넣어둔 과자 캔은 내 발밑에서 뒹굴고 있었다. 쏟아진 동전이 사탕에 섞여 있다. 캔을 주우려고 오른손을 뻗었다가 또 "으으……" 하고 신음했다. 오른쪽 팔꿈치 윗부분이 찌르듯이 아팠다. 뼈에 이상은 없어 보이지만 꽤 심한 타박상을 입은 모양이었다.

안전벨트를 조심스레 풀고 왼손으로 캔을 주워 조수석 위에 놓았다. 뚜껑은 어디 있는지 보이지 않았다. 어쩌면 밖으로 튕겨 나갔는지도 모른다.

오른쪽 목덜미에 이상한 느낌이 들어 욱신거리는 오른손을 겨우 들어 목에 대보니 미끈미끈하고 불쾌한 액체가 만져졌다. 오른손을 보았다. 집게손가락과 가운뎃손가락에 시뻘건 선혈이 묻어 있었다. 오른쪽 귀 윗부분이 쓰린 걸 보니 거기서 피가 난 모양이었다. 손가락에 묻은 피를 바지에 문질러 닦았다.

아직 시동이 걸려 있었다.

키를 비틀어 시동을 껐다.

세상이 조용해졌다고 생각한 것도 잠시, 이번엔 무자비한 빗소리와 불어난 강물 소리가 어둑어둑한 강변을 지배했다.

휴대폰은? 휴대폰이 어디 있지?

다급하게 움직인 시선에 유리 파편과 함께 대시보드 위에 놓인 휴대폰이 포착되었다.

왼손을 뻗어 비에 젖은 휴대폰을 잡았다.

전원 버튼을 누르니 마치 아무 일도 없었다는 듯 화면에 평화로운 빛이 깃들었다. 시즈코 할머니가 보내준 네잎클로버 사진이 제일 먼저 떴다.

할머니…….

네 장의 싱싱한 초록 빛깔 잎.

그 영상이 흔들흔들 흔들렸다.

눈에 눈물이 맺힌 것이다.

눈을 깜빡여 눈물을 떨어뜨렸다.

하지만 떨구어도 떨구어도 눈물은 끝없이 솟았다.

어, 눈물이 왜 안 멎지. 이러면 네잎클로버를 볼 수 없잖아.

여전히 몽롱한 머리로 나는 생각했다.

톡…….

네잎클로버 위에도 눈물방울이 떨어졌다.

소매로 닦고 왼손으로 터치하여 어느 전화번호를 불러냈다.

통화 버튼을 눌렀다.

한 번, 두 번, 세 번.

상대가 받아주기를 빌면서, 삐걱거리는 도어를 어깨로 세게 밀었다.

망설일 틈 없이 억수같이 쏟아지는 빗속으로 나갔다.

발밑에 무참히 망가진 기계가 뒹굴고 있었다. 캐리 이마에 붙여뒀던 라우드 스피커의 잔해였다.

제발. 받아줘.

나는 휴대폰을 귀에 댄 채 자갈 위를 비틀비틀 걷기 시작했다.

도키타 소스케

차고 벽 쪽에 놓인 빨간 공구 박스 위에서 아까부터 계속 휴대폰이 울고 있다.

"네네, 알겠다니까요. 그런데 지금은 손을 뗄 수 없다고요."

차 밑에 들어가서 수리 중이었다. 나는 이렇게 혼잣말을 하며 마지막 나사를 조였다.

"됐다, 수리 완료."

이제야 차 밑에서 기어 나와, 스패너를 한 손에 들고 훌쩍 일어났다.

공구 박스를 향해 걸으며 시커먼 기름때가 묻은 오른손을 작업복 허벅지 부분에 문질러 닦았다. 그렇게 조금은 깨끗해진 손으로 휴대폰을 잡았다.

화면에 타마짱 이름이 떠 있었다.

"어이, 늦게 받아서 미안하네."

평소처럼 태평스러운 목소리로 말했다.

"소스케……."

"어?"

말문이 막혔다. 타마짱 목소리가 이상했다. 휴대폰 스피커에서 세찬 빗소리와 중저음의 강물 소리도 희미하게 새어나왔다.

"소스케……."

힘없이 갈라진 목소리가 또 내 이름을 불렀다.

"엇, 타, 타마짱, 왜 그래?"

대답이 없었다.

나는 휴대폰을 귀에 꼭 붙이고 정신을 집중했다. 타마짱의 상태를 조금이라도 알아내려 했다. 그러자 부자연스러운 리듬의 호흡 소리가 작게나마 들렸다.

울고 있다…….

틀림없다. 타마짱이 지금 울고 있다.

다음 순간 내 머릿속이 새하얗게 변하려 했다. 하지만 또 하나의 내가 냉정해지라고 명령했다.

"타마짱, 지금 어디야?"

최대한 부드러운 목소리로 물으려고 노력했다.

"강변……."

"강변? 아오바 강?"

"응……."

"그래? 그런데, 무슨 일 있었어?"

"소스케……."

"응, 그래."

"미안, 소스케……."

"응?"

"나, 캐리를……." 거기까지 말한 후 흑흑 흐느꼈다. "소스케가 만들어준 캐리를, 다 망쳐버렸어."

"망치다니……"라고 말했다가 덜컥 놀랐다. "엇, 설마, 사고?"

"응……. 미안해."

내 심장이 갈비뼈를 밀어 올릴 듯이 세차게 뛰기 시작했다.

"그런데…… 타, 타마짱은 괜찮아? 안 다쳤어?"

"응. 나는 괜찮아."

"정말이야?"

"응."

"어떤 상황인지 말해줄래?"

"응."

타마짱은 커브를 충분히 돌지 못해 경사면 아래로 추락하여 캐리가 크게 파손되었다는 이야기를 흐느끼며 털어놓았다. 팔꿈치와 머리에 타박상을 입었을 뿐 부상은 걱정할 정도가 아닌 듯했다.

"그러니까, 소스케."

"응……."

"차, 견인 부탁할게."

"응, 당연히……, 타마짱은 지금 어디 있어?"

"지금 걷고 있어."

"걷고 있다니, 어디를?"

"강변에서 도로로 막 올라온 참이야."

"빗소리가 엄청난데, 우산 쓰고 있어?"

"아니, 없어……."

"응?"

우산도 안 쓰고 대체 어디로 가려는 건가. 그렇게 생각했을 때 타마쨩이 목적지를 알렸다.

"시즈코 할머니 집에 가."

어……, 시즈코 할머니 집? 왜, 지금?

사고 난 캐리는 강변에 내버려두고 빗속을 걸어 시즈코 할머니 집에 간다고?

아무리 생각해도 이상한 행동이다.

"타마쨩, 왜 지금 시즈코 할머니 집에 가려는 거야?"

내 말이 떨어지기가 무섭게 타마쨩이 목 놓아 울기 시작했다.

"어? 타, 타마쨩, 왜 그래?"

"……머니, ……셨어……."

시끄러운 빗소리와 오열 섞인 목소리 탓에 타마쨩의 말을 제대로 알아들을 수 없었다.

"엇, 뭐라고?"

"시즈코 할머니가……."

"응."

"돌아가셨어……."

타마짱이 또 흐느낀다.

"어……."

내 머리가 한순간 얼어붙어버렸다.

다시 가동되기 시작하자 몸이 멋대로 움직였다.

차고에서 뛰쳐나가 마당을 가로질러 안채 현관문을 열고 안에
있는 아버지를 큰 소리로 불렀다.

"아버지, 잠깐 나갔다올게요!"

나는 아버지의 대답을 기다리지 않고 견인차를 향해 달리면서
휴대폰에 대고 말했다.

"타마짱, 지금 바로 갈게. 내가 시즈코 할머니 댁까지 데려다줄
테니까."

"……."

"야, 듣고 있어?"

"응……."

"그래. 일단 캐리가 있는 곳으로 돌아가."

"……."

"내가 갈 때까지 기다려."

거기까지 말하고 일방적으로 전화를 끊었다.

휴대폰은 작업복 주머니에 밀어 넣었다.

차고 옆에 주차해둔 견인차에 올랐다.

"정말, 뭐하는 거야, 타마짱은……."

혼잣말을 하며 꽂혀 있는 키를 비틀어 시동을 켰다. 밖은 이미 어두웠다. 라이트를 켜고 와이퍼를 작동시켰다. 사이드브레이크를 풀고 저속 기어로 출발한 후 액셀을 밟았다.

기다려.

고물 견인차가 쏟아지는 빗속을 달린다.

2분 내에 도착할 거야.

속도를 점점 올렸다.

나도 모르게 액셀이 바닥에 닿을 만큼 꾹 밟고 있었다.

제6장 달팽이

하야마 타마미

．

시즈코 할머니 장례식이 있은 다음 날.

2층 거실 의자에 걸터앉아 먼 바다를 멍하니 바라보았다.

남빛 수평선 위로 맑은 하늘이 펼쳐져 있었다.

활짝 열어젖힌 창문을 통해 기분 좋은 파도 소리가 솨아솨아 흘러들고, 11월의 조금 선득한 바람이 레이스 커튼을 팔락팔락 흔들었다.

왠지 신기하게 느껴질 만큼 조용한 날이다.

눈을 감고 천천히 심호흡을 했다.

그때 샤린과 아빠가 아래층에서 올라왔다. 가게 냉장고에서 점심 식재료를 골라온 모양이었다.

"타마짱, 요리 재료 몇 가지 쓸게. 고마워."

"아, 네."

캐리가 크게 파손되어서 이제 심부름 서비스를 할 수 없다. 냉장고에 보관해둔 재료를 어차피 팔 수 없다면 상하기 전에 요리에 이용하는 편이 나을 것이다.

"전자레인지로 데우기만 하면 되는 반찬도 많더라."

샤린이 부엌에 서서 방긋 웃었지만 장례식 다음 날인 만큼 조금 피곤해 보였다.

"네. 원하는 대로 쓰세요."

샤린이 "땡큐" 하고 엄지손가락을 세워 보였다.

"아, 어차피 오늘은 가게도 안 열 거니까 낮술 한잔할까?"

아빠가 내 맞은편 의자에 앉아 태평스럽게 말했다. 말은 그렇게 하지만 목소리에 피로가 묻어나왔다.

"와우, 좋은 생각이다."

샤린이 과장스럽게 기뻐했다. 연극으로 느껴지는 이런 장면들이 오히려 시즈코 할머니를 잃은 슬픔을 부추겼다.

"아, 그런데 타마짱은 안 마시는 게 좋겠구나."

"어, 왜?"

고개를 갸우뚱하니 아빠가 내 머리를 손가락으로 가리키며 말했다.

"머리 상처, 덧날지도 몰라."

"아, 심하지 않으니 괜찮아."

강변으로 추락하면서 생긴 측두부 상처를 말하는 거다. 그때 옆 마을 병원에 가서 세 바늘 기웠다. 실제로는 스테이플러 같은 금속 침으로 찰각찰각 고정시켰을 뿐이지만. 한동안 머리를 못 감는다는 것 말고는 특별히 생활하는 데 불편은 없다.

샤린이 미트볼과 후이궈러우(삶은 고기를 썰어서 각종 재료와 함께 볶은 중국 요리 – 옮긴이)를 데워 테이블에 차리기 시작했다. 나도 자리에서 일어나 캔맥주와 잔을 준비하고 가게 냉장고에서 심부름 서비스용으로 사뒀던 갓절임 팩을 꺼내왔다.

간단한 즉석식품만으로 점심 식탁이 차려지고 세 사람의 잔에 맥주가 채워졌다. 장례식을 치른 다음 날 '건배'하는 것도 이상하여 일단 '헌배'를 해야 하지 않을까 생각하는데, 아빠가 먼저 어제 일에 관해 입을 열었다.

"어제 감사하게도 조문하러 많이들 와주셨어."

마치 한숨 같은 감개무량한 말투였다.

"그러게……."

나는 조금 갈라진 목소리로 말하며 잔을 들었다.

"모두 같이 슬픔의 눈물을 흘려주셨지. 멋진 장례식이었다."

"응."

내가 고개를 끄덕였을 때 샤린도 엄숙한 얼굴로 아빠 옆에 앉았다.

"아무튼 둘 다 수고 많았다."

상주 역할을 했던 아빠가 그렇게 말하며 잔을 테이블 위로 들었다. 샤린과 나도 잔을 살짝 들어올렸다.

세 사람이 각자의 맥주에 입술을 댔다.

평소 같으면 아빠가 먼저 "크아, 역시 낮술이 최고야" 하며 시답잖은 이야기를 꺼냈을 텐데, 오늘은 진지한 얼굴로 잔을 내려놓았다. 그래서 심부름 서비스 고객에게 팔 예정이었던 테이블 위의 요리들을 가리키며 일부러 농담을 했다.

"자, 먹읍시다. 오늘은 이것도 이것도 이것도 내가 대접하는 겁니다."

아빠가 "아하하, 그렇군" 하고 웃어주었지만 그래도 조금 슬픈 표정이었다. 샤린은 왠지 연민이 가득한 눈빛으로 나를 보는 것 같았다.

세 사람은 간간이 젓가락을 움직이며 느릿한 속도로 맥주를 마셨다. 대화가 흥겹지는 않았지만 침묵으로 어색해지는 순간도 없었다.

이따금 창밖에서 부드러운 파도 소리가 바람을 타고 흘러들어왔다.

조금 싸늘하고 청결한 느낌의 초겨울 바람이다.

텔레비전 소리도 음악도 흐르지 않는 거실에 계절과 어울리지 않는 창가의 풍경 소리만 자그맣게 울렸다.

조용하고 차분한 오후다.

시즈코 할머니의 장례식은 하쓰네 할머니의 동생인 도시미 할머니가 돌아가셨을 때처럼 옆 마을 장례식장에서 치러졌다. 조문객이 많아 한때 줄이 건물 밖까지 이어지기도 했다. 그 행렬 속에 후루타치 씨의 모습도 있었다. 후루타치 씨는 분향을 마치고 평소와 다름없는 엄격한 얼굴로 내 어깨를 한 번 톡 두드리더니, 옆에 서 있는 아빠에게 "조만간 들르겠네"라는 말만 남기고 사라졌다.

평소에는 신랄하기 그지없는 치요코 할머니의 얼굴이 눈물로 뒤범벅이 되었을 땐 나도 놀랐다. 그 모습을 본 마을 사람들도 따라 울었다.

내 눈에서도 눈물이 멎지 않았다. 마음이 점점 텅 빈 동굴처럼 변하여 장례식이 끝날 즈음엔 거의 허물만 남은 상태였다.

샤린은 원래 감정이 풍부하고 누구보다 눈물이 많은 편인데도 이날은 왜 그런지 눈물 한 방울 흘리지 않았다. 내 눈에는 그 모습이 부자연스러워 보여 장례식 동안 몇 번이나 샤린의 얼굴을 살폈다. 울지 않는 샤린의 눈동자는 소금 무서우리만치 맑은 다갈색이었다. 왜 그런지 그 무서운 눈과 나의 젖은 눈이 서로 끌어당기기라도 한 듯 몇 번이나 마주쳤다.

샤린, 눈물 안 나요?

샤린은 안 슬퍼요?

그렇게 묻고 싶기도 했지만 솔직히 그럴 만한 여유가 없었다. 조문객에게 위로를 받을 때마다 눈물샘이 터져 손수건을 눈에 대고 내내 고개만 숙이고 있었으니.

"타마쨍?"

샤린의 목소리에 퍼뜩 정신을 차렸다.

어제 장례식을 되짚어보다가 나도 모르게 젓가락을 내려놓고 멍하니 앉아 있었던 모양이다. 내 시선은 아빠와 샤린 사이로 보이는 창밖의 푸른 바다로 향한 채였다.

"어, 예?"

"밥 안 먹네."

"아, 네. 배가 별로 안 고파서."

테이블에 놓인 접시들을 보았다. 어느 요리도 별로 줄지 않았다. 아빠도 샤린도 식욕이 없는 모양이었다. 나는 밥 대신 맥주를 조금 마셨다. 줄어든 만큼 아빠가 또 맥주를 따라주었다. 나도 아빠 잔에 맥주를 따랐다. 다시 젓가락을 들고 짭짤한 미트볼을 집어 내 입에 넣었다. 아무것도 안 먹으면 아빠와 샤린이 걱정할 것 같아서였다.

이번엔 샤린이 젓가락을 내려놓았다.

"타마짱."

"네?"

샤린이 진지한 표정으로 나를 응시했다.

"시즈코 할머니, 돌아가셔서 슬프지."

뜻밖의 대사에 내 위장이 딱딱하게 굳었다. 샤린은 그런 나의 변화를 눈치채지 못한 듯 살짝 미소 지으며 계속 말을 이었다.

"그래도 괜찮지?"

"……."

"파파상이랑 내가 있잖아. 그러니 문제없지?"

덜컥.

심장이 이상한 소리를 낸 것 같았다.

문제없지?

그 말이 내 가슴을 압박하여 입 안의 미트볼을 삼킬 수 없었다.

시간을 들여 꼭꼭 씹어 간신히 넘겼다.

시즈코 할머니가 죽었는데, 문제없다고?

덜컹. 덜컹.

귀 안쪽에서 고동 소리가 들렸다.

그 진동으로 내 마음의 중심부가 와르르 무너져 내렸다.

"문제없다니, 무슨 뜻이에요?"

"어이, 티미짱."

아빠가 나의 조용한 분노를 눈치챘는지 개입하려 했다.

나는 무시하고 계속 말을 이었다.

"혹시 샤린, 당신이 시즈코 할머니를 대신할 수 있다고 생각해요?"

"타마짱, 잠깐만."

아빠가 맥주잔을 내려놓았다.

"노, 노, 아니야. 그게 아니야." 샤린이 테이블 위로 몸을 쑥 내밀었다. 눈동자가 우수의 빛에 잠겼다. "돌아가신 거, 슬프지. 나도 슬퍼. 무척 슬퍼. 하지만 어쩔 수 없는 일. 타마짱은 살아 있어. 살아 있는 사람은, 방긋방긋, 웃어야지."

"웃으라니…… 어제, 장례식이었는데, 웃을 수 있을 리 없잖아요."

"아아, 노, 노, 그게 아니야. 아니야. 저기……."

샤린이 애가 타는 듯 몸을 앞으로 더 내밀었다.

"미안한데요. 당분간 나한테 신경 쓰지 말고, 아니, 시즈코 할머니에 관한 이야기는 하지 말아 줄래요?"

나도 시즈코 할머니와의 이별을 받아들이고 기운 내어 긍정적인 마음으로 곧 다시 시작할 것이다. 하지만 그러기까지 시간이 걸린다. 당연하지 않나? 그런데 이 필리핀 여자는 그런 것조차 이해하지 못한다.

자리에서 일어나려 했다.

3층 내 방으로 도망치고 싶었다.

그때 샤린이 뜻 모를 말을 지껄였다.

"아앙힝 파 앙 다모, 쿵 파타이 나 앙 카바요."

나는 의자에서 일어났다가 다시 앉았다. 샤린의 애원하는 듯한 표정을 뿌리칠 수 없었던 것이다.

"무슨 말이에요?"

"필리핀 속담이지?"

아빠가 대신 대답했다. 타갈로그어도 모르면서.

"그러니까 무슨 뜻이냐고요."

이때 내 표정이 꽤 험악했을 것이다. 샤린은 나의 고약한 시선에도 불구하고 나를 똑바로 바라보며 이렇게 말했다.

"죽은 말에게 풀은 필요 없다. 옛날부터 전해 내려오는 필리핀 속담이야."

"……!"

무신경한 말에 충격을 받은 나는 숨을 들이마신 채로 내뱉지 못했다.

시즈코 할머니가 죽은 말이라고? 풀은 필요 없어?

이제 내 방으로 도망치고 싶다는 생각조차 들지 않았다. 머릿속이 하얗게 변하며 몸이 부들부들 떨리기 시작했다. 이런 감각은 난생 처음이었다.

"오오, 노, 타마쩡, 들어봐. 사람이 죽어. 그건 슬픈 일이야. 나도, 그래. 하지만 괜찮아. 파파상이랑, 나, 가족이 있어. 가족이 가장 소중하다는 것은."

"저기요, 샤린." 나는 샤린의 말을 강한 태도로 차단했다. "시즈코 할머니도 엄마도 저마다 다른 인간이에요. 그러니까 절대, 절대, 아무도 두 사람을 대신하지 못해요."

"노, 노, 내 말, 그게 아니야."

"그만해요, 부탁이에요."

더 이상 화내고 싶지 않았다. 나도 모르게 목소리가 거칠어졌다. 허벅지 위에서 꽉 쥔 주먹 위로 톡, 톡, 미지근한 물방울이 떨어졌다. 나는 흐르는 눈물 따위 신경 쓰지 않고 아랫입술을 꼭 깨문 채 샤린을 똑바로 응시했다.

문득 맑은 다갈색 눈동자가 흔들리더니 얼굴 전체가 서서히 일그러졌다.

샤린이 운다.

내 앞에서는 늘 웃거나 아니면 또박또박 지적하던 샤린이 처음으로 감정을 드러내고 울었다.

"나, 안 되는 거구나. 나는 타마짱의 엄마, 될 수 없나 봐. 피파상, 미안해요."

샤린이 의자에서 일어나더니 마치 소녀처럼 울면서 계단을 뛰어 내려갔다.

"어이, 샤린."

아빠가 불렀지만 샤린은 멈추지 않았다. 곧 가게 현관문이 열리는 소리가 들리고 뒤이어 자갈을 밟으며 달려가는 샤린의 발소리가 들렸다. 발소리는 점점 작아지다가 이윽고 어둠 속으로 사라졌다.

나는 감정을 쏟을 곳을 잃고 천천히 아빠를 보았다.

아빠는 샤린이 내려간 계단 쪽을 보고 있었다. 그 시선을 이쪽으로 돌리더니 지친 듯 "후우" 하고 한숨을 쉬었다. 천천히 캔맥주를 들고 잔에 따르지 않고 그대로 꿀꺽꿀꺽 단숨에 들이켰다. 빈 캔이 딸깍 하는 작은 소리를 내며 테이블 위에 놓였다.

"타마짱."

아빠가 나지막한 소리로 나를 불렀다.

야단치겠지. 어쩌면 따귀를 맞을지도.

그래도 어쩔 수 없다.

나는 각오했다.

대답 대신 아빠의 시선을 정면으로 받아들였다.

"아빠가 타마짱한테 할 말이 있단다."

"……."

나와 아빠 사이의 공기가 얼어붙었다.

나도 모르게 등을 쭉 폈다. 아빠의 시선이 이렇게 무서웠던 적은 없었다.

아빠가 숨을 훅 들이마시더니 내 눈을 가만히 보았다.

그러고 잠시 후 입을 열었다.

"타마짱, 고맙다."

"어……."

나는 놀라서 입을 떡 벌렸다.

"샤린이 여러 가지로 미숙한데도 여태까지 잘 참아줬어. 역시 타마짱은 마음이 따뜻한 아이야."

"……."

아빠가 문득 긴장을 풀고 미소 지었다. 아빠 등 뒤의 밝은 창에서 부드러운 바닷바람이 흘러들어왔다. 하얀 레이스 커튼이 마치 꿈결처럼 흔들렸다.

딸랑.

파도 소리에 섞인 풍경의 음색이 가슴속까지 스며들어 내 기분을 감상적으로 만들었다. 그래서인지 엄마와 시즈코 할머니의 미소가 뇌리에 어른거렸다.

"타마짱, 정말 고맙다."

내 어깨가 들썩이기 시작했을 때 다정한 아빠의 얼굴이 희미해졌다.

다음 순간, 귀 안쪽에서 작은 오열이 들린 것 같았다.

오열은 내 목에서 밀려나온 것이었다.

조금 전의 샤린처럼은 아니지만 역시 소녀 같은 솔직한 울음이었다.

아빠가 천천히 의자에서 일어나더니 테이블을 빙 돌아 내 옆 의자에 앉았다. 그러고는 내 등을 조용히 어루만져주었다.

"아앙힝 파 앙 다모, 쿵 파타이 나 앙 카바요."

아빠가 그 타갈로그어 속담을 다시 입에 담았다.

나는 흐느끼며 아빠의 목소리를 듣고 있었다.

울음을 그치지 않는 내 등을 계속 어루만지며 아빠는 혼잣말을 하듯 중얼거렸다.

"직역하면 '죽은 말에게 풀은 필요없다'가 되지만, 속뜻은 조금 다르단다."

정말로 필요할 때 그 사람을 도와야 한다.

아빠는 스스로 다짐하듯 그 속담의 '진짜 의미'를 천천히 입에 담았다.

"샤린은 지금이야말로 시즈코 할머니와 심부름 서비스를 한꺼번에 잃은 타마짱을 도와야 할 때라고 말하고 싶었던 거야. 일본어로는 표현이 잘 안 돼서 필리핀 속담으로 대신하려 했던 거지."

아직 흐느끼고 있는 내 가슴 한가운데에 아빠의 말이 물방울처럼 떨어져 파문을 일으켰다.

"어젯밤에 샤린이 그러더라. 타마짱이 너무 걱정돼서 장례식 때 울 수 없었다고."

"아……."

나는 그제야 얼굴을 들었다. 아니, 고개를 들지 않을 수 없었다.

"이참에 다 말해버릴까?"

"뭘?"

"샤린이 비밀이라고 했는데."

비밀? 고개를 갸우뚱하면서도 여전히 눈물을 흘리고 있는 내 등을 아빠가 계속 어루만져주었다.

"우리 집 불단 있잖아. 늘 반짝반짝하지?"

"어……."

나는 설마 하고 생각했다. 그 설마가 사실이었음을 아빠가 일깨워주었다.

"샤린 말이야, 매일 아침 일찍 일어나잖아. 일어나서 제일 먼저 뭐하는지 알아?" 아빠가 뒤돌아 불단 쪽을 보며 말했다. "불단 청소부터 해."

"……."

"내가 불단은 죽은 사람의 집이라고 가르쳐줬더니, 샤린이 그럼 여기가 에미 씨 집이냐고 하더라고. 그때부터 늘 이렇게 깨끗해."

"전혀 몰랐어……."

이렇게 중얼거린 후 코를 한 번 훌쩍였다.

"몰랐지?"

아빠가 짓궂은 표정으로 웃다가 다시 말을 이었다.

"그리고 말이야, 가게에 필요한 재료 매입을 샤린한테 맡기고 있는데, 최근에 매입량이 조금 늘었어. 왜 그런지 알아?"

나는 퍼뜩 놀라 눈을 크게 떴다.

"혹시……."

"응. '다나보타 세일품'을 만들려고 일부러 그랬지." 아빠는 거기까지 말하고 내 등을 툭 두드렸다. "아, 참, 타마짱한테 보여주고 싶은 게 있어. 잠깐 기다려봐."

아빠가 의자에서 일어나 느긋한 발걸음으로 계단을 올랐다. 잠시 후 3층 침실에서 낯익은 물건을 들고 내려왔다.

"자, 이거. 바늘 달려 있으니 조심해서 봐."

네잎클로버 주머니였다.

"이걸 어떻게?"

물었지만 대답은 이미 명료했다. 자세히 보니 뜯어진 부분이

시침핀으로 고정되어 있었다.

"샤린은 저런 사람이라 에미나 시즈코 할머니를 대신할 순 없겠지만, 샤린도 나름대로는 남몰래 열심히 하려고 노력하고 있단다."

"……."

"그런 게, 그 뭐냐, 타마짱이 좋아하는 그거지?"

"그거라니……."

"음덕을 쌓는 것."

다정한 아빠는 나를 나무라지 않고 끝까지 웃으며 일깨워주었다. 그래서 눈물을 뚝뚝 흘리면서도 순수한 마음으로 "응" 하고 대답할 수 있었는지도 모른다.

"아빠는 말이야, 샤린을 일본인 이상의 일본인이라고 생각하고 있어. 천국에 있는 에미도 시즈코 할머니도 샤린을 좋아하지 않을까? 타마짱을 위해 이토록 애써주는 사람이니까."

"……응."

고개를 끄덕이는 바람에 눈물방울이 또 떨어졌다. 아까와 같은 손등에 떨어졌는데 온도가 다른 느낌이었다. 내 손은 지금 네잎 클로버 주머니를 꼭 쥐고 있다.

"타마짱."

나는 얼굴을 들었다.

"샤린의 장점이 뭐지?"

엉뚱한 질문이었지만 샤린의 태양 같은 웃음이 곧 떠올랐다. 그래서 이렇게 대답했다.

"성격이 밝다는…… 거."

"응. 나도 그렇게 생각해. 그 사람, 쓰라린 과거를 안고 있는데도 늘 밝고 긍정적이지."

"응……."

"분명, 오늘도 활짝 웃으며 용서해줄 테니, 아빠랑 샤린 찾으러 가보자."

손목으로 눈물을 닦으며 "응" 하고 대답했다. "이런 차림으론 나갈 수 없으니 옷 갈아입고 올게" 하고 의자에서 일어났다.

"멋 내느라 시간 끌면 안 된다."

"알고 있어."

나는 울다가 웃으며 3층 내 방으로 향했다.

심부름 서비스를 나갈 때 자주 입었던 청바지에 하얀 나이키 파카를 걸쳤다.

책상 서랍을 살며시 열었더니 사진 속 엄마가 나를 바라보았다.

사진 옆에 엽서 크기의 나무틀 액자가 있다. 지난번에 심부름 서비스 준비를 하면서 몰래 사뒀던 액자다. 그 액자와 휴대폰을 파카 주머니에 넣고 아빠가 기다리는 거실로 내려갔다.

"자, 그럼 가볼까?"

"응."

우리는 뒷문으로 나가 신발을 신었다.

"아빠."

"응?"

"샤린, 어디 있는지 알아?"

"글쎄, 짐작은 가지만."

아빠가 웃었다. 평소와 조금도 다르지 않은 태평스러운 웃음이었다.

늘 이렇게 속이 깊고 마음이 넓은 사람.

그런 생각이 드니 또 눈물이 나왔다.

＊　　＊　　＊

뒷문으로 나갔다가 파손된 캐리와 마주쳤다.

유리창은 모조리 깨지고 차체는 울퉁불퉁하고 외장도 무참히 벗겨졌다. 차틀이 일그러지고 부품도 손상되어 "솔직히 수리는 어렵겠어. 폐차할 수밖에 없겠네……"라고 견인해준 소스케가 말했다.

아빠가 캐리 옆을 천천히 지났다.

나는 미안해, 미안해, 하고 마음속으로 중얼거리면서 가엾은 캐리를 되도록 보지 않으려 애쓰며 아빠 뒤를 쫓았다.

"어디로 가?"

조금 속도를 높여 아빠 옆에서 나란히 걸었다.

"일단 따라와."

아빠가 여전히 태평스러운 얼굴로 푸른 하늘을 향해 팔을 뻗어 기분 좋게 기지개를 켰다.

자갈이 깔린 주차장에서 아스팔트 도로로 나가 아오바 강 쪽으로 걸음을 옮겼다.

바다 냄새를 품은 서늘한 바람이 내 목덜미를 어루만졌다.

나는 양손을 파카 주머니에 넣고 걸었다. 오른손이 작은 액자에 닿았다. 묘하게도 매끈매끈한 나무틀의 감촉이 샤린의 까무잡잡한 피부를 연상케 했다.

"아빠."

"응?"

"타갈로그어 잘 알아?"

나는 아까부터 궁금했던 점을 물었다.

"그냥 아주 조금. 매일 아침에 샤린이랑 걸으면서 배웠어."

"오호, 그랬구나."

"그 속담도 얼마 전에 배워서 기억했던 거야."

그렇군. 그래서 속담의 '진짜 의미'까지 알고 있었던 거다.

잠시 후 강변길에 닿았다. 아빠가 "이쪽이야" 하며 왼쪽으로 꺾었다. 이대로 곧장 가면 바다가 나온다.

"바다, 에 있어?"

"아마도."

아빠가 한걸음 디딜 때마다 발밑에서 찰박, 찰박, 찰박, 하고 소리가 났다. 이 사람, 초겨울에 샌들을 신고 나왔다.

"발 시리지 않아?"

걱정되어 물었는데 질문과 상관없는 답이 돌아왔다.

"아하하. 정답이다."

"응?"

"저기, 저기 봐봐."

아빠가 전방을 비스듬하게 가리켰다. 아오바 강과 바다가 만나는 지점이었다. 해안에서 먼 바다를 향해 긴 방파제가 곧게 뻗어 있고 그 끝에 자그마한 그림자가 있었다.

"샤린……."

"내 예상이 맞았지?"

방파제 끝에 오도카니 앉아 바다 쪽으로 양다리를 뻗고 있었다. 여기서 보이는 건 샤린의 뒷모습이다. 검은 머리카락이 바닷바람에 살랑살랑 나부꼈다.

"저곳은……."

옆에서 나란히 걷고 있는 아빠를 올려다보았다.

"응. 에미 영정사진을 찍은 곳이지."

"왜, 저기……."

"아침 운동할 때 보통 저기까지 걷거든. 샤린은 저곳이 마음에 든대."

"왜 마음에 든대?"

"그거야 뭐, 그냥 좋겠지?"

그렇구나. 그냥 좋다……

생각해보니 저곳은 나도 그냥 좋은 것 같다.

산에서 흘러온 강물이 바다와 처음 만나는 지점. 마치 푸른 바다 한가운데에 있는 듯한 해방감을 선사하는 곳. 먼 파도 소리. 일렁이는 물결. 수평선과 등 뒤로 이어지는 산이 이루는 색의 조화. 강어귀의 평화로운 마을. 물고기가 이따금 만드는 파문. 머리 위를 천천히 나는 솔개의 실루엣. 찬란하게 쏟아지는 햇살. 바다를 가로질러오는 바람. 그리고 이곳에서 엄마가 다정하게 미소 지었다. 그런 멋진 과거가 있는 곳……

좋아하는 이유를 들라면 얼마든지 있다. 얼마든지 있기 때문에 '그냥' 좋은 건지도 모른다.

아빠와 나는 강을 따라 조성된 허리 높이의 콘크리트 둑 위로 올랐다. 조금 전보다 속도를 높여 걷는다.

곧 콘크리트 계단이 나왔다. 이 계단을 내려가면 샤린이 있는 방파제로 이어진다.

"타마짱, 여기서부터는 발소리 내지 마."

아빠가 방파제를 걸으며 장난꾸러기 같은 얼굴로 말했다.

"왜?"

"당연히 깜짝 놀라게 하면 재미있으니까."

"그러다 바다에 빠지면 어떡해?"

"아하하하, 안 빠져."

아빠가 유쾌하게 웃었다.

계획과 달리 큰 소리를 내는 바람에 방파제 끝의 그림자가 이쪽을 돌아보고 말았나.

"앗, 벌써 들켰나?"

아빠가 머리를 긁적였다.

작고 가녀린 실루엣이 천천히 일어났다.

나는 갑자기 심장이 두근거리고 발이 무거워진 것 같은 감각을 느꼈다.

그때 내 어깨를 억센 팔이 감쌌다. 아빠가 어깨동무를 한 것이다.

"타마짱, 웃어."

아빠가 내 귀에 대고 속삭였다.

"어?"

"아까 샤린도 말했잖아. 살아 있는 사람은 웃어야 한다고."

조금 강한 바닷바람이 불어와 하나로 묶은 내 머리카락을 흔들었다. 샤린의 머리카락도 바람에 살랑살랑 나부꼈다.

"……응."

아빠와 나는 햇살이 쏟아지는 방파제 위를 똑바로 걸어갔다. 샤린과의 거리가 점점 좁아졌다.

나는 긴장감으로 "후우" 하고 숨을 내뱉었다.

엄마의 영정사진과 같은 배경에 선 샤린이 쑥스러운 듯 약간 고개를 숙이고 시선을 이쪽으로 향했다.

샤린과 나 사이의 거리가 3미터 정도로 가까워졌을 때.

"자."

아빠가 내 어깨에 올렸던 팔을 내리고 등을 살며시 밀었다.

나는 두세 걸음 비틀거리다가 샤린 앞에 정면으로 마주섰다.

"샤린, 타마짱이 할 말이 있대."

아빠가 평소처럼 부드럽게 말했다.

"아, 저기……."

나는 어물거리며 샤린의 자그마한 얼굴을 보았다.

두 개의 맑은 다갈색 눈동자가 나를 조용히 올려다보았다. 그 시선에 가시도 적의도 없다는 걸 확인한 순간, 나는 이미 용서받았다는 걸 알았다.

웃어.

아빠가 아까 했던 말이 머리를 스쳤다.

유감스럽게도 지금 이 상황에서 웃을 수 있을 만큼 나는 담대하지 못했다.

"아, 저기, 샤린." 말을 꺼냈을 때 내 표정이 그만 굳어버렸다. 하지만 마음을 제대로 전하겠다는 의지만큼은 분명히 있었다. "아까 죄송했어요."

고개를 꾸벅 숙이자마자 또 눈물샘이 터져버렸다. 나는 주뼛주뼛 얼굴을 들었다.

눈이 마주쳤을 때 샤린이 천천히 고개를 저었다.

"나도 미안해. 속담 설명, 실수했어. 반성하고 있어."

말하면서 한걸음 내 쪽으로 다가왔다. 샤린의 눈에도 눈물이 고여 있었다.

"말에 비유하는 게 아니었어. 바보(馬鹿)라는 단어에도 말이 들어가잖아."

"……"

샤린의 엉뚱한 해석에 아빠가 먼저 웃음을 터뜨렸다. 그 웃음소리에 이끌렸는지 나도 샤린도 키득키득 웃고 말았다. 둘 다 울면서 웃는다.

세 개의 웃는 얼굴이 주변 공기를 완전히 바꿔놓았다.

얼핏 보니 샤린이 손에 휴대폰을 들고 있어서 물었다.

"샤린, 여기서 휴대폰 보고 있었어요?"

"응. 내게 힘을 주는 사진이 있어서."

샤린이 휴대폰을 켜고 배경화면을 보여주었다.

"앗……, 이건."

나는 깜짝 놀라 말을 잇지 못했다. 샤린의 휴대폰 배경화면도 네잎클로버 사진이었다.

"시즈코 할머니가 보내준 사진이야."

사진을 바라보는 샤린의 눈에 자애로움이 가득했다.

"나도." 왼손으로 파카 주머니에 든 휴대폰을 꺼내어 샤린에게 보여주었다.

"와우, 똑같네."

"응, 똑같아요."

샤린이 호호호 하고 소녀처럼 웃었다. 이 사진과 함께 시즈코 할머니가 보내준 '행복해지는 비결'에 대해서도 이야기했다.

"나, 이 사진, 밤에 잘 때마다 꺼내 봐. 그러면 그날 있었던 작은 행복이 떠오르거든. 하나, 둘…… 헤아려보면, 그것만으로도 나는 행복해. 행복을 찾는 사람이 행복해질 수 있는 거지."

샤린이 나를 보았다.

"네, 맞아요. 시즈코 할머니가 그렇게 말했었죠."

내 입에서 깊은 한숨이 흘러나왔다. 신비롭게도 그 한숨이 내 마음을 차분하게 가라앉혀주었다.

시즈코 할머니는 샤린과 내게 똑같은 사진을 보냈고, 또 행복해지는 비결까지 똑같이 가르쳐주었다.

"타마짱."

"응?"

"시즈코 할머니, 정말 자상하셨지? 나, 얼마나 좋아했는지 몰라. 그래서 너무너무 슬퍼."

눈물 많은 샤린이 네잎클로버 사진을 보며 또 눈물을 주르르 흘렸다. 나도 따라 울었다.

바닷바람이 살랑살랑 불어와 샤린의 머리카락을 흔들었다.

쌀쌀한 바람을 맞으며 울고 나니 기분이 조금은 개운해진 것 같다는 생각을 멍하니 하고 있을 때였다.

표로로로로로로.

높은 상공에서 솔개의 노랫소리가 내려왔다.

셋이 나란히 푸른 하늘을 올려다봤다가 천천히 시선을 되돌렸다. 나는 아빠를 보고, 또 샤린을 보았다.

"샤린, 나 몰래 여러 가지로 응원해줬다는 거, 아빠한테 들었어요."

샤린이 눈을 둥그렇게 뜨고 아빠를 보았다. 말했구나, 하는 표정이다.

"나, 전혀 몰랐어요." 미안해요, 라고 하려다가 "고마워요"라고 했다.

바로 앞에서 인사하려니 새삼스럽고 쑥스러웠지만, 그래도 이때의 나는 비교적 자연스럽게 웃을 수 있었다.

"후후후. 음덕을 쌓는다. 타마짱이 가르쳐줬잖아."

샤린도 방긋 다정하게 미소 지었다.

"불단도 닦아줬다고."

조용히 고개를 저으며 샤린이 말했다.

"나는 에미 씨를 만난 적이 없지만, 에미 씨는 파파상의 아내이고 타마짱의 엄마잖아? 그러니 내 가족이야."

"어……."

"필리핀에서도 일본에서도 가족이 제일 소중해. 그건 마찬가지."

샤린이 고개를 살짝 기울인 채 마치 태양처럼 미소 지었다. 그러다 내 등에 양손을 두르고 꼭 안아주었다.

"고마워요, 샤린……."

엄마를 가족이라 말해줘서.

나도 샤린의 마른 몸을 조심스럽게 안았다.

샤린의 체온.

상쾌한 바닷바람. 부드러운 파도 소리. 눈부신 햇살…….

정말로 여긴 그냥 좋은 곳이다.

내 눈가에서 흘러내린 물방울이 볼을 주르르 타고 내려가 샤린의 어깨에 떨어졌다.

나는 행복하다.

샤린은 엄마 대신도 시즈코 할머니 대신도 아니다. 그 반대도 마찬가지다. 엄마도 시즈코 할머니도 샤린을 대신할 수 없다.

샤린의 팔이 풀리고 우리는 자연스럽게 몸을 뗐다.

그대로 시선을 맞추고 있자니 왠지 쑥스러워져서 둘이 같이 키득키득 웃고 말았다.

그때 중요한 생각이 떠올랐다. 나는 파카 주머니에 오른손을 넣고 엽서 크기의 나무틀 액자를 꺼냈다.

양손으로 들고 샤린에게 내밀었다.

"저기, 이거."

샤린이 뭔네? 하는 표정으로 액자를 받았다.

다음 순간.

액자를 확인한 샤린의 눈이 커지더니 그 눈이 다시 나를 향했다.

"타마, 짱……."

샤린이 오른손으로 액자를 든 채 왼손은 입에 댔다.

"미안해요. 지갑 안에 있는 사진을 허락도 없이 보고 말았어요. 그때 복사해둔 거예요."

언젠가 선물할 생각으로 사진을 액자에 넣어둔 것이다.

"샤린, 그 액자, 우리 집 불단에 올려도 될까요?"

"……."

"엄마가 샤린의 가족이라면 샤린의 필리핀 가족도 우리 가족이에요. 그렇죠? 아빠."

말하면서 아빠를 보았다

"아아, 그거야 당연하지……."

아빠가 어울리지도 않게 울음 섞인 목소리로 말했다.

"타마짱……, 그래도 돼?"

샤린도 울먹이는 목소리로 나를 보고 물었다.

"아아, 그거야 당연하지."

조금 쑥스러워진 나는 아빠 흉내를 내며 징난스럽게 웃었다.

울상이 된 샤린이 액자를 손에 든 채 나를 부둥켜안았다.

"나는 행복한 사람이에요."

시즈코 할머니의 자상한 미소를 떠올리며 혼잣말을 하듯 중얼거렸다.

"어……."

샤린이 나를 안은 채 얼굴을 들었다.

"왜냐하면." 나는 잠시 말을 끊고 가슴 가득 푸른 바닷바람을 훅 들이마셨다. 그 바람을 하고 싶은 말로 바꿔 기분 좋게 뱉어냈다. "천국에는 나를 낳아준 엄마가 있고, 지상에는 이렇게 행복하게 티격태격할 수 있는 샤린이 있으니까."

"타마짱……."

샤린이 나를 살며시 놓아주고는 글썽글썽한 눈으로 나를 올려다보았다. 내가 선물한 액자를 양손으로 안은 채.

부드러운 파도 소리 속에 으흑, 으흑, 하고 아이처럼 우는 소리가 섞여서 들렸다.

그 소리의 주인공은…….

"아하하하. 아빠가 왜 울어."

나는 울다가 웃으며 아빠의 등을 툭 때렸다.

"무, 무슨 말이야. 나, 안 울었어."

그러면서 더 크게 운다.

"아하하, 파파상, 재미있다."

샤린도 울다가 웃는다.

"아, 참." 좋은 아이디어가 떠오른 나는 파카 주머니에서 다시 휴대폰을 꺼냈다. "셋이서 사진 찍자."

엄마처럼, 우리도 여기서 사진을 찍는 거다.

세상에서 가장 행복한 가족사진을.

아빠가 "어, 왜?" 하면서도 손목으로 얼른 눈물을 닦고 자세를 취했다.

샤린은 "좋아, 좋아" 하면서 태양처럼 활짝 웃었다.

나는 "자, 얼른" 하며 두 사람을 가까이 붙게 하고 옆에 나란히 섰다.

휴대폰을 든 오른손을 최대한 뻗고…….

"찍는다, 치이즈."

찰칵.

셋이서 방금 찍은 사진을 감상했다.

"아하하. 파파상, 얼굴 이상해."

"정말, 바보 같이 나왔어."

"뭐라? 너희야말로 눈이 퉁퉁 부은 게 꼭 토우(土偶) 같구먼."

웃음을 터뜨린 내 옆에서 샤린이 아빠에게 "토우가 뭐야?" 하고 묻는다.

내가 봐도 셋 다 못생기게 나왔다.

하지만 샤린의 낦리낦 가족사진 못지않은, 최고로 멋진 사진이라고 나는 생각했다.

하야마 쇼타로

오늘 오후에 수술 후 정기검진이 있어 기다리느라 시간을 많이 잡아먹었다. 진찰받기 전에 기다리고, MRI 전에 기다리고, 엑스레이 찍느라 기다리고, 그 후에 결과가 나오기까지 기다렸다가 젊은 의사에게 들은 건 딱 이 한마디뿐이었다.

"순조롭네요. 척추 주변 조직이 굳지 않도록 적당한 운동을 꾸준히 해주셔야 합니다. 그럼 다음 검진은 한 달 후로 잡지요."

'이렇게 오래 기다리게 해놓고, 이게 끝이야!' 하고 항의하고 싶었지만 꾹 참았다. 병원이란 곳에는 도무지 적응이 안 된다.

병원에서 차를 몰고 귀가했을 땐 이미 해질녘이었다.

주차장에 도착하여 차에서 내리자마자 초겨울의 높은 하늘을 올려다보았다.

드문드문 떠 있는 구름이 잘 익은 망고 색으로 빛났다. 살랑살랑 불어오는 바닷바람까지 투명한 망고 색에 물든 것처럼 느껴졌다.

청바지 주머니에서 열쇠꾸러미를 꺼냈다. 제일 홀쭉한 열쇠를 골라 뒷문 열쇠 구멍에 끼우려는데.

"오늘 쉬는 날인가?"

등 뒤에서 나지막한 목소리가 들렸다.

돌아보니 무뚝뚝한 남자가 시큰둥한 얼굴로 바지 주머니에 양 손을 찔러 넣은 자세로 우두커니 서 있었다.

"오우, 후루타치 씨 아닌가. 응, 오늘은 정기휴일이야."

내가 웃으며 대답하자 후루타치 씨가 자그맣게 한숨지었다.

"어쩔 수 없군. 다음에 오지."

발길을 돌리는 후루타치 씨를 이번엔 내가 불렀다.

"여기까지 왔는데 한잔하고 가. 오늘은 나도 마실 생각이었어."

"괜찮은가?"

"그 대신 그럴듯한 요리는 안 나와."

후루타치 씨가 무뚝뚝한 표정 그대로 입가만 살짝 올리고 웃었다.

가게 문은 열었지만 영업을 하지 않을 테니 포렴은 걸지 않았다.

정기휴일인 오늘, 타마짱은 내가 5엔에 사준 노란 고물차에 샤 린을 태우고 읍내에 나갔다. 지난달 오픈한 대형 쇼핑몰에 간다 고 했다. 저녁도 밖에서 먹고 온다고 했으니 귀가가 늦을 것이다. 즉, 남자 둘이서 조용히 마시기에 딱 좋은 밤이다.

카운터석과 주방에만 조명을 켰다.

후루타치 씨는 카운터석 한가운데에 앉았다.

일단 냉장고를 뒤져 적당한 안주를 만들기로 했다. 냉장고에

재어둔 오징어랑 감성돔으로 회를 만들고, 타마쨩의 심부름 서비스용 고등어 통조림에 잘게 썬 쪽파를 얹고 간장을 뿌려서 내고, 가오리 지느러미를 살짝 구워 마요네즈 양념을 곁들였다. 그리고 먹다 남은 우엉 반찬과 두부.

"일단 이 정도."

말하면서 카운터 위에 음식들을 차렸다.

"미안하네. 이걸로 충분해."

"모자라면 또 적당히 내지 뭐. 후루타치 씨는 생맥주면 돼?"

"좋지."

중간 크기 생맥주를 두 잔 준비하여 후루타치 씨 옆에 앉았다. 둘이서 잔을 쨍 부딪쳐 건배했다.

불량배 출신 두 아재가 꿀꺽꿀꺽 기분 좋게 목을 울리고는 "푸아" "카아" 하고 각자 소리를 내며 시시한 대화를 툭툭 이어갔다. 후루타치 씨는 나이가 나이인 만큼 마시는 속도가 느리다. 나도 오늘은 느긋하게 마시기로 했다. 가끔은 이런 속도로 마시는 것도 나쁘지 않다.

생맥주를 두 잔 해치우고 토주로 갈아탔을 때 후루타치 씨가 우엉을 젓가락으로 집으며 말했다.

"그 후로 조금 안정됐나?"

그 후란 시즈코 할머니의 장례식과 타마쨩의 사고 이후를 말하는 것이리라.

"뭐, 조금씩 일상으로 돌아왔어."

"오늘, 여자들은?"

"둘이서 읍내로 쇼핑 갔어."

"사이좋네."

나도 모르게 웃음이 나왔다.

"아마 거기 가서도 티격태격 사이좋게 싸울 거야."

후루타치 씨도 흐흠, 하고 웃었다.

"타마짱은, 괜찮은가?"

"겉으로는 가게 일도 돕고 밝게 생활하는데, 아무래도 그렇게 열심히 했던 일을 잃었으니 충격이 크겠지. 폐차하기로 한 캐리를 볼 때마다 남몰래 한숨짓곤 해."

후루타치 씨의 잔에 술을 따랐다. 그는 술을 혀 위에서 굴리다가 삼킨 후 조금 멀리 시선을 주었다. 오늘따라 그 옆얼굴이 지쳐 보이는 건 기분 탓일까?

"피곤해 보이는데?"

나는 느낀 대로 물었다.

"조금 피곤하네."

이렇게 약한 소리를 하다니 후루타치 씨답지 않다고 생각했다.

"어디 아픈 데라도 있는 거야?"

"아냐. 쇼타로, 자네 말이야, 내 나이가 몇인지 아나?"

"왜, 갑자기. 으음…… 환갑에 플러스…… 넷이던가?"

"다섯이야. 예순다섯."

"엇, 아깝게 틀렸네."

나는 삼성돔 회를 입에 넣고 자작을 했다.

"이 나이에 이동판매 같은 육체노동을 하고 있으니 당연히 피곤하지."

"힘들 것 같아. 타마짱 보니 알겠더라고."

"그러니 나도 슬슬 때가 됐어."

"응?"

"은퇴할 때가 됐다고."

후루타치 씨가 혼잣말을 하듯 중얼거린 후 술을 쭈욱 들이켰다.

"……진짜?"

"마침 냉장차도 고장이 났고."

"그, 타마짱이랑 똑같은 캐리가?"

"응. 안 움직여."

"수리해야지."

"안 할 거야. 이제 은퇴할 거면 고칠 필요 없잖아."

나는 오징어 회를 씹는 후루타치 씨의 옆얼굴을 유심히 보았다. 그 얼굴이 천천히 이쪽으로 돌았다. 시선이 마주쳤다. 왠지 후루타치 씨의 눈에 의미심장한 빛이 담긴 듯 보였다.

"그럼 뭐야, 그 고장 난 캐리는 폐차할 거야?"

"뭐, 그래야 되겠지. 아니면 양도하든가."

나는 술병을 손에 들었다. 마음을 담아 후루타치 씨의 술잔에 토주를 그득 따라주었다.

"그럼, 그 차. 내가 살까?"

후루타치 씨가 싱긋 웃었다.

"호오. 움직이지도 않는 차를 얼마에 사려고?"

"글쎄, 은퇴하고 외로워질 아재한테 섹시한 애인이 오길 바라는 마음으로 5엔에 사줄게."

후루타치 씨가 크크크 목을 울리며 웃었다.

"오길 바라는 마음으로 5엔이라. 걸작이군."

"어차피 움직이지도 않는 고물차 아냐? 폐차 수수료 내는 것보다 5엔이라도 받는 편이 낫지."

"정말, 자네한텐 못 이기겠군." 후루타치 씨가 괜스레 난처한 표정을 지어 보였다. "좋아, 5엔에 판다. 그 대신 오늘 술값은 공짜로 해줘. 안 그러면 엄마한테 혼나."

"아하하. 엄마한테 혼나면 안 되지." 그렇게 말하면서 웃었을 때 이미 내 심장 부근에 미지근한 물이라도 닿은 듯 따뜻해졌다. 나는 넘치려는 눈물을 참으며 말을 이었다. "그럼, 오늘 술은 서비스다."

"오우."

건배한 후 우리는 조금 속도를 높여 마셨다. 후루타치 씨도 나도 쑥스러웠던 것이다.

술을 세 병 비우고 나자 기분 좋게 취한 후루타치 씨가 카운터에 오른쪽 팔꿈치를 짚고 자기 이야기를 꺼내놓기 시작했다.

"사실은 나한데도 딸이 있어."

"엇, 처음 듣는데."

"타카짱이라 불렀지."

"타카짱?"

"응. 이름은 타카미. 타마짱이랑 동갑이야."

"호오."

"그런데……, 이혼해서 세 살 이후로는 한 번도 만난 적 없어." 후루타치 씨가 후훗 하고 스스로를 비웃듯 얼굴을 찡그렸다. "나 같은 야쿠자하고는 깨끗이 연을 끊는 게 좋지."

"그렇군. 좀 쓸쓸하네."

어쩌면 후루타치 씨는 타마짱의 모습에 딸의 '현재'를 투영해왔는지도 모른다. 왠지 그런 생각이 들었다.

"어이, 쇼타로."

"응?"

"나는 삼 년밖에 아버지 노릇을 못 했지만, 아니, 그 삼 년 동안도 제대로 못 했지만……, 그래도 부모가 되어보니 부모 마음을 조금은 알겠더라고."

"아아, 그렇지. 나도 타마짱이 태어나고 나서야 내가 부모님을 얼마나 힘들게 했는지 깨달았어."

자식은 절대 부모 마음을 다 헤아릴 수 없다고 하는데, 그건 정말인 것 같다.

"나는 말이야, 아버지는 일찍 죽었지만 어머니는 아직 살아 있거든."

"나는 둘 다 저기 가버렸어."

말하면서 천장을 가리켰다.

"일찍 돌아가셨군."

"인생은 굵고 짧아야 한다잖아. 나는 등에 종양이 생기든 말든 내 고추처럼 굵고 길게 살 예정이지만."

취한 후루타치 씨는 나의 하찮은 농에 "뭐야, 그게" 하고 대꾸했을 뿐 웃지 않았다. 그 대신 술잔을 응시하며 한숨처럼 말했다.

"벌써 이 나이가 되어버렸지만, 지금 효도해도 늦지는 않았다고 생각해."

"호오……."

"뭐, 속죄하기 위해서라고 해두지."

후루타치 씨가 술을 홀짝 들이켠 후 쓸쓸하게 미소 지었다.

"나는 그런 후루타치 아재가 싫지 않아."

"바보. 자네한테 사랑받아서 뭐하게."

얄밉게 되받아친 후루타치 씨가 평소답지 않게 기쁜 듯이 웃었다.

"뭐야, 웃으니까 무서운 얼굴도 상냥해 보이네."

눈이 축 처지니 착한 인상으로 변했다.

"껄껄. 어릴 때부터 그런 말 많이 들었어. 웃는 게 엄마를 쏙 빼닮았다고."

"흐음. 그래서 어미님은 건강하셔?"

"몸은 건강한데 나이가 많아서, 치매야. 나도 못 알아봐."

"그렇구나……."

자신을 알아보지 못하는 어머니에게 이제부터 효도할 생각이라니, 이 야쿠자 아재도 사람을 울릴 줄 아는구나 싶었다. 그러다 무슨 묘안이라도 떠오른 듯 나를 불렀다.

"아, 쇼타로."

"응?"

"안주가 없네."

"아아."

"계란말이 만들어줘."

"계란말이?"

"응." 후루타치 씨가 고개를 끄덕이며 평소에는 거의 볼 수 없는 사람 좋은 웃음을 머금었다. "어릴 때 좋아했거든. 설탕이랑 미림을 듬뿍 넣어 달게 만들어줘."

"보통 레시피대로 하지 말고?"

"으응, 달게."

후루타치 씨가 온화한 시선으로 먼 곳을 바라보며 말했다.

"이참에 잘 부려먹는군."

나는 깐족거리면서도 기다렸다는 듯 의자에서 일어났다. 주방 쪽으로 걸으며 소매를 걷어붙이고 다짐한다.

기대해. 내 인생 최고로 맛있는 계란말이를 만들어줄 테니.

도키타 소스케

"다 됐다. 야, 시동 켜봐."

도키타 모터스 차고 안에서 타마짱에게 말했다.

"넵!"

타마짱이 군인처럼 경례를 하고 운전석에 훌쩍 올라타 시동을 걸었다.

"움직여봐."

"알았다, 오버."

타마짱이 또 장난스럽게 경례를 했다. 그리고 와이퍼를 움직였다.

지익, 지익, 지익, 지익······.

와이퍼 블레이드가 마른 앞 유리를 문질러 닦았다.

"좋아, 완벽하네" 하고 내가 말했다.

"땡큐" 하고 운전석에서 V자를 그리며 기쁜 듯 미소 짓는 타마짱.

타마짱의 밝은 미소 때문인지 새 캐리도 방긋방긋 웃는 것처럼 보였다.

설마 이렇게 빨리 두 번째 캐리를 얻게 될 줄이야.

나는 며칠 전의 뜻밖의 소식을 떠올리며 따스한 한숨을 내쉬었다.

사흘 전 오후였다. 쇼타로 아저씨가 느닷없이 도키타 모터스로 전화하여 차 수리와 명의변경을 의뢰했다.

"오우, 소스케냐? 후루타치 아재한테 고장 난 캐리를 양도받기로 했으니 잘 고쳐줘. 또 타마짱 명의로 변경해주고. 빨리 해줘."

이쪽 일정도 묻지 않고 '빨리 해줘'라니. 여전히 막무가내다. 수리비도 어차피 '이자카야 다나보타' 술값으로 퉁치겠지. 하지만 쇼타로 아저씨는 아버지의 선배이고, 늘 많은 도움을 주고 있고, 타마짱의 아버지이기도 하고, 게다가 옛날에 꽤 위험한 사람이었다고 하니, 나는 수화기를 손에 든 채 등을 쭉 펴고 "넵" 하고 대답하지 않을 수 없었다.

뒷날 후루타치 씨 집까지 캐리 상태를 보러 갔는데 후루타치 씨가 내 얼굴을 보자마자 열쇠를 휙 던지며 "타고 가"라고 했다.

"어……, 차, 안 움직인다면서요?"

"응, 안 움직여." 그렇게 말하고 히쭉 웃는다. "와이퍼가."

그리하여 캐리를 그대로 몰고 와서 차고에 넣고 고장 난 와이퍼 부품을 업체에 주문하여 지금 막 수리를 끝낸 참이다.

타마짱 말로는 '움직이지 않는다'는 이유로 '5엔'에 양도받았다고 하는데, 사실은 제자를 위한 스승의 센스 있는 선물이었던 것이다.

그 사실을 안 타마짱이 감사 인사를 하기 위해 전화했을 때 스승에게 몇 가지 부탁을 받았다고 한다.

심부름 서비스를 다시 시작하게 되면…… 후루타치 씨가 늘 들렀던 판매처 중 한 곳인 '보요엔'이라는 양로원을 코스에 넣어달라는 것, 그곳의 휠체어 탄 할머니를 위해 반드시 양갱을 준비하라는 것, 이따금 계란말이를 달게 만들어달라고 아빠에게 부탁하여 가지고 가라는 것, 그땐 후루타치 씨를 조수석에 태우고 갈 것……. 이런 부탁이었다.

"소스케, 고마워."

타마짱이 시동을 끄고 운전석에서 내려왔다.

"오우."

"타마짱, 고쳐져서 다행이다."

애교스러운 목소리로 이렇게 말한 사람은 은둔 생활에서 빠져나온 마키다. 아직 혼자 멀리 나가지는 못하지만 매일 밤 근처를 산책하거나 자전거를 타고 우리 차고까지는 놀러 온다. 이 정도도 큰 진전이다. 쇼트케이크 같은 몽실몽실한 패션도 예전에 비하면 꽤 차분해졌다.

"응. 이걸로 심부름 서비스 다시 시작할 수 있어. ……그런데 마키, 있잖아. 오늘 아침에 샤린이."

타마짱은 여전히 샤린과 궁합이 안 맞는 듯 늘 투덜투덜 불평불만을 털어놓는다. 그래도 예전과는 조금 분위기가 다르다. 타마짱이 샤린에 대해 이야기할 때, 그게 좋은 내용이든 험담이든 거

428

침없다는 점이 달라졌다. 들으면 기분이 좋아질 정도로 극구 칭찬하다가도 다음 날엔 호되게 깎아내리는데, 어느 쪽이든 타마짱의 표정에 생기가 넘친다.

"소스케는 어떻게 생각해?"

갑자기 나를 끌어들여서 잠시 멈칫했지만 일전에 마키에게 배운 모범 답안을 입에 올려 위기를 모면했다.

"아, 응, 이해해. 정말 타마짱도 힘들겠다."

여자는 상대가 공감해주면 그것만으로 위로가 되는 모양이었다. 어설프게 해결 방법을 제시하면 오히려 반발을 사게 될 수도 있다고. 또 한 가지 이럴 때 유용한 대화 비법을 마키에게 배운 대로 써먹었다.

"그보다 새 캐리 말인데, 보호 테이프 붙이고 스프레이로 칠하기만 하면 완성이거든. 타마짱, 이번 디자인은 어떻게 할까?"

이런 식으로 다른 즐거운 화제로 끌고 가는 것이다.

"앗, 으응, 어떻게 하지?"

타마짱의 기분이 금세 좋아졌다. 고개를 갸우뚱하면서 미래를 바라보는 듯한 얼굴이 되었다. 분명 반짝반짝 빛나는 눈부신 미래일 것이다.

"말만 해. 내가 완벽한 '작품'으로 만들어줄 테니."

"응, 알아. 지난번 디자인도 굉장히 멋있었지만, 완전히 똑같이 하면 또 그렇게 될까 봐 불안하니까, 이번엔 흰 바탕에 로고만 넣을까?"

"야, 아무리 그래도 흰색은 아니지." 작품을 만들어야 할 나로서는 그 정도론 성에 안 찬다. 나는 일하는 보람을 원한다. "타마짱의 심부름 서비스는 에메랄드그린 이미지로 정착되어 있잖아. 그렇다면 같은 색상으로 하는 게 좋지 않겠어?"

"어엇, 왜 소스케가 정해? 내 찬데."

"네 차지만 내 작품이기도 하니까. 적어도 흰 바탕은 아니야."

언쟁을 벌이는 우리를 번갈아 보며 마키가 키득키득 웃는다.

그때 타마짱의 휴대폰이 울었다. 읍내의 쇼핑몰에서 샀다는 오렌지색 코트 주머니에서 휴대폰을 꺼내 보고는 "으윽, 샤린이다" 하고 타마짱이 눈살을 찌푸렸다.

그래도 마지못해 전화는 받았다.

"아, 여보세요? 응. 맞아요. 소스케 가게. 어? 내가 어떻게 알아요. 캐리 수리랑 디자인 의논. 응? 그렇죠 뭐. 나? 나는 하얀 바탕에 로고만 넣으면 좋겠다고 했는데······. 어? 아, 응, 네. 아니라니까요. 그럼 샤린 생각은 어떤데요? 응? 응, 응."

전화를 받기 전에는 오만상을 찌푸려놓고 어느새 샤린에게 디자인 상담을 하고 있다. 이 두 사람의 관계, 이런 부분이 변했다.

"아, 좋네, 그거. 나이스 아이디어. 샤린도 가끔은 도움 되는 말을 하네요."

가끔이 아니지. 늘 하잖아.

타마짱의 무례한 언사에 대한 샤린의 반응이 휴대폰에서 새어 나왔다. 나는 마키와 서로 마주보고 키득키득 웃었다.

"아아, 응, 그러네, 그것도 좋은 생각이에요. 응? 오케이, 알겠어요. 그것만? 응. 갈 때 사갈게요. 네, 바이바이."

전화를 끊은 타마짱의 눈이 반짝였다.

"소스케, 뉴 캐리 디자인 결정했어."

"오, 어떻게? 흰 바탕은 절대 허락하지 않겠어."

"아하하. 알겠어. 샤린 아이디어인데, 로고를 네잎클로버로 할래. 또 짐칸은 빙글빙글 달팽이 모양."

"뭐야, 그게."

내 머리엔 이미지가 도통 안 떠오르는데, 어쩐지 마키에겐 전달된 모양이다.

"어, 귀엽겠다. 내 생각엔 괜찮을 것 같아."

혹시 이 발언도 마키의 공감하기 작전일까? 타마짱이 마키의 반응에 기뻐하며 디자인에 담긴 의미를 풀어놓기 시작했다.

"네잎클로버는 말이야, 시즈코 할머니한테 받은 사진에서 따온 거야. 요컨대 행운의 상징이지. 그리고 달팽이는 이제 천천히 안전 운전을 하겠다는 의미."

"샤린 아이디어야?"

내가 묻자 타마짱이 행복한 미소를 지으며 고개를 끄덕였다.

"응."

"마키, 디자인 이미지가 좀 떠올라?"

"어, 나?"

"응."

"으응, 몇 가지 떠오르긴 하지만."

"그래? 그럼 이미지 파일 만들어서 보내줘. 나도 여러 가지로 시도해볼 테니."

"응."

얼마 전이었다면 분명 "앗, 그걸, 정말, 내가 해도 돼?" 하고 자신 없어했을 마키가 지금은 두말없이 떠맡는다. 여자는 삼 개월이라는 짧은 기간에도 깜짝 놀랄 만큼 변할 수 있는 생물인 모양이다.

삐리삐리, 뾰르르.

차고 맞은편 나뭇가지에서 직박구리의 울음소리가 들렸다. 셋이서 나란히 소리가 들린 쪽을 올려다보았다. 직박구리 한 마리가 새빨갛게 익은 가막살나무 열매를 쪼고 있다. 더 높은 곳으로 시선을 주니 마치 우주가 투과되어 보일 것처럼 맑고 투명한 하늘이 펼쳐져 있었다.

나는 "날씨 좋다" 하고 중얼거리며 차고 지붕 밖으로 나갔다.

두 여자도 따라 나왔다.

타마쨩이 "하늘이 너무 파래서 투명하게 느껴질 정도야"라고 하자, 마키가 마치 꿈꾸는 듯한 눈으로 "곧 크리스마스네"라고 했다.

산에서 차가운 바람이 불어오니 눈앞의 나무들이 소곤소곤 속삭였다.

직박구리가 또 씩씩하게 운다.

푸른 하늘에 떠 있는 새하얀 날개 모양의 구름이 동쪽으로 소리도 없이 천천히 흘러간다.

새삼스럽게도 이런 생각이 들었다.

나는 이 시골 마을의 공기와 물이 참 좋다.

아마 타마쨩도 마키도 그럴 것이다.

나는 푸른 하늘을 향해 양손을 쭉 뻗으며 "으응" 하고 기분 좋게 기지개를 켰다.

그때 어떤 글귀가 생각났다.

"헤치고 들어가도 헤치고 들어가도 푸른 산."

분명 이런 글이었다.

"응? 뭐야, 그게."

타마쨩이 고개를 갸우뚱했다. 마키도 호기심 가득한 눈으로 나를 바라보았다.

"산토카 글이야."

"다네다 산토카……, 방랑의 하이쿠 시인이었지?"

책을 좋아하는 마키는 역시 박식하다.

"응. 작년이었던가……, 어떤 아저씨가 낡은 하이에이스를 개조해서 만든 캠핑카를 타고 우리 가게에 들른 적이 있거든. 원래 국어교사였는데 그만두고 전국을 방랑 중이라면서, 엔진 상태가 이상하니 수리해달라고 말이야. 이름이 스기노라고 했던가? 눈매가 좀 험악한 아저씨였는데, 내가 수리하는 동안에 조금 전의 그 시를 가르쳐줬어. 이 근방의 아름다운 풍경에 딱 어울리는 시라면서."

"흐음" 하고 두 여자가 한목소리로 반응했다. 두 얼굴에 관심 없음이 그대로 드러나 있었다. 타마짱이 당장 화제를 바꿨다는 게 그 증거다.

"그나저나 얼마 전에 리사 언니한테 들었는데."

"응? 뭘?"

이번에는 내가 고개를 갸우뚱할 차례였다.

"므흐흐흐."

타마짱이 마키와 나를 번갈아 보며 히쭉히쭉 웃는다.

"소스케랑 마키, 같이 일하고 있지?"

"응? 응, 그렇지. 전에도 이야기했잖아."

나는 딴청을 피우며 마키를 슬쩍 보았다. 마키가 얼굴을 핑크빛으로 물들인 채 고개를 숙이고 있다. 정말 거짓말을 못하는 녀석이라니까.

"내가 차를 디자인하여 칠하고 나면 마키가 사진을 찍어서 홈페이지에 싣기도 하고 홍보를 하는 거지. 실물 사진 외에도 디자인 샘플을 많이 만들어 고객이 선택하게끔 하는 거야. 그런 일, 재미있겠지?"

타마짱은 내 설명을 듣는 동안에도 줄곧 히쭉히쭉 웃었다.

"응, 재미있겠다. 게다가 마키랑 같이 일하니 얼마나 좋아?"

"……."

아무래도 들킨 모양이다. 어떻게 대꾸하면 좋을지 생각하는데, 뜻밖에도 마키가 먼저 입을 열었다.

"저기, 있잖아, 타마짱."

"응?"

"알고 있었지?"

"뭘?"

"내 마음……."

"후후후. 그렇지 뭐" 하며 타마짱이 마키를 보고 찡긋 윙크했다.

"중학교 때부터 알았어."

"그래서 소스케를 그날 우리 집에?"

"정답!"

"응?"

은둔 중이었던 마키의 집에 나를 억지로 데리고 간 건 그런 이유 때문이었나? 오늘 처음 알았다.

"데리고 가길 잘했지. 결과적으로 이렇게 됐으니까."

타마짱이 말하면서 나를 팔꿈치로 쿡쿡 찌르며 놀렸다.

"뭐야, 그만 놀려. 그런 것도 나는 전혀 몰랐네. 역시 타마짱의 오지랖 덕분이었군."

나는 쑥스러움을 감추려고 조금 무뚝뚝한 목소리로 말했다. 타마짱이 문득 새 캐리 앞에 서더니 차체에 천천히 등을 기댔다.

삐리삐리, 뽀르르.

직박구리의 울음소리와 함께 차가운 겨울바람이 불어와 타마짱의 포니테일을 흔들었다.

"가르쳐줄까?"

나는 "응?" 하면서 고개를 갸우뚱했다.

"오지랖을 떤 이유, 알고 싶어?"

나는 두 뺨의 색깔이 핑크에서 빨강으로 바뀐 마키를 흘끗 본 후 살짝 고개를 끄덕였다. 그러자 타마짱이 남국의 태양처럼 환하게 웃으며 말했다.

"나는 음덕을 쌓았을 뿐이야. 하야마 집안의 가훈에 따라."

오카바야시 치요코

새해가 밝은 지 오늘로서 두 달 반이 되었다.

원래 추위에 약한 탓에 목에 목도리를 둘둘 감고 아오바 강변 길을 홀로 걷는다.

하늘을 올려다보니 청명하고 무척 높았다.

상류에서 불어오는 차가운 강바람에 산속의 구수한 부엽토 냄새가 녹아 있었다.

한 걸음, 한 걸음, 또 한 걸음, 마른 나무처럼 약해진 다리를 앞으로 내디뎠다.

시골의 드넓은 풍경은 어디를 걸어도 거의 똑같지만 천천히 여유롭게 걷는 행위 자체가 즐거운 것이다. 나는 그 기쁨을 죽은 친구에게 배웠다. 늙은 다리로도 귀찮아하지 않고 매일 한 걸음씩이라도 걷는다.

행복하게 사는 비결은 늘 좋은 기분을 느끼는 것 아니겠나.

친구는 자주 그런 말을 했다.

무슨 일이 있어도, 좋은 기분.

그게 중요하다고.

아니, 그것만으로 충분하다고.

늘 좋은 기분으로 살기 위해서는 일상의 사소한 사물이나 현상을 찬찬히 관찰하고, 있는 그대로 받아들이고 응시하면서, 그 순간 자기 마음의 움직임을 음미하면 된다. 길가에 핀 들꽃을 발견했다면 "예쁘네" 하고 칭찬하며 향기를 한번 맡아보는 것만으로 좋은 기분을 느낄 수 있다. 하늘이 푸르러도 좋은 기분. 밥이 고슬고슬하게 잘 지어져도 좋은 기분. 도시에 사는 아들에게 메시지가 오면, 그것이 설사 한 달 만이었다 해도 좋은 기분.

오늘처럼 맑은 강을 바라보며 천천히 걸으면 무척 무척 좋은 기분이다.

좋은 기분의 '재료'는 주변에 얼마든지 있다. 그걸 열심히 주위

모아 차분히 음미한다. 행복이란 결국 그런 거라고 소중한 친구가 가르쳐주었다.

그래서 나는 걸을 수 있는 한 걷는다.

걷고, 보고, 느낀다.

이 닳고 닳은 신체를 이용하여 이 세상에 존재하는 온갖 좋은 기분을 모조리 느껴봐야 하지 않겠는가? 늙은 두 다리도 아직은 도움이 되고 있다.

그런 생각을 하며 걷다 보니 어느새 목적지인 온천 시설이 보이기 시작했다.

멀리 강 하류 쪽에서 음악이 희미하게 들리는 듯했다. 처녀 시절에 유행했던 그 곡이 천천히 천천히 다가온다.

이제 곧 차가 도착할 것이다. 네잎클로버가 그려진 작은 트럭이다. 이곳 노인들은 친근감을 담아 모두 '달팽이'라 부른다.

온천 시설 주차장으로 들어갔다.

이미 십여 명의 친구들이 '달팽이'를 애타게 기다리고 있었다. 쭈글쭈글한 웃음꽃이 여기저기 피어 있다.

나는 한 사람 한 사람과 인사를 나눴다.

치요코 씨, 치요코 할멈, 하고 나를 부르는 사람들의 온기를 느낀다.

참으로 좋은 기분이다.

흐르는 물소리. 투명하고 맑은 공기. 활짝 갠 겨울 하늘.

이 시골구석으로 시집와서 열심히 아이들을 키우고 이제 한숨 돌리려는데 남편이 죽고, 작년에는 친구까지 앞서 떠났다.

인생은 이렇듯 가차 없다.

그래도 지금 '달팽이'가 오고 있다. '달팽이'가 오는 곳에 늘 웃음꽃이 핀다.

앞으로 얼마나 더 이 사랑스러운 시골의 맛있는 공기를 마실 수 있을지는 모른다. 그 친구처럼 갑작스레 떠날지도 모르고.

애통했지만 한편으론 깨달은 점도 있다.

마지막 한순간까지 만끽해야 한다는 것.

되도록 좋은 기분으로 살려 한다. 그렇게 결심한 건 자연스러운 흐름이었다. 각오 따위 필요 없었다. 그저 담담하게 긴장을 풀고 이 세상을 즐기기만 하면 되는 것이니.

이제 곧 친구가 남겨준 보물을 만난다.

남국의 태양처럼 환하게 웃는 아이다.

오늘은 뭘 살까…….

처녀처럼 가슴이 두근거렸다.

아, 들린다.

물소리에 섞여 쾌활한 음악이 다가온다.

모두의 '달팽이'가 오고 있다.

이십 대 시절의 나는 한마디로 방랑자였습니다. 마치 실 끊긴 연처럼 오토바이를 타고 전국의 강과 바다를 누볐고, 잘 곳이 없으면 거의 노숙을 했지요. 그 시절엔 돈이 없어서 늘 배가 고팠으므로, 낚시를 하고 산나물을 캐고 나무 열매를 따 먹고…… 돈 없이도 살 수 있는 지혜와 기술을 많이 습득했습니다. 지금 생각하면 그런 본격적인 자급자족 생활이야말로 무엇보다 사치스러운 '놀이'였던 것 같습니다.

혼자 하는 여행은 고독하기 때문에 종종 근처에 계시는 할머니에게 말을 걸어 텐트 앞에서 차를 대접하곤 했습니다. 시골 할머니는 귀엽고 정말 최고예요. 하찮은 이야기에도 깔깔 웃어주시고 또 친해지면 그 지방의 맛있는 음식을 먹여주시거든요.

깊은 산 맑은 물가에 텐트를 치고 일주일쯤 생활하다 보면 "우리 집에서 자" "목욕이라도 하고 가"라며 챙겨주시는 마을 분들이 계셔서 무척 감사했는데, 언젠가 나를 재워주신 할아버지가 내 어깨를 끌어안고 "우리 손녀딸이랑 결혼해"라고 하셨을 땐 급히 오토바이를 타고 도망치지 않을 수 없었습니다.

노부부 댁에 신세를 질 때면 밤에 조용히 술잔을 나누며 할아버지, 할머니의 인생 일대기를 듣는 시간을 무척 좋아했습니다. 누구에게든 한두 가지쯤은 소설이 될 만한 인생 경험이 있다는 걸 이때 충실히 배웠습니다.

그런 엉뚱한 청춘 시절을 보낸 내가 몇 년 전부터 시골의 할머니, 할아버지들을 추억할 때마다 함께 떠올리게 되는 단어가 있습니다. 바로 '쇼핑 약자'입니다. 운전을 못하는 시골 노인들이 생필품을 제때 구하지 못해 애를 먹고 있다는 소식을 접한 이후에 어떤 뉴스를 보게 되었는데, 히가시 마오라는 젊은 여성이 미에현 기호쿠 마을에서 '이동판매'를 창업하여 마을의 쇼핑 약자들을 구제했다는 훈훈한 뉴스였습니다. 그 이름도 '마오짱의 심부름 서비스'.

나는 흥미를 느끼고 담당 편집자와 함께 마오짱을 만나러 갔습니다.

마오짱은 담담하고 냉철한 성격에 여성성을 전혀 내세우지 않는 심지가 굳은 사람이었습니다. 미인에다 노래를 잘하고 중노동도 거뜬히 해내고, 또 가족을 무엇보다 소중히 여기는 다정다감한 딸이었지요.

다음 날 '심부름 서비스' 차량에 동승하여 밀착 취재를 했습니다. 손님으로 모인 할아버지, 할머니들이 마오짱을 손녀처럼 대하는 모습을 보고 이 이야기는 소설이 되겠다고 확신했습니다. '심부름 서비스'와 '가족'이라는 두 개의 키워드를 통해 현대를 살아가는 우리가 반드시 알아야 할 '행복의 본질'을 찾아보고 싶었습니다.

그렇게 이 책을 쓰게 되었습니다. 작품 속 등장인물은 실제 마오짱이나 손님들과 꽤 다릅니다. 소설에서는 주인공의 새엄마를 필리핀인으로 설정했지만, 실제 마오짱의 어머니는 일본인입니다. 유일하게 아버지는 조금 닮게 그렸습니다. 젊었을 땐 치기 어린 짓도 많이 했다고 하지만, 지금은 마을 사람들에게 사랑받는 이자카야의 괴짜 사장. 저는 그런 인간미 넘치는 사람을 좋아합니다.

집필 중 무대가 된 아오바쵸(가공의 마을)의 청량한 바람을 내내 맞아서 그런지 오랜만에 방랑하고 싶어졌습니다. 하지만 당분간은 바빠서 힘들 것 같아 망상 속에서나마 여행을 떠나보려 합니다. 물론 머릿속에서 귀여운 할머니도 만나고요.

모리사와 아키오

인생은 단 하나뿐인 생명을 걸고 하는 놀이

　몇 년 전부터 일본 뉴스에 자주 오르내리던 '쇼핑 약자'라는 단어에 대해 생각해본다. 활기 넘치던 상점가가 어느새 셔터만 눈에 띄는 거리로 바뀌고, 마을 곳곳에 있었던 작은 슈퍼마켓들이 대형 마트로 대체되면서, 지역 주민 특히 고령자가 근처에서 식료품이나 생활용품을 구하기 어려워졌다. 그런 의미에서 '쇼핑 난민'이라는 단어로도 자주 언급된다.

　일본의 농림수산정책연구소는 걸어서 불편 없이 쇼핑을 갈 수 있는 거리를 500미터 이내로 규정하고 이를 초과하는 지역을 '쇼핑 사막'이라 부르며 적절한 대책을 강구하고 있다. 온갖 노력에도 불구하고 작은 점포들이 적자를 감당하지 못해 문을 닫거나 채산성과 효율성이 낮다는 이유로 교통수단이 폐쇄되는 바람에 쇼핑 약자는 점점 증가하는 추세다. 그런 불편함 때문에 젊은 세대들의 이탈이 더욱 가속화하여 시골 지역의 고령화는 일찍이 볼 수 없었던 속도로 진행되는 악순환에 빠졌다.

모리사와 작가는 이런 실태를 우려하던 중, 어느 젊은 여성이 '이동판매'라는 사업을 시작하여 쇼핑 약자를 돕고 있다는 훈훈한 뉴스를 보게 되었고, 소설로 만들면 재미있겠다는 확신을 느끼고 이 책을 쓰기 시작했다고 집필 동기를 밝혔다.

'이동판매' 사업을 처음 시작한 여성의 이름은 히가시 마오. 이 소설의 모델이 된 인물이다. 이른 아침에 집을 나서며 냉장고에서 식품을 꺼내 차에 싣고, 업체를 돌며 전날 주문해둔 상품을 매입한 후 정해진 판매처를 순회하는 것까지 타마짱과 똑같다. 빨래를 널어드리거나 스토브에 기름을 넣어드리거나 아무에게도 할 수 없는 비밀 이야기를 들어드리거나……. 타마짱이 그랬던 것처럼 마오짱 역시 일의 범위를 벗어난 도움도 흔쾌히 제공한다. 할아버지, 할머니들은 쇼핑뿐 아니라 마오짱을 만나는 것 자체에서 기쁨을 느낀다는 걸 잘 알기 때문이다.

마오짱이 타마짱으로 그려지면서 달라진 부분도 있을까? 저자 후기에 언급된 것처럼 마오짱의 어머니는 일본인이라는 사실, 또 타마짱은 자퇴를 했지만 마오짱은 학업과 사업을 병행했다는 점이 다르다. 또 재미있는 차이점이 있다면, 마오짱의 트럭이 등장할 때마다 울려 퍼지는 음악은 〈베케이션〉이 아니라 마녀 배달부 키키의 〈루즈의 전언〉이라는 것. 심부름 서비스의 테마송으로 썩 잘 어울린다.

마오짱에 관한 최근 기사(라고 해도 지금부터 4년 전인 2013년 기사)에는 이런 소식도 실렸다. 식료품을 중심으로 일용잡화 등 약 500개 품목을 싣고 하루 20~30곳, 총 40곳을 돌고 있을 정도로 바빠졌다는 반가운 소식. 그새 직원도 한 명 생겨 어엿한 사장님으로 성장한 모습을 보니 이제 막 시작한 타마짱에게도 왠지 파이팅을 외쳐야 할 것 같다.

'쇼핑 약자'뿐 아니라, 이 작품은 다문화가정 문제나 의붓가정 문제, 고독사에 관해서도 생각할 여지를 준다.

샤린을 바라보는 타마미의 시선이 시시때때로 바뀌는 과정이나, 고마웠다가 미웠다가 또 짜증스러웠다가 미안해지는 타마미의 심리 변화를 좇으며, 우리는 새엄마라는 거북한 상대를 대할 때의 감정을 추체험한다. 타마미는 모리사와 작가의 작품에 등장하는 인물들의 전형적인 모습을 보여주지 못하고, 마음속 작은 악마를 선뜻 드러낸다. 노인들에게는 다정한 반면 샤린에게 지나치게 가혹하고 혼자만의 판단으로 이기적인 결정을 내리는 타마짱에게 부아가 치밀다가도, 결국은 그게 바로 인간적인 모습이라는 사실을 인정하지 않을 수 없게 된다. 타마미라는 인물에 공감하게 되는 이유다.

이처럼 평범한 사람들이 모여 사는 가상의 마을 아오바쵸에 머무는 동안, 우리는 인생에서 가장 중요한 두 가지 물음에 맞닥뜨린다. 인생을 어떻게 살 것인가? 또, 어떻게 죽는 것이 가장 아름다운가? 전자에 대한 대답이 '인생은 단 하나뿐인 생명을 걸고 하는 놀이'라는 글귀에 녹아 있다면, 후자에 대한 힌트는 시즈코 할머니의 죽음에서 얻을 수 있다.

시즈코 할머니를 통해서 본 인간의 마지막 모습이 많이 미화되었을지언정 인생의 끝이 그와 비슷하다면 조금도 두렵지 않으리라는 생각을 했다. 언젠가 가까운 누군가가 죽을 때 그 사람이 느껴야 했을 행복까지 짊어지는 게 남은 자의 의무라면, 단 하나뿐인 생명을 걸고 신명나게 놀아야 하지 않겠는가라는 생각도.

이제 책을 놓아야 할 때인가 보다.

물건이 넘쳐나는 요즘이기에, 대형 마트가 당연한 시대이기에, 인터넷 쇼핑이라는 구매 방법이 선호되는 지금이기에, 오히려 '쇼핑 약자'가 단절된 존재로서 새롭게 부각되었다. 시장에 가면 생선 가게가 있었고 정육점이 있었고 채소 가게가 있었고, 그곳에는 파는 사람과 사는 사람 사이의 교류가 늘 존재했는데, 우리는 언제부터 쇼핑이라는 행위 속에 포함된 사람과 사람 사이의 관계를 도외시하기 시작한 걸까? 타마짱은 할아버지, 할머니들에게 일상생활에 필요한 상품에 더해 현대화와 맞바꿔 포기해야만 했던 대화와 교류까지 선사했다는 점에서 환영받을 만했다.

그러던 중 발견한 기사.

* 편의점 로손은 올해부터 2018년까지 온도 관리 등의 기능을 갖춘 이동판매차를 400대 도입하고, 이후 1200대까지 확대 운영할 계획이다. 이 이동판매차는 냉동에서 상온까지 4개의 온도대에 맞춰 관리가 가능하며, 빵 · 과일 · 냉동식품 등 400개의 품목을 취급한다. 패밀리마트도 이동식 편의점 사업에 뛰어들었다.

* 구마모토 현의 아시키타 농협은 세븐일레븐과 제휴하여 이동판매차를 운영, 지역 주민들의 식료품 구입 편의를 제공하고 있다.

* 일본 생협연합회는 전국 24개 생협에서 혼자 사는 고령자를 대상으로 매일 석식을 배달하고, 이를 통해 안부도 확인하고 있다.

시골 어르신들의 편의를 생각하면 반가운 기사가 아닐 수 없지만, 한편으로 마오짱은 지금 어떻게 하고 있을지, 타마짱은 앞으로 어떻게 해야 할지 걱정이 되기도 한다. 물론 괜한 오지랖이지만.

앞으로 쇼핑에 약자도 난민도 없길 바라는 마음이 더 크다.

2017년 여름

이수미

타마짱의 심부름 서비스

1판 1쇄 인쇄 2017년 8월 17일
1판 1쇄 발행 2017년 8월 25일

지은이 모리사와 아키오
옮긴이 이수미
펴낸이 김성구

책임편집 김동규
단행본부 박혜란 김민기 나성우
저작권 이은정
디자인 홍석훈 문인순
제 작 신태섭
마케팅 최윤호 송영호 유지혜
관 리 노신영

펴낸곳 (주)샘터사
등 록 2001년 10월 15일 제1-2923호
주 소 서울시 종로구 대학로 116 (03086)
전 화 02-763-8965(단행본부) 02-763-8966(영업마케팅부)
팩 스 02-3672-1873 **이메일** book@isamtoh.com **홈페이지** www.isamtoh.com

표지, 본문 그림 ⓒ 이승열
한국어 판권 ⓒ (주)샘터사, 2017, Printed in Korea.

ISBN 978-89-464-2066-3 03830

이 도서의 국립중앙도서관 출판예정도서목록(CIP)은 서지정보유통지원시스템 홈페이지(http://seoji.nl.go.kr)와
국가자료공동목록시스템(http://www.nl.go.kr/kolisnet)에서 이용하실 수 있습니다.(CIP제어번호: CIP2017019100)

값은 뒤표지에 있습니다.
잘못 만들어진 책은 구입처에서 교환해드립니다.